KB016203

예원치언 上

예원치언 上

왕세정 저 · 박종훈 역

보고사

간행사

명나라의 대표적 문인이었던 왕세정의 『예원치언』은 허균 이래로 조선 후기 문인과 지식인들 사이에서 널리 읽혔던 서적 중의 하나이다. 이 책은 조선에 들어와 현종실록자본으로 간행되었으며, 국내외에 필사본이 존재할 만큼 많은 사람들에 의해 수용되었다. 『예원치언』은 중세해체기 동아시아 한문학사의 전개를 살피고, 서적의 유통과 지식의 수용을 구명하는 데에 매우 중요한 학술적 가치를 지니고 있다.

명대 후칠자를 대표하는 작가였던 왕세정은 중국과 조선과 일본의 문단에서 의고와 반의고의 문학 논쟁에서 의고파의 중심적 인물로서 알려졌다. 최근 들어와 왕세정의 문학에 관한 재인식의 중요성이 부각되는 가운데 그의 방대한 저술에 담긴 작품들을 세밀하게 독해하는 연구 성과가 활발하게 제출되고 있다. 왕세정의 문학관과 그의 문학세계를 새롭게 해석하기 위해서 무엇보다 필요한 것은 그가 남긴 풍부한 저술들을 전체적으로 개관하고 체계적으로 분석하는 작업이다.

이러한 때에 『예원치언』 번역서의 간행은 매우 시의적절하다고 하겠다. 더욱이 중국이나 일본 학계에서도 아직 완역본이 제출되었다는 소식을 접하지 않은 터라, 그 학술적 의미는 특별하다고 생각한다. 『예원치언』은 번역하기가 까다로운 텍스트인데, 이번에 공동의 번역 작업을 거쳐 보다 완비된 형태로 출간된 점 또한 크게 축하할 일이라고 생각한다. 이번 번역서의 출간을 계기로 왕세정과 그를 둘러싼 문학사적 주요 문제에 관한 학술적 성과가 보다 활발하게 제출될 것으로 기대한다.

정우봉 / 고려대 국문학과 교수

목차

예원치언 卷一

예원치언 卷二

예원치언 卷三

예원치언 卷四

일러두기

1 이 책은 왕세정(王世貞)의 저술을 정복보(丁福保)가 편한 『역대시화속편(歷代詩話續編)』(중화서국(中華書局), 2001)를 저본으로 했으며, 나중정(羅仲鼎)이 교주(校注)한 『예원치언교주(藝苑卮言校注)』(제노서사(齊魯書社), 1992)를 참고하여 번역했다.

2 여타의 책에서 인용한 부분에 대해서는 기존의 번역서를 참고해서 번역했다. 참고한 번역서는 다음과 같다.

최동호 역편, 『문심조룡』, 민음사, 1997.
배규범 역주, 『역주 창랑시화』, 다운샘, 1998.
이철리 역주, 『역주 시품』, 창비, 2009.

3 시의 경우 번역문과 함께 원문을 실었고 전체 원문은 각 기사 뒤에 수록했다.

4 한자는 괄호 속에 제시했다.

5 맞춤법과 띄어쓰기는 한글 맞춤법과 표준어 규정에 따랐다. 시 번역의 경우 전체적인 의미를 고려하여 간혹 이를 무시한 경우도 있다.

6 번역문의 경우, 전체적인 내용을 고려하여 생략된 내용에 대해서는 간략하게 보충해서 번역하거나 각주를 통해 밝혀두었다.

7 이 책에서 사용하고 있는 부호의 의미는 다음과 같다.

『 』: 단행본으로 간행된 서명
「 」: 편이나 작품 명
“ ”: 대화 및 직접 인용
‘ ’: 간접 인용 및 강조

서문 1

내가 창곡(昌穀) 서정경(徐禎卿)[1]의 『담예록(談藝錄)』을 읽었는데, 일찍이 그의 지론을 높이 평가했다. 다만 근체시(近體詩)에 대해서는 언급하지 않아 배우는 사람들이 그 문로(門路)를 찾지 못하게 된 부분에 대해서는 괴이하게 생각했었다. 양신(楊愼)[2]은 잃어버렸거나 사라져 버린 작품을 찾아 감상하고 살펴볼 수 있게 했으니, 마치 수많은 책을 잘 보관해 놓은 것 같다.[3] 그러나 지나간 현인을 비평하거나 후학을 이끌어주는 것에 대해서는 모두 관심을 기울이지 않았다. 송(宋)나라 학자들의 케케묵은 작품들을 펼쳐보면 문득 잠이 쏟아진다. 그러나

---

1) 서정경(徐禎卿, 1479~1511) : 자는 창곡(昌穀)이다. 홍치(弘治) 18년(1505) 진사에 합격했고, 대리좌시부(大理左寺副)에 올랐지만 일에 연좌되어 투옥되었다가 국자박사(國子博士)로 강등되었다. 젊어서 문리(文理)에 해박해 문장이 웅장하다는 평을 들었고, 시는 해내(海內)에서 으뜸이어서 명성이 사림에 가득했다. 동향의 축윤명(祝允明), 당인(唐寅), 문징명(文徵明) 등과 사귀어 '오중사재자(吳中四才子)'라 불렸다. 이몽양(李夢陽)과 하경명(何景明) 등과 지내면서 그들의 영향으로 한위(漢魏)와 성당(盛唐)의 시를 배워 삼웅(三雄)으로 불렸고, 전칠자(前七子)의 한 사람으로 꼽혔다. 저서에 자선집인 『적공집(迪功集)』 6권과 시론 『담예록(談藝錄)』 1권이 있다. 따로 『외집(外集)』 및 『별고오집(別稿五集)』이 있다.

2) 양신(楊愼, 1488~1562) : 자는 용수(用修), 호는 승암(升庵)이다, 24세에 전시(殿試)에서 장원으로 급제하여 한림원 수찬으로 벼슬길에 나아갔다, 가정(嘉靖) 3년(1524)에 의대례(議大禮)라는 상소를 올렸다가 운남(雲南)의 영창(永昌)으로 귀양가서 죽을 때까지 사면받지 못했다. 『승암전집(升庵全集)』 81권을 저술했는데 54권~61권에서 시를 논했다. 그는 이 책을 순전히 기억력에 의지하여 썼다고 하는데 박물고증의 대명사로 거론된다.

3) 수많은…… 같다 : '이유(二酉)'는 대유산(大酉山)과 소유산(小酉山)을 가리킨다. 분서갱유(焚書坑儒)를 단행할 때 많은 책을 이곳에 숨겨두었다는 전설이 있다.

다만 엄우(嚴羽)[4]의 『창랑시화(滄浪詩話)』만은 내용이 어긋나지 않았지만, 가끔 언설이 그럴 듯하면서도 정밀하지 못한 부분이 있기에, 나는 전적으로 인정할 수가 없다.

내가 벼슬길에 나아간 뒤, 동쪽의 제수(濟水)가에서 우린(于鱗) 이반룡(李攀龍)[5]과 이야기를 나누면서 제가(諸家)에 대한 비평을 가하여 일가(一家)를 이루고자 하는 생각을 가졌다. 그러나 마침 군사에 관한 일이 발생하여 착수하지 못했다. 그때 사자(使者)와 함께 동모(東牟) 지역을 안찰했는데, 공문서를 처리하는 일이 제법 한가해지자 더위를 핑계로 아전을 사절하고 문을 닫아걸었다. 그리고는 읽어볼 만한 책을 가져오지 않았기에 손바닥만 한 얇은 종이를 가져다가 생각나는 것이 있으면 곧바로 기록하여 상자 안에 던져두었다. 한 달이 되자 상자가 거의 가득 찼다. 이윽고 회해(淮海)에서 급박한 소식이 전해지자 그것

---

4) 엄우(嚴羽) : 자는 의경(儀卿)·단구(丹丘), 호는 창랑포객(滄浪逋客)이다. 엄인(嚴仁), 엄삼(嚴參)과 함께 재명(才名)으로 이름을 날려 삼엄(三嚴)으로 불렸다. 관직에 뜻을 두지 않고 일생 동안 은자로서 지조를 지켜 각지를 유람하며 많은 승려 도사들과 교유했다. 소식(蘇軾)과 황정견(黃庭堅) 및 강호파(江湖派)의 시풍에 모두 불만을 표시했다. 이선유시(以禪喩詩)의 학설을 창안해 묘오(妙悟)와 흥취(興趣)를 강조해 후대에 많은 영향을 미쳤다. 저서에 『창랑집(滄浪集)』과 『창랑시화(滄浪詩話)』가 있다.

5) 이반룡(李攀龍, 1514~1570) : 자는 우린(于鱗), 호는 창명(滄溟)이다. 어려서 아버지를 잃고 가난하게 성장했다. 시가를 좋아하고 훈고학을 싫어했으며, 날마다 고서를 읽자 사람들이 광생(狂生)이라 불렀다. 가정(嘉靖) 23년(1544) 진사가 되고, 형부광동사주사(刑部廣東司主事)에 올랐다. 섬서제학부사(陝西提學副使)에 발탁되고, 하남안찰사(河南按察使)로 나갔다. 모친상을 당하자 애통해 하다가 죽었다. 낭서(郎署)에 있을 때 사진(謝榛)과 오유악(吳維岳), 양유예(梁有譽), 왕세정(王世貞)과 함께 오자(五子)로 불렸다. 왕세정과 함께 선두에 서서 천하 문장의 흐름을 20년 동안 장악했다. 백설루(白雪樓)에서 은거하면서 방문객을 사절하는 등 대범하고 오만하다는 평도 들었다. 전칠자(前七子)의 복고설을 계승하여 진한(秦漢)의 고문을 모범으로 삼고, 한위성당(漢魏盛唐)의 시의 격조를 중시했다. 송원(宋元) 시대의 시를 배척하고, 이백과 두보를 추앙했다.

을 버려두고, 밤낮으로 황제의 명령을 받들어 대단히 바빴기에 그 기록에 대해서는 까맣게 잊고 있었다.

그 다음 해 다시 동모로 오게 되었는데, 글상자는 완전히 먼지로 뒤덮여 있었다. 그것을 꺼내 편차(編次)를 정하여 기록하니 모두 여섯 권이었다. 시(詩)를 논한 것이 7할이며 문(文)을 논한 것이 3할이었다. 내가 일가를 이루고자 했던 것은 앞의 서정경, 양신, 엄우 세 사람의 미비한 점을 보충하려는 것이었다. 그러나 책이 완성되고 보니 그런 확신을 감당할 수가 없었다. 책의 내용이 진실로 근본에서는 크게 벗어나지 않았지만 지루하고 산만하여 채택할 만한 것이 없었다. 이를 읽는 사람들은 껄껄거리며 비웃지 않는다면 박수를 치며 손가락질을 할 것이다. 관로(管路)[6]가 "역(易)을 잘하는 이는 역(易)에 대해 논하지 않는다."라고 했는데, 나는 그 말에 매우 부끄러움을 느낀다. 무오년(戊午年, 1558) 6월에 쓴다.

余讀徐昌穀談藝錄, 嘗高其持論矣. 獨怪不及近體, 伏習者之無門也. 楊用脩搜遺響鉤匿跡, 以備覽核, 如二酉之藏耳. 其於雌黃曩哲, 橐籥後進, 均之乎未暇也. 手宋人之陳編, 輒自引寐, 獨嚴氏一書, 差不悖旨, 然往往近似而未覈, 余固少所可. 旣承乏, 東晤于鱗濟上, 思有所揚扢, 成一家言, 屬有軍事, 未果. 會偕使者按東牟, 牘殊簡, 以暑謝吏杜門, 無齎書足讀, 乃取掌大薄蹏, 有得輒筆之, 投篋箱中. 浹月, 篋箱幾滿. 已淮海飛羽至, 棄之, 晝夜奔命, 卒卒忘所記. 又明年復之東牟, 篋箱者宛然塵土間, 出之, 稍爲之次而錄之, 合六卷, 凡論詩者十之七, 文十之三. 余所以欲爲一家言者, 以補三氏之未備者而已. 旣成, 乃不能當也.

6) 관로(管路) : 자는 공명(公明)으로, 삼국시대에 복서(卜筮)로 유명했던 인물이다.

其辭旨固不甚謬戾於本, 特其漶漫散雜, 亡足采者, 非以解頤, 足鼓掌耳. 管公明曰, 善易者不論易. 吾甚愧其言. 戊午六月敍.

서문 2

나는 이전에 문장가들을 평론하여 『예원치언』을 저술했는데, 무오년(1558)에 완성되었다. 그러나 무오년부터 해마다 조금씩 보충하여 을축년(1565)이 되어서야 비로소 탈고할 수 있었다. 그런데 같은 마을에 사는 어떤 이가 그 책을 혼자 보는데 만족하지 않고 목판으로 간행하여 유통되게 되었다. 훗날 이반룡(李攀龍)이 전경(殿卿) 허방재(許邦才)[1]에게 보낸 편지를 읽게 되었는데, 그 대략은 다음과 같다.

> "고소(姑蘇)[2]의 양생(梁生)이 왕세정의 『예원치언』을 보여 주었는데, 대략 언사(言辭)가 준수하고 변론이 해박하나 모든 것을 다 아우르지는 못했다. 영웅이 사람을 속인 것 같은데, 동시대의 여러 문인들을 비평하여 지나치게 선양했으니, 배를 움켜쥐고 웃을 만하다."[3]

이반룡은 마침내 동호(董狐)의 엄격한 붓[4]으로 나를 책망하면서, 내가 남에게 아첨하여 남몰래 덮어주려 하고 있다고 생각한 것이었다. 내가 '치언(巵言)'[5]이라고 책에 이름을 붙였으니, 내 책에 대하여

---

1) 허방재(許邦才) : 자는 전경(殿卿)으로 제남(濟南) 역성(歷城) 사람이다. 어릴 때부터 이반룡(李攀龍), 은사담(殷士儋) 등과 함께 책을 읽으며 지냈다. 산림과 우주에 대한 시를 많이 지었으며 백성의 삶에 대해 고민했다.

2) 고소(姑蘇) : 소주(蘇州) 지방의 옛 명칭이다.

3) 이반룡(李攀龍)의 「여허전경(與許殿卿)」에 보인다.

4) 동호(董狐)의 엄격한 붓 : '동호'는 춘추시대 진(晉)의 사관으로, 정론직필(正論直筆)로 유명한 사관이다.

남들이 왈가왈부[6]할 필요가 없다. 그런데 벗 가운데 똑똑한 이가 편지를 보내와 경계를 보이며 이렇게 말했다.

> "그대는 훌륭한 자질을 갖추고 공자의 문하에 있으니, 마땅히 안연(顔淵)이나 민자건(閔子騫) 같은 덕행을 갖추어야 하는데 어찌하여 성대한 덕을 행하지 않고 자공(子貢)처럼 남들을 비교하는 일[7]을 하는가."

나는 부끄러워 대답하지 못했다.

이윽고 여러 군자들과 노닐 때에, 내가 그들을 대단히 칭송하지 않은 것에 대하여 그들은 성을 내며 남몰래 그 일을 비난했다. 얼마 되지 않아 그들은 나와 절교를 청하고 나를 헐뜯으며 명부(名簿)에서도 나를 삭제했다. 그런데도 나는 또 부끄러워 이에 대응하지 못했다.

아, 어떤 사람의 졸렬한 작품은 명석하지 못한 나의 관심을 끌어 다행하게도 수록되었고, 반면에 어떤 사람의 아름다운 작품은 명석하지 못한 나의 관심을 끌었으나 불행하게도 빠져버렸다. 내가 명석하지 못할 때도 이따금 있지만, 그렇다고 어찌 비방만을 힘써 일삼아 핍박하고 무시하는가!

내가 남을 칭송하지 못하는 것은 그저 그런 수준으로 이반룡의 심한 비평과는 비교가 되지 않는다. 만약 내가 이반룡과 비슷한 정도였다면, 비방을 입는 것이 어찌 단지 두세 명의 군자에 그칠 따름이겠는

---

5) 치언(巵言) : 『장자(莊子)』「천하(天下)」에 보이는 말로, 사마표(司馬彪)의 주(註)에서는 '지리멸렬하여 앞뒤가 맞지 않는 말'이라고 했다.

6) 왈가왈부 : '백간(白簡)'은 옛날에 관원들을 탄핵하는 글을 일컫는 말이다.

7) 자공(子貢)처럼…… 비교하는 일 : 『논어』「헌문(憲問)」에 보이는 말로, "자공이 사람과 자신을 비교하는데, 공자께서 '자공은 어질구나, 그러나 나는 그럴 겨를이 없다.'라 했다.[子貢方人, 子曰, 賜也, 賢乎哉. 夫我則不暇.]"라고 했다.

가. 굴도(屈到)가 마름을 좋아하고[8] 증점(曾點)이 양조(羊棗)를 좋아하며[9], 숙야(叔夜) 혜강(嵇康)이 단련(鍛鍊)을 좋아하고[10] 현덕(玄德) 유비(劉備)가 결이(結毦)를 좋아한 것[11]은 모두 본성에 따른 것이니 익힌다고 해서 억지로 바꿀 수 없는 것으로, 내가 이 일을 더욱 좋아하는 것만 못하다. 다시 8년이 지나 그 사이에 늘어난 것이 두 권인데, 그 가운데 사곡(詞曲)을 논한 것은 부록으로 만들어 별권(別卷)으로 삼아 일단 문집(文集) 안에 넣어 두었다. 임신년(壬申年, 1572) 여름에 기록하다.

余始有所評隲於文章家曰藝苑卮言者, 成自戊午耳. 然自戊午而歲稍益之, 以至乙丑而始脫稿. 里中子不善秘, 梓而行之. 後得于鱗所與殿卿書云, 姑蘇梁生出卮言以示, 大較俊語辨博, 未敢大盡. 英雄欺人, 所評當代諸家, 語如鼓吹, 堪以捧腹矣. 彼豈遂以董狐之筆過責余, 而謂有所阿隱耶. 余所名者, 卮言耳, 不必白簡也. 而友人之賢者書來見規曰, 以足下資在孔門, 當備顏閔科, 奈何不作盛德事, 而方人若端木哉. 余愧不

---

8) 굴도(屈到)가…… 좋아하고 : 『국어(國語)』「초어상(楚語上)」에서 "굴도가 마름을 좋아했다.[屈到嗜芰]"라고 했다. 또한 『한비자(韓非子)』「난사(難四)」에서 "굴도가 마름을 좋아했고 문왕은 창포 절임을 좋아했는데, 좋은 맛이 아니다. 다만 두 현인이 즐겼는데 맛이 좋지는 않았다.[屈到嗜芰, 文王嗜菖蒲葅, 非正味也, 而二賢尙之, 所味不必美.]"라고 했다.

9) 증점(曾點)…… 좋아하여 : 『맹자』「진심하(盡心下)」에서 "증석이 양조를 좋아하여, 증자가 차마 양조를 먹지 못했다.[曾晳嗜羊棗, 而曾子不忍食羊棗.]"라고 했다.

10) 숙야(叔夜)…… 좋아하고 : 혜강이 대장장이 일을 한 것을 가리킨다.

11) 현덕(玄德)…… 좋아한 것 : 결이(結毦)는 깃으로 짠 장식물을 말한다. 달리 '결리(結氂)'라고도 한다. 위어환(魏魚豢)의 『위략(魏略)』에서 다음과 같이 말했다. "유비는 본성이 결리를 좋아했다. 어떤 사람이 소 꼬리 다발을 유비에게 주었는데, 유비가 손수 그것을 짜고 있었다. 제갈량이 그것을 보고, '장군은 원대한 계책을 지녀야 하는데 어찌 결리를 하고 있습니까?'라고 했다. 이에 유비가 그것을 던지면서 답하기를, '무슨 말씀인가, 나는 에오라지 근심을 잊으려 했을 뿐이오.'라고 했다."

能答, 已而游往中二三君子, 以余稱許之不至也, 恚而私訾之. 未已, 則請絶訊訊, 削名籍. 余又愧不能答. 嗟夫, 卽其人幸而及余之不明而以拙收, 不幸而亦及余之不明而以美遺, 余不明時時有之, 然烏可以恚訾力迫而奪也. 夫以余之不長譽僅爾, 而尙無當於于鱗. 令余而遂當于鱗, 其見恚寧止二三君子哉. 屈到嗜芰, 點嗜羊棗, 叔夜嗜鍛, 玄德嗜結毦, 性之所好, 習固不能强也, 毋若余之益甚嗜歟. 蓋又八年而前後所增益又二卷, 黜其論詞曲者, 附它錄, 爲別卷, 聊以備諸集中. 壬申夏日記.

예원치언

卷一

문예(文藝)의 바다에서 노닐며 문사(文詞)를 곱씹어 맛 본 뒤에, 입은 자황(雌黃)[1]이 되고 붓은 곤월(袞鉞)[2]을 대신한다. 비록 세상에 인재가 없지 않고 인재의 훌륭한 말이 없지 않지만, 수(隋)나라의 아름다운 구슬과 곤륜산(崑崙山)의 옥과 같은 언사는 많을 수가 없다. 애오라지 몇몇 학자의 말을 초록(抄錄)하여 감상하는 즐거움을 누리려 한다.[3]

泛瀾藝海, 含咀詞腴, 口爲雌黃, 筆代袞鉞. 雖世不乏人, 人不乏語, 隋珠昆玉, 故未易多, 聊摘數家, 以供濯祓.

1-1. 위 문제가 말한 문장이란

문장과 관련해 위 문제(魏文帝) 조비(曹丕)는 『전론(典論)』의 「논문(論文)」에서 다음과 같이 말했다.

> "문장은 나라를 경영하는 중요한 일이며, 불후(不朽)의 성대한 일이다. 오래 사는 것은 때가 되면 다하며, 영광과 즐거움도 자신의 몸에 그친다. 두 가지는 반드시 일정한 기한이 있으니, 무궁한 문장만은 못

---

1) 자황(雌黃) : 누른 종이에 글을 쓰고 잘못된 글이 있으면 자황을 칠하여 지우고 다시 그 위에 썼으므로 전하여 자구의 첨삭(添削)에 비유한다. 여기서는 비평이란 의미가 강하다.

2) 곤월(袞鉞) : 원래 『춘추(春秋)』의 한 글자의 표창(表彰)이 곤룡포(袞龍袍)를 받는 것보다 더 영광스럽고, 한 글자의 폄하(貶下)가 도끼에 맞아 죽는 것보다 더 무섭다는 뜻으로 사용되었는데, 여기서는 비평이란 의미로 사용되었다.

3) 감상하는 ……한다 : '탁불(濯祓)'은 세탁불제(洗濯祓除)의 준말로, 원래는 몸을 씻으며 재앙을 씻어낸다는 의미였는데 후대에 소풍 정도의 의미를 지니게 되었다. 왕희지(王羲之)의 「난정집서(蘭亭集序)」에 '수계(修禊)'라는 말이 보이는데, 이 수계를 거행하는 의도가 바로 탁불에 있다. 여기서는 독서의 즐거움을 제공하는 의미 정도로 보인다.

하다."

語關系, 則有魏文帝曰, 文章經國之大業, 不朽之盛事. 年壽有時而盡, 榮樂止於其身. 二者必至之常期. 未若文章之無窮.

1-2. 종영이 말한 시란

종영(鍾嶸)[4]은 『시품(詩品)』 「서(序)」에서 다음과 같이 말했다.

"기(氣)는 물(物)을 움직이고 물(物)은 사람을 감동시킨다. 그러므로 사람의 성정(性情)을 요동시켜 그것을 춤과 읊조림으로 나타나게 한다. 시는 삼재(三才)를 밝게 비추고 만상(萬象)을 비춰 아름답게 하며, 영기(靈祇)도 시를 통해 흠향을 하고 유미(幽微)도 시에 의지하여 밝게 고해진다. 천지를 움직이고 귀신을 감동시키는 데는 시보다 나은 것이 없다."

鍾嶸曰, 氣之動物, 物之感人, 搖蕩性情, 形諸舞詠. 照燭三才, 暉麗萬有, 靈祇待之以致饗, 幽微藉之以昭告, 動天地, 感鬼神, 莫近於詩.

1-3. 심약이 말한 시란

심약(沈約)[5]은 다음과 같이 말했다.

---

4) 종영(鍾嶸, ?~518) : 남조 양(梁)나라 영천(潁川) 장사(長社) 사람으로 자는 중위(仲偉)이다. 젊어서부터 학문을 좋아했고, 『주역』에 밝았다. 『시품(詩品)』 3권은 한위(漢魏)부터 양나라에 이르기까지 5언시의 작자 122명의 작품을 상중하 3품으로 나누어 품평한 시 비평서다.

"문왕(文王)은 덕이 넘쳐서 『시경』 「주남(周南)」의 시는 부지런하면서도 원망하지 않는 내용이고 태왕(太王)은 교화가 두터워서 「빈풍(邠風)」의 시는 즐거우나 음란하지 않다. 그러나 어리석은 군주인 유왕(幽王)과 여왕(厲王) 때의 작품인 「판(板)」이나 「탕(湯)」의 시에는 노여움이 담겨 있고, 평왕(平王) 때는 국력이 쇠미하여 「맥리(黍離)」의 시에는 비애가 있다. 그러므로 이상의 사실에서 보듯이 민요의 내용은 세대에 따라서 변하고, 시대의 바람(정치)이 공중에서 불면 파도(문학)는 그 아래에서 출렁거림을 알 수 있다."[6]

沈約曰, 姬文之德盛, 周南勤而不怨. 太王之化淳, 邠風樂而不淫. 幽厲昏而板蕩怒, 平王微而黍離哀. 故知歌謠文理與世推移, 風動於上, 波震於下.

1-4. 이반룡이 말한 시란

이반룡(李攀龍)은 「송종자상서(送宗子相序)」에서 다음과 같이 말했다.

"시는 원망하는 말을 할 수 있으니, 한번이라도 탄식할 일이 있으면 곧 길게 읊조린다. 말이 올곧으면 성정이 준결(峻潔)하게 되고 말의 의

---

5) 심약(沈約, 441~513) : 자는 휴문(休文)이다. 관직은 상서령(尙書令)까지 이르렀다. 박학다식하고 특히 사학에 뛰어났다. 여러 종류의 역사서를 저술했는데, 그 중 『송서(宋書)』는 이십사사(二十四史) 가운데 하나이다. 그의 시풍은 화려하고 수식에 치중했으며, 음운의 조화를 꾀했고, 정교한 대구를 사용했다. 시가의 성률론(聲律論), 즉 '사성팔병설(四聲八病說)'을 제창했으며, 사조(謝朓) 등과 함께 '영명체(永明體)'를 창시했다. 후대 율시(律詩)의 형성과 변려문(騈儷文)의 발전에 중요한 영향을 끼쳤다.

6) 유협(劉勰)의 『문심조룡(文心雕龍)』 「시서(時序)」에도 보인다.

미가 깊으면 의미와 기운이 격렬(激烈)해진다. 이에 사람으로 하여금 내쫓겨 버림받은 외로운 신하나 첩의 자식 같은 느낌 또는 세속을 떠나 숨어버린 슬픔을 일으키게 만든다. 직접적으로 말하지 않고 사실을 돌려서 말하며, 매미가 더러운 세상 너머로 변태하는 것이 바로 시다."

李攀龍曰, 詩可以怨, 一有嗟歎, 卽有永歌. 言危則性情峻潔, 語深則意氣激烈. 能使人有孤臣孽子擯棄而不容之感, 遁世絶俗之悲, 泥而不實, 蟬蛻汙濁之外者, 詩也.

1-5. 사마상여가 말한 부(賦)란

부(賦)에 대해 사마상여(司馬相如)[7]는 다음과 같이 말했다.

"여러 실들을 수놓아 무늬를 이루고 비단을 벌여 바탕을 만든다. 한 번은 가로로 실을 짜고 한 번은 세로로 실을 짜며, 한 번은 궁음(宮音)을 놓고 한 번은 상음(商音)을 놓는 것이 부(賦)의 모습이다. 부를 짓는 작가의 마음은 우주를 포괄하며 사람과 사물을 모두 살펴서 그 이치를 마음에 얻어야 한다. 이는 누구에게 전해줄 수 있는 것이 아니다."[8]

語賦, 則司馬相如曰, 合綦組以成文, 列錦繡而爲質. 一經一緯, 一宮一商. 此賦之跡也. 賦家之心, 包括宇宙, 總覽人物, 致乃得之於內, 不

7) 사마상여(司馬相如, B.C.179~117) : 중국 전한의 문인으로 자는 장경(長卿)이다. 부(賦)에 있어 가장 아름답고 뛰어나 초사(楚辭)를 조술(祖述)한 송옥(宋玉)・가의(賈誼)・매승(枚乘) 등에 이어 '이소재변(離騷再變)의 부(賦)'라고도 일컬어진다. 수사존중(修辭尊重)의 풍(風)이 육조문학(六朝文學)에 끼친 영향은 크다. 「자허부(自虛賦)」와 「상림부(上林賦)」가 유명하다.

8) 『서경잡기(西京雜記)』 권2에 보인다.

可得而傳.

1-6. 양웅이 말한 부(賦)란

양웅(揚雄)[9)]은 『법언(法言)』 「오자(吾子)」에서 다음과 같이 말했다.

> "시인(詩人)의 부(賦)는 전아하면서 법칙이 있고, 사인(詞人)의 부는 아름다우면서 질탕하다."

揚子雲曰, 詩人之賦典以則, 詞人之賦麗以淫.

1-7. 지우가 말한 시란

시(詩)에 대해서 지우(摯虞)[10)]는 「문장유별론(文章流別論)」에서 다음과 같이 말했다.

> "읊으려는 형상을 빌려옴이 지나치게 확대되면 본 모습과 동떨어진다. 가다듬어 만든 말이 지나치게 장대하면 사실과 어긋나게 된다. 변론하는 말이 지나치게 논리적이면 본래의 의미를 잃어버린다. 화려하

---

9) 양웅(揚雄, B.C.53~18) : 자는 자운(子雲)으로 촉군(蜀郡) 성도(成都) 사람이다. 그는 사마상여처럼 말더듬이였으나 박학다식했다. 경학(經學)은 물론 사장(辭章)에도 뛰어났다. 일생을 곤궁하게 지냈으나 저술에 힘썼고, 정치에는 큰 관심을 갖지 않았다. 『역학(易學)』을 모방해 『태현경(太玄經)』을 지었고, 『법언(法言)』은 『논어』를 모방해 지었으며, 「감천부(甘泉賦)」, 「우렵부(羽獵賦)」, 「장양부(長楊賦)」, 「하동부(河東賦)」 등의 부 작품을 남겼다.

10) 지우(摯虞, ?~311) : 서진(西晉) 장안(長安) 사람으로 자는 중흡(仲洽)이다. 명나라 때 편집한 『진지태상집(晉摯太常集)』이 있다.

게 꾸민 것이 지나치게 아름다우면 실정(實情)과 어긋나게 된다."

語詩, 則摯虞曰, 假象過大, 則與類相遠. 造辭過壯, 則與事相違. 辨言過理, 則與義相失. 靡麗過美, 則與情相悖.

1-8. 범엽이 말한 시란

범엽(范曄)[11]은 「옥중여제생질서(獄中與諸甥姪書)」에서 다음과 같이 말했다.

"시는 정지(情志)가 의탁하기 때문에 마땅히 의(意)를 근본으로 삼아 문(文)으로써 의(意)를 펼쳐내야 한다. 의(意)를 근본으로 삼으니 그 주지(主旨)가 반드시 드러나고, 정(情)으로 의(意)를 펼쳐내면 언어가 본지에서 벗어나지 않는다. 그런 뒤에야 향기가 뿜어나고 음악[金石]으로 연주할 수 있다."

范曄曰, 情志所托, 故當以意爲主, 以文傳意. 以意爲主, 則其旨必見, 以情傳意, 則其辭不流. 然後抽其芬芳, 振其金石.

1-9. 종영의 시평

종영(鍾嶸)은 『시품(詩品)』「서(序)」에서 다음과 같이 말했다.

---

11) 범엽(范曄, 398~446) : 중국 남북조 시대 송나라의 역사가로, 자는 울종(蔚宗)이다. 경문의 역사에 재주가 뛰어나 좋은 글을 만들었다. 귀족 출신이었으나 반역을 일으켰으므로 잡혀 죽었다. 그는 그때까지의 후한(後漢)의 역사를 근거로 하여 『후한서(後漢書)』 90권을 저술했다.

"진사왕(陳思王) 조식(曹植)[12]은 건안(建安) 시대의 호걸이었고, 공간(公幹) 유정(劉楨)[13]과 중선(仲宣) 왕찬(王粲)[14]은 그 보좌관이었다. 육기(陸機)[15]는 태강(太康) 연간(280~289)의 영웅이었고, 안인(安仁) 반악(潘岳)[16]과 경양(景陽) 장협(張協)[17]이 그 보좌관이었다. 사령운(謝

---

12) 조식(曹植, 192~232) : 삼국시대 위(魏)나라의 시인이며 문학가이다. 조조의 셋째 아들로 자는 자건(子建)이다.

13) 유정(劉楨, 186~217) : 산동(山東) 영양(寧陽) 사람으로 자는 공간(公幹)이다. 동한(東漢) 시대의 명사(名士)이자 문학가로, 박학다식하고 재능이 있었다. 위(魏)나라 문제(文帝)와 친분이 깊었는데, 뒤에 불경죄로 형벌을 받았다. 오언시(五言詩)에 능했고, 공융(孔融), 진림(陳琳), 왕찬(王粲), 서간(徐幹), 완우(阮瑀), 응창(應瑒)과 더불어 '건안칠자(建安七子)'로 일컬어진다.

14) 왕찬(王粲, 177~217) : 자는 중선(仲宣)이다. 조조가 위왕이 되었을 때 시중(侍中)으로서 제도개혁에 진력하는 한편, 조씨 일족을 중심으로 하는 문학 집단 안에서 문인으로서도 활약했다. 건안칠자(建安七子)의 한 사람이자 그 대표적 시인으로 가장 표현력이 풍부하고 유려하면서도 애수에 찬 시를 남겼는데, 「종군시(從軍詩)」와 「칠애시(七哀詩)」는 유명하다.

15) 육기(陸機, 261~303) : 자는 사형(士衡)으로, 오군(吳郡) 화정(華亭) 사람이다. 오의 개국공신 가운데 한 명인 육손(陸遜)의 손자이며 총사령관이었던 육항(陸抗)의 넷째 아들로, 오가 진(晉)에 의해 멸망하고 난 뒤 10년 동안 숨어 살았다. 290년 수도인 낙양(洛陽)으로 가서 학자들의 환대를 받고 태학(太學)의 장(長)으로 임명되었다. 결국 진의 고위 관직에 오르고 귀족이 되었으나, 후에 황제를 폐하고 수도를 점령하려던 정치음모에 연루되어 303년에 처형되었다. 육기는 의고적인 서정시를 많이 남겼지만 그보다는 시와 산문이 뒤섞인 복잡한 형식으로 이루어진 부(賦)의 작가로 더 잘 알려져 있다.

16) 반악(潘岳, 247~300) : 중국 서진 때의 시인 겸 문인이다. 자는 안인(安仁)이다. 어릴 때부터 신동(神童)이라 불렸다. 최초에 사공태위(司空太尉) 가충(賈充)의 서기관이 되었다. 그 후 여러 관직을 역임했으나, 조왕(趙王) 사마윤(司馬倫)이 정권을 장악했을 때 아버지의 옛 부하 손수(孫秀)에게 모함당하여 일족과 함께 주살되었다. 문학적 재능이 뛰어나 당시의 권세가 가밀(賈謐)의 문객들 '이십사우(二十四友)' 가운데의 제1인자였으며, 육기(陸機)와 함께 서진문학의 대표적 작가로 병칭되었다.

17) 장협(張協) : 서진(西晉) 안평(安平) 사람으로 자는 경양(景陽)이다. 어려서부터 명성을 얻어 형 장재(張載), 동생 장항(張亢)과 함께 '삼장(三張)'으로 불렸다. 처음에 공부연(公府掾)에 올랐고, 비서랑(秘書郎)을 지냈는데, 청렴하고 욕심 없이 정

靈運)[18]은 원가(元嘉) 연간(424~452)의 영웅이었고 연년(延年) 안연지(顔延之)[19]는 그의 보좌관이었다."

"시에는 삼의(三義)가 있다.[20] (이 삼의를 크게 펼쳐) 그것들을 잘 참작하여 사용하며 풍력(風力)으로써 근간을 삼고 단채(丹彩)로써 그것을 윤택하게 하여, 그것을 음미하는 사람들로 하여금 여운이 끝이 없도록 하고 듣는 사람들로 하여금 마음을 움직이게 하는 것, 이것이 시의 지극한 경지이다. 만약 오로지 비(比)나 흥(興)만을 사용한다면

치를 했다. 보화음령(補華陰令)으로 옮겼다가 중서시랑(中書侍郎)으로 전근했으며, 관직이 하간내사(河間內史)에 이르렀다. 천하가 점점 혼란스러워지자 속세와 인연을 끊고 자연에 은거하여 시문(詩文)을 지으면서 여생을 보냈다.

18) 사령운(謝靈運, 385~433) : 중국 동진(東晉)의 시인이다. 조부 현(玄)이 회비의 싸움(383)에서 대공을 세워 강락공(康樂公)에 책봉되었다. 부친 환은 일찍 죽었기에 젊어서 조부의 뒤를 이었기 때문에 사강락(謝康樂)이라고 칭해졌다. 명문 출신이었으므로 정치에 야심을 품고 있었으나, 진이 멸망하고 송이 건국되자 작위(爵位)를 강등당한 후 중요한 관직에도 있지 못해서 항상 불만을 가지고 있었다. 그 불만의 배설구로서, 회계와 영가(永嘉)의 아름다운 산수에 마음을 두어 훌륭한 시를 남겼다. 결국 최후에는 모반의 죄를 쓰고 처형되었다. 그의 시는 종래의 노장류(老莊流)의 현언시(玄言詩)의 풍을 배제하고, 새로이 산수시의 길을 개척한 것으로 높이 평가되어 후세에 끼친 영향이 크다.

19) 안연지(顔延之, 384~456) : 자는 연년(延年)이다. 송나라 무제(武帝)·소제(少帝)·문제(文帝)를 섬겨 국자좨주(國子祭酒)·시안태수(始安太守)·중서시랑(中書侍郎)·영가태수(永嘉太守) 등을 역임했다. 성질이 과격하고 술을 즐겼으며, 흔히 귀족들에게서 볼 수 있는 것과 같이 언행에 조심성이 적어 혹평을 받기도 했으나, 생활은 매우 검소했고 재물을 가벼이 여겨 연명(淵明) 도잠(陶潛)에게 술과 돈을 준 이야기는 유명하다. 사령운(謝靈運)과 함께 '안사(顔謝)'라 일컬어지며, 작품은 연어(練語)와 대구(對句)를 중시한 형식미가 돋보인다.

20) 시에는…… 있다 : 『시품(詩品)』「서(序)」에 보이는 내용으로, 인용된 문장에서 "첫째는 흥, 둘째는 비, 셋째는 부이다. 글은 이미 다했으나 뜻이 남아 있는 것이 흥이다. 사물을 통해 의도를 비유한 것이 비이다. 사실을 그대로 쓰고 말을 빌려 사물을 표현하는 것이 부이다. 이 삼의를 크게 펼쳐[一曰興, 二曰比, 三曰賦. 文已盡而意有餘, 興也. 因物喩志, 比也. 直書其事, 寓言寫物, 賦也. 宏斯三義,]"라는 앞 구절이 생략되어 있다.

의(意)가 너무 깊어지는 폐단이 생기고, 의(意)가 깊으면 사(詞)에 차질이 생긴다. 만약 다만 부체(賦體)만 사용하면 의(意)가 뻔하게 되는 병폐가 생기고 의(意)가 뻔해지면 사(詞)가 산만해진다."

"서간(徐幹)[21]의 '그대를 그리워함이 흐르는 물과 같으니[思君如流水]'라는 구절[22]은 눈으로 보듯 표현이 생생하고, 조식(曹植)의 '높은 누대엔 슬픈 바람이 가득하고[高臺多悲風]'라는 구절[23]은 또한 직접 보듯 묘사가 또렷하다. 장화(張華)[24]의 '맑은 새벽 농산 꼭대기에 오르고[淸晨登隴首]'라는 구절[25]은 고사를 인용하지 않았고, 사령운(謝靈運)의 '밝은 달은 쌓인 눈을 비추고[明月照積雪]'라는 구절[26]은 어찌 경

21) 서간(徐幹, 170~217) : 자는 위장(偉長)이다. 어려서 오경(五經)을 익히고, 성인이 되기 전에 이미 뛰어난 문장과 높은 식견으로 이름을 얻었다. 벼슬은 좨주연속(祭酒掾屬)·오관중랑장문학(五官中郎將文學) 등 낮은 관직에 머물렀고, 중용(重用)되지는 못했다. 이후 부패한 정치상과 도(道)가 땅에 떨어진 것을 보고 세상에 나가지 않고 두문불출하며 학업을 닦았다. 196년경 조조(曹操)가 군사를 일으켰을 때 잠시 이에 참여하기도 했으나, 병으로 사직하고 귀향해 48세로 죽었다. 건안 연간(196~220)에 공융(孔融)·진림(陳琳)·왕찬(王粲)·완우(阮瑀)·유정(劉楨)·응창(應瑒)과 함께 건안칠자(建安七子)로 불렸다. 장구(章句)를 중시하는 훈고학(訓詁學)을 지양(止揚)했고, 특히 부(賦)와 시(詩)에 뛰어났다.

22) 서간(徐幹)의 「잡시오수(襍詩五首)」 중 세 번째 작품은 다음과 같다. "浮雲何洋洋, 願因通我詞. 飄飄不可寄, 徙倚徒相思. 人離皆復會, 君獨無返期. 自君之出矣, 明鏡暗不治. <u>思君如流水</u>, 何有窮已時."

23) 조식(曹植)의 「잡영육수(雜詩六首)」 중 첫 번째 작품은 다음과 같다. "<u>高臺多悲風</u>, 朝日照北林. 之子在萬里, 江湖迥且深. 方舟安可極, 離思故難任. 孤鴈飛南游, 過庭長哀吟. 翹思慕遠人, 願欲托遺音. 形影忽不見, 翩翩傷我心."

24) 장화(張華, 232~300) : 자는 무선(茂先)이다. 완적(阮籍)에게 문재(文才)를 인정받아 위조(魏朝) 때 중서랑(中書郎)에 올랐고, 진(晉)의 무제(武帝) 때 오(吳)나라 토벌에 공을 세워 무후(武侯)에 봉하여졌다. 혜제(惠帝) 때는 사공(司空)이 되었다가 조왕(趙王) 사마윤(司馬倫)의 반란 때 살해당했다. 화려한 시문으로 알려졌고 장재(張載)·장협(張協)과 함께 삼장(三張)으로 불렸다.

25) 『북당서초(北堂書抄)』 「농편(隴篇)·청신등농수(淸晨登隴首)」 조(條) 중의 장화(張華)시에 "<u>淸晨登隴首</u>, 坎壈行山難. 嶺阪峻阻曲, 羊腸獨盤桓."이라는 구절이 보인다.

사(經史)에서 가져왔겠는가? 고금의 뛰어난 시어들은 대부분 따오거나 빌린 것이 아니라 모두 직접 찾아낸 것이다."

鍾嶸曰, 陳思爲建安之傑, 公幹仲宣爲輔. 陸機爲太康之英, 安仁景陽爲輔. 謝客爲元嘉之雄, 顏延年爲輔. 又曰, 詩有三義. 酌而用之, 幹之以風力, 潤之以丹彩, 使味之者無極, 聞之者動心, 是詩之至也. 若專用比興, 則患在意深, 意深則詞躓, 專用賦體, 則患在意浮, 意浮則詞散. 又云, 思君如流水, 旣是卽目, 高臺多悲風, 亦唯所見, 淸晨登隴首, 羌無故實, 明月照積雪, 詎出經史. 觀古今勝語, 多非補假, 皆由直尋.

1-10. 유협이 말한 시문이란

유협(劉勰)[27]은 다음과 같이 말했다.

"시는 항상 일정한 체재(體裁)가 있으나, 체재(생각이나 감정)는 일정한 위상이 있는 것이 아니다. 그것은 시인의 천성에 따라 적절하게 나누어지는데, 모든 체재에 능통하고 원만하기는 어렵다. 만약 시인이 시작 과정의 어려움을 오묘하게 이해한다면, 오히려 시를 짓는 과정은 쉽다고 생각할 것이다. 문득 그것이 쉽다고 생각한다면 그 어려

26) 사령운(謝靈運)의 「세모(歲暮)」는 다음과 같다. "殷憂不能寐, 苦此夜難頹. 明月照積雪, 朔風勁且哀. 運往無淹物, 年逝覺已催."

27) 유협(劉勰, 465~521) : 불전(佛典)을 비롯하여 각종 서적을 열독하여 많은 교양을 쌓았는데, 그의 심오한 학문적 소양은 『문심조룡(文心雕龍)』에 잘 나타나 있다. 이 책의 원고를 탈고하여 당시 문단의 중진이었던 심약(沈約)에게 교열을 부탁하자 심약은 한 번 보고 감탄하면서 그의 탁자 위에 정중히 놓았다고 한다. 소명태자(昭明太子)의 신임이 두터웠으며, 태자의 『문선(文選)』 편찬에는 그의 창작이론이 많은 영향을 미쳤다. 만년에는 출가하여 남경 교외의 정림사(定林寺)에서 승려로 보냈다.

움은 시를 짓는 과정에서 오게 될 것이다."[28]

"정(情)은 문장의 날줄이고, 사(辭)는 이치의 씨줄이다. 날줄이 바르게 된 뒤라야 씨줄이 이루어지듯이, 이치가 정해진 뒤에야 사(辭)가 펼쳐지게 된다."[29]

"훌륭한 문장은 드러난 부분도 있고 숨어 있는 부분도 있다. 숨어 있는 부분은 글의 이면에 함축되어 있는 중요한 뜻이고, 드러난 부분은 작품 내에서 가장 빼어난 부분이다."[30]

"문장의 내용은 사상에서 생겨나고 언어는 내용에서 생겨난다. 따라서 이 세 가지의 관계가 서로 잘 융화되었다면 그 문장은 틈새가 보이지 않는다. 하지만 반대로 세 가지 관계가 융합되지 않았다면 그 사이는 천리나 멀어질 것이다. 혹 이치는 자신의 마음속에 있는데 바깥 세상에서 구하고, 의미는 바로 눈앞에 있는데 생각은 산하의 저편에 있게 된다."[31]

"시인들의 시편은 감정을 드러내기 위해 문장을 구성했는데, 사부 작가의 부송(賦頌)은 문장을 짓기 위해 감정을 만들어낸다. 감정을 드러내기 위한 문장은 언어가 간략하여 진실을 표현할 수 있지만, 문장을 짓기 위한 작품은 지나치게 화려하여 번잡하게 된다."[32]

---

28) 유협(劉勰)의 『문심조룡(文心雕龍)』 「명시(明詩)」에 보인다.
29) 유협(劉勰)의 『문심조룡(文心雕龍)』 「정채(情采)」에 보인다.
30) 유협(劉勰)의 『문심조룡(文心雕龍)』 「은수(隱秀)」에 보인다.
31) 유협(劉勰)의 『문심조룡(文心雕龍)』 「신사(神思)」에 보인다.
32) 유협(劉勰)의 『문심조룡(文心雕龍)』 「정채(情采)」에 보인다.

"네 계절이 어지럽게 돌아가지만 흥이 일어 한가로움을 표현한 것이 귀하다. 물색이 비록 번잡하지만 문사를 간략하게 포치한 것이 뛰어나다. 흥취가 한들한들 가볍게 일어나지만, 감정은 갈수록 밝게 드러나 더욱 새로워져야 한다."[33)]

劉勰曰, 詩有恒裁, 體無定位, 隨性適分, 鮮能通圓. 若妙識所難, 其易也將至, 忽之爲易, 其難也方來. 又曰, 情者, 文之經, 辭者, 理之緯. 經正而後緯成, 理定而後辭暢. 又曰, 文之英蕤, 有秀有隱. 隱也者, 文外之重旨, 秀也者, 篇中之獨拔. 又曰, 意授於思, 言授於意, 密則無際, 疏則千裏. 或理在方寸, 而求之域表, 或議在咫尺, 而思隔山河. 又曰, 詩人篇什, 爲情而造文, 辭人賦頌, 爲文而造情. 爲情者要約而守眞, 爲文者淫麗而煩濫. 又曰, 四序紛廻, 而入興貴閑, 物色雖煩, 而析辭尚簡. 使味飄颻而輕擧, 情曄曄而更新.

1-11. 강엄이 말한 시란

강엄(江淹)[34)]은 「잡체삼십수서(雜體三十首序)」에서 다음과 같이 말했다.

---

33) 유협(劉勰)의 『문심조룡(文心雕龍)』「물색(物色)」에 보인다.

34) 강엄(江淹, 444~505) : 남조 양(梁)나라 제양(齊陽) 고성(考城) 사람으로, 자는 문통(文通)이다. 젊어서부터 문장으로 이름이 났고 의고시(擬古詩)를 잘 지었다. 유불도(儒佛道)에 통달했지만, 문학 활동은 송제(宋齊) 시대에 주로 했으며 만년에는 부진했다. 꿈에 한 사내가 나타나 붓을 주었을 때는 문장을 잘 짓다가 빼앗아가자 재주가 다했다고 하여 강랑재진(江郞才盡)이라는 고사성어가 생겼다. 대표작으로 한(漢)나라에서 송나라에 이르는 시인 30명의 작품을 모방한 잡체시(雜體詩) 30수가 있다. 부(賦)에는 「한부(恨賦)」와 「별부(別賦)」 2편이 있는데, 문사(文辭)가 화려하다.

"초(楚)나라의 운문과 한(漢)나라의 운문은 이미 같은 체재가 아니며, 위(魏)나라의 한시와 진(晉)나라의 한시도 참으로 다른 체재이다. 비유하자면 푸른색과 붉은색이 각각 색채를 이루는데 그것이 합해져야 색의 변화가 무궁하며, 궁(宮)과 상(商)이 각각 음을 이루는데 그것이 합해져야 곱고 부드러운 음의 변화가 끝이 없는 것과 같다."

江淹曰, 楚謠漢風, 旣非一骨, 魏製晉造, 固亦二體. 譬猶藍朱成彩, 錯雜之變無窮, 宮商爲音, 靡曼之態不極.

1-12. 심약의 시평

심약(沈約)은 다음과 같이 말했다.

"천기(天機)가 열리면 육정(六情)[35]이 저절로 고르게 되고, 육정이 막히면 음운(音韻)이 어그러진다."[36]

"다섯 가지 색이 선명하게 드러나고, 여덟 가지 소리가 유려하게 울려 퍼지는 것은 색채와 음률이 각 사물의 성질에 어울렸기 때문이다. 만약 궁(宮)과 우(羽)를 서로 변화시켜서 높은 음과 낮은 음을 엇섞어 가락을 이루려고 한다면, 앞에서 가벼운 음[浮聲, 平聲]을 사용했으면 뒤에는 반드시 무거운 음[仄聲]을 사용해야 한다. 5언으로 된 한 구 안에서는 음운의 높낮이가 모두 달라야 되고, 5언으로 된 두 구 안에서는 경중(輕重, 평측)이 모두 달라야 한다. 이와 같은 의미를 오묘하게

---

35) 육정(六情) : 인간의 여섯 가지 감정인 희(喜)·노(怒)·애(哀)·락(樂)·애(愛)·오(惡)를 말한다.

36) 심약(沈約)의 「답육궐문성운서(答陸厥問聲韻書)」에 보인다.

깨달아야만 비로소 시에 대해 말할 수 있다."[37]

"정(情)은 문장의 날줄이고, 사(辭)는 이치의 씨줄이다."[38]

"한(漢)나라에서 위(魏)나라에 이르기까지 사인(詞人)들의 문체(文體)는 세 번 변했다. 첫 번째는 마음을 열고 차분하게 생각하며, 시어에 의탁하여 화려하고 막힘없이 풀어내었다. 비록 아름답게 표현한 흔적은 남아 있지만 끝내 문학적인 운치에 이르게 되니 마땅히 공경(公卿)들의 잔치에 오를 만하다. 그러나 본래 모범적인 기준이 될 수 없으며 느슨하고 늘어지는 고질적인 병폐가 있다.[39] 그러므로 전정(典正)은 채택할 만하나 전혀 감정에 호소하지 못한다. 이러한 체재는 사령운에서 나와 완성되었다.

두 번째는 여러 사실을 모아 비슷한 것끼리 분류하여 대우가 되지 않으면 글로 지어 표현하지 않았다. 널리 사물을 이끌어 표현한 것은 훌륭한 일이지만 참으로 형식에 얽매인 것이다. 이따금 고어(古語)를 전부 빌려와 현재의 감정을 펼쳐내며, 궁벽진 말을 억지로 끌어와 다만 대우를 만들어 표현하는데, 다만 여러 사례는 볼 수 있지만 문득 정채는 잃어버렸다. 부함(傅咸)[40]의 오경(五經)[41]과 응거(應璩)[42]의

37) 심약(沈約)의 「사령운전론(謝靈運傳論)」에 보인다.

38) 유협(劉勰)의 『문심조룡(文心雕龍)』「정채(情采)」에 보인다. 왕세정은 심약이 한 말이라고 여긴 것 같다.

39) 원문에 "本非准的, 而疎慢闡緩膏肓之病."이 빠진 것을 보충하여 번역했다.

40) 부함(傅咸, 239~294) : 서진(西晉) 북지(北地) 니양(泥陽) 사람으로, 자는 장우(長虞)이다. 사람됨이 강직하고 간결하여 대절(大節)이 있었고, 문론(文論)을 잘했다. 무제(武帝) 함녕(咸寧) 초에 부친의 관작을 계승하여 태자세마(太子洗馬)에 올랐고, 청천후(淸泉侯)를 수여받은 뒤 상서좌승(尙書左丞)이 되었다.

41) 부함의 오경 : 부함은 「칠경(七經)」이란 집구시(集句詩)를 말하는데, 지금은 여섯 작품만 남아 있다. 양신(楊愼)이 『승암시화(升庵詩話)』에서 집구시의 효시가 왕안석(王安石)이 아니라 부함에서 시작된 것을 밝히고 그의 작품 한 수를 소개하고

지사(指事)[43]의 예는 비록 전적으로 이와 비슷하지는 않지만 그러한 종류에 포함시킬 수 있다.

그 다음은 시를 읊조리면 대단히 빼어난데 가락이 급박하며 수식이 지나치게 화려하여 사람의 마음을 현혹시키고 혼을 빼앗으니, 오색(五色)에 간색(間色)인 홍자(紅紫)가 있고 팔음(八音)에 음란한 정위(鄭衛)의 음악이 있는 것과 같다.[44] 이것은 포조(鮑照)[45]가 남긴 업적이다."[46]

沈約曰, 天機啓則六情自調, 六情滯則音韻頓舛. 又曰, 五色相宣, 八音協暢, 由乎玄黃律呂, 各適物宜. 欲使宮羽相變, 低昻舛節, 若前有浮聲, 則後須切響. 一篇之內, 音韻盡殊, 兩句之中, 輕重悉異. 妙達此旨, 始可言文. 又云, 情者, 文之經, 辭者, 理之緯. 又曰, 自漢至魏, 詞人才子, 文體三變, 一則啓心閑繹, 托辭華曠, 雖存工綺, 終致迂回, 宜登公宴, 然典正可采, 酷不入情. 此體之源, 出靈運而成也. 次則緝事比類,

---

있다.

42) 응거(應璩, 192~252) : 삼국 시대 위(魏)나라 여남(汝南) 사람으로 자는 휴련(休璉)이다. 박학하여 문장으로 명성을 떨쳤는데, 서기(書記)에 뛰어났다. 조상(曹爽)이 집정하자 법도에 어긋나는 일이 많았는데, 이것을 시로 풍자했다. 다시 시중이 되고, 저작(著作)을 전담했다. 「백일시(百一詩)」 또는 「신시(新詩)」라 하는 연작시를 지어 당시 사회를 풍자했다.

43) 응거의 지사 : 응거가 지은 풍자시 「백일시(百一詩)」를 가리킨다.

44) 오색에…… 같다 : 『논어』 「양화(陽貨)」에서, "자색이 붉은 색의 자리를 뺏는 것을 미워하며 정성이 아악을 어지럽히는 것을 미워한다.[惡紫之奪朱也, 惡鄭聲之亂雅樂也.]"라고 했다.

45) 포조(鮑照) : 남조(南朝) 송(宋)의 동해인(東海人)으로 자는 명원(明遠)이다. 시문에 능하여 문제(文帝) 때에 중서사인(中書舍人)이 되었는데 문제가 그의 문장을 좋아하여 스스로 누구도 자기에게 미치지 못한다고 생각했다. 저서에 『포참군집(鮑參軍集)』이 있다.

46) 소자현(蕭子顯)의 『남제서(南齊書)』에 보이는 내용이다. 소자현은 심약과 오균(吳均), 단초(檀超), 강엄(江淹) 등의 원고에 의거하여 『남제서』를 지었는데, 왕세정은 이 글을 심약이 한 말로 보고 있는 듯하다.

非對不發, 博物可嘉, 職成拘制, 或全借古語, 用申今情, 崎嶇牽引, 直爲偶說, 惟睹事例, 頓失精采. 此則傳咸五經, 應璩指事, 雖不全似, 可以類從. 次則發唱驚挺, 操調險急, 雕藻淫艶, 傾炫心魂, 猶五色之有紅紫, 八音之有鄭衛. 斯鮑照之遺烈也.

1-13. 유신이 말한 문학이란

유신(庾信)[47]은 「조국공집서(趙國公集序)」에서 다음과 같이 말했다.

"굴평(屈平)과 송옥(宋玉)의 문학은 슬픔과 원망이 깊은 데서 시작했고, 소무(蘇武)와 이릉(李陵)의 문학은 이별의 아픔을 대신하는 데서 태어났다. 위(魏)의 건안(建安, 196~220) 말기부터 진(晉)의 태강(太康, 280~289) 이래로 문예의 체재가 세 번 변했는데, 작가들은 각자 자신이 신령스런 뱀의 구슬[48]을 잡았다고 하거나 형산의 옥[49]을 품었다고 말한다."

---

47) 유신(庾信, 513~581) : 남북조 시대 북주(北周) 남양(南陽) 신야(新野) 사람으로 자는 자산(子山)이다. 문장이 기절(綺絶)하여 서릉(徐陵)과 이름을 나란히 해 '서유체(徐庾體)'로 불렸다. 거기대장군과 개부의동삼사(開府儀同三司)를 지내 세칭 '유개부(庾開府)'로 불린다. 총명하고 다재다능하여 여러 가지 서적을 열독(閱讀)했는데, 특히 『춘추좌씨전(春秋左氏傳)』에 통달했다. 양나라의 간문제(簡文帝)가 태자로 있을 때 아버지 유견오(庾肩吾)와 함께 두터운 신임을 받았고, 문풍(文風)은 후진들이 다투어 학습했다고 한다.

48) 신령스런 뱀의 구슬 : 수후(隨侯)가 외출했다가 허리 잘린 뱀을 보고 영물인 것 같아 약을 바르고 이어주었더니 살아서 기어갔다. 몇 해 지나자 뱀이 순백의 1촌 지름의 구슬을 물고 와 은혜를 갚았다고 한다. 구슬은 보름달처럼 빛을 내어 방을 밝힐 수가 있었다. 명월주(明月珠), 영사주(靈蛇珠)라고도 부른다. 『수신기(搜神記)』에 보인다.

49) 형산의 옥 : 화씨벽(和氏璧)을 말한다.

庾信曰, 屈平宋玉, 始於哀怨之深, 蘇武李陵, 生於別離之代. 自魏建安之末, 晉太康以來, 彫蟲篆刻, 其體三變. 人人自謂握靈蛇之珠, 抱荊山之玉矣.

1-14. 이중몽이 말한 시란

이중몽(李仲蒙)[50]은 다음과 같이 말했다.

"사물을 서술하면서 정을 직접 말하는 것을 부(賦)라고 이르니, 정과 사물을 전부 다 표현한다. 적당한 사물을 찾아 정을 의탁하는 것을 비(比)라고 이르니, 정을 사물에 붙인 것이다. 사물에 촉발되어 정을 일으킨 것을 흥(興)이라고 이르니, 사물이 정을 격동시킨 것이다."[51]

"대우의 체재는 모두 네 가지 대구가 있다. 언대(言對)는 쉽고 사대(事對)는 어렵고 반대(反對)는 뛰어나고 정대(正對)는 용렬하다."[52]

---

50) 이중몽(李仲蒙) : 미상. 동파 소식이 「이중몽애사(李仲蒙哀詞)」를 남겼다.

51) 송(宋) 호인(胡寅)의 『비연집(斐然集)』「치이숙이(致李叔易)」에도 보인다.

52) 유협(劉勰)이 『문심조룡(文心雕龍)』「여사(麗辭)」에서 말한 사대(四對)는 다음과 같다. 언대(言對)란 두 개의 구를 병렬하되 사례를 인용하지 않는 것이고, 사대(事對)란 인사(人事)와 관련된 두 가지 사례를 들어 증명하고자 하는 것이며, 반대(反對)란 이치가 서로 상반되는 주제를 동일한 취지로 결합한 것이고, 정대(正對)란 사실 그 자체는 동일하지 않으나 거기에 담긴 내용은 동일한 것을 함께 결합한 것을 말한다. 마음속에 있는 말을 대우의 형식으로 엮기만 하면 되니까 언대란 비교적 손쉬운 것이고, 한 인간의 학문을 드러내야 하니까 사대란 상대적으로 어려운 것이며 겉으로 드러나는 것과 안에 감추어진 것이 같지 않은 사례들을 통하여 동일한 내용을 전달해야 하니까 반대는 그 수준이 높은 것이고, 두 개의 구절 모두에 전달하려는 동일한 내용이 담겨 있으니 정대란 그 질적 수준이 떨어지는 것이라 할 수 있다.

李仲蒙曰, 敍物以言情謂之賦, 情物盡也. 索物以托情謂之比, 情附物也. 觸物以起情謂之興, 物動情也. 又曰, 麗辭之體, 凡有四對. 言對爲易, 事對爲難, 反對爲優, 正對爲劣.

1-15. 독고급이 말한 시란

독고급(獨孤及)[53]은 「당안정황보공집서(唐安定皇甫公集序)」에서 다음과 같이 말했다.

> "한(漢)과 위(魏) 시대가 비록 이미 '갓 베어 낸 통나무가 다시 쪼개지고 다듬어지면 여러 가지의 그릇이 되는 것'[54]처럼 문장의 기교를 부렸는데, 작가들은 오히려 본질은 넘쳐났지만 수식은 부족했다. 지금의 관점에서 옛날을 헤아려본다면, 시문은 질박했지만 여운이 있었다.[55] 첨사(詹事) 심전기(沈佺期)[56]와 고공랑(考功郎) 송지문(宋之問)[57]

---

53) 독고급(獨孤及, 725~777) : 자는 지지(至之)로 낙양 사람이다. 천보(天寶) 말에 대책으로 급제했고 화음위(華陰尉)가 되었다. 대종(代宗) 광덕(廣德) 원년에 좌습유가 되었다가 조금 있다가 태상박사(太常博士)가 되었으며, 예부(禮部)와 이부(吏部) 원외랑을 지냈다. 성격이 효우(孝友)했고, 후배 끌어주기를 좋아했다. 문장을 지어 선악을 분명하게 밝혔으며, 의론에 뛰어났다.

54) 『도덕경(道德經)』 28장에 보이는 표현이다.

55) '주현소월(朱弦疏越)'과 '대갱유미(大羹遺味)'는 『예기(禮記)』 「악기(樂記)」의 "청묘를 노래할 때의 큰 거문고는 붉은 연사를 드린 줄에다 밑에 구멍을 드문드문 뚫는다.[淸廟之瑟, 朱弦而疏越.]"라는 언급과 "국에 양념을 섞지 않는 데에는 그 속에 다하지 못한 여미가 있는 것이다.[大羹不和, 有遺味者矣.]"라는 표현에서 유래했다. 본질은 질박하지만 운치가 넘치는 것을 비유하는 말이다.

56) 심전기(沈佺期, ?~713) : 자는 운경(雲卿)으로 상주(相州) 사람이다. 오언시(五言詩)에 뛰어났다. 그는 늘 궁중에서 임금의 잔치에 참석했으며, 황제가 학사들을 불러 「회파무(迴波舞)」를 부르게 하자 심전기가 그 가사를 지어 임금을 즐겁게 했다. 이에 임금이 그에게 상아와 비단을 하사하기도 했다.

이 처음으로 평측의 율시를 완성하여 오색의 찬란함이 밝게 드러나게 되었다. 그것을 말로 읊으면 사성(四聲)이 제자리를 찾으며 노래로 부르면 음을 이룬다. 사람의 감정에 격발된 것을 화려하게 꾸민 공이 이에 이르러 비로소 갖춰지게 된 것이다. 비록『시경』아(雅)의 질박함과는 거리가 점점 멀어졌지만, 수식의 이로움은 옛날 문학작품보다 뛰어나게 되었다. 이것은 소도(小鼗)가 토고(土鼓)[58]에서 나온 것이나 전주문자(篆籀文字)가 조적(鳥跡)에서 발생한 것과 같은 관계이다."

獨孤及曰, 漢魏之間, 雖已樸散爲器, 作者猶質有餘而文不足. 以今揆昔, 則有朱弦疏越大羹遺味之歎. 沈詹事宋考功始裁成六律, 彰施五彩, 使言之而中倫, 歌之而成聲. 緣情綺靡之功, 至是始備. 雖去雅寖遠, 其利有過於古, 亦猶路鼗出於土鼓, 篆籀生於鳥跡.

1-16. 유우석이 말한 시란

유우석(劉禹錫)[59]은「동씨무릉집기(董氏武陵集紀)」에서 다음과 같이 말했다.

---

57) 송지문(宋之問, ?~712) : 자는 연청(延清)이다. 측천무후에게 시재를 인정받아 심전기와 함께 궁중시인으로 활약했다. 형식적으로 완정한 율시를 잘 지었다. 심전기와 송지문은 시의 율(律)과 운(韻)에 커다란 공헌을 했다.

58) 토고(土鼓) : 중국 주나라 때 쓰던 타악기의 하나로, 흙을 구워 만든 통에 가죽을 대고 북채로 옆을 쳐서 소리를 낸다.

59) 유우석(劉禹錫, 772~842) : 당(唐)나라 중산(中山) 출신으로 자는 몽득(夢得)이다. 농민의 생활 감정을 노래한「죽지사(竹枝詞)」를 지었고,「유지사(柳枝詞)」와「삽전가(揷田歌)」등도 지었다. 만년에는 백거이와 교유하면서 시문에 정진했다. 백거이는 그를 시호(詩豪)로 추앙했다. 문집으로『유빈객문집(劉賓客文集)』과 외집(外集)이 있다.

"한 마디 말로 백가지 뜻을 밝히고 몸은 움직이지 않고 마음만 내달려도 만 가지 경치를 부릴 수 있는 것은, 시에 뛰어난 사람만이 할 수 있다. 『시경』 풍아(風雅)의 체재는 정체(正體)에서 변체(變體)로 변했지만 흥(興)은 같으며, 고금의 가락은 다르지만 이치는 하나이니, 시에 통달한 사람만이 이를 구현할 수 있다."

劉禹錫曰, 片言可以明百意, 坐馳可以役萬景, 工於詩者能之. 風雅體變而興同, 古今調殊而理一, 達於詩者能之.

1-17. 이덕유가 말한 시란

이덕유(李德裕)[60]는 「문장론(文章論)」에서 다음과 같이 말했다.

"옛사람의 시어가 뛰어난 것은 대개 말이 빼어나고 공교로우며, 감정을 적절하게 표현하면서 음운을 염두에 두지 않은 것들이다. 뜻을 다 표현하면 그쳐서, 작품을 이룰 때 산행(散行)과 제행(齊行, 또는 대구)에 구애받지 않았다. 그래서 작품에 용렬하게 이룬 곡조[61]가 없으며 시어에 정련하지 않은 천속(淺俗)한 구가 없게 되었다."

"시는 해와 달처럼 영원히 항상 볼 수 있지만 그 빛은 늘 새로워야

60) 이덕유(李德裕, 787~849) : 자는 문요(文饒)이다. 경학(經學)・예법을 존중하고 귀족적 보수파로서 번진(藩鎭)을 억압하고, 위구르 등 외족을 격퇴하는 데 힘써 중앙집권의 강화를 꾀했다. 840~846년 무종(武宗)의 회창연간(會昌年間)에 권세를 누려 이종민(李宗閔)・우승유(牛僧孺) 등의 반대파를 탄압했고 폐불(廢佛)을 단행했다.

61) 용렬하게 이룬 곡조 : 육기(陸機)는 「문부(文賦)」에서, "악곡을 이루기 위해서는 속된 음조도 넣어야 한다.[放庸音以足曲]"라고 했다. '족곡(足曲)'은 이 말에서 따온 것으로 보인다.

한다."

李德裕曰, 古人辭高者, 蓋以言妙而工, 適情不取於音韻, 意盡而止, 成篇不拘於隻耦. 故篇無足曲, 詞寡累句. 又曰, 譬如日月, 終古常見, 而光景常新.

1-18. 피일휴가 말한 시란

피일휴(皮日休)[62]는 「유조강비(劉棗强碑)」에서 다음과 같이 말했다.

"백번 단련하여 시어를 완성하고 천번 단련하여 시구를 완성한다."

皮日休曰, 百煉成字, 千煉成句.

1-19. 교연이 말한 시란

승려 교연(皎然)[63]은 『시식(詩式)』에서 다음과 같이 말했다.

62) 피일휴(皮日休, ?~?) : 자는 일소(逸少)·습미(襲美), 호는 취음선생(醉吟先生)·간기포의(間氣布衣)다. 일찍이 고향 근처의 녹문산(鹿門山)에 은거하여 시와 술을 벗 삼았다. 의종 함통 8년(867) 진사시험에 합격한 뒤, 저작랑(著作郎)과 태상박사(太常博士) 등을 지냈다. 희종 건부 5년(878) 황소(黃巢)의 군대가 강절(江浙)을 넘어오자 황소에게 잡혀 한림학사(翰林學士) 직을 받았다. 황소가 패한 뒤 이후의 행적은 알 수 없다. 당 조정에 의해 살해되었다고도 하고, 황소에게 피살되었다고도 한다. 시에서는 신악부운동(新樂府運動)을 계승했고 산문에서는 고문운동(古文運動)을 이어받았다.

63) 교연(皎然, ?~?) : 성은 사(謝)이고 이름은 주(晝) 또는 청주(淸晝)이다. 진(晉)나라의 시인 사령운(謝靈運)의 10대손이다. 현종(玄宗) 때 태어난 것으로 추정되는데, 출가한 뒤에도 시를 좋아하고 고전에 관한 조예가 깊어 안진경(顔眞卿)을 비롯

“시에는 사심(四深)과 이폐(二廢)와 사리(四離)가 있다. 사심(四深)은 다음을 이른다. 기상이 넘쳐 넓게 퍼진 것은 체격과 기세가 깊은 데에서 말미암고 의경(意境)과 풍격이 넓게 구현된 것은 작용이 깊은 데에서 말미암으며, 운율을 사용하되 그에 얽매이지 않는 것은 성운(聲韻)의 대응이 깊은 데에서 말미암고 고사(故事)의 인용이 경직되지 않는 것은 본래 고사의 의미에 대해 지식이 깊은 데서 말미암는다.

이폐(二廢)는 다음을 이른다. 비록 기교를 버리고 있는 그대로를 높여야 하나, 신사(神思)를 버려서는 안 된다. 비록 어휘를 버리고 의미를 높여야 하지만, 전려(典麗)를 버려서는 안 된다.

사리(四離)는 다음을 이른다. 정(情)을 말하려 해도 너무 치우친 것을 벗어나야 하고 경사(經史)를 활용하려 하나 책상물림의 태도에서 벗어나야 하며, 고상하고 초월하고자 하나 현실과 동떨어진 것에서 벗어나야 하고 살아 움직이는 듯해야 하나 가볍고 들뜬 것에서 벗어나야 한다.”

釋皎然詩曰, 詩有四深二廢四離. 四深謂氣象氛氳, 深於體勢, 意度槃薄, 深於作用, 用律不滯, 深於聲對, 用事不直, 深[64]於義類. 二廢謂雖欲廢巧尚直, 而神思不得直[65], 雖欲廢言尚意, 而典麗不得遺. 四離謂欲道情而離深僻, 欲經史而離書生, 欲高逸而離閑遠, 欲飛動而離輕浮.

한 당시의 명사들과도 교제하면서 이름을 떨쳤다. 시는 근체(近體)보다 고체시나 악부에 뛰어났으며, 중후한 형식 속에 솔직한 감회가 흐르고 있다. 제기(齊已), 관휴(貫休)와 함께 당나라의 삼대시승(三大詩僧)으로 꼽힌다.

64) 『시식(詩式)』에는 ‘심(深)’자 앞에 ‘유(由)’자가 있다.

65) 『시식(詩式)』에는 ‘직(直)’이 ‘치(置)’로 되어 있다.

1-20. 매요신이 말한 시란

성유(聖俞) 매요신(梅堯臣)[66]은 다음과 같이 말했다.

"생각이 공교로운 사람은 그려내기 어려운 정경(情景)도 잘 묘사하니, 마치 눈앞에 펼쳐져 있는 듯 그려낸다. 또 끝없는 의미를 함축하여 언외(言外)에 드러낸다."[67]

梅聖兪曰, 思之工者, 寫難狀之景, 如在目前, 含不盡之意, 見於言外.

1-21. 엄우의 흥취

엄우(嚴羽)는 『창랑시화(滄浪詩話)』에서 다음과 같이 말했다.

"시에는 별도의 재주가 있으니, 책과는 무관하다. 시에는 별도의 지취(旨趣)가 있으니, 이는 이치와는 상관이 없다. 그러나 책을 읽고 이치를 궁구한 것이 많지 않으면 시의 지극한 경지에는 도달할 수 없다."

"성당(盛唐)의 여러 시인들은 오직 흥취(興趣)에만 뜻을 두어, 영양(羚羊)이 뿔을 거는 것[68]과 같아서 그 자취를 찾을 수가 없다. 그렇기 때문에 그 오묘한 곳은 투철하고 영롱하여 무어라 꼬집어 말할 수 없

---

66) 매요신(梅堯臣, 1002~1060) : 송대 시인으로, 자는 성유(聖兪), 호는 원릉(宛陵)이다. 세련되고 정밀한 구법(句法)이 특징이며, 두보(杜甫) 이후 최대의 시인이라는 상찬을 받았다.

67) 구양수(歐陽脩)의 『육일시화(六一詩話)』에 보인다.

68) 영양(羚羊)이 뿔을 거는 것 : 영양은 뿔이 앞으로 꼬부라진 염소이다. 이 염소는 잠을 잘 때, 적의 해를 피하기 위해 꼬부라진 뿔을 나뭇가지에 걸고 허공에 매달려 잔다고 한다. 『전등록(傳燈錄)』에 보인다.

다. 마치 허공 중의 소리와 형상 중의 빛깔, 물 속의 달, 거울 속의 형상과 같아서, 말은 다함이 있어도 뜻은 다함이 없다."

嚴羽曰, 詩有別才, 非關書也. 詩有別趣, 非關理也. 然非多讀書, 多窮理, 則不能極其至. 又曰, 盛唐諸公, 惟在興趣, 羚羊掛角, 無跡可求. 故其妙處透徹玲瓏, 不可輳泊, 如空中之音, 相中之色, 水中之月, 鏡中之象, 言有盡而意無窮.

1-22. 당경이 말한 문장의 길

당경(唐庚)[69]은 다음과 같이 말했다.

"법이 지나치게 엄하면 은혜가 적게 된다.[70] 무릇 처음 뜻을 세울 때에는 반드시 어렵고 쉬운 두 가지 방법이 있다. 그러나 배우는 사람들은 자신들이 부족한 부분을 억지로 어떻게 할 수가 없어서 종종 어려운 길을 버리고 쉬운 길만을 선택하게 된다. 문장에서도 뛰어난 것이 드문 이유는 늘 이 때문이다."[71]

唐庚云, 律傷嚴, 近寡恩. 大凡立意之初, 必有難易二塗, 學者不能强所劣, 往往舍難而取易. 文章罕工, 每坐此也.

---

69) 당경(唐庚, 1071~1121) : 북송 사람으로, 자는 자서(子西)이다. 자구(字句)의 정연함을 강구하여 풍격은 비교적 세련되고 정밀하며 힘이 있었다. 사람들이 '소동파(小東坡)'라 불렀다.

70) 법이…… 된다 : 『공총자(孔叢子)』「기문(記問)」에 "관중이 법을 담당했는데, 관중이 죽자 엄한 법도 사라졌으며 너무 엄하여 은혜가 적었다.[管仲任法, 身死則法息, 嚴而寡恩也.]"란 말이 있는데, 이 표현을 빌려 쓴 것으로 보인다.

71) 『당자서어록(唐子西語錄)』에 보인다.

1-23. 섭몽득이 말한 시란

섭몽득(葉夢得)[72]은 『석림시화(石林詩話)』에서 다음과 같이 말했다.

"지금까지 시에 대해 논한 것이 많지만 나는 다만 탕혜휴(湯惠休)[73]의 '부용처럼 떠오르는 태양[初日芙蓉]'과[74] 심약(沈約)의 '탄환이 손에서 빠져나간다[彈丸脫手]'라는[75] 두 가지 언급을 좋아하는데, 시에 대한 느낌을 가장 잘 표현했기 때문이다. '부용처럼 떠오르는 태양'은 사람의 힘으로는 어떻게 해 볼 수가 없는 것으로, 화려하고 오묘한 뜻이 자연스럽게 조화 밖으로 드러난 것이다. '탄환이 손에서 빠져나간다'라는 것은 비록 쉽고 재빠르게 묘사한 것이지만, 그 정밀하고 원만한 오묘함이 발휘된 것이다. 시를 지을 때 이러한 경지에 이른다면 어찌 더 보탤 것이 있겠는가."

또 '구름에는 세 종류가 있다.[雲間有三種]'는 선종(禪宗)의 말을 인용하여 다음과 같이 말했다.

"그 첫 번째는 '구름이 바람 따라 흘러가는 것[隨波逐浪]'인데, 이것은 사물의 변화에 대응하는 것으로 이전의 일정한 형식을 고집하지 않는 것을 말한다. 두 번째는 '모든 흐름을 끊어버리는 것[截斷衆流]'으

---

72) 섭몽득(葉夢得, 1077~1148) : 송나라 사람으로, 자는 소온(少蘊), 호는 석림(石林)이다. 저서로는 『석림시화(石林詩話)』 등이 있다.

73) 탕혜휴(湯惠休) : 남조(南朝) 송(宋)나라 시인으로, 자는 무원(茂遠)이다. 젊은 나이에 승녀가 되었다.

74) 이 작품은 『석림시화(石林詩話)』와 『시인옥설(詩人玉屑)』 등에 보이는데, 전문은 다음과 같다. "公詩何以解人愁, 初日芙蓉映碧流. 未惜元劉爭獨步, 不妨陶謝與同游."

75) 본래 이 말은 심약이 사조(謝朓)의 '好詩圓美流轉如彈丸'이란 말을 인용하여 왕균(王筠)의 시를 평가한 것이다. 『남사(南史)』 「왕균전(王筠傳)」에 보인다.

로, 말 밖으로 초연히 벗어나 일반적인 감정이나 지식으로는 이를 수 없는 경지를 말한다. 세 번째는 '하늘과 땅을 모두 뒤덮은 것[函蓋乾坤]'인데, 완전히 꽉 채워져서 엿볼 수 있는 조그마한 틈도 없는 것을 말한다."

葉夢得云, 古今談詩者, 多矣, 吾獨愛湯惠休初日芙蓉沈約彈丸脫手兩語, 最當人意. 初日芙蓉, 非人力所能爲, 精彩華妙之意, 自然見於造化之外. 彈丸脫手, 雖是輸寫便利, 然其精圓之妙, 發之於手. 作詩, 審到此地, 豈復更有餘事. 又有引禪宗論三種曰, 其一隨波逐浪, 謂隨物應機, 不主故常. 其二截斷衆流, 謂超出言外, 非情識所到. 其三函蓋乾坤, 謂泯然皆契, 無間可俟.

1-24. 진역증이 말한 시란

진역증(陳繹曾)[76]은 『시보(詩譜)』에서 다음과 같이 말했다.

"정(情)이 참되고 경(景)이 참되며, 의(意)가 참되고 사(事)가 참되야 한다. 청명한 심경을 맑게 드러내고 진실한 감정을 드러내야 한다."

陳繹曾曰, 情眞, 景眞, 意眞, 事眞. 澄至淸, 發至情.

76) 진역증(陳繹曾, ?~?) : 원나라 사람으로, 자는 백부(伯敷) 또는 백부(伯孚)이다. 서법(書法)에 능통했던 인물이다.

1-25. 이몽양이 말한 시란

이몽양(李夢陽)[77]은 「재여하씨서(再與何氏書)」에서 다음과 같이 말했다.

"옛 사람이 시를 지을 때에 그 방식은 여러 가지였다. 그러나 대개 앞부분에서 성글게 표현했으면 뒷부분에서는 반드시 촘촘하게 엮고 절반을 성글게 했다면 나머지 반은 반드시 세밀하게 했다. 한 번 실(實)을 쓰면 한 번은 반드시 허(虛)를 쓰고, 경(景)이 중첩되면 의(意)는 반드시 둘로 나누었다."

"(심약은 다음과 같이 말했다.)[78] '앞부분에 평성(平聲)이 있으면 뒷부분에는 측성(仄聲)을 놓는다. 한 편의 작품 속에 음운(音韻)은 모두 같지 않아야 한다. 두 구(句) 사이에는 음운(音韻)의 경중(輕重)도 모두 달라야 한다.' 이것은 사람처럼 혼(魂)이 백(魄)에 실려 있어 태어날 때 몸[魄]이 있다면 거기에는 이러한 법칙[魂]이 있게 되는 것이다."

李夢陽曰, 古人之作, 其法雖多端, 大抵前疏者後必密, 半闊者半必細, 一實者一必虛, 疊景者意必二. 又云, 前有浮聲, 則後須切響. 一簡之內, 音韻盡殊. 兩句之中, 輕重悉異. 卽如人身, 以魂載魄, 生有此體, 卽有此法也.

---

77) 이몽양(李夢陽, 1475~1529) : 전칠자(前七子)의 한 사람으로, 자는 헌길(獻吉), 호는 공동자(空同子)이다. 저서로는 『공동집(空同集)』이 있다.

78) 이몽양(李夢陽)의 「재여하씨서(再與何氏書)」(『공동집(空同集)』)에 따라 보충한다.

1-26. 하경명이 말한 시란

하경명(何景明)은 「여이공동논시서(與李空同論詩書)」에서 다음과 같이 말했다.

"의(意)와 상(象)이 서로 일치된 것을 '합(合)'이라 하고, 의와 상이 서로 어긋난 것을 '이(離)'라 한다."

何景明曰, 意象應曰合, 意象乖曰離.

1-27. 서정경이 말한 시란

서정경(徐禎卿)은 『담예록(談藝錄)』에서 다음과 같이 말했다.

"정(情) 때문에 기(氣)가 일어나고 기(氣)로 인하여 성(聲)이 이루어지며, 성(聲)으로 인해 사(詞)가 조합되고 사(詞)로 인해 운(韻)이 정해지니, 이것이 시의 기본이다. 그러나 정(情)은 사실 오묘한 것이기에, 반드시 깊이 생각하여 그 오묘한 경지를 다 궁리해야 한다. 기(氣)에는 거칠고 나약한 측면이 있기에, 반드시 의지[力]로 그 거칠고 나약한 부분을 없애야 한다. 사(詞)는 적절하게 놓기 어렵기에 반드시 재주로써 가장 합당한 것을 찾아야 한다. 재주를 부리면 쉽게 휘날리게 되니 반드시 질박함[質]으로 날리는 재주를 진정시켜야 한다. 이것이 시가 형성되어지는 과정이다. 만일 심기(心機)를 오묘하게 내달려 어느 곳에 든지 절주(節奏)에 합당하게 된다면, 혹 큰 뜻으로써 의(義)를 세우기도 하고 큰 문장으로 마음을 다 표현하기도 하며, 혹 주현(朱絃)[79]처

79) 주현(朱絃) : 누인 실을 사용한 거문고의 줄로 실이 익어서 소리가 탁하다. 『예기

럼 느릿하게 연주되기도 하고 빠른 화살처럼 급박하게 연주되기도 하며, 혹 시작은 재빠르다가도 중간에는 느릿느릿 하기도 하고 처음에는 여유롭다가도 나중에 촉박하기도 하며, 혹 강개하여 장엄하기도 하고 구슬퍼 눈물을 흘리기도 하며, 혹 평범한 듯하지만 빼어난 것이 되기도 하고 기이함을 드러냈는데 평이하게 보이기도 하니, 이것은 윤편(輪扁)[80]의 초탈한 깨달음으로 그것을 자세하게 설명해 줄 수는 없다."

"흐릿하게 싹이 움트는 것은 정(情)이 샘솟는 것이다. 넓고 깊게 넘치는 것은 정(情)이 넘실대는 것이다. 이어지고 연결되는 것은 정(情)이 한결같은 것이다. 빠르게 내달리는 것은 기(氣)가 이른 것이다. 간결하게 다듬은 것은 사(思)를 요약한 것이다. 운을 올리고 내리면서 서로 통하게 하는 것은 운(韻)이 가지런한 것이다. 뒤섞여 하나가 된 것

(禮記)』「악기(樂記)」에 "「청묘」의 슬은 붉은 줄로 되어 있고 소리가 느려 한 사람이 선창하면 세 사람이 화답하여 여음(餘音)이 있다.[淸廟之瑟, 朱絃而疏越, 壹倡而三嘆, 有遺音者矣.]"라고 했다. '월(越)'은 거문고 아래에 있는 구멍이고 '소(疏)'는 통한다는 뜻으로 구멍을 크게 틔우는 것인데, 구멍이 크면 소리가 느리다. 전하여 아름다운 오묘한 음악을 말한다.

80) 윤편(輪扁) : 수레바퀴를 만드는 장인이다. 제(齊)나라 환공(桓公)이 당상(堂上)에서 책을 읽고 있었는데, 당하(堂下)에서 수레바퀴를 깎던 윤편이 "임금께서 읽고 있는 것은 옛사람의 찌꺼기입니다."라 했다. 이에 그 이유를 묻자, 다음과 같이 말했다. "수레를 만들 때 너무 깎으면 헐거워서 튼튼하지 못하고 덜 깎으면 빡빡해서 들어가지 않습니다. 더 깎지도 덜 깎지도 않는 일은 손짐작으로 터득하여 마음으로 수긍할 뿐이지 입으로 말할 수가 없습니다. 거기에 비결이 있습니다만, 제가 제 자식에게 깨우쳐 줄 수도 없고 자식 역시 제게서 물려받을 수도 없습니다. 그래서 이 나이에도 늙도록 수레바퀴를 깎고 있는 것입니다. 옛사람도 그 전해 줄 수 없는 것과 함께 죽어 버렸습니다. 따라서 전하께서 읽고 계신 것은 옛사람들의 찌꺼기일 뿐입니다."『장자(莊子)』「천도(天道)」에 보인다. 문자로 남아 있는 성인(聖人)의 말씀들은 찌꺼기일 뿐이고 그 내면에 담긴 오묘한 진리는 스스로 체득하지 않으면 알 수 없다는 의미이다.

은 질(質)로 단속한 것이다. 분명하고 원만하게 드러낸 것은 사(詞)로 꾸민 것이다."

"『시경』 삼백 수를 익히면 시의 근원을 넓힐 수 있고 「고시십구수(古詩十九首)」를 익히면 시의 흥취를 단속할 수 있다. 웅장하고 고준(高峻)한 악부(樂府)를 익히면 시의 기운을 돋게 할 수 있다. 의미가 깊고도 세밀한 『이소(離騷)』를 배우면 시의 생각에 도움이 된다."

徐禎卿曰, 因情以發氣, 因氣以成聲, 因聲而繪詞, 因詞而定韻, 此詩之源也. 然情實眑渺, 必因思以窮其奧. 氣有粗弱, 必因力以奪其偏. 詞難妥貼, 必因才以致其極. 才易飄揚, 必因質以定其侈. 此詩之流也. 若夫妙騁心機, 隨方合節, 或鈞旨以植義, 或宏文以盡心, 或緩發如朱絃, 或急張如躍栝, 或始迅以中留, 或旣優而後促, 或慷慨以任壯, 或悲悽而引泣, 或因拙以得工, 或發奇而似易, 此輪扁之超悟, 不可得而詳也. 又曰, 朦朧萌析, 情之來也. 汪洋曼衍, 情之沛也. 連翩絡屬, 情之一也. 馳軼步驟, 氣之達也. 簡練揣摩, 思之約也. 頡頏纍貫, 韻之齊也. 混純貞粹, 質之檢也. 明雋清圓, 詞之藻也. 又云, 古詩三百, 可以博其源. 遺篇十九, 可以約其趣. 樂府雄高, 可以厲其氣. 離騷深永, 可以裨其思.

1-28. 이동양이 말한 시란

이동양(李東陽)[81]은 『회덕당시화(懷德堂詩話)』에서 다음과 같이 말했다.

81) 이동양(李東陽, 1447~1516) : 명대 시인으로, 자는 빈지(賓之), 호는 서애(西涯)이다. 시의 인상비평과 작시(作詩)의 기술론을 상세히 전개한 『회덕당시화(懷德堂詩話)』가 있다.

"시는 반드시 눈을 갖추어야 하고 또한 반드시 귀를 갖추어야 한다. 눈은 격률(格律)을 주관하고 귀는 성률(聲律)을 주관한다."

"시의 법도를 이미 정한 이후에, 넘치게 해서 물결을 이루고 변화시켜 기이한 것이 되어야만 자연스런 오묘함이 있게 된다."

李東陽曰, 詩必有具眼, 亦必有具耳. 眼主格, 耳主聲. 又曰, 法度既定, 溢而爲波, 變而爲奇, 乃有自然之妙.

1-29. 왕유정이 말한 시란

왕유정(王維楨)[82]은 「답독학교삼석서(答督學喬三石書)」에서 다음과 같이 말했다.

"매미는 귀뚜라미와 함께 울지 않고 갈포 옷은 담비 가죽 옷과는 함께 입지 않는다. 슬픔과 기쁨은 다른 감정이요 울고 웃는 것은 다른 소리이니, 이것이 시의 이치이다. 만일 약방의 처방전처럼 세세하게 구분하고 사례를 모아 상황에 대비시키면서 참됨을 구하려 한다면, 이 또한 협소한 데 빠지게 된다."

王維楨曰, 蜩螗不與蟋蟀齊鳴, 絺綌不與貂裘並服. 戚悰殊愫, 泣笑別音, 詩之理也. 乃若局方切理, 蒐事配景, 以是求眞, 又失之隘.

---

82) 왕유정(王維楨, 1507~1556) : 호는 괴야(槐野)로, 저서에는 『괴야선생존사고(槐野先生存笥稿)』 등이 있다.

1-30. 황성증이 말한 시란

황성증(黃省曾)[83]은 「여이공동서(與李空同書)」에서 다음과 같이 말했다.

"시가(詩歌)의 도는 천성적인 감동과 신묘한 깨달음으로 본성의 유로(流露)에 근본하며 인공적인 조작을 말미암지 않는다. 옛사람은 시를 지어 노래로 부르면서 그 속마음을 그대로 드러내었다. 예를 들어 봄날의 혜초나 가을날의 꽃은 생기가 손에 잡힐 듯하며 의태가 막힘이 없으니, 꾸미거나 조작을 가할 필요가 없다. 말세에 풍기(風氣)가 무너져 곤충이나 학 같은 사물로 억지로 꾸며대며 서로 다투어 스승을 이어받았다고 자랑하는데, 비단 화폭에 그림을 그리면서 여러 채색 비단을 잘라 붙여 비록 엄격하게 그림을 꾸몄어도, 그 잘라낸 흔적이 이미 드러나는 것과 같다."

黃省曾曰, 詩歌之道, 天動神解, 本於情流, 弗由人造. 古人構唱, 眞寫厥衷, 如春蕙秋華, 生色堪把, 意態各暢, 無事雕模. 末世風頹, 矜蟲鬬鶴, 遞相述師, 如圖繒剪錦, 飾畫雖嚴, 割强先露.

1-31. 사진이 말한 시란

사진(謝榛)[84]은 『사명시화(四溟詩話)』에서 다음과 같이 말했다.

---

83) 황성증(黃省曾, 1490~1540) : 명나라 소주부(蘇州府) 사람으로, 자는 면지(勉之), 호는 오악(五岳)이다. 『이아(爾雅)』에 정통했다. 가정(嘉靖) 10년(1531) 향시(鄕試)에서 『춘추(春秋)』로 장원급제했지만 회시(會試)에서 연달아 불합격해 벼슬에 나가지 못했다. 왕수인(王守仁)과 담약수(湛若水)를 사사했고, 이몽양(李夢陽)에게는 시를 배웠다. 거침없이 방탕하게 살면서 평생을 마쳤다.

"근체시는 외어 읊조리면 행운유수(行雲流水)와 같아서, 들으면 마치 음악을 연주하는 것 같고 바라보면 밝은 노을과 펼쳐놓은 비단 같으며 의미를 찾아보면 하나의 고추에서 실을 뽑아내는 것과 같다. 시에는 조물주가 있어서 한 구라도 공교롭지 않으면 온 작품이 순정하지 못하니, 이것은 조물주가 완전하지 못한 것이다."

"칠언절구는 성당(盛唐)의 여러 시인들의 용운(用韻)이 가장 엄격하다. 성당은 돌연 평지돌출하듯 일어났는데 음운을 위주로 하고 시어의 공교로움에 의미가 드러나므로 억지로 꾸밀 필요가 없었다. 혹은 주제에 맞게 구절을 적절하게 구사하고 음운으로 작품을 시작하니, 이 둘을 잘 배합하여 그 흔적이 없다. 송(宋)나라 시인들은 오로지 기승전결(起承轉結)에서 전결만 중시하여 각고의 노력을 들여 정련했는데, 간혹 기구(起句)에 어려움을 겪거나 차운(借韻)을 사용하여 억지로 작품을 완성한다."

"시를 번잡하게 하거나 간결하게 지을 때 각각 그에 맞는 마땅함이 있다. 비유하자면 뭇 별들이 하늘에 떠 있는 것과 외로운 노을이 해를 받치고 있는 것은 모두 다 볼만한 경치이다."

謝榛曰, 近體誦之行雲流水, 聽之金聲玉振, 觀之明霞散綺, 講之獨繭抽絲. 詩有造物, 一句不工則一篇不純, 是造物不完也. 又曰, 七言絶句, 盛唐諸公用韻最嚴. 盛唐突然而起, 以韻爲主, 意到辭工, 不暇雕飾, 或命意得句, 以韻發端, 混成無跡. 宋人專重轉合, 刻意精煉, 或難於起句, 借用旁韻, 牽强成章. 又曰, 作詩繁簡, 各有其宜, 譬諸衆星麗天,

---

84) 사진(謝榛, 1495~1575) : 명대(明代) 포의시인(布衣詩人)으로, 자는 무진(茂秦), 호는 사명산인(四溟山人)이다.

孤霞捧日, 無不可觀.

1-32. 황보방이 말한 시란

황보방(皇甫汸)[85]은 『해이신어(解頤新語)』에서 다음과 같이 말했다.

"어떤 사람이 이르기를 '시는 괴롭게 생각하며 지어서는 안 된다. 괴롭게 생각하며 지으면 그 천진(天眞)을 잃어버린다.'라 했는데 전혀 그렇지 않다. 보고 듣는 것을 안으로 거둬들이고 생각을 궁극에 이르도록 깊이 다듬어, 조심스런 마음으로 조용히 읊조려야 한다. 긴 수염이 다 말라비틀어지도록 깊은 침묵 속에 고민하면 귀신의 경지에도 장차 통할 수 있다."

"시어가 온당해지려면 글자마다 반드시 퇴고하여야 한다. 한 글자의 잘못됨도 바로 고쳐야 되니, 짧은 말에 허물이 있으면 그 전체도 모두 버려야 된다."

皇甫汸曰, 或謂詩不應苦思, 苦思則喪其天眞, 殆不然. 方其收視反聽, 研精殫思, 寸心幾嘔, 修髯盡枯, 深湛守默, 鬼神將通之. 又曰, 語欲妥貼, 故字必推敲. 一字之瑕, 足以爲玷, 片語之纇, 並棄其餘.

---

85) 황보방(皇甫汸, 1498~1583) : 자는 자순(子循), 호는 백천(百泉)이다. 가정(嘉靖) 8년(1529) 진사가 되고, 공부주사(工部主事)에 올랐다. 거듭 승진하여 운남(雲南) 안찰첨사(按察僉事)까지 지냈다. 성색(聲色)과 유희를 즐겼다. 형 황보충(皇甫沖), 황보효(皇甫涍), 동생 황보렴(皇甫濂)과 함께 시를 잘 지어 '황보사걸(皇甫四傑)'이라는 칭호가 붙었다. 서예에도 뛰어났다. 그의 시는 비교적 문채가 화려하다.

1-33. 하준량이 말한 시란

하준량(何良俊)[86]은 『사우재총설(四友齋叢說)』에서 다음과 같이 말했다.

"육의(六義)[87]로 지칭되는 『시경』은 의상이 완전히 녹아 있어 그 흔적을 찾을 수 없고 게다가 표면적인 말로 그 의미를 다 파악할 수가 없다. 가까운 곳에서 찾는다면 텅 비어 아무것도 없는 곳에 의탁해 있으며, 멀리서 찾는다 해도 일상생활을 벗어나지 않는다."

何良俊云, 六義者, 旣無意象可尋, 復非言筌可得. 索之於近, 則寄在冥漠, 求之於遠, 則不下帶衽.

1-34. 문(文)에 대한 안지추의 논의

문(文)에 대해 안지추(顔之推)[88]는 『안씨가훈(顔氏家訓)』「문장(文章)」에서 다음과 같이 말했다.

---

86) 하준량(何良俊, ?~1573) : 자는 원랑(元朗)이다. 어려서부터 그의 동생 양부(良傅)와 더불어 학문에 뛰어났으며, 사람들은 그와 동생을 서진(西晉) 때의 이륙(二陸 ; 陸機・陸雲)에 비유했다. 공생(貢生)으로 태학(太學)에 들어가 남경한림원공목(南京翰林院孔目)에 임명되었다. 그러나 뒷날 벼슬을 버리고 고향으로 돌아왔다. 그는 왜구가 침략하자 남경과 소주로 거처를 옮겨 나이 70세가 되어서야 고향으로 돌아왔다. 박학다식한 사람으로 유명했으며, 스스로도 "소장하고 있는 4만 권을 거의 읽었다."고 할 정도로 많은 지식을 쌓았다.

87) 육의(六義) : 『시경』의 풍(風)・아(雅)・송(頌)・비(比)・부(賦)・흥(興)을 말한다.

88) 안지추(顔之推, 531~591) : 자는 개(介)이다. 남북조(南北朝) 말기에서 수(隋)나라 초기 활동했던 문학가이자 교육가이다. 저서로 『안씨가훈(顔氏家訓)』과 『환원지(還冤志)』가 있다.

"문장은 원래 오경(五經)에서 나왔다. 조(詔)·명(命)·책(策)·격(檄)은 『서경』에서 나왔으며, 서(序)·술(述)·논(論)·의(議)는 『주역』에서 나왔으며, 가(歌)·영(詠)·부(賦)·송(頌)은 『시경』에서 나왔으며, 제(祭)·사(祀)·애(哀)·뢰(誄)는 『예기(禮記)』에서 나왔으며, 서(書)·주(奏)·잠(箴)·명(銘)은 『춘추(春秋)』에서 나왔다."

語文, 則顔之推曰, 文章者, 原出五經, 詔命策檄生於書者也, 序述論議, 生於易者也, 歌詠賦頌, 生於詩者也, 祭祀哀誄, 生於禮者也, 書奏箴銘, 生於春秋者也.

1-35. 시문에 대한 한유의 논의

한유(韓愈)[89]는 다음과 같이 말했다.

"뿌리를 배양하여 열매 맺기를 기다리며 촛불에 기름을 채워 빛나기를 바라는데, 뿌리가 무성하면 그 열매가 익으며 기름을 많이 부으면 그 빛이 환하다."[90]

"화평한 소리는 담박하며 근심스런 생각에서 우러난 소리는 매우 오묘하며 기쁨을 노래한 말은 공교롭기 어려우며 곤궁을 겪은 뒤의 말은 뛰어나기 십상이다."[91]

---

89) 한유(韓愈, 768~824) : 자는 퇴지(退之)이고, 창려선생(昌黎先生)으로도 불린다. 덕종(德宗) 정원(貞元) 8년(792) 진사가 되었다. 유가의 사상을 존중하고 도교와 불교를 배격했으며, 송나라 이후의 도학(道學)의 선구자가 되었다.

90) 한유(韓愈)의 「답이익서(答李翊書)」에 보인다.

91) 한유(韓愈)의 「형담창화시서(荊潭唱和詩序)」에 보인다.

韓愈曰, 養其根而俟其實, 加其膏而希其光. 根之茂者其實遂, 膏之沃者其光曄. 又曰, 和平之聲淡薄, 愁思之聲要妙, 歡愉之辭難工, 窮苦之言易好.

1-36. 유종원이 말한 문장의 출발

유종원(柳宗元)[92]은 「답위중립서(答韋中立書)」에서 다음과 같이 말했다.

"『서경』에 근본하여 질박함을 구하고, 『시경』에 근본하여 사람의 정(情)을 구하고, 『예기(禮記)』에 근본하여 적절함을 구하고, 『춘추(春秋)』에 근본하여 명확한 판단을 구하고, 『주역』에 근본하여 항상 움직이는 변화를 구한다. 『춘추곡량전(春秋穀梁傳)』을 참고하여 기운을 굳세게 하고, 『맹자』와 『순자(荀子)』를 참고하여 글의 변화를 트이게 하며, 『노자(老子)』와 『장자(莊子)』를 참고하여 글의 시작을 여러 가지로 개척하며, 『국어(國語)』를 참고하여 글의 정취를 넓히고, 『이소(離騷)』를 참고하여 글의 유심(幽深)함을 이루고, 『사기(史記)』를 참고하여 간결함을 드러낸다."

柳宗元曰, 本之書以求其質, 本之詩以求其情, 本之禮以求其宜, 本之春秋以求其斷, 本之易以求其動, 叅之穀梁氏以厲其氣, 叅之孟荀以暢其支, 叅之老莊以肆其端, 叅之國語以博其趣, 叅之離騷以致其幽, 叅之太史以著其潔.

---

92) 유종원(柳宗元, 773~819) : 자는 자후(子厚)이다. 한유・유우석과 친교를 맺었으며 유도불(儒道佛)을 참작하고 신비주의를 배격한 자유・합리주의의 입장을 취했던 중국 중당기(中唐期)의 시인이다.

1-37. 소식이 말한 문장의 운용

소식(蘇軾)[93]은 「문설(文說)」에서 다음과 같이 말했다.

"나의 문장은 만곡의 구슬과 같아서 아무리 빼내도 다하지 않는다. 다만 마땅히 글을 진행시킬 곳은 진행시키고, 어쩔 수 없이 멈출 곳은 멈출 뿐이다."

蘇軾, 吾文如萬斛之珠, 取之不竭, 惟行於所當行, 止於所不得不止耳.

1-38. 진사도가 말한 문장의 흐름

진사도(陳師道)[94]는 『후산시화(後山詩話)』에서 다음과 같이 말했다.

"글을 잘 짓는 사람은 소재에 따라 기발함을 드러낸다. 강물의 흐름은 순리대로 아래로 흘러갈 뿐인데, 산에 부딪히거나 계곡을 내달리면서 바람에 날리거나 격랑을 이룬 뒤에 온갖 변화를 드러낸다. 자운(子雲) 양웅(揚雄)은 자연스럽지 못하고 오직 기이함을 좋아했기에 능히 기이할 수 없었다."

陳師道曰, 善爲文者, 因事以出奇. 江河之行, 順下而已. 至其觸山赴

---

93) 소식(蘇軾, 1036~1101) : 자는 자첨(子瞻), 호는 동파(東坡), 시호(諡號)는 문충(文忠)이다. 아버지 소순(蘇洵), 동생 소철(蘇轍)과 더불어 '삼소(三蘇)'라 일컬어졌으며 3부자가 모두 당송(唐宋) 팔대가(八大家)에 들었다.

94) 진사도(陳師道, 1053~1102) : 자는 무기(無己)·이상(履常)이다. 소문육군자(蘇門六君子)의 한 사람이었으나 뒤에 증공에게 산문을 배우고 황정견에게 시를 배웠다. 시로 이름을 날렸는데, 오언율시에 장점을 보였으며 시의 품격은 수경(瘦勁)하다. 『후산집(後山集)』이 있다.

谷, 風搏物激, 然後盡天下之變. 子雲惟好奇, 故不能奇也.

1-39. 이도가 말한 허와 실의 활용

이도(李塗)[95]는 『문장정의(文章精義)』에서 다음과 같이 말했다.

"장자(莊子)는 허(虛)를 잘 이용해, 그 허로써 천하의 실(實)을 허하게 했다. 태사공(太史公) 사마천(司馬遷)은 실을 잘 사용해, 그 실로써 천하의 허를 실하게 했다."

"『장자(莊子)』는 『주역』이 변한 것이요, 『이소(離蘇)』는 『시경』이 변한 것이요, 『사기(史記)』는 『춘추(春秋)』가 변한 것이다."

李塗云, 莊子善用虛, 以其虛虛天下之實. 太史公善用實, 以其實實天下之虛. 又曰, 莊子者, 易之變. 離騷者, 詩變. 史記者, 春秋之變.

1-40. 이반룡이 말한 심과 문의 관계

이반룡(李攀龍)이 다음과 같이 말했다.

"세상에 사라지지 않는 것은 문이요, 그를 통해 가려지지 않는 것은 마음이다."[96]

---

95) 이도(李塗) : 생몰년과 사적을 상고하기 어렵다. 대략 송 고종 연간에 활약했다. 저서로 『문장정의(文章精義)』가 있다.

96) 이반룡의 문집에는 보이지 않고 왕세정의 「답이우린서(答李于鱗書)」에서 이반룡이 한 말이라고 언급하면서 왕세정이 인용하고 있다.

李攀龍曰, 不朽者文, 不晦者心.

1-41. 위 문제의 논문

위문제(魏文帝) 조비(曹丕)의 언급을 통해 이상의 논의를 총결 지을 수 있다. 조비는 『전론(典論)』 「논문(論文)」에서 다음과 같이 말했다.

> "문(文)은 기(氣)를 근본으로 한다. 기의 청탁(淸濁)에는 태어날 때 받은 체(體)가 있기 때문에 억지로 힘쓴다고 해서 이룰 수 있는 것은 아니다."

總論, 則魏文帝曰, 文以氣爲主. 氣之淸濁有體, 不可力强而致.

1-42. 장화가 말한 문장의 힘

무선(茂先) 장화(張華)는 다음과 같이 말했다.

> "읽기를 다 하더라도 여운이 있으며, 오래 될수록 더욱 느낌이 새롭다."[97]

張茂先曰, 讀之者盡而有餘, 久而更新.

---

97) 『진서(晉書)』 「좌사전(左思傳)」에 보인다.

1-43. 육기가 말한 창작의 단계

사형(士衡) 육기(陸機)는 「문부(文賦)」에서 다음과 같이 말했다.

"창작의 준비 단계인 구사(構思) 과정에서는 보고 듣는 것을 안으로 거둬들이고 침잠하여 생각하되 주변까지 잘 살핀 다음, 정신은 팔극(八極)을 내달리고 마음은 만 길 하늘에서 노닐어야 한다. 이에 구상이 이르렀을 때는 생각이 어슴푸레 떠오르다 매우 선명해지고, 소재는 교대로 분명하게 떠올라 다가온다. 많은 작가들이 쏟아 부은 정수(精髓)에 전념하고 육예(六藝)의 화려하고 윤택함을 곱씹어서, 은하수에 떠서도 편안하게 흘러가며 지하의 황천에 몸을 담가 자맥질하여 나아가야 한다.

"(어떤 것은 말은 해가 되지만 이치에 부합하고, 어떤 것은 말은 순하지만 이치에 방해가 되니)[98] 그것을 둘로 나누면 둘 다 아름답지만 합하면 둘 다 좋지 않다."

"돌은 옥을 감추고 있기에 산에서 빛이 나고, 강물은 구슬을 품고 있어서 시내가 아름답다."

陸士衡曰, 其始也, 收視反聽, 耽思旁迅[99], 精騖八極, 心遊萬仞. 其致也, 精曈曨而彌宣, 物昭晰而互進, 傾群言之瀝液, 漱六藝之芳潤, 浮天淵以安流, 濯下泉而潛進. 又曰, 離之則雙美, 合之則兩傷. 又曰, 石韞玉而山暉, 水懷珠而川媚.

98) 육기(陸機)의 「문부(文賦)」에는 "或辭害而理比, 或言順而義妨."이란 구절이 앞에 있기에, 보충하여 번역했다.

99) 육기(陸機)는 「문부(文賦)」에는 '신(迅)'이 '신(訊)'으로 되어 있다.

1-44. 은번의 시체(詩體)에 대한 논의

은번(殷璠)[100]은 「하악영령집서(河嶽英靈集序)」에서 다음과 같이 말했다.

"문(文)에는 신래(神來-영감이 자연스럽게 오는 것), 기래(氣來-기상이 자연스럽게 느껴지는 것)와 정래(情來-정감이 자연스럽게 전달되는 것)가 있고 아체(雅體), 야체(野體), 비체(鄙體)와 속체(俗體)가 있으니, 모든 체(體)를 잘 살펴보고 그 체가 어디에서 시작되었는지 상세히 살펴야만 그 작품의 우열을 결정할 수 있다."

殷璠曰, 文有神來氣來情來, 有雅體, 有野體鄙體俗體, 能審鑒諸體, 委詳所來, 方可定其優劣.

1-45. 류면의 문에 대한 논의

류면(柳冕)[101]은 「답구주정사군논문서(答衢州鄭使君論文書)」에서 다음과 같이 말했다.

"문(文)을 잘 짓는 사람은 읊조리면 성(聲)이 되고 이를 연주하면 기(氣)가 된다. 곧으면[直] 기가 웅장해지고 정밀해지면[精] 기가 생동하게 되니, 문(文)·성(聲)·기(氣)·직(直)·정(精) 이 다섯 가지가 더불어 활용되고 기(氣)가 그 가운데 운용되게 해야 한다."

---

100) 은번(殷璠) : 당대(唐代)의 문학가이며 시선가(詩選家)이다. 일찍 벼슬에 나갔지만, 벼슬을 버리고 은거하며 지냈다. 『하악영령집(河岳英靈集)』이라는 시선집을 남겼다.

101) 류면(柳冕, ?~?) : 당대(唐代)의 산문가로, 자는 경숙(敬叔)이다.

柳冕曰, 善爲文者, 發而爲聲, 鼓而爲氣. 直與[102]氣雄, 精則氣生, 使五採並用, 而氣行於其中.

1-46. 강기가 말한 시란

강기(姜夔)[103]는 『백석도인시설(白石道人詩說)』에서 다음과 같이 말했다.

"아로새기면 기상이 손상되고 자세히 설명하면 골상(骨象)을 손상시킨다. 비루하면서도 정밀하지 못한 것은 제대로 아로새기지 못한 실수이며 졸렬하면서도 세세하지 못한 것은 자세히 설명하지 못한 실수이다."

"남들도 쉽게 표현할 수 있는 것에 대해서는 나는 표현을 하려 하지 않았다. 남들이 쉽게 표현할 수 없는 것을 나는 쉽게 표현했다."

姜夔云, 雕刻傷氣, 敷演傷骨. 若鄙而不精, 不雕刻之過. 拙而無委曲, 不敷演之過也. 又云, 人所易言, 我寡言之. 人所難言, 我易言之.

1-47. 하경명이 말한 시문의 변천

하경명(何景明)은 「여이공동논시서(與李空同論詩書)」에서 다음과 같이 말했다.

102) 『당문수(唐文粹)』에는 '여(與)'가 '즉(則)'으로 되어 있다.
103) 강기(姜夔, 1154~1221) : 남송(南宋) 때의 사인(詞人)으로 자는 요장(堯章), 호는 백석도인(白石道人)이다.

"문(文)은 수(隋)나라에 이르러 무너지게 되었는데, 한유(韓愈)가 힘써 문을 고취시켰으나 고문(古文)의 법도는 한유에 와서 사라졌다. 시(詩)는 도잠(陶潛)에 와서 무너지게 되었는데, 사령운(謝靈運)이 힘써 시를 진작시켰으나 고시(古詩)의 법도는 또한 사령운에 와서 사라졌다."

何景明曰, 文靡於隋, 韓力振之, 然古文之法亡於韓. 詩溺於陶, 謝力振之, 然古詩之法亦亡於謝.

1-48. 총론

지금까지 거론한 제가(諸家)들의 언급이 비록 그 깊이는 같지 않지만 포폄하는 데 의미를 둔 것도 있고 간절한 가르침을 전해주고자 한 의도도 있으니, 이를 가려 살펴본다면 예문(藝文)에 관한 생각에 적지 않은 도움이 될 것이다.

已上諸家語, 雖深淺不同, 或志在揚扢, 或寄切誨誘, 擷而觀之, 其於藝文思過半矣.

1-49. 사언시의 시작

사언시(四言詩)는 『시경』의 풍(風)과 아(雅)가 근본인데, 간혹 위맹(韋孟)[104]과 조조(曹操)가 사언시를 시작했다고 하나, 혼동해서는 안 된

104) 위맹(韋孟) : 한(漢)나라 초기의 시인이다. 『문심조룡(文心雕龍)』에서는 "한나라 초에 사언시는 위맹이 처음으로 불렀다.[漢初四言, 韋孟首唱.]"라고 하여 사언시의 효시를 위맹에 두었다.

다. 세상에는 흰머리가 될 때까지 문장을 지으면서 훈고(訓詁)만을 추구할 뿐, 시단(詩壇)의 우두머리가 되려고 힘쓰지 않는 사람이 있다. 또한 세상에는 반악(潘岳)과 육기(陸機)의 작품만을 학습하면서 어디에서 시체(詩體)가 시작되었는지 모르는 사람들도 있다. 요컨대 날마다 시를 지으면서도 시의 근본에 대해서는 모르는 사람이다.

四言詩須本風雅, 間及韋曹, 然勿相雜也. 世有白首鉛槧, 以訓故求之, 不解作詩壇赤幟. 亦有專習潘陸, 忘其鼻祖. 要之, 皆日用不知者.

1-50. 악부에 대한 논의

「교사가(郊祀歌)」[105]와 「안세방중가(安世房中歌)」[106]와 같은 의고악부(擬古樂府)는 너무도 고아(古雅)하니 높은 수준의 작품이다. 「요가(鐃歌)」 등의 작품은 쉽게 이해할 수 없지만 끝내 이해할 수 없는 것만도 아니니, 모름지기 본질과 꾸밈의 깊고 얕은 것을 꼼꼼히 살펴보아야 한다. 한(漢)나라와 위(魏)나라의 문사를 학습할 때에는 고색(古色)을 찾는 데 심혈을 기울여야 한다. 「상화(相和)」나 「슬곡(瑟曲)」 등 여러 소조(小調)는 북조(北朝)와 연관된 것이니, 배울 때에는 질(質)이 문(文)을 이기게 해서는 안 된다. 제(齊)나라와 양(梁)나라 이후의 작품을 학습할 때에는 문(文)이 질(質)을 이기게 해서는 안 된다. 일을 사실에 가깝게 묘사하면서도 속되게 해서는 안 되고, 감정을 핍진하게 묘사하

105) 교사가(郊祀歌) : 악부가곡으로, 『한서(漢書)』 「예악지(禮樂志)」에 의하면, 한(漢) 무제(武帝)가 교사(郊祀)의 예(禮)를 행하기 위해서 사마상여(司馬相如) 등에게 「교사가」 19수를 짓게 했다고 한다.

106) 안세방중가(安世房中歌) : 악부가곡으로 한(漢) 고조(高祖)의 당산부인(唐山夫人)이 지은 17수의 작품을 말한다.

면서도 자잘하게 표현해서는 안 된다. 졸렬해도 그 모습이 드러나지 않도록 해야 하며, 꾸며도 그 흔적이 드러나지 않아야 한다. 핍진하게 묘사할지언정 아득하게 해서는 안 되고 질박하게 묘사할지언정 허황되게 해서는 안 된다. 분격(分格)[107], 내위(來委)[108]와 실경(實境)이 있으니, 한 번이라도 의논에 빠져들면 곧바로 죽어버린 말이 된다.

擬古樂府, 如郊祀房中, 須極古雅, 發以峭峻. 鐃歌諸曲, 勿便可解, 勿遂不可解, 須斟酌淺深質文之間. 漢魏之辭, 務尋古色. 相和瑟曲諸小調, 係北朝者, 勿使勝質. 齊梁以後, 勿使勝文. 近事毋俗, 近情毋纖. 拙不露態, 巧不露痕. 寧近無遠, 寧朴無虛. 有分格, 有來委, 有實境, 一涉議論, 便是鬼道.

1-51. 악부 체계에 대한 왕승건의 논의

고악부(古樂府)에 대해서 왕승건(王僧虔)[109]은 다음과 같이 말했다.

"옛날에는 '장(章)'이라고 했고 지금엔 '해(解)'라 하는데, 해에는 많고 적음이 있다. 당시에는 시(詩)를 먼저 지었고 뒤에 성(聲)으로 읊조렸다. 시로 일을 서술했고 성(聲)으로 꾸밈을 이루었기에 반드시 말하고자 하는 뜻을 시에 다 쏟았고 음(音)을 곡(曲)에 다 담아냈다. 이 때문에 시를 지을 때에는 넘치거나 간략하게 하는 것이 있었고 해를 만들 때에도 많고 적음이 있게 된 것이다. 또한 모든 곡조(調曲)에는 사(辭)

107) 분격(分格) : 격조가 나뉘는 것을 말하는 것으로 보인다.

108) 내위(來委) : 작품 내부의 일관된 흐름과 관련된 언급으로 보인다.

109) 왕승건(王僧虔, 426~485) : 남북조(南北朝) 시기 서예이론가로, 자는 간목(簡穆)이다.

가 있고 성(聲)이 있으며 대곡(大曲)에는 또 염(艶)과 추(趨), 난(亂)이 있다. 난(辭)이란 가시(歌詩)이다. 성(聲)은 '양(羊)'·'오(吾)'·'위(韋)'·'이(伊)'·'나(那)'·'하(何)'와 같은 것들이다. 염(艶)은 곡(曲)의 앞에 있고 추(趨)와 난(亂)은 곡의 뒤에 있게 되니, 또한 「오성(吳聲)」[110]과 「서곡(西曲)」[111]의 앞쪽에는 화(和)가 있고 뒤쪽에 송(送)이 있는 것과 유사하다."[112]

악부의 체계에 대해 말한 것이 매우 상세하기에 기록해 둔다.

古樂府, 王僧虔云, 古曰章, 今曰解, 解有多少. 當時先詩而後聲, 詩敍事, 聲成文, 必使志盡於詩, 音盡於曲. 是以作詩有豊約, 制解有多少. 又諸調曲皆有辭有聲, 而大曲又有艶有趨有亂. 辭者, 其歌詩也. 聲者, 若羊吾韋伊那何之類也. 艶在曲之前, 趨與亂在曲這後, 亦猶吳聲西曲, 前有和, 後有送也. 其語樂府體甚詳, 聊志之.

1-52. 시선집에 대한 논의

세상 사람들의 시선집에서는 종종 서경(西京)과 건안(建安) 시기의 작품을 좋게 언급하면서 도잠과 사령운을 폄하하는데,[113] 이것은 아

---

110) 오성(吳聲) : 남조의 수도였던 건업(建業, 지금의 南京)을 중심으로 한 강남지방에서 유행한 노래로. 대부분이 5언 4구로 이루어진 짧은 시이다. 부녀자들의 말투로 임에 대한 그리움과 사랑의 기쁨, 실연(失戀)의 아픔을 노래한 것으로 그 시대 사대부(士大夫)의 관심을 불러일으켰다.

111) 서곡(西曲) : 대체로 호북(湖北) 지방의 장강(長江)과 한수(漢水) 일대에서 유행한 것들이어서, 뱃사람과 관계되는 정조 및 나그네와 상부(商婦)의 이별의 정을 읊은 것이 많고 사회생활의 일면을 반영한 작품도 많이 있다.

112) 『악부시집(樂府詩集)』「상화가사(相和歌詞)」에 보인다.

는 것 같지만 제대로 알지 못한 것이다. 서경과 건안 시기의 여러 시인들에 대해서는 말할 것도 없거니와, 제(齊)와 양(梁)의 고운 곡조와 이백과 두보의 변풍(變風)은 또한 채록할 만하지만 정원(貞元) 이후의 것들은 항아리 뚜껑으로나 쓸 만하다.[114] 대개 시선집을 엮을 때, 시는 조예로서 수준을 삼고 아름다운 작품으로 선집의 재료를 삼아야 하며, 스승으로 삼는 것은 마땅히 높은 수준의 사람이어야 하고 수집하는 것은 당연히 넓어야만 한다.

世人選體, 往往談西京建安, 便薄陶謝, 此似曉不曉者. 毋論彼時諸公, 卽齊梁纖調, 李杜變風, 亦自可采, 貞元而後, 方足覆瓿. 大抵詩以專詣爲境, 以饒美爲材, 師匠宜高, 捃拾宜博.

1-53. 시문의 조탁

전한(前漢)과 후한(後漢)의 건안(建安) 연간(196~220)의 작품들은 조탁한다고 이를 수 있는 경지가 아닌 것 같다. 요컨대, 전념으로 익혀 오래 가슴에 응축시켰기 때문에 신(神)과 경(境)이 서로 녹아들어 홀연이다가와 흔적 없이 완벽하게 이루어졌다. 이에 그 갈래와 계단을 찾을 수 없으며 빛깔과 소리를 지적할 수 없다. 세 명의 사씨(謝氏)[115]는 진

---

113) 하경명(何景明)은 「여이공동논시서(與李空同論詩書)」에서 다음과 같이 말했다. “문장은 수에서 위미해져 한유가 힘써 떨쳤다. 그러나 고문의 법은 한유에게서 망했다. 시가 도잠에게 약해져 사령운이 힘써 떨쳤다. 그러나 고시의 법은 사령운에게서 망했다.”

114) 호응린(胡應麟)은 『시수(詩藪)』 「내편(內編)」에서 다음과 같이 언급했다. “제, 량, 진, 수의 작품은 세상에서 싫어하고 박대하는데, 조탁한 시구의 공교로움은 매우 뛰어나 모범이 될 수 있다. 비록 고시에 사용하기는 부족하지만 당의 율시에는 남음이 있다.”

실로 조탁하여 그런 경지에 올랐는데, 조탁이 지극한 수준에 오르면 오묘함 또한 자연스럽게 이루어진다.

西京建安, 似非琢磨可到, 要在專習凝領之久, 神與境會, 忽然而來, 渾然而就, 無岐級可尋, 無色聲可指. 三謝固自琢磨而得, 然琢磨之極, 妙亦自然.

1-54. 당나라의 칠언가행

7언 가행체(歌行體)는 악부체(樂府體) 아닌 것이 없다. 그러나 당(唐)에 이르러서야 비로소 크게 발달했다. 그 시작은 천균(千鈞)의 무거운 쇠화살이 한 번 쏨에 과녁을 꿰뚫은 것 같았으며, 내용이 조금 전개되면 물결이 일렁일 때 저녁노을이 비쳐 현란한 것과 같았다. 한 번 긴급한 가락으로 들어가면 처량한 바람에 비가 몰아쳐 아득하게 변환했다. 내용이 꺾어 들어가는 것은 마치 하늘의 천리마가 비탈길을 내달려 내려가듯, 밝은 구슬이 쟁반을 구르는 것 같았다. 작품을 마무리할 때는 활시위 소리가 한 번 울려 퍼지면 수많은 기병들이 문득 제자리를 지켜 조용히 아무 소리도 없는 것과 같았다.

七言歌行, 靡非樂府, 然至唐始暢. 其發也, 如千鈞之弩, 一擧透革. 縱之則文漪落霞, 舒卷絢爛. 一入促節, 則淒風急雨, 窈冥變幻. 轉折頓挫, 如天驥下阪, 明珠走盤. 收之則如櫜聲一擊, 萬騎忽斂, 寂然無聲.

---

115) 세 명의 사씨(謝氏) : 사령운(謝靈運), 사혜련(謝惠連), 사조(謝朓)를 가리킨다.

1-55. 가행의 세 가지 난점

가행(歌行)에는 세 가지 어려움이 있으니, 작품을 시작하는 어려움이 첫 번째이며 작품의 흐름을 전환시키는 어려움이 두 번째이며 결말을 맺는 어려움이 세 번째인데, 마지막 수결(收結)이 그 중 가장 어렵다. 예를 들면, 평조(平調)로 지을 때 아름다운 문사를 서서히 펼쳤다면, 모름지기 전아한 문사를 사용해 끝맺음하여 부족함이 없게 해야 하니, 이렇게 하여 '한 번 노래하면 세 번 감탄한다'116)는 의미를 갖춰야만 한다. 거세게 내달리고 세차게 뛰어올라 돌진하는 기세로 오는 것은 모름지기 한 번 꺾어서 멈춰야 하며, 여운을 남겨서는 안 된다. 중간에 기이한 문사를 지어 사람의 혼을 빼앗는 것은 모름지기 위아래의 문맥을 고려하여 한 번 일으키고 한 번 가라앉히며 한 번씩 돈좌(頓挫)를 통해 변화를 주어야 하는데, 사람을 감염시키는 힘은 두되 그 흔적은 없어야 하니, 이렇게 해야 비로소 편법(篇法)이 완성된다. 이것이 바로 비밀로 전수되어온 불가(佛家)의 묘법이다.

歌行有三難, 起調一也, 轉節二也, 收結三也. 惟收爲尤難. 如作平調, 舒徐綿麗者, 結須爲雅詞, 勿使不足, 令有一唱三歎意. 奔騰洶湧, 驅突而來者, 須一截便住, 勿留有餘. 中作奇語, 峻奪人魄者, 須令上下脈相顧, 一起一伏, 一頓一挫, 有力無跡, 方成篇法. 此是秘密大藏印可之妙.

116) 한 번…… 감탄한다 : 원래는 한 사람이 노래를 선창하면 세 사람이 화답한다는 뜻으로, 『예기(禮記)』「악기(樂記)」에 나오는 말이다. 사람들이 감탄을 금치 못할 만큼 시문이 매우 뛰어날 때 주로 쓰는 표현이다.

1-56. 칠언율시의 작법

오언율시(五言律詩)는 비교적 웅혼(雄渾)한 풍격을 이루기가 쉽다. 그러나 거기에 두 글자를 더해 칠언율시를 이루려면 문득 노력을 기울여야한다. 그런 풍격을 갖추면 비록 늘어진 음조라도 들을 만하지만 고색(古色)은 점차 사라지게 된다. 일곱 자로 한 구절을 만들 때 글자는 모두 아름다워야 하며 여덟 구로 한 작품을 만들 때 구절은 모두 온당하고 막힘이 없어야 한다. 비록 성당(盛唐)으로 다시 돌아간다고 해도 그 시기에 이러한 방식으로 작품을 지은 시인은 몇 명 되지 않을 것이다. 그 중에서도 몇 명 되지 않는 시인을 꼽자면, 옛날의 자미(子美) 두보(杜甫)와 지금에는 우린(于鱗) 이반룡(李攀龍)을 들 수 있으니, 얼핏 들으면 놀랄 만할 것이지만 오래 생각하면 마땅히 이렇게 논해야 할 것이다.117)

五言律差易得雄渾, 加之二字, 便覺費力. 雖曼聲可聽, 而古色漸稀. 七字爲句, 字皆調美. 八句爲篇, 句皆穩暢. 雖復盛唐, 代不數人, 人不數者. 古惟子美, 今或于鱗, 驟似駭耳, 久當論定.

1-57. 칠언율시의 편법, 구법, 작법

칠언율시(七言律詩) 가운데 두 연은 창작하기 어렵지 않다. 어려움은

---

117) 호응린(胡應麟)은 『시수(詩藪)』「내편(內編)」에서 다음과 같이 말했다. "왕세무(王世務)는 두보 이후 그 가락을 지을 수 있어서 진정으로 두보를 추보한 자로 헌길 이몽양과 우린 이반룡 두 사람뿐이라고 했다. 그러나 이몽양은 두보에게서 변격만 얻고 그 바름을 얻지는 못했기에 간간이 거칠게 되었다. 이반룡은 두보에게서 바름을 얻고 변격을 얻지 않았기에 때로 중복의 병폐가 있다."

시작과 결구에 있는데, 성당(盛唐) 작가들의 작품의 시작은 모두 아름답고 결구에 있어서도 자못 아름다운 작품들이 있다. 비록 아름답지 못한 작품이라고 하더라도 또한 다른 가락으로 들어가거나 또는 결론을 내릴 때 멈추지 않은 병폐는 없다. 편법(篇法)은 일어남이 있으면 결속함이 있어야 하고, 놓음이 있으면 거두는 것이 있어야 하며, 부르는 것이 있으면 답하는 것이 있어야 한다. 대개 한 번 열면 한 번 닫아야 하고, 한 번 드날리면 한 번 억눌러야 하며, 한 번 형상을 읊으면 한 번 의미를 드러내야 하니, 한쪽에만 치우쳐서 운용을 해서는 안 된다. 구법(句法)은 곧바로 아래로 써 내려간 것이 있으며 도치(倒置)해 쓴 것도 있는데, 도치하여 쓴 것이 가장 어려우니, 노련한 두보가 아니면 잘 할 수가 없는 구법이다. 자법(字法)은 허자(虛字)와 실자(實字)가 있으며, 소리는 가라앉는 글자와 울리는 글자가 있다. 허자와 울리는 글자는 힘들이지 않아도 공교로우나, 가라앉는 글자와 실자는 조예에 이르기가 쉽지 않다. 56자로 된 칠언율시는 위 명제(魏明帝)의 능운대(凌雲臺)의 건축에 들어간 목재처럼 아주 작은 것도 적절하게 쓰일 곳에 놓여야 하는 것과 같다. 편법의 오묘함은 구법을 드러내지 않는 데 있고, 구법의 오묘함은 자법을 드러내지 않는 데 있다. 이것은 흔적을 남기지 않는 것을 모범으로 삼는 것인데, 시인들의 능력으로도 이러한 경지에는 도달할 수 있다. 그러나 경(景)이 천(天)과 만나는 정경교융(情景交融)의 경지는 쉽게 구할 수가 없다.

시 전체를 사경(寫景, 象)으로 지었으나 오묘한 작품이 있으며, 사의(寫意)로 지었으나 오묘한 작품이 있다. 전체를 높은 가락으로 지었으나 오묘한 작품이 있으며, 곧바로 써내려 대우(對偶)를 하지 않았으나 오묘한 작품도 있다. 이것은 모두 흥(興)과 경(景)이 조예에 이르고, 신(神)이 기(氣)와 합(合)하여 완전하게 되었기에 그렇게 된 것이다. 오언시에서는 이러한 경지에 이르는 것이 가능하지만, 칠언시에서 이러한 경지에 이르는 것은 아마도 쉽지 않을 듯하다.

화운(和韻)하지 말아야 하고 험운(險韻)을 고르지 말아야 하며, 용운(用韻)[118]을 가까이 말아야 한다. 기구(起句)도 또한 다음의 경우를 회피해야 하니, 한 가지만을 치우쳐 사용하지 말아야 하며 이치를 구하지 말아야 하며 기벽한 것을 찾지 말아야 하며 육조(六朝) 시기의 억지로 지어낸 말을 쓰지 말아야 하며 대력(766~779) 이후의 시를 답습하지 말아야 한다. 이것은 시가(詩家)의 큰 장애이니 절대로 삼가야 한다.

七言律不難中二聯, 難在發端及結句耳. 發端, 盛唐人無不佳者, 結頗有之. 然亦無轉入他調及收頓不住之病. 篇法有起有束, 有放有斂, 有喚有應, 大抵一開則一闔, 一揚則一抑, 一象則一意, 無偏用者. 句法有直下者, 有倒插者, 倒插最難, 非老杜不能也. 字法有虛有實, 有沉有響, 虛響易工, 沉實難至. 五十六字, 如魏明帝凌雲臺材木, 銖兩悉配, 乃可耳. 篇法之妙, 有不見句法者, 句法之妙, 有不見字法者. 此是法極無跡, 人能之至, 境與天會, 未易求也. 有俱屬象而妙者, 有俱屬意而妙者, 有俱作高調而妙者, 有直下不對偶而妙者, 皆興與境詣, 神合氣守使之然. 五言可耳, 七言恐未易能也. 勿和韻, 勿拈險韻, 勿傍用韻. 起句亦然, 勿偏枯, 勿求理, 勿搜僻, 勿用六朝强造語, 勿用大曆以後事. 此詩家魔障, 愼之愼之.

118) 용운(用韻) : 화운의 일종으로, 운자를 순서대로 쓰지 않고 사용해도 되는 것을 말한다.

1-58. 오언절구의 난점

절구(絕句)는 그 자체로 매우 어려운데, 오언절구는 더욱 어렵다.[119] 수구(首句)를 떠나면 곧바로 미구(尾句)에 도달하고, 미구를 떠나면 곧바로 수구이다. 게다가 중간인 요(腰)와 복(腹)도 가볍게 여길 수 없다. 시어가 다섯 자로 줄어들수록 시에 담은 의미는 크게 하고, 다섯 자이기에 읽기에 촉급하지만 음률을 느리게 하는 데 오묘함이 있다. 내가 일찍이 『유마경(維摩經)』을 읽다가 이 방법을 깨달았다. 즉 한 칸의 방에 항하[갠지스 강]의 모래처럼 많은 제천(諸天)의 보좌(寶座)를 둔다고 해도, 그 방은 넓어지지 않고 제천은 줄어들지 않는다. 또한 찰나의 사이에 60개의 소겁(小劫)을 만들 수 있다. 모름지기 이와 같은 방법을 써야 훌륭한 오언절구를 지을 수 있다.

絶句固自難, 五言尤甚. 離首卽尾, 離尾卽首, 而腰腹亦自不可少, 妙在愈小而大, 愈促而緩. 吾嘗讀維摩經得此法, 一丈室中, 置恒河沙諸天寶座, 丈室不增, 諸天不減, 又一刹那定作六十小劫. 須如是乃得.

1-59. 화운(和韻)과 연구(聯句)의 방식

화운(和韻)과 연구(聯句)는 모두 시에 해로움을 끼치며 별 이익이 없는 경우가 많으니, 우연히 한 번 지어보는 것에 그쳐야 한다. 화운은 압운이 흔적 없이 이뤄지는 데 우열이 갈리고, 연구는 재력이 고르게 안배되어야 성공할 수 있는데, 성률은 화려하고 정(情)은 진실 되면서

119) 엄우(嚴羽)는 『창랑시화(滄浪詩話)』에서 다음과 같이 말했다. "절구는 8구보다 어렵고 오언절구는 칠언절구보다 어렵다."

본래의 모습을 드러내지 않아야 한다. 이 세 가지를 고려해야 훌륭한 작품이 될 수 있다.

和韻聯句, 皆易爲詩害而無大益, 偶一爲之, 可也. 然和韻在於押字渾成, 聯句在於才力均敵, 聲華情實中不露本等面目, 乃爲貴耳.

1-60. 『이소』의 부체 형식

『이소(離騷)』의 부체(賦體) 형식은 비록 운자를 갖추었지만, 시문에 비교하면 대나무와 초목과의 관계이며 물고기와 조수(鳥獸)와의 관계와 같다. 따로 한 종류가 되니 어느 한쪽으로 귀속시킬 수는 없다. 『이소』는 여러 가지 내용을 복잡하게 뒤섞고 반복하여, 흥(興)을 의탁함이 한결같지 않다. 대개 충신으로 원망하는 사나이는 슬퍼하는 감정이 너무 깊어 문장을 안배할 겨를이 없기에 짐짓 그 서술을 어지럽게 하여, 같은 감정을 가진 자들로 하여금 그 감정을 스스로 찾게 만들고 틈을 엿보아 해치려는 자들로 하여금 그 빌미를 찾기 어렵게 만들었다. 지금 만약 조리를 나눠 명백하게 한다면 문득 『이소』의 체재에서 벗어나게 된다.

騷賦雖有韻之言, 其於詩文, 自是竹之與草木, 魚之與鳥獸, 別爲一類, 不可偏屬. 騷辭所以總雜重複, 興寄不一者, 大抵忠臣怨夫, 惻怛深至, 不暇致詮, 亦故亂其敍, 使同聲者自尋, 修隙者難摘耳. 今若明白條易, 便乖厥體.

1-61. 부를 짓는 방법

부(賦)를 짓는 방법은 이미 사마상여(司馬相如)가 한 몇 마디 말에 다 보인다.[120] 모름지기 천고(千古)의 온갖 소재를 가슴에 담고 우주의 모습을 포괄했으므로, 변환의 지극함은 아득한 바다에 해가 떠올라 어둠이 걷히는 것 같고 현란의 지극함은 저녁노을 같은 비단이 화려하게 빛나는 것 같다. 이렇게 표현한 뒤에 차분하게 매조지를 지어서 주제가 무엇인지 드러내야 한다. 만약 이리 저리 온통 방만하게 기술하여 서론도 없고 결론도 없다면, 끝내 결속의 오묘함을 알지 못하는 것이다. 또한 혹 아름답고 장엄하게 표현했으나 신기(神氣)가 유동(流動)하지 못하면 마치 큰 바다가 잠깐 사이에 메말라 버리는 것 같아서, 수많은 보옥이 여기저기에 뒤섞여 있다고 해도 모두 흠이 있는 구슬이 되어버릴 것이니 결국 화씨벽(和氏璧)이 되지 못할 것이다. 그러나 이것은 비교적 경미한 사안이다. 다만 가난하고 평범한 열 가구가 사는 마을처럼 보잘것없는 내용을 이치를 빌어 문으로 표현하고자 한다면 바로 해로움이 될 것이다. 부를 짓는 작가는 의(意)가 없음을 근심하지 말고 온축함이 없는 것을 근심해야 하며, 온축함이 없는 것을 걱정하지 말고 운용하지 못함을 걱정해야 한다.

作賦之法, 已盡長卿數語. 大抵須包蓄千古之材, 牢籠宇宙之態. 其變幻之極, 如滄溟開晦, 絢爛之至, 如霞錦照灼, 然後徐而約之, 使指有所在. 若汗漫縱橫, 無首無尾, 了不知結束之妙. 又或瑰偉宏富, 而神氣不流動, 如大海乍涸, 萬寶雜廁, 皆是瑕璧, 有損連城. 然此易耳. 惟寒儉率易, 十室之邑, 借理自文, 乃爲害也. 賦家不患無意, 患在無蓄, 不

120) 1-5 참조.

患無蓄, 患在無以運之.

1-62. 부 작품을 읽어나가는 방식

『이소(離騷)』 같은 부(賦) 작품을 짓고 나서는 책을 가까이 하지 않은 사람으로 하여금 금새 다 읽도록 하지 말아야 한다. 『이소』를 읽을 때에는 모름지기 독자로 하여금 자주 앞뒤로 살펴보고 글을 곱씹어서 한편으론 감동을 받고 한편으로는 내용을 의심하게 만들어야 한다. 두 번째로 읽을 때는 깊이 침잠하여 감탄하면서 읽게 만들어야 한다. 세 번째로 읽을 때는 눈물과 콧물이 범벅이 되어 애가 끊어질 것 같아야 한다.

부를 읽을 때, 처음에는 동정호(洞庭湖)에서 음악을 연주하는 듯, 금관성(錦官城)의 화려한 휘장을 걷는 듯하여 눈과 귀를 현란하게 만들어야 한다. 이윽고 천천히 살펴보면 천 길이나 되는 화려한 무늬의 비단 같아 실의 올이 질서정연하게 보여야 한다. 다 읽기를 마치자마자 엄숙하게 자세를 바로 잡아야 한다. 책을 덮고 나서는 생각이 여기에서 떠나지 않아 내용을 곱씹으며 감상해야 한다.

擬騷賦, 勿令不讀書人便竟. 騷覽之, 須令人裴回循咀, 且感且疑, 再反之, 沉吟歔欷, 又三復之, 涕淚俱下, 情事欲絶. 賦覽之, 初如張樂洞庭, 褰帷錦官, 耳目搖眩, 已徐閱之, 如文錦千尺, 絲理秩然, 歌亂甫畢, 肅然斂容, 掩卷之餘, 徬徨追賞.

1-63. 문의 구성 방식

사물이 서로 섞여 있기 때문에 문(文)이라고 한다.[121] 문은 모름지기 오색이 서로 뒤섞여야 이에 화려한 문채를 이룰 수 있으며, 모름지기 날줄과 씨줄이 실마리를 갖추어야 조리를 이룰 수 있다.

物相雜, 故曰文. 文須五色錯綜, 乃成華采, 須經緯就緖, 乃成條理.

1-64. 역사와 문장의 관계

천지 사이에 역사 아닌 것이 없다. 삼황(三皇)의 시대의 역사는 전부 사라져 남아 있지 않지만, 그래도 오제(五帝)의 시대의 역사는 간혹 남아 있는 것도 있고 사라져 버린 것도 있다. 아, 역사가 어찌 멈추겠는가. 육경(六經)은 인류 역사 가운데 이치를 말한 것이다. 편년(編年)・본기(本紀)・지(志)・표(表)・서(書)・세가(世家)・열전(列傳)은 역사의 정문(正文)이다. 서(敍)・기(記)・비(碑)・갈(碣)・명(銘)・술(述)은 역사의 변문(變文)이다. 훈(訓)・고(誥)・명(命)・책(冊)・조(詔)・령(令)・교(敎)・차(箚)・상서(上書)・봉사(封事)・소(疏)・표(表)・계(啓)・전(箋)・탄사(彈事)・주기(奏記)・격(檄)・노포(露布)・이(移)・박(駁)・유(喩)・척독(尺牘)은 역사의 활용이다. 논(論)・변(辨)・설(說)・해(解)・난(難)・의(議)는 역사의 실제이다. 찬(贊)・공포(公布)・잠(箴)・애(哀)・뢰(誄)・비(悲)는 역사의 화려함이다. 그러나 송(頌)은 사시(四詩)[122]의 하나이고, 찬

121) 『주역정의(周易正義)』에서 “물이 서로 섞인 것을 문이라고 한다.[物相雜, 故曰文.]”라고 했다.

122) 사시(四詩) : 『시경』의 네 가지 시체(詩體), 곧 이남(二南), 국풍(國風), 아(雅), 송(頌)을 이른다.

(贊)·잠(箴)·명(銘)·애(哀)·뢰(誄)는 모두 그 여음이니, 이것들을 문에 귀속시키는 것에 대해 나는 타당하지 않다고 생각하지만 오랫동안 그 분류를 따라왔으므로 일단 대중들의 의견을 따른다.

天地間, 無非史而已. 三皇之世, 若泯若沒. 五帝之世, 若存若亡. 噫, 史其可以已耶. 六經, 史之言理者也. 曰編年, 曰本紀, 曰志, 曰表, 曰書, 曰世家, 曰列傳, 史之正文也. 曰敍, 曰記, 曰碑, 曰碣, 曰銘, 曰述, 史之變文也. 曰訓, 曰誥, 曰命, 曰冊, 曰詔, 曰令, 曰敎, 曰箚, 曰上書, 曰封事, 曰疏, 曰表, 曰啓, 曰箋, 曰彈事, 曰奏記, 曰檄, 曰露布, 曰移, 曰駁, 曰喩, 曰尺牘, 史之用也. 曰論, 曰辨, 曰說, 曰解, 曰難, 曰議, 史之實也. 曰贊, 曰公布, 曰箴, 曰哀, 曰誄, 曰悲, 史之華也. 雖然, 頌卽四詩之一, 贊箴銘哀誄, 皆其餘音也. 附之於文, 吾有所未安, 惟其沿也, 姑從衆.

1-65. 이치가 담긴 문장들

나는 일찍이 논하기를, 『맹자』와 『순자(荀子)』 이전의 작자들은 이치가 문장에 가득하여 일부러 설명하지 않아도 되었기에 이치가 유로(流露)되어 문장에 전달되었는데, 후대의 작자들은 문장이 이치를 담지 못하여 이치에서 달아나 숨어버렸다. 육경(六卿)과 사서(四書)는 이치가 문장에 그대로 드러난 것이요, 양한(兩漢)의 작품은 일을 문장으로 기록한 것인데 이치로서 착종(錯綜)한 것이다. 육조(六朝) 시대의 작품은 그저 문장을 위해 문장을 지은 것인데, 일로서 착종한 것이다.

吾嘗論孟荀以前作者, 理苞塞不喩, 假而達之辭, 後之爲文者, 辭不勝, 跳而匿諸理. 六經也, 四子也, 理而辭者也. 兩漢也, 事而辭者也, 錯以理而已. 六朝也, 辭而辭者也, 錯以事而已.

1-66. 문장의 법칙들

수미(首尾)의 조응과 문장의 열고 닫음, 번잡함과 간결함, 임시변통의 방법과 원칙적인 방법 등에 대해 각각 그 법을 다하는 것이 편법(篇法)이다. 추켜올림과 내림, 문세(文勢)의 전환, 장단과 가락 등에 대해 각각 그 이치를 다하는 것이 구법(句法)이다. 단어의 교체, 문안의 설정, 음률의 고려, 화려한 수식 등에 대해 각각 조예를 다하는 것이 자법(字法)이다. 편(篇)에는 백 척의 비단이 있고, 구(句)에는 천 균(千鈞)의 쇠노가 있고, 자(字)에는 백 번 단련한 쇠가 있다. 산문과 시는 진실로 의상은 다르나 법칙은 같으니, 공자(孔子) 문하나 불가에서 도와 진리를 깨우치는 것처럼 문장의 법칙을 깨우친다면 손 가는 대로 문장을 짓더라도 오묘한 경지를 보이지 않는 작품이 없을 것이다.

首尾開闔, 繁簡奇正, 各極其度, 篇法也. 抑揚頓挫, 長短節奏, 各極其致, 句法也. 點掇關鍵, 金石綺彩, 各極其造, 字法也. 篇有百尺之錦, 句有千鈞之弩, 字有百煉之金. 文之與詩, 固異象同則, 孔門一唯, 曹溪汗下後, 信手拈來, 無非妙境.

1-67. 시체(詩體)에 대한 분류

고악부(古樂府), 소명태자(昭明太子)의 『문선(文選)』에 뽑힌 시, 가행(歌行) 등은 율시의 형식에 들어갈 수 있는 작품과 들어갈 수 없는 작품이 있으니, 구법과 자법이 그렇게 정해져 있기 때문이다. 다만 근체시는 반드시 고시에 들어갈 수 없다.

古樂府選體歌行, 有可入律者, 有不可入律者, 句法字法皆然. 惟近體必不可入古耳.

1-68. 시재(詩才)의 구현 방식

재능은 생각(상상력, 構思)을 만들고, 생각은 정조(情調)를 만들고, 정조는 풍격을 만든다. 생각은 재주의 쓰임이고, 정조는 생각이 구현한 경계이며, 풍격은 정조가 구현한 경계이다.

才生思, 思生調, 調生格. 思卽才之用, 調卽思之境, 格卽調之界.

1-69. 문장을 짓는 과정

헌길(獻吉) 이몽양(李夢陽)은 사람들에게 당(唐)나라 이후의 문장은 보지 말라고 권했는데, 나는 처음에 매우 협소한 의견이라고 여겼으나 지금은 그 말이 옳다고 믿는다. 여러 가지 기억이 뒤섞여 있으면, 붓을 들어 글을 쓸 때 자연이 붓끝이 혼란스러우니 그 혼란을 몰아내기란 쉽지가 않다. 만약 어떤 한 작품만을 본떠 글을 짓는다면 혼란스러움을 몰아내기는 쉽겠지만 또한 국량(局量)이 좁게 될 것이며 모방한 흔적이 완연히 드러날 것이니 대가(大家)의 솜씨가 아니다.

지금 이후로는 새하얀 횟가루 세 섬으로 속을 깨끗이 씻어낸 다음, 날마다 육경(六經)과 『주례(周禮)』·『맹자』·『노자(老子)』·『장자(莊子)』

·『열자(列子)』·『순자(荀子)』·『국어(國語)』·『좌전(左傳)』·『전국책(戰國策)』·『한비자(韓非子)』·『이소(離騷)』·『여씨춘추(呂氏春秋)』·『회남자(淮南子)』·『사기(史記)』·반고(班固)의 『한서(漢書)』와 서한(西漢) 이후로부터 육조(六朝) 및 당(唐)의 한유(韓愈)·유종원(柳宗元)에 이르기까지 모름지기 아름다운 작품을 선택, 숙독 함양하여 점점 무젖어 왕양(汪洋)하여 막힘이 없고자 한다. 이에 붓을 잡을 경우가 생기면, 한결같이 의장(意匠)을 스승 삼아 기운이 의(意)를 따라 통창(通暢)하며 신(神)이 경(境)과 합치되게 될 것이다. 여러 갈래 길을 채찍질로 내달려도 묵묵히 지휘를 받아 대각(臺閣)에서나 산림에서나 오지나 사막에서나 어찌 통쾌하지 않으랴. 세상에는 또한 옛 것을 옳다 여기고 지금을 그르다고 여기는 자가 있는데, 그러나 부른 뒤에 오고 물리친 뒤에 물러난다면, 이미 으뜸이 아닌 두 번째로 떨어질 것이다.

李獻吉, 勸人勿讀唐以後文, 吾始甚狹之, 今乃信其然耳. 記聞旣雜, 下筆之際, 自然於筆端攪擾, 驅斥爲難. 若模擬一篇, 則易於驅斥, 又覺局促, 痕跡宛露, 非斷輪手. 自今而後, 擬以純灰三斛, 細滌其腸, 日取六經周禮孟子老莊列荀國語左傳戰國策韓非子離騷呂氏春秋淮南子史記班氏漢書, 西京以還至六朝及韓柳, 便須銓擇佳者, 熟讀涵泳之, 令其漸漬汪洋. 遇有操觚, 一師心匠, 氣從意暢, 神與境合, 分途策馭, 默受指揮, 臺閣山林, 絶跡大漠, 豈不快哉. 世亦有知是古非今者, 然使招之而後來, 麾之而後却, 已落第二義矣.

1-70. 법도와 체재의 운용

시는 일정한 체재가 있는데, 공교로움이 이 체재로부터 발생한다.

산문은 정해진 규칙이 없으니 공교로움은 규칙 너머에서 운용된다. 악부(樂府)와 『문선(文選)』의 시, 율시와 절구는 서로 구법과 자법이 대단히 다르지만 성운(聲韻)은 서로 들어맞는다. 그보다 수준이 낮은 사(詞)는 더욱 규칙이 엄격하다. 가의(賈誼)의 「과진론(過秦論)」은 일을 서술하는 과정이 전(傳)과 같고 사마천(司馬遷) 『사기(史記)』의 「백이열전(伯夷列傳)」과 「굴평열전(屈平列傳)」은 분변함이 논(論)과 같다. 서(序)·기(記)·지(志)·술(述)·장(章)·령(令)·서(書)·이(移) 등은 조목(條目)은 조금 다르지만 대체(大體)는 참으로 같다. 그러나 사시(四詩)[123]를 모방하여 지으면 아름답지만, 『서경』과 『주역』을 모방하면 아름답지 않다. 그러므로 법도에 합치되는 것은 반드시 힘을 다 쏟아 스스로 운용하고, 법도에서 벗어난 것은 반드시 정신을 집중하여 법도로 귀결되도록 해야 한다. 합하면서 분리되고 분리되면서 합치되는 것에 묘오(妙悟)가 존재한다.

詩有常體, 工自體中. 文無定規, 巧運規外. 樂選律絶, 句字敻殊, 聲韻各協. 下迨填詞小技, 尤爲謹嚴. 過秦論也, 敍事若傳. 夷平傳也, 指辨若論. 至於序記志述章令書移, 眉目小別, 大致固同. 然四詩擬之則佳, 書易放之則醜. 故法合者, 必窮力而自運, 法離者, 必凝神而並歸. 合而離, 離而合, 有悟存焉.

1-71. 『시경』과 「고시십구수」의 구법

『시경』의 풍아(風雅) 삼백 편과 「고시십구수(古詩十九首)」에 대해서

123) 사시(四詩) : 『시경』의 네 가지 시체(詩體)로, 이남(二南), 국풍(國風), 아(雅), 송(頌)을 이르는 말이다.

사람들은 특별한 구법(句法)이 없다고 생각하지만 그렇지 않다. 법도가 완전히 갖추어져 있지만, 그 법도를 찾아갈 수 있는 계단이 없을 따름이다.

風雅三百, 古詩十九, 人謂無句法, 非也. 極自有法, 無階級可尋耳.

1-72. 『시경』 삼백 편의 의미

『시경』 삼백 편은 성인인 공자가 직접 산삭한 것으로, 삼백 편의 의미는 각기 깊고 얕은 다름이 있고 시어에도 지극한 것과 그렇지 못한 것이 있다. 그러나 지금 사람들이 마치 푸른 바다를 보면서 매우 깊다고만 생각할 뿐, 산호가 어디에 잠겨 있는지 알지 못하는 경우와 같다.

三百篇刪自聖手, 然旨別淺深, 詞有至未. 今人正如目滄海, 便謂無底, 不知湛珊瑚者何處.

1-73. 『시경』의 옥에 티

시에는 흠이 없을 수 없다. 『시경』 삼백 편이라 할지라도 또한 흠이 있는데, 사람들이 스스로 그 흠을 지적하지 않을 따름이다.

『시경』의 작품 중에 구법이 대단히 허술한 것이 있는데, 「사철(駟驖)」의 "험과 갈, 교 사냥개를 싣고 가네.[載獫歇驕]"란 구절이다.【셋은 모두 사냥개의 이름이다.】

너무 직설적인 것이 있는데, 「권여(權輿)」의 "예전에는 밥 먹을 때

네 그릇으로 예우하더니, 지금은 밥 먹을 때마다 배부르지 않구나.[昔也每食四簋, 今也每食不飽.]"란 구절이다.[124]

너무 촉급한 것이 있는데, 「대숙우전(大叔于田)」의 "말 몰고 말을 멈추고[抑罄控忌]"란 구절과[125] 「북풍(北風)」의 "이미 다급하게 되었는데도[旣亟只且]"란 구절이다.

너무 번잡한 것이 있는데, 「벌단(伐檀)」의 "뿌리고 거두지 않고서, 어찌 집에 벼 삼백 단을 두리오.[不稼不嗇, 胡取禾三百廛.]"란 구절이다.[126]

너무 용렬한 것이 있는데, 「체동(蝃蝀)」의 "이러한 사람이여, 혼인할 것만 생각하는구나. 믿음도 없고, 천명도 알지 못하면서.[乃如之人也, 懷昏姻也, 大無信也, 不知命也.]"란 구절이다.

뜻을 펼친 것에 너무 비루한 것이 있는데, 앞에서 언급한 "밥 먹을 때 네 그릇으로 예우하더니.[每食四簋]"란 구절과 같은 경우이다.

너무 박절한 것이 있는데, 「산유추(山有樞)」의 "그냥 앉아서 죽는다면, 남이 방에 들어올 뿐.[宛其死矣, 他人入室.]"이란 구절이다.

너무 조잡한 것이 있는데, 「상서(相鼠)」의 "사람으로 위의가 없는데, 죽지 않는 것을 어찌하랴.[人而無儀, 不死何爲.]"의 구절과 같은 경우이다.

詩不能無疵, 雖三百篇亦有之, 人自不敢摘耳. 其句法有太拙者, 載獫歇驕.【三名皆田犬也】 有太直者, 昔也每食四簋, 今也每食不飽, 有太促者, 抑罄控忌, 旣亟只且. 有太累者, 不稼不嗇, 胡取禾三百廛. 有太庸者, 乃如之人也, 懷昏姻也, 大無信也, 不知命也. 其用意有太鄙者, 如前每食四簋之類也. 有太迫者, 宛其死矣, 他人入室. 有太粗者, 人而

124) 『시경』 「권여(權輿)」에는 "於我乎每食四簋, 今也每食不飽."로 되어 있다.

125) 『시경』 「대숙우전(大叔于田)」에는 "抑磬控忌"로 되어 있다.

126) 『시경』 「벌단(伐檀)」에는 "不稼不穡, 胡取禾三百廛兮."로 되어 있다.

無儀, 不死何爲之類也.

1-74. 『서경』의 옥에 티

『시경』 삼백 편은 성인인 공자의 산삭을 거쳤지만, 내가 결코 법도가 될 수 없다고 생각되는 것은 앞에서 지적한 구절들이다. 『상서(尙書)』를 성인의 경전(經典)이라고 일컫지만, 내가 결코 법도가 될 수 없다고 생각되는 것은 「반경(盤庚)」 등 몇 편이다.

三百篇經聖刪, 然而吾斷不敢以爲法而擬之者, 所摘前句是也. 尙書稱聖經, 然而吾斷不敢以爲法而擬之者, 盤庚諸篇是也.

1-75. 말은 의미 전달의 수단

공자는 "말은 뜻을 전달하기만 하면 된다."라 했고[127] 또 "말을 꾸밀 때에는 성실함에 입각해야 하니, 대개 말은 다듬지 않을 수 없지만, 뜻을 전달하는 데 주안점을 두어야 한다."라 했다.[128] 지금 『주역·계사전』, 『예경(禮經)』, 『공자가어(孔子家語)』, 『노론(魯論)』, 『춘추(春秋)』에 남아 있는 글들이 어찌 다듬어 놓은 것이 아니겠는가. 양웅(揚雄)은 그 의미가 온전히 전해지는 것을 기피하여 일부로 숨기면서 『법언(法言)』을 지었다. 태사(太史) 사마천은 전달하고자 하는 의미를 감추기 싫어서 그 뜻을 자세히 풀어 전해주면서 제왕의 「본기(本紀)」를 지었다. 이 두 저작은 모두 성인의 의도와는 다르다.

---

127) 『논어』 「위령공(衛靈公)」에 보인다.

128) 『주역』 「건괘(乾卦)」에 보인다.

孔子曰, 辭達而已矣. 又曰, 修辭立其誠, 蓋辭無所不修, 而意則主於達. 今易繫禮經家語魯論春秋之篇存者, 抑何嘗不工也. 揚雄氏避其達而故晦之, 作法言, 太史避其晦, 故譯而達之, 作帝王本紀, 俱非聖人意也.

1-76. 공자의 글에 대한 논의

성인의 글에 또한 어찌 우열이 없겠는가? 「우공(禹貢)」은 천고 세월의 일을 서술하는 본보기가 되었다. 「반경(盤庚)」에 대해서는 내가 감히 어떻다고 말을 할 수가 없다. 『시경』에 실린 주공(周公)의 시가 『주서(周書)』에 실린 것보다 뛰어나지 않은가. 공자는 글은 짓되 시는 짓지 않았는데, 공자의 시라고 전해지는 것은 실제 공자가 지은 시는 아닐 것이다.

聖人之文, 亦寧無差等乎哉. 禹貢, 千古敍事之祖. 如盤庚, 吾未之敢言也. 周公之爲詩也, 其猶在周書上乎. 吾夫子文而不詩, 凡傳者, 或非其眞者也.

1-77. 삼경(三經)의 유사한 구절들

한유(韓愈)가 「진학해(進學解)」에서 "『주역』은 기이하면서도 법도에 맞고 『시경』은 올바르면서도 화려하다.[易奇而法, 詩正而葩.]"라 했는데, 그 말이 옳다. 그러나 『시경』 중에도 『서경』과 비슷한 구절이 있고, 『서경』 중에도 『시경』과 유사한 구절이 있다.

『서경』 「익직(益稷)」의 "임금이 분명하면 신하가 편안하다.[元首明哉,

股肱良哉.]”와 “신하가 기뻐하며, 순이 정치를 일으킨다.[股肱喜哉, 元首起哉.]”란 구절과 「오자지가(五子之歌)」는 『시경』과 너무나도 비슷하다. 『주역』에도 또한 『시경』과 유사한 구절들이 있다.

『시경』의 구절 중, 「하피농의(何彼襛矣)」의

齊侯之子	제후의 아들과
平王之孫	평왕의 손녀라네.[129]

「백주(柏舟)」의

威儀棣棣	위엄 있고 의젓하여
不可選也	흠잡을 데 없구나.

「장중자(將仲子)」의

父母之言	부모님의 말씀도
亦可畏也	무섭기만 하다오.

「북문(北門)」의

天實爲之	하늘이 진실로 하신 것을
謂之何哉	말한들 무엇하리오.

「장유자(牆有茨)」의

中冓之言	내실의 말
不可道也	입에 담을 수가 없네.

129) 『시경』「하피농의(何彼襛矣)」에는 “平王之孫, 齊侯之子”로 되어 있다.

「상중(桑中)」의

送我乎淇之上矣　기수 가에서 나를 바래다준다네.

「석인(碩人)」의

大夫夙退　대부들이 일찍 물러나
毋使君勞　임금이 정사에 시달리지 않게 하네.

「맹(氓)」의

反是不思　바꿀 줄 생각도 못했는데
亦已焉哉　이제는 어쩔 수 없구나.

「모과(木瓜)」의

匪報也　보답하려는 것이 아니라
永以爲好也　영원히 잘 지내자고 해서이네.

「서리(黍離)」의

知我者謂我心憂　날 아는 사람은 내 마음 근심 말할 테지만
不知我者謂我何求　날 모르는 사람은 내가 뭘 찾는다고 하겠지.

「원유도(園有桃)」의

心之憂矣　내 마음의 근심을
其誰知之　그 누가 알아주리오.

「학명(鶴鳴)」의

他山之石　다른 산의 돌이라도
可以攻玉　숫돌로 쓸 수 있다네.

「시월지교(十月之交)」의

皇父卿士　　황보는 경사이고
家伯塚宰　　가백은 총재이고
仲允膳夫　　중윤은 요리사이고
棸子內史　　추자는 내사이다.

「소민(小旻)」의

發言盈庭　　말 세워 조정을 채우지만
誰敢執其咎　　누가 그 문책 떠맡으려오.

「소민(小旻)」의

如匪行邁謀　　재촉해 가지 않고 계획하는 것과 같으니
是用不得於道　　길에서 얻을 것이 없다오.

「소반(小弁)」의

心之憂矣　　마음의 근심을
云如之何　　어찌할 수가 없네.

「북산(北山)」의

或出入諷議　　누구는 출입하면서 의논하고
或靡事不爲　　누구는 안 하는 일이 없네.

「하무(下武)」의

成王之孚　　왕의 믿음을 이루어
下士之式　　하사의 법이 되었네.

「탕(蕩)」의

文王曰咨　　문왕이 말하길, 아
咨女殷商　　너 은상아
而秉義類　　네가 선한 이들을 써야 한다.

「억(抑)」의

白圭之玷　　백규의 흠은
尙可磨也　　오히려 다듬을 수 있지만
斯言之玷　　말의 실수는
不可爲也　　어찌할 수가 없다네.

「유천지명(維天之命)」의

於乎不顯　　아, 드러나지 않겠는가
文王之德之純　　문왕의 덕이 순수함이여.

「경지(敬之)」의

學有緝熙于光明　　배움 이어 밝혀 광명에 이르고자.

「비궁(閟宮)」의

至于文武　　문왕 무왕에 이르러
纘太王之緖　　태왕의 공업을 계승하셨네.

이러한 『시경』의 구절을 『서경』 속에 옮겨 놓는다 해도 누가 구별할 수 있겠는가.

『서경』의 구절 중에, 「요전(堯典)」의

日中星鳥	밤과 낮의 길이 같고 별이 순화(鶉火)임을 가지고
以殷仲春	춘분임을 바로 잡았네.

「요전(堯典)」의

蕩蕩懷山襄陵	넓고 넓어서 산을 두르고 언덕을 넘어
浩浩滔天	그 넓음이 하늘에까지 이른다.

「순전(舜典)」의

明試以功	그 공을 분명히 나타내면
車服以庸	백성들의 공으로 수레와 옷 주었네.

「대우모(大禹謨)」의

無怠無荒	게을리하지 않고 탐닉하지 않으면
四夷來王	사방의 오랑캐도 올 것이네.

「대우모(大禹謨)」의

任賢勿貳	어진이 등용하되 두 마음 품지 말며
去邪勿疑	간사함을 제거함에 의심치 말며
疑謀勿成	의심스런 계책을 이루지 말아야
百志惟熙	모든 목표가 빛날 것이다.

「대우모(大禹謨)」의

四海困窮	사해가 곤궁하면
天祿永終	하늘의 녹이 영원히 끊긴다.
朕志先定	나의 뜻은 이미 정해졌으니

詢謀僉同 도모하고 계책함이 다 같으며
鬼神其依 귀신도 나의 뜻에 따랐고
龜筮協從 거북점과 시초점도 다 같았네.

「고요모(皐陶謨)」의
百僚師師 백료가 서로 배우고
百工惟時 백관들이 때에 맞춘다.

「익직(益稷)」의
臣哉鄰哉 신하가 이웃이며
鄰哉臣哉 이웃이 신하구나.

「익직(益稷)」의
罔晝夜頟頟 밤낮으로 쉼 없이
罔水行舟 물 없는데 배를 저어 간다.

「익직(益稷)」의
下管鼗鼓 당하에 관악기와 도고를 진열하고
合止柷敔 축어로 시작과 끝을 하였다.

「익직(益稷)」의
簫韶九成 순이 음악을 9성으로 하니
鳳凰來儀 봉황이 와서 춤을 추었다.

「우공(禹貢)」의
萊夷作牧 내이는 방목을 할 수 있으며

厥篚檿絲　광주리에 바치는 것은 뽕 먹인 명주실이다.
厥草惟夭　그 풀이 작으면서 잘 자라 있고
厥木惟喬　그 나무가 높이 서 있다.

「윤정(胤征)」의

火炎崐岡　불이 곤산 마루를 태우면
玉石俱焚　옥석이 모두 불에 탄다.

「중훼지고(中虺之誥)」의

佑賢輔德　현자와 덕 있는 이 도와주고
顯忠遂良　충성스럽고 어진 사람 드러낸다.
兼弱攻昧　약한 사람 아우르고 몽매한 이 다스리며
取亂侮亡　어지러운 자 취하고 망하는 자 업신여기어
推亡固存　망한 것을 배제하고 존한 것 확고히 해주면
邦乃其昌　나라가 이에 번창할 것이다.

「이훈(伊訓)」의

聖謨洋洋　인의 계책은 끝없이 넓고
嘉言孔彰　아름다운 말은 크게 빛난다.
惟上帝不常　상제의 명령은 일정하지 않고
作善降之百祥　선한 일을 하면 상서로움 내리고
作不善降之百殃　불선한 일을 하면 재앙을 내린다.

「태갑(太甲)」의

惟天無親　하늘은 항상 가까이 하는 자 없어서

克敬惟親　공경한 이를 친히 할 수 있으며
民罔常懷　백성들은 일정하게 생각함이 없어서
懷于有仁　어진 이가 있기를 생각한다.

「태갑(太甲)」의

一人元良　한 사람이 크게 선하면
萬邦以貞　천하가 바르게 됩니다.

「함유일덕(咸有一德)」의

厥德匪常　그 덕을 일정하게 하지 않으면
九有以亡　구주를 가지고 있어도 망할 것입니다.

「열명(說命)」의

若作和羹　내가 맛있는 국을 끓이면
爾惟鹽梅　너는 소금과 매실이 되어라.
罔俾阿衡　아형으로 하여금
專美有商　상나라에서 칭찬 독차지하게 하지 말라.

「태서(泰誓)」의

我武惟揚　나의 힘을 들어
侵于之疆　저 경계를 쳐 들어가
取彼凶殘　저 주왕을 취하여
我伐用張　나의 정벌을 펼치니
于湯有光　탕과 같이 빛남 있을 것이다.

「목서(牧誓)」의

如虎如貔　　호랑이처럼 비처럼

如熊如羆　　곰처럼 큰곰처럼.

「홍범(洪範)」의

月之從星　　달이 별을 따름에 따라

則以風雨　　바람이 불고 비가 내린다.

「입정(立政)」의

式敬爾由獄　　자기가 했던 재판을 공경히 함으로써

以長我王國　　우리 국가를 영원토록 했다.

이러한 『서경』의 구절들은 『시경』의 구절과도 유사하다. 또 「홍범(洪範)」의 "부중(不中)하고 불평(不平)이 없도록[無偏無陂]"에서부터 "그 표준으로 귀의할 것이다.[歸其有極]"까지도 하나의 장(章)이 될 만 하다.

『주역』의 구절 중, 「건괘(乾卦)」의

見龍在田　　나타난 용이 밭에 있으매

天下文明　　천하가 문명해진다.

「건괘(乾卦)」의

終日乾乾　　종일토록 굳세게 해야

與時偕行　　할 때 함께 행한다.

「곤괘(坤卦)」의

西南得朋　　서남쪽에서 벗을 얻으니

乃與類行　　동류와 함께 행함이요.
東北喪朋　　동북쪽에서 벗을 잃으나
乃終有慶　　마침내 경사가 있을 것이다.

「소축괘(小畜卦)」의

密雲不雨　　구름 빽빽하나 비 오지 않으니
自我四郊　　내가 서교로부터 왔기 때문이네.

「비괘(否卦)」의

其亡其亡　　그 망할까 망할까 하여
繫於苞桑　　우묵한 뽕나무에 매리라.

「동인괘(同人卦)」의

伏戎於莽　　병사를 수풀 속에 감추고
升其高陵　　높은 언덕에 오르니
三歲不興　　삼 년이 지나도 일어나지 못하네.

「비괘(賁卦)」의

賁如皤如　　꾸밈이 희며
白馬翰如　　백마가 나는 듯 달려간다.

「박괘(剝卦)」의

君子得輿　　군자는 수레를 얻고
小人剝廬　　소인은 집이 헐리네.

「규괘(睽卦)」의

見輿曳 수레가 뒤로 끌리고
其牛掣 소가 앞을 가로 막으면
其人天且劓 그 사람 머리 깎이고 코가 베인다.

「규괘(睽卦)」의

見豕負塗 돼지가 진흙을 등에 묻히고
載鬼一車 귀신이 한 수레에 가득 실려 있으니
先張之弧 먼저는 활시위를 당겼다가
後脫之弧 나중에는 시위를 풀어 놓는다.

「곤괘(困卦)」의

困於石 돌에 곤하며
據於蒺藜 가시나무에 거처함이라
入於其宮 그 집에 들어가도
不見其妻 아내를 볼 수 없다.

「진괘(震卦)」의

震來虩虩 천둥이 칠 때에 돌아보고 돌아보면
笑言啞啞 웃고 말함이 즐거우리니.

「여괘(旅卦)」의

旅人先笑後號咷 나그네는 먼저 웃고 나중에 울부짖는다.

「잡괘전(雜卦傳)」의

乾剛坤柔 건은 강하고 곤은 부드러우며

比樂師憂　　비는 즐겁고 사는 근심스럽다.
臨觀之義　　임과 관의 의미는
或民或求　　혹 주고 혹 구한다.

이러한 『주역』의 구절들을 『시경』 속에 넣더라도 누가 구별해 낼 수 있겠는가.

이뿐만이 아니라, 『주역』의 괘사(卦辭)나 효사(爻辭), 단상(彖象)과 소상(小象) 중에 압운을 맞춘 것이 열에 여덟이나 되기에, 『주역』 또한 『시경』의 한 구절이라고 할 만하다.

易奇而法, 詩正而葩. 韓子之言固然. 然詩中有書, 書中有詩也. 明良喜起, 五子之歌, 不待言矣. 易亦自有詩也, 姑擧數條以例之. 詩語如齊侯之子, 平王之孫, 威儀棣棣, 不可選也, 父母之言, 亦可畏也, 天實爲之, 謂之何哉, 中冓之言, 不可道也, 送我乎淇之上矣, 大夫夙退, 毋使君勞, 反是不思, 亦已焉哉, 匪報也, 永以爲好也, 知我者謂我心憂, 不知我者謂我何求, 心之憂矣, 其誰知之, 他山之石, 可以攻玉, 皇父卿士, 家伯塚宰, 仲允膳夫, 棸子內史, 發言盈庭, 誰敢執其咎, 如匪行邁謀, 是用不得於道, 心之憂矣, 云如之何, 或出入諷議, 或靡事不爲, 成王之孚, 下土之式, 文王曰咨, 咨女殷商, 而秉義類, 白圭之玷, 尙可磨也. 斯言之玷, 不可爲也, 於乎不顯, 文王之德之純, 學有緝熙于光明, 至于文武, 纘太王之緒, 以入書, 誰能辨也. 書語如日中星鳥, 以殷仲春, 蕩蕩懷山襄陵, 浩浩滔天, 明試以功, 車服以庸, 無怠無荒, 四夷來王, 任賢勿貳, 去邪勿疑, 疑謀勿成, 百志惟熙, 四海困窮, 天祿永終. 朕志先定, 詢謀僉同. 鬼神其依, 龜筮協從, 百僚師師, 百工惟時, 臣哉鄰哉, 鄰哉臣哉, 罔晝夜頟, 罔水行舟, 下管鼗鼓, 合止柷敔, 簫韶九成, 鳳凰來儀, 萊夷作牧, 厥篚檿絲, 厥草惟夭, 厥木惟喬, 火炎崐岡, 玉石俱焚, 佑賢輔德, 顯忠遂良, 兼弱攻昧, 取亂侮亡, 推亡固存, 邦乃其昌, 聖謨洋洋, 嘉言孔彰, 惟上帝不常, 作善降之百祥, 作不善降之百殃, 惟天無親, 克敬惟親. 民罔常懷, 懷于有仁, 一人元良, 萬邦以貞, 厥德匪常, 九有以亡, 若作和羹, 爾惟鹽梅. 罔俾阿衡, 專美有商, 我武惟揚, 侵于之疆, 取彼凶殘, 我伐用張, 于湯有光, 如虎如貔, 如熊如羆, 月之從星, 則以風雨, 式敬爾由獄, 以長我王國, 又無偏無陂」以至「歸其有極」, 總爲一章. 易語如見龍在田, 天下文明, 終日乾乾, 與時偕行, 西南得朋, 乃與類行. 東北喪朋, 乃終有慶, 密雲不雨, 自我四郊, 其亡其亡, 繫於苞桑, 伏戎於莽, 升其高陵, 三歲不興, 賁如皤如, 白馬翰如, 君子得輿, 小人剝廬, 見輿曳, 其牛掣, 其人天且劓, 見豕負塗, 載鬼一車. 先張之弧, 後脫之弧, 困於石, 據於蒺藜, 入於其宮, 不見其妻, 震來虩虩, 笑言啞啞, 旅人先笑後號咷, 乾剛坤柔, 比樂師憂, 臨觀之義, 或與或求, 以入詩, 誰能辨也. 抑不特此, 凡易卦爻辭彖小象, 葉韻者十之八, 故易亦詩也.

1-78. 시문에 사용된 방언

진(秦) 이전에 제가백가류는 자신의 출신 지역에 따라 그 지역의 말을 사용했다. 그래서 말에 방언(方言)이 있으면 글자를 빌려 쓰는 경우가 많았다. 이 때문에 말과 글자가 섞여 의미를 이해하기 어려웠다. 좌사(左思)와 사마천(司馬遷)에서부터 서경(西京)에 이르러, 이전에 방언으로 인해 의미 파악이 어려웠던 문제점이 사라졌다. 그러나 사마상여는 『이소(離騷)』가의 분류이고 양웅은 자가(子家)의 분류이기에, 방언의 사용이 다 사라진 것은 아니다.

육조 이전에는 재주가 그리 높지 못하면서도 평범한 것을 싫어했기에 글자를 바꿔었는데, 글자를 바꾼 것이 오히려 군더더기가 되었다. 재주가 그리 높지 못했기에 그 격조는 더욱 천박해진 것이다. 오계(五季)[130] 이후에는 폭넓게 배우지 못해 그 변화를 어렵게 여겼기에 글자를 제거했는데, 글자를 없앤 것은 경솔한 짓이었다. 폭넓게 배우지 못했기에 곧바로 서술한 것도 천박하게 된 것이다.

秦以前爲子家, 人一體也, 語有方言而字多假借, 是故雜而易晦也. 左馬而至西京, 洗之矣. 相如, 騷家流也. 子雲, 子家流也. 故不盡然也. 六朝而前, 材不能高, 而厭其常, 故易字, 易字是以贅也. 材不能高, 故其格下也. 五季而後, 學不能博, 而苦其變, 故去字, 去字是以率也. 學不能博, 故其直賤也.

130) 오계(五季) : 후양(後梁), 후당(後唐), 후진(後晉), 후한(後漢), 후주(後周)를 말한다.

예원치언

卷二

2-1. 『시경』의 좋은 구절들

「관저(關雎)」의

關關雎鳩	꾸우꾸우 물수리
在河之洲	강가의 모래섬에.
窈窕淑女	자태 그윽한 아가씨
君子好逑	군자의 좋은 짝.

「권이(卷耳)」의

采采卷耳	도꼬마리를 따고 또 따도
不盈頃筐	기운 광주리 채우지 못하네.
嗟我懷人	아, 내 님 그리운 생각에
寘彼周行	바구니조차 대로변에 팽개쳤네.

「권이(卷耳)」의

我姑酌彼金罍	우선 저 금 술잔에다 술을 따라

「여분(汝墳)」의

未見君子	그대를 보지 못해
惄如調饑	굶어 허기진 것 같았습니다.

「행로(行露)」의

厭浥行露	촉촉한 이슬길
豈不夙夜	어찌 밤낮으로 다니지 않겠는가만
謂行多露	길에 이슬이 너무 많다네.

「소성(小星)」의

嘒彼小星	반짝이는 저 작은 별들
三五在東	서너 개가 동녘에 있네.
肅肅宵征	조심스레 가는 밤길
夙夜在公	새벽부터 밤까지 공의 처소에 있네.
寔命不同	정말이지 명이 같지 않네.

「백주(柏舟)」의

日居月諸	햇님 달님

「백주(柏舟)」의

靜言思之	가만히 생각하니
不能奮飛	떨치고 날아가지도 못하네.

「연연(燕燕)」의

燕燕于飛	날아가는 제비
差池其羽	들쑥날쑥한 그 깃이로다.

「연연(燕燕)」의

先君之思	선군을 생각하라는 말 한마디가
以勗寡人	나를 잡아주는구려.

「격고(擊鼓)」의

擊鼓其鏜	둥둥 북이 울리면
踊躍用兵	이리저리 움직이며 병기를 휘두르네.

「격고(擊鼓)」의

土國城漕 나라 안의 토목 공사 조 땅의 성 쌓는 일

「포유고엽(匏有苦葉)」의

雝雝鳴雁 끼룩끼룩 우는 기러기

旭日始旦 떠오르는 해로 아침이 시작되네.

「곡풍(谷風)」의

習習谷風 솔솔 부는 동풍에

以陰以雨 흐리고 비가 오듯.

「곡풍(谷風)」의

采葑采菲 순무 뽑아

無以下體 뿌리만을 먹지 않듯.

「곡풍(谷風)」의

誰謂荼苦 씀바귀가 쓰다는 사람이 누구요

其甘如薺 냉이처럼 달기만 한데.

「곡풍(谷風)」의

我躬不閱 내 몸도 주체를 못하면서

遑恤我後 무슨 겨를에 내 뒤를 걱정하리.

「간혜(簡兮)」의

碩人俁俁 큰 사람이 크게

公庭萬舞 공의 정원에서 만무를 추네.

有力如虎	힘 있음은 호랑이와 같고
執轡如組	고삐 잡은 것이 베를 짜는 것 같네.

「간혜(簡兮)」의

云誰之思	누구를 생각한다 말하리
西方美人	서방의 미인이네.
彼美人兮	저 미인이여
西方之人兮	서방의 사람이네.

「북풍(北風)」의

北風其涼	북풍이 싸늘하지
雨雪其雱	눈비도 퍼붓지요.
惠而好我	날 아끼고 좋아하시면
携手同行	손잡고 함께 길을 가지요.

「정녀(靜女)」의

愛而不見	애틋한 마음이나 만나질 못하니
搔首踟躕	머리 긁으며 머뭇거리네.

「군자해로(君子偕老)」의

玉之瑱也	옥으로 만든 귀마개에
象之揥也	상아로 만든 머리빗에
揚且之皙也	훤칠하고 흰 이마
胡然而天也	어찌 그리 하늘 같은가
胡然而帝也	어찌 그리 상제 같은가.

「간모(干旄)」의

良馬五之	좋은 말이 다섯 마리구나.

「석인(碩人)」의

手如柔荑	희고 부드러운 손
膚如凝脂	윤기 있는 피부
領如蝤蠐	희고 긴 목
齒如瓠犀	희고 가지런한 치아
螓首蛾眉	반듯한 이마와 아름다운 눈썹
巧笑倩兮	생긋 웃는 모습 예쁘고
美目盼兮	아름다운 눈 깨끗하고 선명하네.

「맹(氓)」의

自我徂爾	내 그대에게 시집간 뒤로
三歲食貧	삼 년간 가난에 찌들었네.

「하광(河廣)」의

誰謂河廣	누가 황하가 넓다든가
一葦杭之	한 개 갈대로도 건널 수 있는데.

「백혜(伯兮)」의

伯也執殳	그이는 창을 잡아
爲王前驅	임금님의 앞에서 앞장서네.

「백혜(伯兮)」의

自伯之東	그이가 동쪽에 가신 뒤로

首如飛蓬　머리는 휘날리는 쑥대 같네.
豈無膏沐　어찌 기름도 안 바르고 목욕도 안 할까만
誰適爲容　누구를 위해 단장할까나.

「백혜(伯兮)」의

其雨其雨　비 오려무나 비 오려무나
杲杲出日　쨍쨍 해만 나오네.

「치의(緇衣)」의

適子之館兮　그대의 관사에 갔다가
還予授子之粲兮　돌아오면 내가 그대에게 음식을 주리라.

「숙우전(叔于田)」의

巷無居人　마을길에 사는 사람이 없는 듯
豈無居人　어찌 사는 사람이 없을까마는
不如叔也　숙처럼
洵美且仁　진실로 아름답고 또 인하지 못해서이리라.

「대숙우전(大叔于田)」의

將叔無狃　숙이 자주 하지 않길 바라노니
戒其傷女　당신을 해칠까 경계하는 것이네.

「대숙우전(大叔于田)」의

兩服上襄　두 마리 복마는 가장 좋은 말이고
兩驂鴈行　두 마리 참마는 기러기처럼 복마를 뒤따르네.

「청인(淸人)」의

淸人在彭	청읍의 사람들이 팽 땅에서
駟介旁旁	갑옷 입힌 네 마리 말을 쉬지 않고 모네.
二矛重英	두 창에 붉은 깃털 장식 달고
河上乎翶翔	황하 가에서 탱자 탱자 노네.

「청인(淸人)」의

左旋右抽	마부는 수레를 돌리고 용사는 칼을 뽑고

「여왈계명(女曰雞鳴)」의

女曰雞鳴	아내가 닭이 울어요 하니
士曰昧旦	남편은 아직 어둡다 한다
子興視夜	일어나 밤을 보세요
明星有爛	계명성이 반짝여요.

「건상(褰裳)」의

子不我思	그대가 나를 생각하지 않아도
豈無他人	어찌 다른 사람이 없을까.

「계명(雞鳴)」의

雞旣鳴矣	닭이 우네요
朝旣盈矣	조회하는 신하들이 가득하네요.
匪雞則鳴	닭이 운 것이 아니라
蒼蠅之聲	쉬파리의 소리라네.

「실솔(蟋蟀)」의

蟋蟀在堂　　귀뚜라미가 당에 있으니
歲聿其莫　　이 해가 마침내 저물었도다.
今我不樂　　지금 우리가 즐거워하지 않으면
日月其除　　세월이 가버리리.
無已大康　　너무 편안하지 않은가
職思其居　　직분에 거처한 바를 생각하네.

「주무(綢繆)」의

綢繆束薪　　얼기설기 땔나무를 묶고 나니
三星在天　　삼성이 하늘에 있더니
今夕何夕　　오늘 저녁은 어느 저녁이길래
見此良人　　이 남자를 만나게 되었는가.

「부우(鴇羽)」의

悠悠蒼天　　아득한 창천이여
曷其有極　　언제나 그칠까.

「갈생(葛生)」의

予美亡此　　내가 어여삐 여기는 사람 여기 없으니
誰與獨旦　　뉘와 함께 하려고 홀로 새벽을 맞는가.

「사철(駟驖)」의

駟驖孔阜　　네 마리의 검붉은 말이 매우 크니
六轡在手　　여섯 고삐가 손에 있도다.

公之媚子　　공의 친애하는 사람이
從公于狩　　공을 따라 사냥하네.

「수융(小戎)」의

游環脅驅　　돌아다니는 고리와 가슴걸이 끈
陰靷鋈續　　수레 앞턱 나무에 끈을 매되 이음새를 도금했네.
文茵暢轂　　화려한 호피방석 기다란 바퀴통.

「수융(小戎)」의

言念君子　　당신을 생각하노니
溫其如玉　　옥처럼 온화했지요.

「겸하(蒹葭)」의

蒹葭蒼蒼　　갈대는 아직 푸릇푸릇한데
白露爲霜　　흰 이슬 서리가 되었네.
所謂伊人　　이인이라 불리는 자가
在水一方　　물가의 한쪽에 있네.
遡洄從之　　물결을 거슬러 따르려 하나
道阻且長　　길이 멀고 험해라.
遡游從之　　물결을 따라 쫓으려 하나
宛在水中央　　완연히 물의 중앙에 있네.

「황조(黃鳥)」의

交交黃鳥　　왔다갔다 하는 황조가
止于棘　　가시나무에 앉았네.

誰從穆公	누가 목공을 따라 갔는가
子車奄息	자거 엄식이로다.
維此奄息	이 엄식이야말로
百夫之特	백 명 중의 으뜸이었지.
臨其穴	묻힌 무덤 구덩이를 내려 보니
惴惴其慄	덜덜 마음이 떨리네.
彼蒼者天	저 푸른 하늘께서
殲我良人	우리 선한 이를 없애 버렸네.
如可贖兮	바꿀 수만 있다면
人百其身	내 몸이 백번 죽어도 되련만.

「절남산(節南山)」의

憂心如醉	근심스런 마음은 취한 듯

「무의(無衣)」의

豈曰無衣	어찌 옷이 없다 하시오
與子同袍	당신과 솜옷을 함께 하리다.

「형문(衡門)」의

衡門之下	횡문의 아래라지만
可以棲遲	쉬고 놀 수 있네.
泌这洋洋	샘물이 졸졸 흐르지만
可以樂飢	굶주림을 즐거워할 수 있네.

「형문(衡門)」의

豈其食魚	어찌 고기를 먹는데

必河之魴　반드시 황하의 방어여야만 하겠는가.

「부유(蜉蝣)」의

蜉蝣之羽　하루살이의 날개
衣裳楚楚　의상이 선명함과 같네.

「동산(東山)」의

我來自東　내가 동쪽에서 돌아올 때
零雨其濛　내리는 비마저 부슬부슬.

「동산(東山)」의

皇駁其馬　황백색과 얼룩얼룩한 말이구나.

「동산(東山)」의

其新孔嘉　신혼이 매우 아름다우니
其舊如之何　구혼이야 어쩔라구.

「구역(九罭)」의

鴻飛遵渚　기러기 날아 모래톱을 따르니
公歸無所　공이 돌아갈 곳이 없겠는가
於女信處　너희 집에서 이틀을 묵은 것뿐이라네.

「사모(四牡)」의

四牡騑騑　네 필의 말 달리고 달리지만
周道倭遲　큰 길은 구비지고 아득하네.
豈不懷歸　어찌 돌아갈 마음 품지 않을까만

王事靡盬　　왕사는 빈틈이 있으면 안 된다네.
我心傷悲　　내 마음 서글프고 슬프다네.

「벌목(伐木)」의
伐木丁丁　　쩡쩡 나무를 베거늘
鳥鳴嚶嚶　　삑삑 새가 우는구나.

「채미(采薇)」의
昔我往矣　　옛날에 내가 떠날 때
楊柳依依　　포류나무가 푸르렀는데
今我來思　　지금 내가 돌아갈 때는
雨雪霏霏　　비와 눈이 쏟아지네.

「채미(采薇)」의
豈不懷歸　　어찌 돌아오고 싶지 않았겠나만
畏此簡書　　이 간서가 두려웠지.

「요소(蓼蕭)」의
和鸞雝雝　　방울소리 딸랑딸랑
萬福攸同　　온갖 복이 다 모였네.

「동궁(彤弓)」의
我有嘉賓　　내게 좋은 손님 있어
中心貺之　　진심으로 내리나니.

「유월(六月)」의

織文鳥章　　깃발의 문양은 새의 무늬였고
白旆央央　　하얀 깃대는 선명하였네.
元戎十乘　　큰 수레 10승으로
以先啓行　　먼저 길을 열었네.

「유월(六月)」의

文武吉甫　　문덕과 무용이 있는 길보는
萬邦爲憲　　만방의 본보기가 되었네.

「채기(采芑)」의

四騏翼翼　　네 마리 털총이말은 가지런하고
路車有奭　　노거가 붉으니
簟笰魚服　　네모난 자리로 된 가리개과 어(魚)로 만든 화살통
鉤膺鞗革　　갈고리와 가슴걸이에 가죽고삐라네.

「채기(采芑)」의

方叔涖止　　방숙이 납시었네
其車三千　　그 수레가 3천이고
旂旐央央　　깃발들은 선명하네.
方叔率止　　방숙이 거느리니
約軝錯衡　　바퀴굴대를 동여매고 수레멍에에 무늬를 새겼네.
八鸞瑲瑲　　여덟 개의 말방울은 딸랑딸랑
服其命服　　그 명복을 입었는데
朱芾斯皇　　붉은 슬갑은 찬란하고
有瑲蔥珩　　푸른 패옥은 짤랑짤랑.

「채기(采芑)」의

蠢爾蠻荊　　어리석은 만형이
大邦爲讎　　대국을 원수로 만들도다.
方叔元老　　방숙이 원로이지만
克壯其猶　　그 계책은 굳세구나.

「거공(車攻)」의

蕭蕭馬鳴　　히이잉 말이 울고
悠悠旆旌　　펄럭펄럭 깃발이 나부끼네.
徒御不驚　　보졸과 마부는 놀라지 않고
大庖不盈　　임금의 푸줏간은 가득 채우지 않네.

「길일(吉日)」의

吉日維戊　　길일인 무일에

「정료(庭燎)」의

夜如何其　　밤이 어찌 되었느냐
夜未央　　밤은 다하지 않았지만
庭燎之光　　큰 촛불들이 켜져 있고
君子至止　　제후가 도착하여
鸞聲將將　　난새방울 소리 짤랑짤랑 하도다.

「학명(鶴鳴)」의

鶴鳴于九皋　　학들이 구곡에서 우니
聲聞于天　　소리가 하늘까지 들리네.

「학명(鶴鳴)」의

它山之石 다른 산의 돌이라도
可以攻玉 옥을 다듬을 수 있다네.

「백구(白駒)」의

其人如玉 옥처럼 아름다운 사람이여

「백구(白駒)」의

毋金玉爾音 당신의 음성을 아름답게 하여
而有遐心 나를 멀리 하는 마음 갖지 마소서.

「사간(斯干)」의

爰居爰處 여기 앉고 저기 앉으며
爰笑爰語 웃고 떠들도다.

「사간(斯干)」의

載寢之床 침상에다 눕혀놓고
載衣之裳 상을 입히고
載弄之璋 반홀을 노리개로 주네.

「절남산(節南山)」의

節彼南山 깎아지른 저 남산
維石巖巖 돌은 겹겹인데
赫赫師尹 당당한 태사 윤씨
民具爾瞻 백성들이 다 너를 보네.

「정월(正月)」의

正月繁霜	정월에는 서리가 많이 내리니

「정월(正月)」의

父母生我	부모님이 나를 낳으심이여
胡俾我瘉	어찌 나를 병들게 하는가.
不自我先	나보다 먼저도 아니고
不自我後	나보다 뒤로도 아니로다.

「시월지교(十月之交)」의

彼月而微	저 달은 이지러져도 되지만
此日而微	이 해가 이지러짐이여.

「시월지교(十月之交)」의

高岸爲谷	높은 언덕이 골짜기가 되고
深谷爲陵	깊은 골짜기는 구릉이 되었네.

「소민(小旻)」의

發言盈庭	말을 세워 조정을 채우지만
誰敢執其咎	누가 그 문책을 떠맡으려 하겠는가.

「소완(小宛)」의

明發不寐	동틀 때까지 잠 못 이루고
有懷二人	부모님 그리누나.

「소반(小弁)」의

踧踧周道	평평한 큰 길
鞫爲茂草	막혀서 무성한 풀이 자라겠지.
我心憂傷	내 마음의 서글픔
惄焉如擣	슬프기가 방아 찧는 듯하구나.

「소반(小弁)」의

維憂用老	근심 때문에 늙는구나

「소반(小弁)」의

君子無易由言	군자라면 말을 쉽게 하지 말아야지
耳屬于垣	귀가 담장에 붙어있다네.

「소반(小弁)」의

我躬不閱	내 몸도 주체 못하는데
遑恤我後	하물며 내 뒤를 걱정하겠는가.

「교언(巧言)」의

他人有心	다른 사람의 마음은
予忖度之	내가 헤아리네.

「교언(巧言)」의

職爲亂階	어지러움을 향해 섬돌 일 맡았구나.

「요아(蓼莪)」의

缾之罄矣	'병'의 술이 다 떨어지니

維壘之恥　　'뢰'의 수치일세.

「대동(大東)」의
周道如砥　　주나라 길은 숫돌 같아
其直如矢　　화살처럼 쭉 뻗었었지.
君子所履　　군자가 따라가고
小人所視　　소인이 쳐다본다네.

「대동(大東)」의
小東大東　　작은 동쪽 나라건 큰 동쪽 나라건
杼柚其空　　북과 바디가 바닥나
糾糾葛屨　　성긴 짚신으로라도
可以履霜　　가을 서리를 밟을 수 있도다.

「대동(大東)」의
跂彼織女　　삼각의 직녀성은
終日七襄　　종일토록 일곱 자리를 지날 뿐이로다.
雖則七襄　　비록 일곱 자리를 지나건만
不成報章　　내게 보답해줄 문장도 못 짓고
睆彼牽牛　　밝은 저 견우성도
不以服箱　　수레 상자를 끌지 못하도다.

「대동(大東)」의
東有啓明　　동쪽에는 계명성이 있고
西有長庚　　서쪽에는 장경성이 있다.

「대동(大東)」의

維南有箕	남쪽에는 기성이 있으나
不可以簸揚	까불지를 못하고
維北有斗	북쪽에는 두성이 있으나
不可以挹酒漿	술과 음료를 뜨지 못하건만.

「소명(小明)」의

明明上天	밝고 밝으신 하늘이
照臨下土	이 세상을 비춰주시네.

「소명(小明)」의

自貽伊戚	스스로 자초한 일이라네

「신남산(信南山)」의

我疆我理	내가 직접 큰 경계를 내고 땅 구분해
南東其畝	남쪽 동쪽으로 이랑을 낸다오.

「신남산(信南山)」의

上天同雲	하늘에 구름이 모두 어두워지더니
雨雪雰雰	펄펄 눈이 내리네.
益之以霢霂	가랑비까지 더해지니
旣優旣渥	넉넉하고 많네.
旣霑旣足	두루 적시고 풍족하여
生我百穀	우리 곡식들을 자라게 하는구나.

「신남산(信南山)」의

祀事孔明 제삿일 크게 드러내
先祖是皇 선조들 불러 모셔오네.

「대전(大田)」의

有渰萋萋 구름이 이네 뭉게뭉게
興雨祁祁 비가 내리네 조금씩 조금씩.
雨我公田 우리 공전에 비를 내리고 나서
遂及我私 우리 사전에까지 미치게 하소.

「상상자화(裳裳者華)」의

六轡沃若 여섯 고삐는 미끈매끈

「규변(頍弁)」의

蔦與女蘿 누홍초와 새삼이
施于松柏 소나무와 잣나무에 뻗어가네.

「규변(頍弁)」의

有頍者弁 우뚝 솟은 가죽 고깔

「채숙(采菽)」의

君子來朝 군자가 조회하러 왔는데
何錫予之 무엇을 내려줄까.
雖無予之 비록 내리신 것 없다 하지만
路車乘馬 수레와 말 내리셨네.

「채숙(采菽)」의

鸞聲嘒嘒	방울소리 딸랑딸랑

「각궁(角弓)」의

雨雪瀌瀌	눈이 펑펑 내려도
見晛曰消	햇볕을 보면 사그라드네.

「도인사(都人士)」의

卷髮如蠆	말아 올린 머리가 전갈꼬리 같네.

「채록(采綠)」의

終朝采綠	아침이 다 가도록 녹을 베는데도
不盈一匊	한 웅큼도 채우지 못해
予髮曲局	내 머리가 헝클어졌구나
薄言歸沐	돌아가 머리를 감으리.

「습상(隰桑)」의

中心藏之	마음속에 간직하는데
何日忘之	어느 날인들 잊으리까.

「초지화(苕之華)」의

牂羊墳首	암양은 머리만 커지고
三星在罶	어량에는 삼성만 비치네.

「산유추(山有樞)」의

何不日鼓瑟	어찌 날마다 금슬을 연주하여

「민로(民勞)」의

民亦勞止	백성들 또한 수고로우니
汔可小康	바라건대 조금 쉬게 해야지.
惠此中國	이 경사를 사랑하여
以綏四方	사방을 편안하게 해야지.

「민로(民勞)」의

式遏寇虐	구학하는 자를 막고
憯不畏明	두려워하지 않은 자를 막아주오.

「민로(民勞)」의

王欲玉女	왕이 당신을 보배로 여기니

「판(板)」의

天之方難	하늘이 어려움을 내리시니
無然憲憲	그렇게 들뜨지 말지어다.
天之方蹶	하늘이 바야흐로 동하시니
無然泄泄	그렇게 느긋해 하지 말지어다.

「판(板)」의

天之牖民	하늘이 백성을 열어 밝혀주니
如壎如篪	질나팔인 듯 젓대인 듯
如璋如圭	장인 듯 규인 듯
如取如携	가지려는 듯 손에 쥔 듯.

「판(板)」의

价人維藩　대덕의 사람은 나라의 울타리이며
大師維垣　많은 무리는 나라의 담이며
大邦維屛　큰 제후국은 나라의 병풍이며
大宗維翰　대종은 나라의 정간이며
懷德維寧　덕으로 은혜롭게 함은 나라를 편안히 하는 이이며
宗子維城　종자는 나라의 성이니.

「탕(蕩)」의

女炰烋于中國　네가 서울에서 의기양양하여

「탕(蕩)」의

天不湎爾以酒　하늘이 너를 술에 빠지지 않게 하였는데

「탕(蕩)」의

雖無老成人　비록 노성한 사람은 없으나
尙有典刑　아직은 떳떳한 법이 있네.

「억(抑)」의

訏謨定命　계책을 크게 하고 명령을 확실하게 하며
遠猶辰告　꾀를 원대하게 하여 때에 맞게 고하네.

「억(抑)」의

無言不讎　말이 있으면 답하지 않음이 없고
無德不報　덕이 있으면 보답하지 않음이 없다.

「억(抑)」의

神之格思	귀신이 이르는 것을
不可度思	알아채지도 못하니
矧可射思	하물며 싫어할 수 있겠느냐.

「억(抑)」의

匪面命之	대면하여 가르칠 뿐만 아니라
言提其耳	귀를 당겨 알려 주노라.

「상유(桑柔)」의

誰生厲階	누가 화의 단초를 만들어
至今爲梗	지금에 이르러 병들게 하였는가.

「상유(桑柔)」의

誰能執熱	누가 뜨거운 물건을 쥐고서
逝不以濯	가서 손을 씻지 않겠는가.
其何能淑	그 어찌 선할 수 있겠는가
載胥及溺	서로 망할 뿐이다.

「상유(桑柔)」의

進退維谷	진퇴유곡이라 하였네.

「상유(桑柔)」의

聽言則對	말을 들어줄까 하여 대답하나
誦言如醉	말을 하고는 취한 듯하니.

「운한(雲漢)」의

倬彼雲漢　　밝게 빛나는 저 은하수
昭回于天　　그 빛이 하늘을 따라 도는구나.

「운한(雲漢)」의

靡神不擧　　제사를 지내지 않은 귀신이 없고
靡愛斯牲　　희생을 아끼지도 않았네.

「운한(雲漢)」의

旱魃爲虐　　가물귀신이 더욱 해를 끼쳐
如惔如焚　　불태운 것 같네

「운한(雲漢)」의

瞻卬昊天　　호천을 우러러 바라보니
有嘒其星　　반짝반짝 빛나는 별.

「숭고(崧高)」의

維嶽降神　　악이 신령스러움을 내리시어
生甫及申　　보후와 신백을 낳았도다.
維申及甫　　신백과 보후는
維周之翰　　주나라의 기둥이라.

「첨앙(瞻卬)」의

士民其瘵　　선비와 백성들이 병들고

「첨앙(瞻卬)」의

哲夫成城　　명철한 지아비는 나라를 이루거늘

哲婦傾城　　명철한 아녀자는 나라를 기울인다.

「첨앙(瞻卬)」의

婦有長舌　　부인에게 있는 긴 혀는

維厲之階　　어지러움의 단초라네

「첨앙(瞻卬)」의

人之云亡　　선인도 없으니

邦國殄瘁　　나라가 끊어지고 병들리로다.

「희희(噫嘻)」의

十千維耦　　십천으로 짝을 하여라.

「풍년(豊年)」의

萬億及秭　　만이 되고 억이 되고 자가 되도다.

「유고(有瞽)」의

設業設虡　　종 다는 널빤지를 설치하고

崇牙樹羽　　쇠북 틀을 설치하며 숭아에 깃을 꽂네.

應田縣鼓　　작은북과 큰북의 매단 북과

鞉磬柷圉　　소고와 경쇠와 축과 어가

既備乃奏　　이미 갖추어져 연주하니

簫管備擧　　퉁소와 피리가 갖추어져 연주되네.

「유고(有瞽)」의

喤喤厥聲	조화로운 그 소리가
肅雝和鳴	엄숙하고 조화롭게 울리네.

「옹(雝)」의

有來雝雝	오는 것이 화하고 화하여
至止肅肅	이름은 엄숙하고 엄숙하도다.
相維辟公	돕는 이는 벽공이고
天子穆穆	천자는 위의가 있네.

「재현(載見)」의

龍旂陽陽	교룡 그린 기는 선명하고
和鈴央央	화와 령은 딸랑딸랑 거리며
鞗革有鶬	고삐 장식에 달린 방울 딸랑거리네.

「경지(敬之)」의

無曰高高在上	높이 위에 있어 못 살필 것이라 하지 말라
陟降厥士	오르내리면서 우리의 일을 살피고
日監在玆	매일 감시하고 계시느니라.

「재삼(載芟)」의

載芟載柞	풀을 베고 나무를 베어 밭을 가니
其耕澤澤	흙이 보들보들하네.
千耦其耘	천 짝이 김을 매느라
徂隰徂畛	습지와 밭두둑으로 가네.

「재삼(載芟)」의

厭厭其苗　기운을 듬뿍 받은 싹에
綿綿其麃　꼼꼼하게 김을 매네.

「양사(良耜)」의

其崇如墉　그 높이가 담과 같고
其比如櫛　그 늘어선 것은 빗과 같으니
以開百室　모든 집을 열어 곡식을 들이네.

「사의(絲衣)」의

旨酒思柔　맛있는 술에 화합해서

「작(酌)」의

於鑠王師　아, 훌륭한 왕의 군대이건만
遵養時晦　따라 기르며 때와 더불어 어둡게 되네.

「경(駉)」의

駉駉牡馬　살찌고 큰 말들이
在坰之野　먼 들판에 있네.
薄言駉者　이 살찌고 큰 것들에는
有驈有皇　흰 검은 말, 흰 털 섞인 누런 말
有驪有黃　검은 말, 누런 말인데
以車彭彭　힘차게 수레를 끌고 있네.

「유필(有駜)」의

振振鷺　　무리지어 나는 저 백로
鷺于下　　백로가 내려온 것 같네.
鼓咽咽　　북소리 그윽하고 길며
醉言舞　　취해서는 춤추자고 말하니.

「반수(泮水)」의

無小無大　　작고 큰 구별 없이
從公于邁　　공을 따라 가노라.

「반수(泮水)」의

永錫難老　　길이 난사로에게 하사를 하시도다.

「반수(泮水)」의

食我桑黮　　내 뽕나무 오디를 먹으며
懷我好音　　나의 좋은 소리를 그리워하네.

「비궁(閟宮)」의

白牡騂剛　　흰 숫짐승과 붉은 희생에
犧尊將將　　희준이 엄정하고
毛炰胾羹　　털을 그을려 구운 희생과 산적과 국에
籩豆大房　　변두와 대방까지 갖추어
萬舞洋洋　　만무를 추는 것이 가득하니
孝孫有慶　　효손에게 경사가 있겠구나.

「비궁(閟宮)」의

不虧不崩	어그러지지 않고 무너지지 않으며
不震不騰	진동하지 않고 놀래지 않네.
三壽作朋	삼수를 친구처럼 대하여
如岡如陵	산등성이 같게 하고 구릉같이 하네.

「비궁(閟宮)」의

公車千乘	공의 수레는 천승이니
朱英綠縢	붉은 창 장식과 푸른 끈
二矛重弓	두 창과 겹쳐놓은 활이구나.
公徒三萬	공의 군대는 삼만이니
貝冑朱綅	조개로 장식한 투구와 붉은 끈에
烝徒增增	무리가 많고 많네.

「비궁(閟宮)」의

黃髮兒齒	누런 머리에 새 이빨이 나네.

「나(那)」의

鞉鼓淵淵	작은 북과 큰 북이 심원하게 울리고
嘒嘒管聲	맑게 울리는 피리소리가
旣和且平	조화롭고 골라서
依我磬聲	우리 옥경 소리에 의지하네.

「현조(玄鳥)」의

天命玄鳥	하늘이 제비에게 명하여

降而生商　　내려와 상나라를 낳았고
宅殷土芒芒　　은 땅의 큰 곳에 거주하게 하네.

「장발(長發)」의
相土烈烈　　상토의 위무에
海外有截　　바다 밖까지 가지런해졌네.

「장발(長發)」의
不競不絿　　강하게 하지도 않고 느긋하게 하지도 않으며
不剛不柔　　강직하게 하지도 않고 유약하게 하지도 않으니
敷政優優　　정치를 펼침에 여유롭고
百祿是遒　　모든 복록이 모여드네.

「장발(長發)」의
苞有三蘖　　하나의 뿌리에 세 싹이 나왔지만
莫遂莫達　　이루어 뻗어 나간 것이 없어서
九有有截　　구주는 재단한 듯.
韋顧旣代　　위나라와 고나라를 정벌하고 나서
昆吾夏桀　　곤오라는 나라와 하나라 걸 임금이었네.

「은무(殷武)」의
撻彼殷武　　질풍 같은 저 은왕의 무위로
奮伐荊楚　　형초를 떨쳐 정벌하여
罙入其阻　　그 험한 곳을 무릅쓰고 들어가네.

「은무(殷武)」의

赫赫厥聲	혁혁하도다 그 명성이여
濯濯厥靈	밝도다 그 위령이여.
壽考且寧	장수하시고 편안하시어
以保我後生	우리 후손들을 보호하셨네.

關關雎鳩, 在河之洲. 窈窕淑女, 君子好逑. 采采卷耳, 不盈頃筐. 嗟我懷人, 寘彼周行. 我姑酌彼金罍. 未見君子, 惄如調饑. 厭浥行露. 豈不夙夜, 謂行多露. 嘒彼小星, 三五在東. 肅肅宵征, 夙夜在公, 寔命不同. 日居月諸. 靜言思之, 不能奮飛. 燕燕于飛, 差池其羽. 先君之思, 以勗寡人. 擊鼓其鏜, 踊躍用兵. 土國城漕. 雝雝鳴雁, 旭日始旦. 習習谷風, 以陰以雨. 采葑采菲, 無以下體. 誰謂荼苦, 其甘如薺. 我躬不閱, 遑恤我後. 碩人俁俁, 公庭萬舞. 有力如虎, 執轡如組. 云誰之思, 西方美人. 彼美人兮, 西方之人兮. 北風其涼, 雨雪其雱. 惠而好我, 携手同行. 愛而不見, 搔首踟躕. 玉之瑱也, 象之揥也, 揚且之晳也. 胡然而天也, 胡然而帝也. 良馬五之. 手如柔荑, 膚如凝脂. 領如蝤蠐, 齒如瓠犀, 螓首蛾眉. 巧笑倩兮, 美目盼兮. 自我徂樂, 三歲食貧. 誰謂河廣, 一葦杭之. 伯也執殳, 爲王前驅. 自伯之東, 首如飛蓬. 豈無膏沐, 誰適爲容. 其雨其雨, 杲杲出日. 適子之館兮, 還予授子之粲兮. 巷無居人, 豈無居人. 不如叔也, 洵美且仁. 將叔無狃, 戒其傷汝. 兩服上襄, 兩驂鴈行. 淸人在彭, 駟介旁旁. 二矛重英, 河上乎翱翔 左旋右抽. 女曰雞鳴, 士曰昧旦. 子興視夜, 明星有爛. 子不我思, 豈無他人. 雞旣鳴矣, 朝旣盈矣. 匪雞則鳴, 蒼蠅之聲. 蟋蟀在堂, 歲聿其莫. 今我不樂, 日月其除. 無已大康, 職思其居. 綢繆束薪, 三星在天. 今夕何夕, 見此良人. 悠悠蒼天, 曷其有極. 予美亡此, 誰與獨旦. 駟驖孔阜, 六轡在手. 公之媚子, 從公

于狩. 游環脅驅, 陰靷鋈續, 文茵暢轂. 言念君子, 溫其如玉. 蒹葭蒼蒼, 白露爲霜. 所謂伊人, 在水一方. 遡洄從之, 道阻且長. 遡游從之, 宛在水中央. 交交黃鳥, 止于棘. 誰從穆公, 子車奄息. 維此奄息, 百夫之特. 臨其穴, 惴惴其慄. 彼蒼者天, 殲我良人. 如可贖兮, 人百其身. 憂心如醉. 豈曰無衣, 與子同袍. 衡門之下, 可以棲遲. 泌這洋洋, 可以樂飢. 豈其食魚, 必河之魴. 蜉蝣之羽, 衣裳楚楚. 我來自東, 零雨其濛. 皇駁其馬. 其新孔嘉, 其舊如之何. 鴻飛遵渚, 公歸無所. 於女信處. 四牡騑騑, 周道倭遲. 豈不懷歸, 王事靡盬. 我心傷悲. 伐木丁丁, 鳥鳴嚶嚶. 昔我往矣, 楊柳依依. 今我來思, 雨雪霏霏. 豈不懷歸, 畏此簡書. 和鸞雝雝, 萬福攸同. 我有嘉賓, 中心貺之. 織文鳥章, 白旆央央. 元戎十乘, 以先啓行. 文武吉甫, 萬邦爲憲. 四騏翼翼, 路車有奭. 簟茀魚服, 鉤膺鞗革. 方叔涖止, 其車三千. 旂旐央央, 方叔率止. 約軝錯衡, 八鸞瑲瑲. 服其命服, 朱芾斯皇, 有瑲葱珩. 蠢爾蠻荊, 大邦爲讎. 方叔元老, 克壯其猶. 蕭蕭馬鳴, 悠悠旆旌. 徒御不驚, 大庖不盈. 吉日維戊. 夜如何其, 夜未央. 庭燎之光, 君子至止, 鸞聲將將. 鶴鳴于九皐, 聲聞于天. 它山之石, 可以攻玉. 其人如玉. 毋金玉爾音, 而有遐心. 爰居爰處, 爰笑爰語. 載寢之床, 載衣之裳, 載弄之璋. 節彼南山, 維石巖巖. 赫赫師尹, 民具爾瞻. 正月繁霜. 父母生我, 胡俾我瘉. 不自我先, 不自我後. 彼月而微, 此日而微. 高岸爲谷, 深谷爲陵. 發言盈庭, 誰敢執其咎. 明發不寐, 有懷二人. 踧踧周道, 鞫爲茂草. 我心憂傷, 惄焉如擣. 維憂用老. 君子無易由言, 耳屬于垣. 我躬不閱, 遑恤我後. 他人有心, 予忖度之. 職爲亂階. 缾之罄矣, 維罍之恥. 周道如砥, 其直如矢. 君子所履, 小人所視. 小東大東, 杼柚其空. 糾糾葛屨, 可以履霜. 跂彼織女, 終日七襄. 雖則七襄, 不成報章. 睆彼牽牛, 不以服箱. 東有啓明, 西有長庚. 維南有箕, 不可以簸揚. 維北有斗, 不可以挹酒漿. 明明上天, 照臨下土. 自貽伊戚. 我疆我理, 南東其畝. 上天同雲, 雨雪雰雰. 益之以霢霂, 旣優旣渥. 旣霑旣足, 生我百穀. 祀事孔明, 先祖是皇. 有渰萋萋, 興雨祁祁. 雨我公田, 遂及我私. 六轡沃若. 蔦與女蘿, 施于松柏. 有頍者弁. 君子來朝, 何錫予之. 雖無予之, 路車乘馬. 鸞聲嘒嘒. 雨雪瀌瀌, 見晛曰消. 卷髮如蠆. 終朝采綠, 不盈一匊. 予髮曲局, 薄言歸沐. 中心藏之, 何日忘之. 牂羊墳首, 三星在罶. 何不日鼓瑟. 民亦勞止, 汔可小康. 惠此中國, 以綏四方. 式遏寇虐, 憯不畏明. 王欲玉女. 天之方難, 無然憲憲. 天之方蹶, 無然泄泄. 天之牖民, 如壎如篪, 如璋如圭, 如取如攜. 价人維藩, 大師維垣, 大邦維屛, 大宗維翰, 懷德維寧, 宗子維城. 女炰烋于中國. 天不湎爾以酒. 雖無老成人, 尙有典刑. 訏謨定命, 遠猶辰告. 無言不讎, 無德不報. 神之格思, 不可度思, 矧可射思. 匪面命之, 言提其耳. 誰生厲階, 至今爲梗. 誰能執熱, 逝不以濯. 其何能淑, 載胥及溺. 進退維谷. 聽言則對, 誦言如醉. 倬彼雲漢, 昭回于天. 靡神不擧, 靡愛斯牲. 旱魃爲虐, 如惔如焚. 瞻卬昊天, 有嘒其星. 維嶽降神, 生甫及申. 維申及甫, 維周之翰. 士民其瘵. 哲夫成城, 哲婦傾城. 婦有長舌, 維厲之階. 人之云亡, 邦國殄瘁. 十千維耦. 萬億及秭. 設業設虡, 崇牙樹羽. 應田縣鼓, 鞉磬柷圉. 旣備乃奏, 簫管備擧. 喤喤厥聲, 肅雝和鳴. 有來雝雝, 至止肅肅. 相維辟公, 天子穆穆. 龍旂陽陽, 和鈴央央, 鞗革有鶬. 無曰高高在上. 陟降厥士, 日監在茲. 載芟載柞, 其耕澤澤. 千耦其耘, 徂隰徂畛. 厭厭其苗, 綿綿其麃. 其崇如墉, 其比如櫛, 以開百室. 旨酒思柔. 於鑠王師, 遵養時晦. 駉駉牡馬, 在坰之野. 薄言駉者, 有驈有皇, 有驪有黃, 以車彭彭. 振振鷺, 鷺于下. 鼓咽咽, 醉言舞. 無小無大, 從公于邁. 永錫難老. 食我桑黮, 懷我好音. 白牡騂剛, 犧尊將將. 毛炰胾羹, 籩豆大房. 萬舞洋洋, 孝孫有慶. 不虧不崩, 不震不騰. 三壽作朋, 如岡如陵. 公車千乘, 朱英綠縢, 二矛重弓. 公徒三萬, 貝冑朱綅, 烝徒增增.

黃髮兒齒. 鞉鼓淵淵, 嘒嘒管聲. 旣和且平, 依我磬聲. 天命玄鳥, 降而生商, 宅殷土芒芒. 相土烈烈, 海外有截. 不競不絿, 不剛不柔. 敷政優優, 百祿是遒. 苞有三蘖, 莫遂莫達. 九有有截, 韋顧旣代, 昆吾夏桀. 撻彼殷武, 奮伐荊楚, 冞入其阻. 赫赫厥聲, 濯濯厥靈. 壽考且寧, 以保我後生.

2-2. 법도를 갖춘 『시경』의 작품들

『시경』에는 뜻이 지극히 함축적인 것도 있고 측은한 것도 있으며, 간절한 것도 있다. 『시경』의 법에는 지극히 완곡한 것도 있고 시원스레 펼친 것도 있으며, 엄숙하고 정결한 것도 있고 기이하고 이상한 것도 있으며, 깊고 오묘한 것도 있다. 『이소』부와 고선악부 및 가행체는 그 변화가 대단히 많지만, 『시경』의 수준을 뛰어넘지는 못한다. 내가 그래서 절로 법도를 갖춘 『시경』 작품을 뽑아 보았다. 「녹명(鹿鳴)」, 「보전(甫田)」, 「칠월(七月)」, 「문왕(文王)」, 「대명(大明)」, 「면(綿)」, 「역박(棫樸)」, 「한록(旱麓)」, 「사제(思齊)」, 「황의(皇矣)」, 「영대(靈臺)」, 「하무(下武)」, 「문왕(文王)」, 「생민(生民)」, 「기취(旣醉)」, 「부예(鳧鷖)」, 「가악(假樂)」, 「공류(公劉)」, 「권아(卷阿)」, 「증민(烝民)」, 「한혁(韓奕)」, 「강한(江漢)」, 「상무(常武)」, 「청묘(淸廟)」, 「유천(維天)」, 「열문(烈文)」, 「호천(昊天)」, 「아장(我將)」, 「시매(時邁)」, 「집경(執競)」, 「사문(思文)」 등의 작품은 글자마다 모두 법도를 갖추고 있으니, 당연히 이 작품들은 모두 읽어야 한다. 『시경』 작품의 내용을 다시 실지는 않겠다.

詩旨有極含蓄者, 隱惻者, 緊切者, 法有極婉曲者, 清暢者, 峻潔者, 奇詭者, 玄妙者. 騷賦古選樂府歌行, 千變萬化, 不能出其境界. 吾故摘其章語, 以見法之所自. 其鹿鳴甫田七月文王大明綿棫樸旱麓思齊皇矣靈臺下武文王生民旣醉鳧鷖假樂公劉卷阿烝民韓奕江漢常武淸廟維天烈文昊天我將時邁執競思文, 無一字不可法, 當全讀之, 不復載.

2-3. 『시경』에 실린 만한 명구들

옛 일시(逸詩)나 잠(箴), 명(銘), 구요(謳謠) 등에도 그 말이 『시경』에 들어갈 만한 것이 있다.

『좌전(左傳)』의

翹翹車乘　　저 멀리 수레에서는
招我以弓　　활로써 나를 부르네.
豈不欲往　　어찌 가고 싶지 않겠는가
畏我友朋　　내 벗이 두렵다네.

악부의

君子有酒　　군자에게는 술이 있고
小人鼓缶　　소인은 질장구 치네.

『좌전』의

雖有絲麻　　비록 비단실과 삼실이 있다고 하더라도
無棄菅蒯　　왕골이나 골풀을 버리지 말라.
雖有姬姜　　비록 지체 높은 집의 미녀가 있다고 하더라도
無棄蕉萃　　여위고 파리한 추녀를 버리지 말라.

『좌전』의

祈招之愔愔	기초는 온화하여
式昭德音	왕의 덕음을 밝히는지라
思我王度	우리 왕의 법도를 생각하여
式如玉	민력을 옥과 같이 여기고
式如金	금과 같이 여기네.

『좌전』의

俟河之淸	황하가 맑아지기를 기다리랴
人壽幾何	사람의 수명이 얼마나 되기에.

『일주서(逸周書)』의

馬之剛矣	말이 강인하며
轡之柔矣	말고삐는 부드럽다.
馬亦不剛	말이 강인하지 못하면
轡亦不柔	말고삐 또한 부드럽지 못하다.
志氣麃麃	의기가 씩씩한
取予不疑	사람을 취하는데 의심하지 않노라.

『논어』의

棠棣之華	자두의 꽃이
翩其反而	나부껴 펄럭이네.
豈不爾思	어찌 그대를 생각하지 않으랴만
室是遠而	집이 너무 멀구나.

『예기(禮記)』의

魚在在藻　　물고기 마름 풀 사이에 있으니
厥志在餌　　그 뜻은 먹잇감 노리는 것일세.

『한서(漢書)』의

九變復貫　　아홉 번 변했지만 거듭 관통하니
知言之選　　가렸다고 말할 것을 안다.

『후한서(後漢書)』의

皎皎練絲　　하얗고 하얀 명주실을
在所染之　　집에서 물들이네.

이 구절들은 모두 일시(逸詩)인데, 『시경』에 들어갈 만하다.

「강구요(康衢謠)」의

立我烝民　　우리 백성들을 살게 하는 것은
莫匪爾極　　그대의 지극함 아닌 것이 없다.
不識不知　　느끼지도 못하고 알지도 못하면서
順帝之則　　임금의 법에 따르고 있다.

「황택요(黃澤謠)」의

黃之池　　누런 못에
其馬歕沙　　말이 모래를 뱉노니
皇人威儀　　황인의 위의로다.
黃之澤　　누런 못에

其馬歕玉 말이 옥을 뱉노니
皇人壽穀 황인의 장수와 곡식이네.

「백운요(白雲謠)」의
白雲在天 백운은 하늘에 있는데
山陵自出 산릉만 절로 생기네.

이 구절은 모두 민요이지만 『시경』에 들어갈 만하다.

「경운가(卿雲歌)」의
卿雲爛兮 곱게 핀 상서로운 구름
糺縵縵兮 뭉게뭉게 모여서
日月光華 햇빛과 달빛처럼
旦復旦兮 영원히 빛나리라.

「오작가(烏鵲歌)」의
南山有烏 、 남산에는 까마귀 있고
北山有張羅 북산에는 그물 펼쳐져 있네.
烏自高飛 까마귀 절로 높이 날아가니
羅當奈何 그물을 어찌할까.

「어부가(漁父歌)」의
日月昭昭兮寖已馳 해와 달 밝고 밝아 잠 이미 달아났고
與子期兮蘆之漪 그대와 갈대 물가에서 만나기로 약속했지.

이 구절은 모두 가류(歌類)인데 『시경』에 들어갈 만하다.

「의란조(漪蘭操)」의

習習谷風　살랑살랑 부는 동풍에
以陰以雨　날씨는 흐렸다 비 왔다 하도다.
之子於歸　이 사람 돌아가니
遠送於野　멀리 들에서 전송하노라.

「농두조(隴頭操)」의

隴頭流水　언덕 머리 흐르는 물이
流離四下　사방으로 흘러가노라.
念我行役　내 행역을 생각하노니
飄然曠野　빈 들판만 넓고 넓구나.

이 구절은 모두 조류(操類)인데 『시경』에 들어갈 만하다.

주(周) 무왕(武王)의 「궤명(几銘)」의

皇皇惟敬口　황제는 입을 조심해야 하노니
口生垢　입은 더러운 것을 생기게도 하고
口戕口　다른 사람을 입을 해치기도 한다.

주 무왕의 「관반명(盥盤銘)」의

與其溺於人也　사람에 빠지는 것보다
寧溺於淵　못에 빠지는 것이 낫다.
溺於淵　못에 빠지면
猶可游也　오히려 헤엄칠 수라도 있지만
溺於人　사람에 빠지면
不可救也　구제할 수 없다.

주 무왕의 「영명(楹銘)」의

毋曰胡傷 근심이 멀다고 하지 말라
其禍將長 그 화가 장차 길어질 것이다.

주 무왕의 「정명(鼎銘)」의

一命而僂 첫 번째 명에 몸을 숙이고
再命而傴 두 번째 명에 허리를 더 굽히고
三命而俯 세 번째 명에는 큰 절을 한 뒤 명령을 받았다.
循牆而走 길을 돌 때는 담장을 따라 달려서
亦莫敢余侮 누구도 감히 나를 업신여기지 않았고
饘於是 이 솥에 죽을 쑤고
粥於是 죽을 쑤어서
以餬余口 내 입에 넣었다.

이 구절들은 모두 명류(銘類)인데 『시경』에 들어갈 만하다.

순(舜)이 전답의 신에게 제사 지내는 기도문에서

荷此長耜 이 쟁기를 메고
耕彼南畝 저 남쪽 밭을 가니
四海俱有 사해의 모든 사람이 함께 하게 하소서.

선진(先秦) 시대의 하늘에 제사 지내면서 지은 「제사(祭辭)」의

皇皇上天 아름다운 하늘이
照臨下土 하토를 비쳐주고
集地之靈 땅의 신령들이 모이어

降甘風雨　　때에 맞게 비바람 내리여
庶物群生　　만물이
各得其所　　각기 그 마땅한 바를 얻었네.

이 구절은 모두 사류(辭類)로 『시경』에 들어갈 만하다.

『좌전』에서 의씨(懿氏)가 말한
鳳凰于飛　　봉황새가 날아오르며
和鳴鏘鏘　　서로 어울려 운다.
有嬀之後　　유규의 후손은
將育於姜　　장차 강에서 길러지리라.

이 구절은 요류(繇類)인데 『시경』에 들어갈 만하다.

황제(黃帝)가 말한
涓涓不塞　　졸졸 흐를 때 막지 않으면
將爲江河　　장차 강하를 이룹니다.

『맹자』에서 하나라의 속담이라고 한
吾王不游　　우리 임금이 놀지 않으면
吾何以休　　우리가 어찌 쉴 수가 있겠는가.
吾王不豫　　우리 임금께서 즐기지 않으면
吾何以助　　우리가 어찌 도움을 받을 수 있을까.
一游一豫　　한 번 놀고 한 번 즐기는 것이
爲諸侯度　　다 제후들의 본보기가 되었다.

『좌전』에 보이는

畏首畏尾	머리와 꼬리가 어찌될까 두려워한다면
身其餘幾	몸 전체 중 걱정되지 않는 부분이 얼마나 될까.

이 구절은 모두 속담인데 『시경』에 들어갈 만하다.

古逸詩箴銘謳謠之類, 其語可入三百篇者. 翹翹車乘, 招我以弓. 豈不欲往, 畏我友朋. 君子有酒, 小人鼓缶. 雖有絲麻, 無棄菅蒯. 雖有姬姜, 無棄蕉萃. 祈招之愔愔, 式昭德音. 思我王度, 式如玉, 式如金. 俟河之清, 人壽幾何. 馬之剛矣, 轡之柔矣. 馬亦不剛, 轡亦不柔. 志氣麃麃, 取予不疑. 棠棣之華, 翩其反而. 豈不爾思, 室是遠而. 魚在在藻, 厥志在餌. 九變復貫, 知言之選. 皎皎練絲, 在所染之. 右逸詩.

立我烝民, 莫匪爾極. 不識不知, 順帝之則.【康衢】黃之池, 其馬歕沙. 皇人威儀. 黃之澤, 其馬歕玉, 皇人壽穀.【黃澤】白雲在天, 山陵自出.【白雲】右謠.

卿雲爛兮, 糾縵縵兮. 日月光華, 旦復旦兮.【卿雲】南山有烏, 北山有張羅. 烏自高飛, 羅當奈何.【烏鵲】日月昭昭兮寢已馳, 與子期兮蘆之漪.【漁父】右歌.

習習谷風, 以陰以雨. 之子於歸, 遠送於野.【漪蘭】隴頭流水, 流離四下. 念我行役, 飄然曠野.【隴頭】右操.

皇皇惟敬口, 口生垢, 口戕口.【口】與其溺於人也, 寧溺於淵. 溺於淵, 猶可游也. 溺於人, 不可救也.【盥盤】毋曰胡傷, 其禍將長.【楹】一命而僂, 再命而傴, 三命而俯, 循牆而走, 亦莫敢余侮. 饘於是, 粥於是, 以餬余口.【鼎】右銘.

荷此長耜, 耕彼南畝. 四海俱有.【舜祠田】皇皇上天, 照臨下土. 集地之靈, 降甘風雨. 庶物群生, 各得其所.【用祭天】 右辭.

鳳凰于飛, 和鳴鏘鏘. 有嬀之後, 將育於姜.【懿氏】 右繇.

涓涓不塞, 將爲江河.【黃帝語】 吾王不游, 吾何以休. 吾王不豫, 吾何以助. 一游一豫, 爲諸侯度. 畏首畏尾, 身其餘幾. 右諺.

2-4. 『시경』에 실릴 만한 한위시대 구절들

한(漢)과 위(魏) 시대의 사람들의 시어(詩語) 중에 『시경』 삼백 편의 의미를 온전히 갖춘 것이 있으니 다음과 같은 것들이다.

사마상여(司馬相如) 「봉선문(封禪文)」의

非惟雨之　비가 내려 적셔줄 뿐만 아니라
又潤澤之　만물을 윤택하게 하네.
非惟徧之我　나에게만 내려 줄 뿐만 아니라
氾布濩之　널리널리 퍼지네.

般般之獸　아름다운 무늬의 동물들이
樂我君囿　우리 군왕의 동산에서 노니네.

한나라 위맹(韋孟) 「풍간시(諷諫詩)」의

總齊群邦　여러 나라를 모두 거느리고
以翼大商　큰 상나라 도왔고
迭彼大彭　저 큰 팽 땅에 달려가니
勳績惟光　공훈이 빛났도다.

誰謂華高 누구 화려하고 높다 여기는가
企其齊而 같아지기를 바랄 뿐이네.
誰謂德難 누가 덕이 어렵다고 여기는가
厲其庶而 덕이 많아지도록 노력한다네.

당산부인(唐山夫人) 「안세방중가(安世房中歌)」의
金支秀華 황금 줄기에 화려한 수술
庶旄翠旌 많은 푸른 깃발.

王侯秉德 왕후가 덕을 잡고
其鄰翼翼 공경함을 가까이 하니
顯明昭式 밝고 밝은 법이 드러나도다.

惟德之臧 선한 덕 있는 것이
建侯之常 제후를 세우는 법도일세.

한비(漢碑)에 실린 「당부송(唐扶頌)」의
如山如嶽 마치 높은 산처럼
嵩如不傾 우뚝하여 기울지 않을 듯하고
如江如河 넓고 넓은 강처럼
澹如不盈 채워도 차지 않을 듯하네.

당산부인(唐山夫人) 「안세방중가(安世房中歌)」의
大海蕩蕩 큰 바다 드넓어
水所歸 물이 돌아가는 곳이요.

高賢愉愉　　고현한 덕이 있어
民所懷　　백성들이 귀의한다네.

심휴문(沈休文) 「장가행(長歌行)」의
陽春布德澤　　따뜻한 봄기운이 은덕을 베풀어
萬物生光輝　　만물이 화려하게 빛나도다.

이러한 구절들은 『시경』 대아(大雅)와 소아(小雅) 및 주송(周頌)의 화평한 시풍과 연결된다.

상산사호(常山四皓)가 지었다는 「자지곡(紫芝曲)」의
曄曄紫芝　　빛나고 빛나는 지초로
可以療饑　　굶주릴 달랠 수 있네.

공손승(公孫乘) 「월부(月賦)」의
月出皎兮　　달이 밝게 솟아나니
君子之光　　군자의 빛이로다.
君有禮樂　　임금에게 예약이 있고
我有衣裳　　우리에겐 옷이 있다오.

「고시십구수(古詩十九首)」의
胡馬依北風　　오랑캐 말은 북풍에 의지하고
越鳥巢南枝　　월나라 새는 남쪽 가지에 깃든다.

衣帶日以緩　　옷과 허리띠는 날로 느슨해진다.

清商隨風發　청상의 가락 바람결에 흐르다가
中曲正徘徊　중간에 이르러 그냥 맴돈다

秋蟬鳴樹間　가을 매미 나무 사이서 우니
玄鳥逝安適　제비는 떠나 어디로 가나.

棄我如遺迹　부질없는 자취인 양 날 버리네.

盈盈一水間　넘실거리는 은하수 사이에 두고
脈脈不得語　길고 긴 세월 말 나눌 수 없네.

絃急知柱促　곡조가 급한 건 기러기 발이 재촉하기 때문이네.

去者日以疏　떠난 사람 날로 멀어지고
來者日以親　온 사람 날로 친해진다오.

愁多知夜長　시름 많아 밤 긴 줄 알겠네.

著以長相思　긴 그리움으로 속을 넣고
緣以結不解　가장자리는 풀리지 않도록 맺었네.

出戶獨彷徨　집 나서 홀로 방황하며
憂思當告誰　근심스런 마음 누구에게 말할까.

조조(曹操) 「단가행(短歌行)」의

明明如月　밝고 밝은 저 달을

何時可掇　　언제나 따려나.
憂從中來　　마음에서 근심 쏟아지니
不可斷絶　　끊을 수 없구나.

조조(曹操) 「추호행(秋胡行)」의

不惜年往　　지난 세월은 아쉽지 않지만
憂世不治　　세상 어지러워 걱정이네.

조조(曹操) 「단가행(短歌行)」의

山不厭高　　산 높은 걸 싫어하지 않고
海不厭深　　바다 깊은 것 싫지 않네.

작가 미상 악부(樂府)의

海水知天寒　　바닷물은 날씨가 추워진 것을 아네.

入門各自媚　　집 들어오면 절로 아양 부린다네.

장형(張衡) 「서경부(西京賦)」의

豈伊不虔　　어찌 공경하지 않으리오
思于天衢　　낙양을 생각한다네.
豈伊不懷　　어찌 그립지 않으리오
歸于枌楡　　고향으로 돌아간다오.
天命不慆　　천명이 어그러지지 않았으니
疇敢以渝　　감히 누가 어기랴.

조식(曹植) 「선재행(善哉行)」의

自惜袖短　　소매 짧은 것 애석하니
內手知寒　　안에 손 넣어도 차구나.

憂來無方　　근심은 불현듯 오니
人莫之知　　사람이 알 수 없다오.

조비(曹丕) 「잡시(雜詩)」의

彷徨忽已久　　배회함이 어느새 오래되었구나
白露沾我裳　　흰 이슬이 내 치마 적시었으니.

위(魏) 혜강(嵇康) 「유분시(幽憤詩)」의

民之多僻　　백성들의 잘못이 많은 것은
政不由己　　내가 제대로 다스리지 못해서네.

泳彼長川　　저 긴 냇물 헤엄쳐 가
言息其滸　　물가에서 쉬네.
陟彼高岡　　저 높은 산마루 올라
言刈其楚　　가시나무 자르네.

이러한 구절에는 『시경』 국풍(國風)과 같은 맑고 아름다운 은미한 뜻이 담겨 있다.

「교사가(郊祀歌)」의

靈之來　　신령이 오니
神哉沛　　신령이 다가오니

先以雨 먼저 비가 내리니
般裔裔 춤을 추듯 내리네.

「천마가(天馬歌)」의
志俶儻 지닌 뜻 범상치 않고
精權奇 정신은 뛰어나다네.
籋浮雲 뜬 구름 밟고
晻上馳 하늘 향해 달린다.

今安匹 지금 누굴 짝으로 삼나
龍爲友 용이 벗이라네.

「요가(鐃歌)」의
臨高臺以軒 누대의 난간에서 멀리 바라보네.

江有香草目以蘭 강에 향초 있으니 난초라 하네.

「원이낙덕가(遠夷樂德歌)」의
昌樂肉飛 음악 넘쳐나고 날듯이 춤을 추네.

조비(曹丕) 「난하폐일행(丹霞蔽日行)」의
采虹垂天 화려한 무지개 하늘에 드리워졌네.

조조 「관창해(觀滄海)」의
水何澹澹 강물은 어찌 그리 넘실거리나
山島竦峙 산과 섬 우뚝 솟아있네.

日月之行　　해와 달의 운행도
若出其中　　마치 그 속에서 나오는 듯.

조식 「증백마왕표(贈白馬王彪)」의
孤獸走索群　　외론 짐승 무리 찾아 달려가느라
銜草不遑食　　입에 있는 풀도 먹을 겨를 없네.

완적(阮籍) 「영회(詠懷)」의
世無萱草　　세상에 어머니 없어
令我哀歎　　나를 슬프게 하누나.

이러한 구절에는 『시경』 진(秦)과 제(齊)의 변풍(變風)과 같은 기이함이 담겨 있다.

漢魏人詩語, 有極得三百篇遺意者, 謾記於後. 非惟雨之, 又潤澤之. 非惟徧之我, 氾布濩之. 般般之獸, 樂我君囿. 總齊群邦, 以翼大商. 迭彼大彭, 勳績惟光. 誰謂華高, 企其齊而. 誰謂德難, 厲其庶而. 金支秀華, 庶旄翠旌. 王侯秉德, 其鄰翼翼, 顯明昭式. 惟德之臧, 建侯之常. 如山如嶽, 嵩如不傾. 如江如河, 澹如不盈. 大海蕩蕩, 水所歸. 高賢愉愉, 民所懷. 陽春布德澤, 萬物生光輝. 此二雅周頌和平之流韻也. 犖犖紫芝, 可以療饑. 月出皎兮, 君子之光. 君有禮樂, 我有衣裳. 胡馬依北風, 越鳥巢南枝. 衣帶日以緩. 清商隨風發, 中曲正徘徊. 秋蟬鳴樹間, 玄鳥逝安適. 棄我如遺迹. 盈盈一水間, 脈脈不得語. 絃急知柱促. 去者日以疏, 來者日以親. 愁多知夜長. 著以長相思, 緣以結不解. 出戶獨徬徨, 憂思當告誰. 明明如月, 何時可掇. 憂從中來, 不可斷絕. 不惜年往,憂世不治. 山不厭高, 海不厭深. 海水知天寒. 入門各自媚. 豈伊不虔, 思于天衢. 豈伊不懷, 歸于枌榆. 天命不慆, 疇敢以渝. 自惜袖短, 內手知寒. 憂來無方, 人莫之知. 徬徨忽已久, 白露沾我裳. 民之多僻, 政不由己. 泳彼長川, 言息其滸. 陟彼高岡, 言刈其楚. 此國風清婉之微旨也. 靈之來, 神哉沛. 先以雨, 般裔裔. 志俶儻, 精權奇. 籋浮雲, 晻上馳. 今安匹, 龍爲友. 臨高臺以軒. 江有香草目以蘭. 昌樂肉飛. 采虹垂天. 水何澹澹, 山島竦峙. 日月之行, 若出其中. 孤獸走索群, 銜草不遑食. 世無萱草, 令我哀歎. 此秦齊變風奇峭之遺烈也.

2-5. 진나라 비명의 운자

진시황(秦始皇) 때에 이사(李斯)가 찬한 「추역산각석(鄒嶧山刻石)」이란 작품은 3구의 끝에서 처음으로 운자를 사용했는데,[1] 이것은 『시경』 소아(小雅) 「채이(采芑)」의 두 번째 작품과 같은 방식이다.[2] 진시황이 자신의 공적을 새긴 「낭야대각석(瑯耶臺刻石)」은 한 구마다 운자를 달다가 3구가 끝나면 운자가 한 번 바뀌었는데,[3] 이것은 노자(老子) 『도

---

1) 이사(李斯)의 「추역산각석(鄒嶧山刻石)」은 다음과 같다. "皇帝立國, 維初在昔, 嗣世稱王. 討伐亂逆, 威動四極, 武義直方. 戎臣奉詔, 經時不久, 滅六暴强. 二十有六年, 上薦高號, 孝道顯明. 旣獻泰成, 乃降專惠, 親巡遠方. 登于嶧山, 群臣從者, 咸思攸長. 追念亂世, 分土建邦, 以開事理. 攻戰日作, 流血于野. 自泰古始, 世無萬數, 陁及五帝, 莫能禁止. 迺今皇帝, 一家天下. 兵不復起, 災害滅除. 黔首康定, 利澤長久. 群臣誦略, 刻此樂石, 以著經紀." 3구의 끝 '王'이 운자이며, 이후 3구마다 운자를 달았다.

2) 『시경』 소아(小雅) 「채이(采芑)」 두 번째 작품은 다음과 같다. "薄言采芑, 于彼新田, 于此中鄉. 方叔涖止, 其車三千, 旂旐央央. 方叔率止, 約軧錯衡, 八鸞瑲瑲. 服其命服, 朱芾斯皇, 有瑲葱珩." 3구의 끝 '鄉'자와 6구의 끝 '央', 9구의 끝 '瑲', 12구의 끝 '珩'이 운자이다.

3) 「낭야대각석(瑯邪臺刻石)」은 작품이 길어 생략한다.

덕경(道德經)』 41장의 "밝은 도는 어두운 듯 보이고[明道若昧]"로 시작하는 구절과 같은 방식이다.[4]

秦始皇時, 李斯所撰嶧山碑, 三句始下一韻, 是采芑第二章法. 瑯邪臺銘, 一句一韻, 三句一換, 是老子明道若昧章法.

2-6. 강태공 작품의 진위

강태공(姜太公)의 『태공음모(太公陰謀)』에 실린 「필명(筆銘)」에 다음과 같은 구절이 있다.

毫毛茂茂	붓의 털 많기도 하니
陷水可脫	물에 빠지면 벗어날 수 있지만
陷文不活	글에 빠지면 살 수 없다네.

우린(于鱗) 이반룡이 이 구절을 자신의 선집(選集)인 『고금시산(古今詩刪)』에 실었었다. 내 생각으로는, 그 말이 정밀하고 그 글도 너무 좋지만 이것은 등석(鄧析)[5] 이후의 말이며, '붓의 털 많기도 하다.[毫毛茂茂]'란 것도 몽염(蒙恬)[6] 이후의 일이니, 이 작품은 강태공이 지은 것

4) 노자(老子) 『도덕경(道德經)』 41장의 다음 구절을 가리킨다. "明道若昧, 進道若退, 夷道若纇. 上德若俗, 大白若辱, 廣德若不足. 建德若偸, 質眞若渝, 大方無隅. 大器晩成, 大音希聲, 大象無形."

5) 등석(鄧析, B.C.545~B.C.501) : 정(鄭)나라의 대부로, 춘추(春秋) 말기의 사상가이다.

6) 몽염(蒙恬) : 몽염은 집안 대대로 진장(秦)이었다. 진시황 26년, 진이 천하를 통일하자 몽염은 30만 군대를 이끌고 융적(戎狄)을 구축하고 임조(臨洮)부터 요동까지 만리장성을 쌓았다. 관직은 내사(內史)·상경 등을 지냈고, 후에 환관 조고(趙

이 필시 아닐 것이다.

太公陰謀有筆銘, 云毫毛茂茂【叶房月切】, 陷水可脫, 陷文不活. 于鱗取之. 余謂其言精而辭甚美, 然是鄧析以後語也. 毫毛茂茂, 是蒙恬以後事也, 必非太公作.

2-7. 『이소』와 사마상여의 부

굴원의 『이소』는 『이소』류 작품의 성인에 해당되고 장경(長卿) 사마상여의 부(賦)는 부 작품의 최고의 경지이다. 한 사람은 풍(風)으로, 다른 한 사람은 송(頌)으로 지극히 오묘한 작품을 만들었으니 『이소』류나 부 작품을 짓는 사람들은 쉽게 우열을 논해서는 안 된다.

屈氏之騷, 騷之聖也. 長卿之賦, 賦之聖也. 一以風, 一以頌, 造體極玄, 故自作者, 毋輕優劣.

2-8. 『이소』의 「천문」

「천문(天問)」이란 작품이 비록 『이소』에 담겨 있지만, 절로 사언(四言)으로 이루어져 있다. 다만 말의 뜻이 너무 산만하여 글의 흐름을 정확히 알 수 없으니, 「천문」편을 『이소』 안에 둘 필요가 없다.

天問雖屬離騷, 自是四言之韻, 但詞旨散漫, 事跡惝怳, 不可存也.

高) 등의 계책에 의해 자살한다. 모필(毛筆)을 발명한 인물로 세상에 전해온다.

2-9. 『역림』과 『참동계』

초연수(焦延壽)[7]의 『역림(易林)』과 위백양(魏伯陽)[8]의 『참동계(參同契)』는 비록 상수(象數)로써 책을 엮었으나, 요컨대 모두 사언(四言)으로 아름다운 문장을 이루었으니 『시경』의 체재를 따라 썼던 것이다.

延壽易林伯陽參同, 雖以數術爲書, 要之皆四言之懿, 三百遺法耳.

2-10. 송옥의 「초혼」

용수(用脩) 양신(楊愼)은 "「초혼(招魂)」[9]이 「대초(大招)」[10]보다 훨씬 뛰어나니, 송(宋)나라 사람들의 안목을 일깨우기에 충분하다."라고 했다.[11] 송옥(宋玉)의 깊고 지극함은 굴원(屈原)에 미치지 못하고 굉려함은 사마상여(司馬相如)에 미치지 못하지만, 송옥은 두 사람의 장점만을 취했다.

---

7) 초연수(焦延壽) : 전한(前漢) 양(梁) 지역 사람으로 자는 공(贛)인데, 일설에는 이름이 공이고 자가 연수라고도 한다. 일찍이 맹희(孟喜)에게 『주역』을 배워 상수학(象數學) 중 점후(占候)를 중시하는 일파를 창시했다. 학문은 경방(京房)에게 전해졌다. 저서에 『역림』이 전한다.

8) 위백양(魏伯陽) : 호는 운아자(雲牙子)이다. 오행이 서로 통한다는 등의 내용을 다룬 『주역참동계(周易參同契)』를 지었는데, 『주역』에 나오는 효상(爻象)의 원리를 그대로 빌려와 신단을 만드는 방법과 과정을 논했다. 신비주의 색채가 강하면서도 당시로서는 과학적인 방식을 도입했다는 점에서 중국 과학기술사의 한 부분을 차지한다.

9) 송옥(宋玉)이 지은 「초혼(招魂)」을 말한다.

10) 「대초(大招)」의 작자로는 굴원(屈原)이라는 설과 경차(景差)라는 설이 있는데, 왕세정은 굴원으로 본 것 같다.

11) 양신(楊愼)의 『승암합집(升庵合集)』에 보인다.

楊用脩言招魂遠勝大招, 足破宋人眼耳. 宋玉深至不如屈, 宏麗不如司馬, 而兼撮二家之勝.

2-11. 한 고조와 무제의 작품

3구로 지어진 「대풍가(大風歌)」[12]는 기운이 우주를 감싸 천고 제왕의 적치(赤幟)를 펼쳤으니, 과연 한 고조(漢高祖)로다. 한 무제(漢武帝)는 아직 문사의 기풍이 많기 때문에, 그의 「추풍사(秋風辭)」[13]는 『구가(九歌)』에 가깝다. 한 무제의 「사이부인부(思李夫人賦)」[14]는 사마상여(司馬相如)의 아래, 양웅(揚雄)의 위에 놓일 만한데, '긴가민가[是耶非耶]'로 시작하는 「사이부인부」는 3구가 정절(精絕)하다. 한 무제의 작품으로 알려진 「낙엽애선곡(落葉哀蟬曲)」[15]은 아마도 위작(僞作)인 듯싶다. '유란수심(幽蘭秀蕈)'으로 시작되는 「거자후가(車子侯歌)」[16]는 분명히 한 무제의 작품이다.

大風三言, 氣籠宇宙, 張千古帝王赤幟, 高帝哉. 漢武故是詞人, 秋風

---

12) 한 고조(漢高祖)의 「대풍가(大風歌)」는 다음과 같다. "大風起兮雲飛揚, 威加海內兮歸故鄉, 安得猛士兮守四方."

13) 한 무제(漢武帝)의 「추풍사(秋風辭)」는 다음과 같다. "秋風起兮白雲飛, 草木黃落兮鴈南歸. 蘭有秀兮菊有芳, 懷佳人兮不能忘. 汎樓船兮濟汾河, 橫中流兮揚素波. 簫鼓鳴兮發櫂歌, 歡樂極兮哀情多. 少壯幾時兮奈老何."

14) 한 무제(漢武帝)의 「사이부인부(思李夫人賦)」는 다음과 같다. "是耶非耶, 立而望之, 翩何姍姍其來遲."

15) 「낙엽애선곡(落葉哀蟬曲)」은 다음과 같다. "羅袂兮無聲, 玉墀兮塵生. 虛房冷而寂寞, 落葉依於重扃. 望彼美之女兮, 安得感余心之未寧."

16) 한 무제(漢武帝)의 「거자후가(車子侯歌)」는 다음과 같다. "嘉幽蘭兮延秀蕈, 妖嫋兮中溏. 華斐斐兮麗景風, 褭回兮流芳. 皇天兮無慧, 至人逝兮仙鄉. 天路遠兮無期, 不覺涕下兮霑裳."

一章, 幾於九歌矣. 思李夫人賦, 長卿下, 子雲上, 是耶非耶, 三言精絶, 落葉哀蟬, 疑是贋作. 幽蘭秀草, 的爲傳語.

2-12. 한 고조와 무제에 대한 왕통의 평

"「대풍가(大風歌)」는 안정된 상태에서도 위태로운 상황을 잊지 못하니, 천하를 제패한 마음이 문장에 남아있어서 일 것이다. 「추풍사(秋風辭)」는 즐거움이 다하면 슬픔이 찾아온다는 내용이니, 회한(悔恨)의 심정이 싹튼 것인가."[17]

이 언급은 문중자(文中子) 왕통(王通)[18]이 말한 것인데, 두 황제에 대한 비평이 지극히 공평하다.

大風安不忘危, 其霸心之存乎. 秋風樂極悲來, 其悔心之萌乎. 文中子贊二帝語, 去孔子不遠.

2-13. 제황의 기풍이 깃든 구절

항우(項羽)의 「해하가(垓下歌)」[19]는 반드시 '우혜(虞兮)'라는 시어로

17) 왕통(王通)의 『문중자(文中子)』「주공(周公)」편에 보인다.

18) 왕통(王通, 584~617) : 수(隋)나라 사람으로 자는 중엄(仲淹), 시호는 문중자(文中子)이다. 당(唐)나라 왕발(王勃)의 조부(祖父)이다. 어려서부터 준민(俊敏)하여 시서예역(詩書禮易)에 통달했다. 스스로 유자(儒者)임을 자부하고 강학에 힘을 쏟아 설수(薛收)와 방교(房喬), 이정(李靖), 위징(魏徵), 방현령(房玄齡) 등을 배출했다. 양제(煬帝)의 부름을 받았지만 응하지 않고 『문중자(文中子)』 10권을 세상에 남겼다.

19) 항우(項羽)의 「해하가(垓下歌)」는 다음과 같다. "力拔山兮氣蓋世, 時不利兮騅不

인해 작품의 수준을 낮게 평가할 수 없으니, 비장하여 오열함은 한 고조(漢高祖)의 「대풍가(大風歌)」와 더불어 각각 제왕의 흥성하고 쇠락한 기상을 묘사한 것이다. 천년이 지난 뒤에 오직 조조(曹操)의 「단가행(短歌行)」[20]에 보이는 "산은 높음을 싫어하지 않고[山不厭高]"나 「보출동서문행(步出東西門行)」[21]에서 "늙은 천리마가 구유에 엎드려 있네.[老驥伏櫪]"라는 말, 그리고 사마의(司馬懿)의 「진고조가(晉高祖歌)」[22]에 보이는 "천지가 개벽하여 해와 달이 거듭 빛나네.[天地開辟, 日月重光.]"라는 말은 그런대로 제왕의 유향(遺響)을 이어받았다고 할 수 있다.

垓下歌正不必以虞兮爲嫌, 悲壯烏咽, 與大風各自描寫帝王興衰氣象. 千載而下, 惟曹公山不厭高老驥伏櫪, 司馬仲達天地開辟日月重光語, 差可嗣響.

2-14. 한 무제의 「백량시」

「백량시(柏梁詩)」[23]는 7언가행의 비조(鼻祖)격으로, 요컨대 우졸함

逝. 騅不逝兮可奈何, 虞兮虞兮奈若何."

20) 조조(曹操)의 「단가행(短歌行)」은 다음과 같다. "對酒當歌, 人生幾何. 譬如朝露, 去日苦多. 慨當以慷, 憂思難忘. 何以解憂, 唯有杜康. 青青子衿, 悠悠我心. 但爲君故, 沈吟至今. 呦呦鹿鳴, 食野之苹. 我有嘉賓, 鼓瑟吹笙. 明明如月, 何時可掇. 憂從中來, 不可斷絶. 越陌度阡, 枉用相存. 契闊談讌, 心念舊恩. 月明星稀, 烏鵲南飛. 繞樹三匝, 何枝可依. 山不厭高, 海不厭深. 周公吐哺, 天下歸心."

21) 조조(曹操)의 「보출동서문행(步出東西門行)」은 다음과 같다. "神龜雖壽, 猶有竟時. 騰蛇乘霧, 終爲土灰. 老驥伏櫪, 志在千里. 烈士暮年, 壯心不已. 盈縮之期, 不但在天. 養怡之福, 可得永年. 幸甚至哉, 歌以詠志."

22) 사마의(司馬懿)의 「진고조가(晉高祖歌)」는 다음과 같다. "天地開闢, 日月重光. 遭逢際會, 奉辭遐方. 將掃逋穢, 還過故鄉. 肅清萬里, 總齊八荒. 告誠歸老, 待罪武陽."

23) 「백량시(柏梁詩)」는 다음과 같다. "日月星辰和四時, 驂駕駟馬從梁來. 郡國士馬羽

으로 뛰어난 작품이 되었다. 한 무제(漢武帝)의 “해와 달과 별은 사시에 조화롭고[日月星辰和四時]”라는 구에 대해서는 화답한 자들이 한 무제의 수준에 미치지 못했다. “종실이 광대하여 날로 더욱 불어나리.[宗室廣大日益滋]”라는 말은 종정(宗正)인 유안국(劉安國)이 지었다. “외가 공주는 다스릴 필요 없네.[外家公主不可治]”라는 말은 경조윤(京兆尹)이 지었다고 기록되었으나 살펴보니 마땅히 내사(內史)가 지은 것으로 바꿔야 한다. “삼보[24]의 도적으로 천하가 위태롭네.[三輔盜賊天下危]”라는 말은 좌풍익(左馮翊) 함선(咸宣)[25]이 지었다. “도적이 남산에서 일어나 백성의 재앙이 되네.[盜起南山爲民災]”는 우부풍(右扶風) 이성신(李成信)이 지었다. 이 말들은 강력하게 간언한 것이라고 할 수 있는데, 이 말을 황제가 불쾌하게 여겼다는 말은 듣지 못했다. 곽사인(郭舍人)은 “미인의 입술을 깨무니 달콤하기 꿀엿 같네.[齧妃女脣甘如飴]”라고 했으니, 음란하고 친압하여 신하의 예를 지키지 못했는데, 또한 별로

林材. 總領天下誠難治. 和撫四夷不易哉, 刀筆之吏臣執之. 撞鐘伐鼓聲中詩, 宗室廣大日益滋. 周衛交戟禁不時, 總領從宗柏梁臺. 平理淸讞決嫌疑, 修飾輿馬待駕來. 郡國吏功差次之, 乘輿御物主治之. 陳粟萬石揚呂箕, 徼道宮下隨討治. 三輔盜賊天下危, 盜阻南山爲民災. 外家公主不可治, 椒房率更領其材. 蠻夷朝賀常舍其, 柱枅欂櫨相支持. 枇杷橘栗桃李梅, 走狗逐兎張罘罳. 齧妃女脣甘如飴, 迫窘詰屈幾窮哉.” 한 무제(漢武帝)가 장안(長安)에 백량대(柏梁臺)를 낙성했을 때 군신들을 모아놓고 지은 작품이다. 무제를 비롯하여 25인의 신하들이 7언시구를 한 구씩 차례로 읊은 것을 연구(聯句)한 것으로, 매 구마다 압운(押韻)되어 있다. 육조(六朝) 이전의 7언시는 모두 이 시체를 따르고 있다. 후세에 와서 매 구 압운의 7언시, 예를 들면 당(唐)나라 두보(杜甫)의 「음중팔선가(飮中八仙歌)」 등을 백량체라고 부르게 되었다.

24) 삼보(三輔) : 한 무제(漢武帝)는 수도 장안(長安)에 소재한 경조윤(京兆尹)과 도성 부근의 좌풍익(左馮翊)·우부풍(右扶風) 이 세 지역을 합쳐 군(郡) 행정구에 해당하는 삼보(三輔)라 불렀다.

25) 함선(咸宣) : 감선(減宣)이라고도 한다. 위청(衛靑)이 무제에게 추천하여 어사와 중승 등 죄를 다스리는 직책을 오래 맡았다. 이성신(李成信)과 사이가 좋지 않다가 결국 그 일로 죄를 받아 죽게 되었다.

다스렸다는 말을 듣지 못했으니, 어째서인가. 또한 "비파, 귤, 밤, 도리, 매화.[枇杷橘栗桃李梅]"라는 말은 비록 대단히 코웃음이 나오지만 이 법 또한 연유한 바가 있으니, 대개 송옥(宋玉)의 「초혼(招魂)」에 보이는 구절을 본뜬 것이다.[26)]

柏梁爲七言歌行創體, 要以拙勝. 日月星辰一句, 和者不及. 宗室廣大日益滋, 爲宗正劉安國. 外家公主不可治, 爲京兆尹. 按當作內史. 三輔盗賊天下危, 爲左馮翊咸宣. 盜起南山爲民災, 爲右扶風李成信. 其語可謂强諫矣, 而不聞逆耳. 郭舍人齧妃女脣甘如飴, 淫褻無人臣禮, 而亦不聞罰治, 何也. 若枇杷橘栗桃李梅, 雖極可笑, 而法亦有所自, 蓋宋玉招魂篇內句也.

2-15. 「백량시」의 작가에 대한 변증

한(漢)나라 때에 위청(衛青)[27)]과 곽거병(霍去病)[28)], 그리고 조충국(趙

---

26) 송옥(宋玉) 「초혼(招魂)」의 다음의 구절을 말한다. "…… 室家遂宗, 食多方些. 稻粱穱麥, 挐黃粱些. 大苦鹹酸, 辛甘行些. 肥牛之腱, 臑若芳些. 和酸若苦, 陳吳羹些. 胹鼈炮羔, 有柘漿些. 鵠酸臇鳧, 煎鴻鶬些. 露雞臛蠵, 厲而不爽些. 粔籹蜜餌, 有餦餭些. 瑤漿蜜勺, 實羽觴些. 挫糟凍飮, 酎淸凉些. 華酌旣陳, 有瓊漿些. ……"

27) 위청(衛青, ?~B.C.106) : 자는 중경(仲卿), 본성은 정(鄭)씨로 전한(前漢) 무제(武帝) 때 활약했다. 아버지 정계(鄭季)가 평양후(平陽侯)의 가첩(家妾) 위온(衛溫)과 정을 통해 그를 낳았는데, 어머니의 성을 따랐다. 처음에 평양공주(平陽公主)의 가노(家奴)로 있었는데, 누이 위자부(衛子夫, 衛皇后)가 무제의 총희(寵姬)여서 관직에 진출해 태중대부(太中大夫)가 되었다. 원수(元狩) 4년(B.C.119) 대장군(大將軍)으로 곽거병(霍去病)과 함께 대군을 이끌고 막북(漠北)으로 나가 흉노의 주력을 궤멸시켰다. 이후 7차례에 걸쳐 흉노를 정벌하여 더 이상 한나라의 위협이 되지 못하도록 했다. 곽거병과 함께 대사마(大司馬)가 되었다.

28) 곽거병(霍去病, B.C.140~B.C.117) : 대장군 위청(衛青)의 조카고, 무제(武帝) 위황후(衛皇后)의 조카다. 18살 때 시중(侍中)이 되고, 말 타기와 활쏘기에 능했다.

充國)[29] 등은 헌걸찬 호신(虎臣)이다. 그러므로 「백량시(柏梁詩)」에서, "나라에 말 탄 전사 우림군이로니, 사방 오랑캐 어루만지기 쉽지 않네.[郡國士馬羽林材, 和撫四夷不易哉.]"라는 말은 『시경』의 7언시에 모자람이 없다. 곽거병의 「봉건삼왕표(封建三王表)」와 조충국이 둔전하면서 올린 여러 상소문은, 양한(兩漢)의 문장들이 모두 미치지 못한다. 그러나 「봉건삼왕표」는 아마도 곽거병이 직접 쓴 것이 아니라 그의 막객(幕客)이 쓴 것으로 보인다. 「백량시」를 짓는 순서를 보면 모두 지위의 차례에 따랐는데, 다만 표기 장군만 승상 앞에 있으며 대장군이 승상의 뒤에 있다. 옛사람들이 이르기를, "곽거병이 날로 귀해졌으니, 이것이 그에 대한 하나의 증거이다."라고 했다. 그런데 『고문원(古文苑)』의 주(註)를 살펴보니, 백량대(柏梁臺)는 원정(元鼎) 2년(B.C.115)에 완성되었고, 대에 올라 시를 지을 때는 원봉(元封) 3년(B.C.108)이었고, 곽거병은 원수(元狩) 6년(B.C.117)에 죽었으니, 시를 지을 당시는 위청이 두 관직을 겸하고 있었다. 그렇다면 '나라의 말 탄 전사[郡國士馬]'를 읊은 사람은 위청일 것이다.

위청을 따라 표요교위(票姚校尉)가 되었다. 무제 때 6차례나 흉노(匈奴)를 정벌하여, 흉노의 왕 2명을 베고 2명을 사로잡는 등 모두 승리했다. 원수(元狩) 연간에 표기장군(驃騎將軍)이 되고, 여러 차례 흉노로 출격하여 주력군을 격파하면서 하서(河西) 지구를 장악해 서역(西域)과의 교통로를 확보했다.

29) 조충국(趙充國, B.C.137~B.C.52) : 자는 옹손(翁孫)이다. 말 타기와 활쏘기를 잘 했으며, 지략을 갖춘 데다 변방의 정세에 대해서도 해박했다. 무제(武帝) 때 이광리(李廣利)를 따라 흉노를 공격해 그 공으로 중랑(中郎)에 올랐다. 선제(宣帝)를 옹립한 뒤 병사를 변방에 주둔시키자 흉노가 감히 넘보지 못했다. 여러 차례 황제에게 상소를 올려 둔전(屯田)의 중요성을 강조했는데, 특히 "기병(騎兵) 1만 명을 장군의 계획대로 둔전병(屯田兵)으로 전환할 경우 흉노와의 전쟁을 언제쯤 승리로 이끌 수 있겠느냐?"는 황제의 질문에, 싸워서 이기는 것보다는 싸우지 않고 이기는 것이 중요하다고 역설하면서, 출병을 하지 않고 금성(金城) 일대에서 둔전을 실시하는 것이 유리하다는 것을 구체적으로 12가지 조항을 들어 제시했다.

漢時衛霍營平, 糾糾虎臣. 然柏梁詩郡國士馬羽林材, 和撫四夷不易哉語, 無愧七言風雅. 封建三王表及屯田諸疏, 兩漢文章皆莫能及. 然三王表或幕客所爲. 柏梁歌詠, 咸依位序, 獨驃騎在丞相前, 大將軍在丞相後, 昔人云去病日貴, 此亦一徵. 按古文苑註稱臺成於元鼎二年, 登臺賦詩乃元封三年, 而霍去病以元狩六年卒. 是時靑蓋兼二職也. 然則郡國士馬之詠, 亦出靑口耶.

2-16. 위맹과 위현성

위맹(韋孟)[30]과 위현성(韋玄成)[31]이 『시경』 아송(雅頌)의 전통을 이어받은 것[32]은 앞 시대의 법칙을 잃지 않은 것이다. 번잡하나 정돈되었기에 쉽게 이를 수 있는 경지가 아니다. 창곡(昌穀) 서정경(徐禎卿)이 대수롭지 않게 여기는데,[33] 나는 이해할 수가 없다.

---

30) 위맹(韋孟) : 전한(前漢)에 활약한 인물로 초원왕(楚元王) 및 그 아들과 손자에게 경학을 가르쳤다. 세 임금을 섬겼는데, 유무(劉戊)가 황음무도하자 시를 지어 풍간(諷諫)했다가 파직되고, 추(鄒) 땅으로 이사를 가 그곳에서 죽었다. 노시(魯詩)를 깊이 연구하여 후손에게 전수했는데, 위현(韋賢)에 이르러 노시위씨학(魯詩韋氏學)이 형성되었다.

31) 위현성(韋玄成, ?~B.C.36) : 자는 소옹(少翁)이다. 위맹(韋孟)의 손자, 위현(韋賢)의 아들이다. 선제(宣帝)의 명으로 제유(諸儒)들과 석거각(石渠閣)에서 오경(五經)의 동이(同異)를 의논했다. 경학에 밝아 원제(元帝)가 즉위하자 소부(少府)가 되고, 태자태부(太子太傅)를 거쳐 어사대부(御史大夫)까지 올랐다. 영광(永光) 중에 아버지의 뒤를 이어 승상이 되었다. 4언시 짓기를 좋아했는데, 지금 남아 있는 작품은 「자핵(自劾)」과 「계시자손(戒示子孫)」 두 편뿐이다.

32) 위맹과…… 이어받은 것 : 호응린을 『시수(詩藪)』에서, "한(漢)의 사언(四言)은 본래 두 파가 있다. 「안세방중가」, 위맹의 「풍간」, 위현성의 「자핵」은 전칙순심(典則淳深)하니 상(商)과 주(周)의 유궤(遺軌)이다."라고 했다.

33) 창곡…… 여겼는데 : 서정경의 『담예록(談藝錄)』에서 위맹의 사언시(四言詩)는 군색하여 호탕하지 못하다고 했다.

韋孟玄成雅頌之後, 不失前規, 繁而能整, 故未易及. 昌穀少之, 私所不解.

2-17. 「고시십구수」에 대한 논의

종영(鍾嶸)이 『시품(詩品)』에서 말하기를, "육기(陸機)가 의작(擬作)의 대상으로 삼았던[34] '가고 가고 또 가서.[行行重行行]'로 시작되는 일련의 14수는 문장이 온화하고 아름다우며, 의미는 슬픈데도 심원하다. 영혼을 감동시키니 한 글자가 천금의 값어치를 한다."라고 했다. 뒤의 '떠난 사람은 날로 잊혀지네.[去者日以疏]'로 시작되는 일련의 15수를 함께 묶어 「고시십구수(古詩十九首)」로 삼아 매승(枚乘)이 지었다고 했다.[35]

어떤 사람은 "낙중은 어찌 그리 으리으리한가.[洛中何鬱鬱]"와 "완과 낙에서 노니는데.[遊戲宛與洛]"라는 말로 동경(낙양)을 읊었다고 하며, "하늘거리는 누대 위의 여인[盈盈樓上女]"이라는 말로 혜제(惠帝)의 휘(諱)인 유영(劉盈)의 '영(盈)'을 범했다고 했다.

살펴보건대, 글에 임할 때는 휘를 피하지 않으니 위맹(韋孟)은 「풍간시(諷諫詩)」에서 "여러 나라를 통일하여[總齊群邦]"라고 하여, 짐짓 고조(高祖)의 휘인 유방(劉邦)의 '방(邦)'자를 범했으나 꺼려하지 않았다. 완(宛)과 낙(洛)은 옛날 주(周)나라의 도회지로 왕후의 저택이 많다. 주나라 시대에 왕후는 '제택(第宅)'이라고 하지 않고, '양궁(兩宮)'이나 '쌍

---

34) 육기가…… 삼았던 : 육기의 「고시십구수」 가운데 전반부 14수를 모방하여 「의고시십이수(擬古詩十二首)」를 지었다.

35) 매승이…… 했다 : 『옥대신영(玉臺新詠)』 권1에 전반부 14수가 매승이 지은 「잡시(雜詩)」로 기록되어 있으며 『문심조룡(文心雕龍)』에서도 매승을 작가로 보았다.

궐(雙闕)'이란 말로 표현했으니, 또한 낙양(洛陽) 지역의 말과 비슷하다. 생각하건대, 작품의 중간에 매승이나 혹은 장형(張衡), 채옹(蔡邕)[36] 등의 작가가 지은 글이 들어갔을 지도 모른다. 「고시십구수」에서 이치를 말한 것은 『시경』과는 같지 않지만 은미한 시어와 온화한 표현은 충분히 어깨를 나란히 할 수 있으니, 이 작품은 천고 오언시의 비조(鼻祖)이다.

鍾嶸言行行重行行十四首, 文溫以麗, 意悲而遠. 驚心動魄, 幾乎一字千金. 後並去者日以疏五首爲十九首, 爲枚乘作. 或以洛中何鬱鬱, 遊戲宛與洛, 爲詠東京, 盈盈樓上女, 爲犯惠帝諱. 按臨文不諱, 如總齊群邦, 故犯高諱, 無妨. 宛洛爲故周都會, 但王侯多第宅, 周世王侯, 不言第宅, 兩宮雙闕, 亦似東京語. 意者中間雜有枚生或張衡蔡邕作, 未可知. 談理不如三百篇, 而微詞婉旨, 遂足並駕, 是千古五言之祖.

2-18. 「고시십구수」의 첫 번째 작품에 대한 논의

「고시십구수」의 첫 번째 작품 가운데, "헤어진 날이 오래될수록, 옷과 띠도 날로 느슨해지네.[相去日以遠, 衣帶日以緩]"[37]라는 말에서 '완(緩)'자가 대단히 정묘(精妙)하다. 『고악부』의 「고가(古歌)」에서, "집을 떠나 날로 먼 곳으로 가니, 옷과 띠가 날로 느슨해지네.[離家日趨遠, 衣

36) 채옹(蔡邕, 133~192) : 동한(東漢)의 문학가로, 자는 백개(伯喈)이다. 관직이 중랑장(中郎將)에 이르렀기에 '채중랑(蔡中郎)'이라고도 부른다.

37) 「고시십구수(古詩十九首)」의 첫 번째 작품은 다음과 같다. "行行重行行, 與君生別離. 相去萬里餘, 各在天一涯. 道路阻且長, 會面安可知. 胡馬依北風, 越鳥巢南枝. 相去日已遠, 衣帶日已緩. 浮雲蔽白日, 遊子不顧返. 思君令人老, 歲月忽已晚. 棄捐勿復道, 努力加餐飯."

帶日趨緩.]”[38]라 했으니, 아마도 옛사람들도 또한 서로 모방했던 모양이다. 아니면 우연히 서로 같아진 것인가. 앞 시의 ‘이(以)’자는 우아하고, 뒤 시의 ‘추(趨)’자는 초준(峭峻)하니 모두 대단히 맛이 있다.[39]

相去日以遠, 衣帶日以緩, 緩字妙極. 又古歌云, 離家日趨遠, 衣帶日趨緩. 豈古人亦相蹈襲耶. 抑偶合也. 以字雅, 趨字峭, 俱大有味.

2-19. 한 글자의 품격

「고시십구수」의 열한 번째 작품의 “동풍이 온갖 풀을 흔드네.[東風搖百草]”라는 말에서[40] ‘요(搖)’자는 매우 품격이 뛰어나니, 이러한 구법을 시인들이 넘겨다보았다. 조식(曹植)은 「공연(公讌)」에서 “붉은 연꽃은 푸른 연못을 뒤덮었네.[朱華冒綠池]”라고 했는데,[41] ‘모(冒)’자가 더욱 사람의 눈길을 끈다. 「고시(古詩)」에서 “푸른 도포는 봄날의 풀과 같네.[靑袍似春草]”라 했는데,[42] 후대의 시를 공교롭게 만드는 실마리

---

38) 「고가(古歌)」는 다음과 같다. “秋風秋雨愁殺人, 出亦愁, 入亦愁. 座中何人, 誰不懷憂. 令我白頭, 胡地多飆風, 樹木何修修. 離家日趨遠, 衣帶日趨緩. 心思不能言, 腸中車輪轉.”

39) 이수광(李睟光)은 『지봉유설(芝峰類說)』에서, “추(趨)라는 글자는 이(以)라는 글자보다 매우 못하다.”라고 했다.

40) 「고시십구수(古詩十九首)」 열한 번째 작품은 다음과 같다. “迴車駕言邁, 悠悠涉長道. 四顧何茫茫, 東風搖百草. 所遇無故物, 焉得不速老. 盛衰各有時, 立身苦不早. 人生非金石, 豈能長壽考. 奄忽隨物化, 榮名以爲寶.”

41) 조식(曹植)의 「공연(公讌)」은 다음과 같다. “公子敬愛客, 終宴不知疲. 淸夜遊西園, 飛蓋相追隨. 明月澄淸影, 列宿正參差. 秋蘭被長坂, 朱華冒綠池. 潛魚躍淸波, 好鳥鳴高枝. 神飆接丹轂, 輕輦隨風移. 飄颻放志意, 千秋長若斯.”

42) 「고시오수(古詩五首)」는 다음과 같다. “穆穆淸風至, 吹我羅衣裾. 靑袍似春草, 長條隨風舒. 朝登津梁山, 褰裳望所思. 安得抱柱信, 皎日以爲期.”

가 되었다.

東風搖百草, 搖字稍露崢嶸, 便是句法爲人所窺. 朱華冒綠池, 冒字更捩眼耳. 靑袍似春草, 復是後世巧端.

2-20. 이릉과 소무 및 고시

소경(少卿) 이릉(李陵)[43]이 소무(蘇武)[44]에게 주었던 3수의 시[45]는 청화하고 가락이 고르며 원망했으나 화를 내지 않고 있다. 소무가 이릉에게 준 시[46]는 약간 순정하지 않으나 그가 운용한 법은 또한 이릉과 크게 차이가 나지 않는다.

"산에 올라가서 궁궁이 캐고는[上山采蘼蕪]",[47] "자리에 가득한 이여

43) 이릉(李陵) : 자는 소경(少卿)이다. B.C.99년 이광리(李廣利)가 흉노를 쳤을 때 보병 5천 명을 인솔하여 출정, 흉노의 배후를 기습하여 이광리를 도왔다. 그러나 귀로에 무기와 식량이 떨어지고 8만의 흉노군에게 포위되어 항복했다. 무제(武帝)는 그 사실을 듣고 크게 노하여 그의 어머니와 처자를 죽이려 했다. 이때 사마천(司馬遷)은 이릉을 변호한 탓으로 무제의 분노를 사서 궁형(宮刑)에 처해졌다. 이릉은 흉노에 항복한 후 선우(單于)의 딸을 아내로 맞아들였고, 우교왕(右校王)으로 봉해져 선우의 군사·정치의 고문으로서 활약하다 몽골고원에서 병사했다.

44) 소무(蘇武) : 한 무제 천한(天漢) 원년(B.C.100)에 사신으로 흉노에 파견되었다. 이 때 소무는 투항하라는 흉노의 위협에 굴복하지 않다가, 결국 구금당하여 북해(北海) 부근에서 양을 치게 되었다. 소무는 19년 동안 억류되어 있다가 한나라 소제(昭帝) 6년(B.C.81)에 한나라와 흉노가 화친한 것을 계기로 석방되어 한나라로 돌아왔다.

45) 소통(蕭統)의 『문선(文選)』 권29에 보인다.

46) 소통(蕭統)의 『문선(文選)』 권29에 보인다.

47) 「고시팔수(古詩八首)」 첫 번째 수는 다음과 같다. "<u>上山採蘼蕪</u>, 下山逢故夫. 長跪問故夫, 新人復何如. 新人雖言好, 未若故人姝. 顔色類相似, 手爪不相如. 新人從門入, 故人從閤去. 新人工織縑, 故人工織素. 織縑日一匹, 織素五丈餘. 將縑來比素, 新人不如故."

떠들지 마시고[四坐且莫喧]",48) "슬픔은 친우와 이별하는 것[悲與親友別]",49) "산들산들 맑은 바람 불어와[穆穆淸風至]",50) "귤나무 꽃과 열매 드리우고[橘柚垂華實]",51) "열다섯에 군인으로 전쟁에 나가[十五從軍征]",52) "푸릇푸릇 정원의 아욱은[靑靑園中葵]",53) "닭은 높은 나무 꼭대기에서 울고[雞鳴高樹顚]",54) "해는 동남쪽에서 뜨고[日出東南隅]",55) "좁은 길에서 서로 만나[相逢狹路間]",56) "환하게 비추는 밝은 달[昭昭素

---

48) 「고시팔수(古詩八首)」 여섯 번째 수는 다음과 같다. "四坐且莫諠, 願聽歌一言. 請說銅鑪器, 崔嵬象南山. 上枝似松柏, 下根據銅盤. 彫文各異類, 離婁自相聯. 誰能爲此器, 公輸與魯班. 朱火然其中, 靑煙颺其間. 從風入君懷, 四坐莫不歎. 香風難久居, 空令蕙草殘."

49) 「고시팔수(古詩八首)」 일곱 번째 수는 다음과 같다. "悲與親友別, 氣結不能言. 贈子以自愛, 道遠會見難. 人生無幾時, 顚沛在其間. 念子棄我去, 新心有所歡. 結志靑雲上, 何時復來還."

50) 「고시팔수(古詩八首)」 여덟 번째 수는 다음과 같다. "穆穆淸風至, 吹我羅裳裾. 靑袍似春草, 長條隨風舒. 朝登津梁山, 褰裳望所思. 安得抱柱信, 皎日以爲期"

51) 「고시삼수(古詩三首)」 첫 번째 수는 다음과 같다. "橘柚垂華實, 乃在深山側. 聞君好我甘, 竊獨自雕飾. 委身玉盤中, 歷年冀見食. 芳菲不相投, 靑黃忽改色. 人儻欲我知, 因君爲羽翼."

52) 「고시삼수(古詩三首)」 두 번째 수는 다음과 같다. "十五從軍征, 八十始得歸. 道逢鄕里人, 家中有阿誰. 遙望是君家, 松柏塚纍纍. 兎從狗竇入, 雉從梁上飛. 中庭生旅穀, 井上生旅葵. 烹穀持作飯, 采葵持作羹. 羹飯一時熟, 不知貽阿誰. 出門東向望, 淚落沾我衣."

53) 「악부고사(樂府古辭) · 장가행(長歌行)」은 다음과 같다. "靑靑園中葵, 朝露待日晞. 陽春布德澤, 萬物生光輝. 常恐秋節至, 焜黃華葉衰. 百川東到海, 何時復西歸. 少壯不努力, 老大徒傷悲."

54) 「악부고사(樂府古辭) · 계명(鷄鳴)」은 다음과 같다. "雞鳴高樹顚, 狗吠深宮中. 蕩子何所之, 天下方太平. 刑法非所貸, 柔叶正亂名. 黃金爲君門, 璧玉爲軒闌. ……"

55) 「악부고사(樂府古辭) · 맥상상(陌上桑)」은 다음과 같다. "日出東南隅, 照我秦氏樓. 秦氏有好女, 自名爲羅敷. 羅敷善蠶桑, 採桑城南隅. 靑絲爲籠係, 桂枝爲籠鉤. 頭上倭墮髻, 耳中明月珠. 緗綺爲下裙, 紫綺爲上襦. 行者見羅敷, 下擔將髭鬚. 少年見羅敷, 脫帽著帩頭. ……"

56) 「악부고사(樂府古辭) · 상봉행(相逢行)」은 다음과 같다. "相逢狹路間, 道隘不容

明月]",[57] "옛날에 곽가의 노비가 있었는데[昔有霍家奴]",[58] "낙양성 동쪽 길[洛陽城東路]",[59] "날아오는 두 마리 백로[飛來雙白鵠]",[60] "몸을 뒤집어 나는 당 앞의 제비[翩翩堂前燕]",[61] "푸르고 푸른 물가의 풀[青青河邊草]",[62] 등과 「비가(悲歌)」[63]·「완성(緩聲)」[64]·「팔변(八變)」[65]·「염

車. 不知何年少, 夾轂問君家. 君家誠易知, 易知復難忘. 黃金爲君門, 白玉爲君堂. 堂上置樽酒, 作使邯鄲倡. 中庭生桂樹, 華燈何煌煌. 兄弟兩三人, 中子爲侍郎.……"

57) 「악부고사(樂府古辭)·상가행(傷歌行)」은 다음과 같다. "<u>昭昭素明月</u>, 輝光燭我牀. 憂人不能寐, 耿耿夜何長. 微風吹閨闥, 羅帷自飄揚. 攬衣曳長帶, 屣履下高堂. 東西安所之, 徘徊以彷徨. 春鳥翻南飛, 翩翩獨翱翔. 悲聲命儔匹, 哀鳴傷我腸. 感物懷所思, 泣涕忽霑裳. 佇立吐高吟, 舒憤訴穹蒼."

58) 신연년(辛延年)의 「우림랑(羽林郎)」은 다음과 같다. "<u>昔有霍家奴,</u> 姓馮名子都. 依倚將軍勢, 調笑酒家胡. 胡姬年十五, 春日獨當壚. 長裾連理帶, 廣袖合歡襦. 頭上藍田玉, 耳後大秦珠. 兩鬟何窈窕, 一世良所無. 一鬟五百萬, 兩鬟千萬餘. 不意金吾子, 娉婷過我廬.……"

59) 송자후(宋子侯)의 「동교요(董嬌嬈)」는 다음과 같다. "<u>洛陽城東路</u>, 桃李生路傍. 花花自相對, 葉葉自相當. 春風東北起, 花葉正低昂. 不知誰家子, 提籠行采桑. 纖手折其枝, 花落何飄颺. 請謝彼姝子, 何爲見損傷. 高秋八九月, 白露變爲霜. 終年會飄墮, 安得久馨香. 秋時自零落, 春月復芬芳. 何時盛年去, 懽愛永相忘. 吾欲竟此曲, 此曲愁人腸. 歸來酌美酒, 挾瑟上高堂."

60) 「악부고사(樂府古辭)·염가하상행(艶歌何嘗行)」은 다음과 같다. "<u>飛來雙白鵠</u>, 乃從西北方. 十十五五, 羅列成行. 妻卒被病, 行不能相隨. 五里一反顧, 六里一徘徊. 吾欲銜汝去, 口噤不能開. 吾欲負汝去, 毛羽何摧頹. 樂哉新相知, 憂來生別離. 躇躊顧群侶, 淚下不自知. 念與君離別, 氣結不能言. 各各重自愛, 遠道歸還難. 妾當守空房, 閉門下重關. 若生當相見, 亡者會黃泉. 今日樂相樂, 延年萬歲期."

61) 「악부고사(樂府古辭)·염가행(艶歌行)」은 다음과 같다. "<u>翩翩堂前燕</u>, 冬藏夏來見. 兄弟兩三人, 流宕在他縣. 故衣誰當補, 新衣誰當綻. 賴得賢主人, 覽取爲吾組. 夫壻從門來, 斜柯西北眄. 語卿且勿眄, 水淸石自見. 石見何纍纍, 遠行不如歸."

62) 채옹(蔡邕)의 「음마장성굴행(飮馬長城窟行)」은 다음과 같다. "<u>青青河邊草,</u> 綿綿思遠道. 遠道不可思, 宿昔夢見之. 夢見在我傍, 忽覺在他鄕. 他鄕各異縣, 展轉不可見. 枯桑知天風, 海水知天寒. 入門各自媚, 誰肯相爲言. 客從遠方來, 遺我雙鯉魚. 呼童烹鯉魚, 中有尺素書. 長跪讀素書, 書中竟何如. 上有加餐食, 下有長相憶."

63) 「악부고사(樂府古辭)·비가(悲歌)」는 다음과 같다. "悲歌可以當泣, 遠望可以當歸. 思念故鄕, 鬱鬱纍纍. 欲歸家無人, 欲渡河無船. 心思不能言, 腸中車輪轉."

가(豔歌)」[66]·「환선편(紈扇篇)」[67]·「백두음(白頭吟)」[68] 등은 양한(兩漢) 시기의 5언으로 된 신경(神境)의 경지를 보인 작품으로, 「고시십구수」와 소무 및 이릉의 작품과 어깨를 나란히 할 수 있다.

李少卿三章, 淸和調適, 怨而不怒. 子卿稍似錯雜, 第其旨法, 亦魯衛也. 上山采蘼蕪, 四坐且莫喧, 悲與親友別, 穆穆淸風至, 橘柚垂華實, 十五從軍征, 靑靑園中葵, 雞鳴高樹顚, 日出東南隅, 相逢狹路間, 昭昭素明月, 昔有霍家奴, 洛陽城東路, 飛來雙白鵠, 翩翩堂前燕, 靑靑河邊草, 悲歌緩聲八變豔歌紈扇篇白頭吟, 是兩漢五言神境, 可與十九首蘇李並驅.

---

64) 「악부고사(樂府古辭)·전완성가(前緩聲歌)」는 다음과 같다. "水中之馬必有陸地之船, 但有意氣, 不能自前. 心非木石, 荊根株數, 得覆蓋天, 當復思. 東流之水必有西上之魚, 不在大小, 但有朝於復來. 長笛續短笛, 欲今皇帝陛下三千萬."

65) 「악부고사(樂府古辭)·고팔변가(古八變歌)」는 다음과 같다. "北風初秋至, 吹我章華臺. 浮雲多暮色, 似從崦嵫來. 枯桑鳴中林, 緯絡響空階. 翩翩飛蓬征, 愴愴遊子懷. 故鄕不可見, 長望始此回."

66) 「악부고사(樂府古辭)·염가(豔歌)」는 다음과 같다. "今日樂上樂, 相從步雲衢. 天公出美酒, 河伯出鯉魚. 靑龍前鋪席, 白虎持榼壺. 南斗工鼓瑟, 北斗吹笙竽. 姮娥垂明璫, 織女奉瑛琚. 蒼霞揚東謳, 淸風流西歈. 垂露成帷幄, 奔星扶輪輿."

67) 반첩여(班婕妤)의 「환선편(紈扇篇)」은 다음과 같다. "新裂齊紈素, 鮮潔如霜雪. 裁爲合歡扇, 團團似明月. 出入君懷袖, 動搖微風發. 常恐秋節至, 涼風奪炎熱. 棄捐篋笥中, 恩情中道絶."

68) 「악부고사(樂府古辭)·백두음(白頭吟)」은 다음과 같다. "皚如山上雪, 皎如雲間月. 聞君有兩意, 故來相決絶. 平生共城中, 何嘗斗酒會. 今日斗酒會, 明旦溝水頭. 蹀躞御溝上, 溝水東西流. 郭東亦有樵, 郭西亦有樵. 兩樵相推與, 無親爲誰驕. 淒淒重淒淒, 嫁娶亦不啼. 願得一心人, 白頭不相離. 竹竿何嫋嫋, 魚尾何離簁. 男兒欲相知, 何用錢刀爲. 齕如馬噉萁, 川上高士嬉. 今日相對樂, 延年萬歲期."

2-21. 「교사가」, 「안세방중가」, 「요가」

진역증(陳繹曾)은 『시보(詩譜)』에서 “한(漢)나라의 「교사가(郊祀歌)」 19수는 각고의 공을 들여 의미를 단련했으며, 글자를 정련함이 신기롭다.”라고 했는데, 참으로 그렇다. 그러나 너무 초준(峭峻)한 실수가 있으니, 『시경』「진풍(秦風)·소융(小戎)」의 유향(遺響)은 있으나 송(頌)에 실린 시에 비교할 바가 못 된다. 당산부인(唐山夫人)[69]이 지은 17수의 「안세방중가(安世房中歌)」는 음조가 짧고 약하여 제대로 펼쳐지지 못했다.

「요가(鐃歌)」 18수 가운데는 이해하기 어렵거나 구두가 어렵고 껄끄러워 읽기 어려운 것이 있다. 예를 들면, 열한 번째 「방수(芳樹)」의 ‘如孫如魚乎悲矣’와[70] 열세 번째 「치자반(雉子斑)」의 ‘堯羊蜚從王孫行’에[71] 대해 어떤 사람은 문장이 빠져서 완전하지 못하다고 한다. 「유소사(有所思)」의 ‘妃呼豨’와[72] 「임고대(臨高臺)」의 ‘收中吾’에[73] 대해, 어떤 사람은 곡조(曲調)의 유성(遺聲)[74]이라고 하거나 다른 사람은 가

---

69) 당산부인(唐山夫人) : 한 고조(漢高祖)의 총희(寵姬)이다.

70) 「요가(鐃歌)·방수(芳樹)」는 다음과 같다. “芳樹日月, 君亂如於風. 芳樹不上, 無心溫而鵠. 三而爲行, 臨蘭池, 心中懷我悵. 心不可匡, 目不可顧, 妬人之子愁殺人. 君有他心, 樂不可禁. 王將何似, 如孫如魚乎悲矣.”

71) 「요가(鐃歌)·치자반(雉子斑)」은 다음과 같다. “雉子斑如此, 之于雉梁, 無以吾翁孺雉子. 知得雉子高蜚止, 黃鵠蜚之以千里. 王可思, 雄來蜚, 從雌視, 子趨一雉. 雉子, 車大駕馬滕, 被王送行所中. 堯羊蜚從王孫行.”

72) 「요가(鐃歌)·유소사(有所思)」는 다음과 같다. “有所思, 乃在大海南. 何用問遺君, 雙珠玳瑁簪, 用玉紹繚之. 聞君有他心, 拉雜摧燒之. 摧燒之, 當風揚其灰. 從今已往, 勿復相思. 相思與君絶, 雞鳴狗吠, 兄嫂當知之. 妃呼豨, 秋風肅肅晨風颸, 東方須臾高知之.”

73) 「요가(鐃歌)·임고대(臨高臺)」는 다음과 같다. “臨高臺以軒, 下有淸水淸且寒. 江有香草目以蘭, 黃鵠高飛離哉翻. 關弓射鵠, 令我主壽萬年. 收中吾.”

74) 곡조의 유성 : 『시수(詩藪)』에서 ‘羊无夷伊那何’는 뜻을 지니지 않은 곡조(曲調)

사와 소리를 합쳐 놓았고 큰 글자와 작은 글자를 합쳐 기록했기에 보고도 이해하지 못할 지경에 이르렀다고 한다.[75)]

「무산고(巫山高)」[76)]와 「지위거(芝爲車)」[77)]는 삼언시(三言詩)의 시작이 아니겠는가. 「임고대(臨高臺)」의 "높은 누대의 난간에 임하여[臨高臺以軒]"와 「상릉(上陵)」의 "계수나무로 임금의 배를 만들고[桂樹爲君船]"와 "푸른 실로 임금 배의 밧줄을 만들어[青絲爲君笮]"와 「유소사(有所思)」의 "두 구슬과 대모로 만든 비녀[雙珠玳瑁簪]" 등은 오언시로 신운(神韻)이 넉넉하지 않은가. 「성인출(聖人出)」의 "여섯 비룡이 멍에 지니 사시가 화창하고[駕六飛龍四時和]"[78)]와 「임고대(臨高臺)」의 "강가의 향초가 난초이려니[江有香草目以蘭]"와 "노란 고니가 높이 날아 몸을 뒤집으며 떠나네.[黃鵠高飛離哉翻]" 등은 칠언시의 묘경(妙境)이 아닌가. 「요가」 18수에 대해, 잘못된 곳은 이미 무슨 의미인지 알지 못하고 아름다운 곳

의 유성(遺聲)이라고 했다. 즉 '妃呼豨'와 '收中吾'는 뜻을 지니지 않는 곡조의 음성자(音聲字)이다.

75) 가사와…… 한다 : 양신(楊愼)은 『승암시화(升庵詩話)』에서 "한(漢)의 「요가곡(鐃歌曲)」은 구두를 정할 수 없는 경우가 많다. 심약(沈約)이 '음악 하는 사람이 음성으로 서로 전했기 때문에 훈고로 해석할 수 없다. 대부분 옛 음악의 기록은 큰 글자는 가사이며 세밀한 글자는 소리이다. 소리와 사를 합쳐서 써놨기 때문에 그러한 경우가 발생한 것이다.'라 했다. 이 견해는 탁월하다."라고 했다.

76) 「요가(鐃歌)·무산고(巫山高)」는 다음과 같다. "巫山高, 高以大. 淮水深, 難以逝. 我欲東歸, 害梁不爲. 我集無高曳, 水何梁, 湯湯回回. 臨水遠望, 泣下霑衣. 遠道之人, 心思歸謂之何."

77) 「요가(鐃歌)·상릉(上陵)」은 다음과 같다. "上陵何美美, 下津風以寒. 問客從何來, 言從水中央. 桂樹爲君船, 青絲爲君笮. 木蘭爲君櫂, 黃金錯其間. 滄海之雀赤翅鴻, 白雁隨. 山林乍開乍合, 曾不知日月明. 醴泉之水, 光澤何蔚蔚. 芝爲車, 龍爲馬. 覽遨遊, 四海外. 甘露初二年, 芝生銅池中. 仙人下來飲, 延壽千萬歲."

78) 「요가(鐃歌)·성인출(聖人出)」은 다음과 같다. "聖人出, 陰陽和. 美人出, 遊九河. 佳人來, 騑離哉何. 駕六飛龍四時和, 君之臣明護不道. 美人哉, 宜天子. 免甘星筮樂甫始, 美人子, 含四海."

은 또한 알아채지 못하니, 볼만한 것이 없다고 여기는 것은 당연하다.

詩譜稱漢郊廟十九章, 煅意刻酷, 煉字神奇, 信哉. 然失之太峻, 有秦風小戎之遺, 非頌詩比也. 唐山夫人雅歌之流, 調短弱未舒耳. 鐃歌十八中有難解及迫詰屈曲者, 如孫如魚乎悲矣, 堯羊蜚從王孫行之類, 或謂有缺文斷簡, 妃呼豨收中吾之類, 或謂曲調之遺聲, 或謂兼正辭塡調, 大小混錄, 至有直以爲不足觀者. 巫山高芝爲車, 非三言之始乎. 臨高臺以軒, 桂樹爲君船, 青絲爲君笮, 雙珠玳瑁簪, 非五言之神足乎. 駕六飛龍四時和, 江有香草目以蘭, 黃鵠高飛離哉翻, 非七言之妙境乎. 其誤處旣不能曉, 佳處又不能識, 以爲不足觀, 宜也.

2-22. 「탁무」와 「건무」

「탁무(鐸舞)」[79]와 「건무(巾舞)」[80]는 가배(歌俳)[81]나 가정(歌政)의 종류로, 지금의 『금보(琴譜)』 및 음악에서의 성거(聲車)나 공거(公車)와 같

79) 「탁무(鐸舞)」 : 『악부시집(樂府詩集)』 권54에 보인다. 서두의 설명을 보면, 『당서(唐書)』 「악지(樂志)」에서 "「탁무」는 한곡(漢曲)이다."라고 했으며, 『고금악록(古今樂錄)』에서는 "탁(鐸)은 춤추는 자가 지니는 것이다. 목탁은 법도를 만들어 천하에 호령하는 것이다. 그러므로 이에서 의미를 취하여 이름 지었다. 옛날의 「탁무곡」에 「성인제례악(聖人制禮樂)」 1편이 있었는데, 소리가 가사가 뒤섞여 분별할 수 없었다."라고 했다.

80) 「건무(巾舞)」 : 『악부시집(樂府詩集)』 권54에 보인다. 서두의 설명을 보면, 『당서(唐書)』 「악지(樂志)」에서 "「공막무(公莫舞)」를 진(晉)과 송(宋)에서 「건무」라고 불렀다."라 했다. 『고금악록(古今樂錄)』에서는 "「건무」는 옛날에 가사가 있었는데, 와전되어 해석할 수 없게 되었다."라고 했다.

81) 가배(歌俳) : 옛날 산악(散樂)의 일종으로 달리 주유도(侏儒導)라 불린다. 옛날 가사는 모두 8곡이었는데 지금은 『남제서(南齊書)』 「악지(樂志)」에 구절만 남아 전한다.

은 종류이다. 전혀 의미를 갖고 있지 않으므로 책에 남겨 둘 필요가 없다.[82]

鐸舞巾舞, 歌俳歌政, 如今之琴譜及樂聲車公車之類, 絶無意誼, 不足存也.

2-23. 소무와 이릉이 헤어질 때 지은 작품

소무(蘇武)와 이릉(李陵)이 헤어질 때, 서로 주고받은 「잡시(雜詩)」 12수[83]가 있는데, 비록 여러 체재가 뒤섞여 그 실마리를 찾기가 힘들지만 혼연한 질박함은 읊조릴 만하다. 그러므로 두 사람이 손수 지은 것인지 확신할 수 없지만 요컨대 또한 진(晉)나라 시인들이 지을 수 있는 것은 아니다. 예를 들면, "사람이 한 세상에 살면서, 존귀함을 같이 누리자고 원했는데.[人生一世間, 貴與願同俱.]", "검은 먼지가 천지를 덮으니, 하얀 해가 어찌 그리 어두운가.[紅塵蔽天地, 白日何冥冥.]", "초요성[84]이 서북을 가리키자, 은하수는 동남쪽으로 기울었네.[招搖西北指, 天漢東南傾.]",[85] "짧은 베옷 안에 솜도 없고, 허리띠는 끊어져 새끼줄로 이었네.[短褐中無緖, 帶斷續以繩.]", "물을 병 안에 쏟아부으니, 어

82) 엄우(嚴羽)는 『창랑시화(滄浪詩話)』에서 다음과 같이 말했다. "고사(古詞) 가운데 읽을 수 없는 것으로 「건무가(巾舞歌)」만 한 것이 없다. 문의를 도저히 해석할 수 없다."

83) 12수 : 본래 20수로 되어 있다. 이릉의 「녹별시(錄別詩)」와 이에 대한 소무의 「답시(答詩)」를 통틀어 말한 것이다. 이 작품들은 『문선(文選)』과 『예문유취(藝文類聚)』 등 여러 전적에 흩어져 있는데, 녹흠립(逯欽立)이 『선진한위진남북조시(先秦漢魏晉南北朝詩)』에 모아 놓았다.

84) 초요성 : 북두성의 자루 끝에 일곱 번째 별이다.

85) 이상 세 구절은 이릉의 시에 보인다.

찌 치수와 민수를 구별하랴.[瀉水置瓶中, 焉辨淄與澠.]",86) "우러러 구름 사이의 별을 바라보니, 홀연 긴 장막을 베어놓은 듯.[仰視雲間星, 忽若割長帷.]"87) 등의 표현은, 이릉과 소무가 하수의 다리에서 이별하면서 했던 말을 직접 보는 것 같다.

錄蘇李雜詩十二首, 雖總雜寡緒, 而渾朴可詠, 固不必二君手筆, 要亦非晉人所能辦也. 如人生一世間, 貴與願同俱, 紅塵蔽天地, 白日何冥冥, 招搖西北指, 天漢東南傾, 短褐中無緒, 帶斷續以繩, 瀉水置瓶中, 焉辨淄與澠, 仰視雲間星, 忽若割長帷, 仿佛河梁間語.

2-24. 『시경』에 들어갈 만한 구절

용수(用脩) 양신(楊愼)은 고시(古詩) 가운데 잊혀져 버린 구절과 서적(書籍) 중에서 『시경』에 들어갈 만한 것을 모아 기록했는데, 선택이 정밀하지 못하며 또한 빠트린 것도 있다. 양신이 빠트린 것을 내가 선별하여 기록한다. 다음과 같다.

"검붉은 먼지가 천지를 가리니, 하얀 해가 어찌 그리 어두운가.[紅塵蔽天地, 白日何冥冥.]", "어찌 봉황의 덕을 알겠는가, 귀하도다! 드물게 나타남이여.[安知鳳皇德, 貴其來見稀]"【이릉의 「녹별(錄別)」88)】

"강한에 떠 있는 부평초, 이리저리 흘러 다니며 뿌리가 없구나.[泛泛江漢萍, 飄蕩永無根.]"89)

---

86) 이상 두 구절은 양신(楊愼)의 『승암시화(升庵詩話)』에 보인다. 녹흠립은 이 구절을 양신이 만든 구절로 보고 있다.

87) 이릉의 시에 보인다.

88) 앞의 2-23 참조.

“푸르고 푸른 능 위의 풀, 잎 기울어 아침햇살 비추네.[青青陵中草, 傾葉晞朝日.]”[90]【‘晞’를 ‘希’로 지었으면 신묘했을 것이다.】

“하늘에서 나뭇잎에 서리가 내리니, 기러기는 응당 남으로 날아가네.[天霜木葉下, 鴻雁當南飛.]”[91]

“사람이 멀어져도 정신은 가까워, 몽매간에 모습을 보네.[人遠精神近, 寤寐見容光.]”[92]

“초가을에 북풍이 이르러, 나의 장화대에 불어오네. 뜬구름에 저녁빛이 많으니, 엄자산[93]에서 오는 것 같네.[初秋北風至, 吹我章華臺. 浮雲多暮色, 似從崦嵫來.]”[94]

“바위 위에 창포가 자라니, 한 촌에 여덟아홉 마디. 신선이 나보고 먹으라 권하니, 안색이 좋아진다고 하네.[石上生菖蒲, 一兩八九節. 仙人勸我飡, 令我好顏色.]”[95]

“떠나는 아낙은 문도 돌아보지 않으며, 마른 부추도 정원에 들어가지 않네.[去婦不顧門, 萎韭不入園.]”[96]【제갈공명(諸葛孔明)】

“품을 더듬어 기뻐할 선물 주니, 원컨대 몸을 돌보지 말고 취하시게.[探懷授所歡, 願醉不顧身.]”[97]【중선(仲宣) 왕찬(王粲)】

---

89) 『선진한위진남북조시(先秦漢魏晉南北朝詩)』의 「한고시일구(漢古詩逸句)」에 보인다.

90) 『선진한위진남북조시(先秦漢魏晉南北朝詩)』의 「한고시일구(漢古詩逸句)」에 보인다.

91) 양신(楊愼)의 『승암시화(升庵詩話)』 「한고시일구(漢古詩逸句)」에 보인다.

92) 『선진한위진남북조시(先秦漢魏晉南北朝詩)』에 보이는 조식의 일구(逸句)이다.

93) 엄자산 : 『산해경(山海經)』에 엄자산은 해가 떨어지는 곳이라고 했다.

94) 양신(楊愼)의 『승암시화(升庵詩話)』 「한고시일구(漢古詩逸句)」에 보인다.

95) 양신(楊愼)의 『승암시화(升庵詩話)』 「한고시일구(漢古詩逸句)」에 보인다.

96) 제갈공명(諸葛孔明)의 「여장예(與張裔)」에 보인다.

97) 왕찬(王粲)의 일구(逸句)이다.

“환한 달이 하얀 빛을 드리우니, 검은 구름이 있는 듯 없는 듯.[皎月垂素光, 玄雲爲髣髴.]”[98)]【공간(公幹) 유정(劉楨)】

“금형나무 가져다가 베개를 만들고, 자형나무 가져다가 침상을 만드네.[金荊持作枕, 紫荊持作床]”[99)]

“황조가 울며 서로 좇나니, 지저귀며 장난치니 듣기 좋구나.[黃鳥鳴相追, 咬咬弄好音.]”[100)]

“한들한들 구름이 날아 모이더니, 문득 거센 바람이 흩어놓네.[翕如翔雲會, 忽若驚風散.]”[101)]【조전(棗腆)】

“나는 듯 재빠른 화려한 수레, 날쌤이 기러기 나는 듯.[迅飆翼華蓋, 飄颻若鴻飛.]”[102)]【석숭(石崇)】

“앞을 다투는 것 나의 일이 아니니, 조용히 관조하며 세상에 구할 것 없네.[爭先非吾事, 靜照在忘求.]”[103)]【우군(右軍) 왕희지(王羲之)】

“멀리서 바라보니 들판 나무가 작고[遙看野樹短]”[104)]【우건(虞騫)】

“해바라기 하러 동쪽 물가에 나왔네.[浴景出東渟]”[105)]【선시(仙詩)】

이상은 모두 고시(古詩)이다.

“살아 하루도 즐거운 날이 없는데, 죽어 만세에 이름을 남긴다.[生無一日歡, 死有萬世名.]”[106)]【『열자(列子)』】

---

98) 유정(劉楨)의 일구(逸句)이다.
99) 양신(楊愼)의 『승암시화(升庵詩話)』「고가(古歌)」에 보인다.
100) 양신(楊愼)의 『승암시화(升庵詩話)』「고가(古歌)」에 보인다.
101) 조전(棗腆)의 「증석숭(贈石崇)」에 보인다.
102) 석숭(石崇)의 「회경(懷京)」에 보인다.
103) 왕희지(王羲之)의 「답허순(答許詢)」에 보인다.
104) 우건(虞騫)의 「등종산(登鍾山)」에 보인다.
105) 출처불명.

"작은 옥도 충분히 아름다우니 어찌 반드시 커야 하는가.[片玉可以琦, 奚必待盈尺.]"107)

"준마는 바깥 마구에서 자라고, 미인은 후궁에 가득하다.[駿馬養外廄, 美人充下陳.]"108)【『전국책(戰國策)』】

"훈초는 향기 때문에 자신을 태우고, 기름은 밝기 때문에 스스로 탄다.[薰以香自燒, 膏以明自煎.]"109)【「공승전(龔勝傳)」】

"공자는 늠구를 사양하여, 끝내 벼슬을 훔치지 않았다. 허유는 천하를 사양하여, 끝내 제후에 봉해지는 것을 이롭게 여기지 않았다.[孔子辭廩丘, 終不盜帶鉤. 許由讓天下, 終不利封侯.]"110) "해가 돌고 달이 돌아도, 끝내 시간은 사람과 더불어 노닐지 않는다.[日回而月周, 終不與時遊]",111) "남쪽으로 망랑의 들에서 노닐고, 북으로 침묵의 고을에서 쉰다.[南遊罔㝗野, 北息沈墨鄉.]"112)【이상 모두 『회남자(淮南子)』】

"맨발에 상의 신을 신고, 거듭 시서를 생각하며 읊조린다.[跣跗被商舄, 重譯吟詩書.]"113)【왕충(王充)】

"날이 개어 맑은 햇살이 드니, 하늘빛이 틈 사이로 들어온다.[新霽清暘升, 天光入隙中.]"【불경(佛經)】

"농판은 구절양장이라, 높이가 얼마나 되는지 모른다.[隴阪縈九曲, 不知高幾里.]"114)【『삼진기(三秦記)』】

---

106) 『열자』「양주(楊朱)」에 보인다.
107) 『포박자(抱朴子)』에 보인다.
108) 『전국책(戰國策)』「제사(齊四)」에 보인다.
109) 『한서(漢書)』「공승전(龔勝傳)」에 보인다.
110) 『회남자(淮南子)』「사논훈(氾論訓)」에 보인다.
111) 『회남자(淮南子)』「원도훈(原道訓)」에 보인다.
112) 『회남자(淮南子)』「도응훈(道應訓)」에 보인다.
113) 왕충(王充)의 『논형(論衡)』「선한편(宣漢篇)」에 보인다.

“높다란 나무에서 오래된 도읍인 걸 안다.[喬木知舊都]”115)【『여씨춘추(呂氏春秋)』】

“새로 된 숲에는 큰 나무가 없다.[新林無長木]”【『여씨춘추(呂氏春秋)』】

“흰 물거품 이는 여울은 누인 명주 같다.[素湍如委練]”116)【나함(羅含)의 「상중기(湘中記)」】

“소매 휘둘러 바람 먼지 일으킨다.[揮袖起風塵]”【유소(劉邵)】

“난초 꽃이 어찌 헛되이 곱겠는가.[蘭葩豈虛鮮]”117)【곽박(郭璞)】

“고운 새가 푸른 물가를 뒤덮는다.[文禽蔽綠水]”118)【응거(應璩)】

“두 영웅은 같은 곳에 머물지 않는다.[兩雄不並棲]”119)【『삼국지(三國志)』】

이상은 여러 책에서 발췌한 것이다.

楊用脩錄古詩逸句及書語可入詩者, 不能精, 亦有遺漏. 余擇而錄之, 紅塵蔽天地, 白日何冥冥. 安知鳳皇德, 貴其來見稀.【皆李陵】泛泛江漢萍, 飄蕩永無根. 靑靑陵中草, 傾葉晞朝日.【作希乃妙】天霜木葉下, 鴻雁當南飛. 人遠精神近, 寤寐見容光. 初秋北風至, 吹我章華臺. 浮雲多暮色, 似從崦嵫來. 石上生菖蒲, 一雨八九節. 仙人勸我飡, 令我好顔色. 去婦不顧門, 萎韭不入園.【諸葛孔明】探懷授所歡, 願醉不顧身.【王仲宣】皎月垂素光, 玄雲爲髣髴.【劉公幹】金荊持作枕, 紫荊持作床. 黃鳥鳴相追, 咬咬弄好音. 翕如翔雲會, 忽若驚風散.【棗腆】迅飆翼華蓋, 飄颻若

114) 신씨(辛氏)의 『삼진기(三秦記)』 「농판(隴坂)」에 보인다.

115) 출전이 『여씨춘추(呂氏春秋)』로 되어 있으나, 왕충(王充)의 『논형(論衡)』에 보인다.

116) 나함(羅含)의 「상중기(湘中記)」에 보이지 않고 『수경주(水經注)』에 보인다.

117) 『진서(晉書)』 「곽박전(郭璞傳)」에 보인다.

118) 응거(應璩)의 「여만공염서(與滿公琰書)」에 보인다.

119) 『삼국지(三國志)』 「위서(魏書) · 동탁전(董卓傳)」에 보인다.

鴻飛.【石崇】 爭先非吾事, 靜照在忘求.【右軍】 遙看野樹短.【虞騫】 浴景出東渟.【仙詩】 已上皆古詩. 生無一日歡, 死有萬世名.【列子】 片玉可以琦, 奚必待盈尺. 駿馬養外廏, 美人充下陳.【戰國策】 薰以香自燒, 膏以明自煎.【龔勝傳】 孔子辭廩丘, 終不盜帶鉤. 許由讓天下, 終不利封侯. 日回而月周, 終不與時遊. 南遊罔寁野, 北息沈墨鄉.【俱淮南子】 跣跗被商鳥, 重譯吟詩書.【王充】 新霽清暘升, 天光入隙中.【佛經】 隴阪縈九曲, 不知高幾里.【三秦記】 喬木知舊都.【呂覽】 新林無長木.【同】 素湍如委練.【羅含記】 揮袖起風塵.【劉邵】 蘭葩豈虛鮮.【郭璞】 文禽蔽綠水.【應璩】 兩雄不並棲.【三國志】 已上雜書語.

2-25. 「공작동남비」와 「호가십팔박」

육조 시대 작자 미상의 「공작동남비(孔雀東南飛)」[120]는 질박하면서도 속되지 않으며, 어지러우면서도 정돈되어 있다. 서사(敍事)가 그림 같고 서정(敍情)은 하소연하는 것 같으니, 장편시의 성인이라 할 수 있다. 사람들이 이러한 점을 깨닫지 못하고 심지어 「목란(木蘭)」[121]과 나란히 일컫고 있다. 「목란」은 반드시 '가한(可汗)'이라는 말을 쓸 필요가 없었는데 그것이 혐의를 일으키고,[122] '삭기(朔氣)'와 '한광(寒光)'이란 말도 또한 폄하를 야기했다.[123] 요컨대, 그 본래 면목은 양(梁), 진(陳)

120) 「공작동남비(孔雀東南飛)」는 서릉(徐陵)의 『옥대신영(玉臺新詠)』 권1에 최초로 실렸다.

121) 「목란(木蘭)」은 『악부시집(樂府詩集)』 권25에 실려 있다.

122) 가한이라는……일으키고 : 주희(朱熹)는 『주자어류(朱子語類)』에서 "「목란」은 다만 당(唐)나라 사람의 작품인데, 그 가운데 '가한(可汗)'이라는 말이 있다. 이 말은 이전에 없었다."라고 했다.

123) 삭기와……야기했다 : 엄우(嚴羽)는 『창랑시화(滄浪詩話)』에서 "「목란」은 가장

및 당(唐)나라 시대 사람의 솜씨이다. 「호가십팔박(胡笳十八拍)」[124)]은 규방에서 나온 듯 시어가 부드럽지만 중간에 당조(唐調)가 섞였으니, 문희(文姬) 채염(蔡琰)[125)]이 지은 것이 아니다. 「목란」과 상당히 비슷하다.

孔雀東南飛質而不俚, 亂而能整, 敍事如畫, 敍情若訴, 長篇之聖也. 人不易曉, 至以木蘭並稱. 木蘭不必用可汗爲疑, 朔氣寒光致貶, 要其本色, 自是梁陳及唐人手段. 胡笳十八拍軟語似出閨襜, 而中雜唐調, 非文姬筆也, 與木蘭頗類.

2-26. 역사를 거짓으로 조작한 작품들

내가 『금조(琴操)』[126)]에 기록된 순(舜), 우(禹), 공자(孔子)의 시를 읽

오래되었다. 그러나 '朔氣傳金柝, 寒光照鐵衣.'라는 말은 태백 이백의 시구와 매우 비슷하니, 한위(漢魏) 사람들의 시가 아니다."라고 했다.

124) 「호가십팔박(胡笳十八拍)」은 『악부시집(樂府詩集)』 권59에 보이는데, 이 책에서는 작자가 채염(蔡琰)으로 되어 있다. 아직도 작자에 대해 정론이 없다.

125) 채염(蔡琰) : 후한 말기에 활약한 채옹(蔡邕)의 딸로 어려서부터 박학다식하여 변설에 능했고 음악적 재능도 갖추었다. 처음에 위도개(衛道玠)에게 출가했는데 얼마 안 되어 남편과 사별하고 친정으로 돌아왔다. 헌제(獻帝) 흥평(興平) 2년(195) 중원(中原)에 전란이 터지고 동탁(董卓)의 난이 일어났을 때 흉노족(匈奴族)에게 납치되어 남흉노 좌현왕(左賢王)에게 시집을 갔다. 조조(曹操)가 평소 채옹과 절친한 사이였는데 채옹의 후손이 끊기는 것을 애석하게 여겨 좌현왕에게 금벽(金璧)을 주고 귀국시켜 동관(東觀) 근처 남전(藍田) 땅에 장원을 세우고 살도록 배려했다. 둔전도위(屯田徒尉) 동사(童祀)에게 재가했다. 명을 받들어 아버지의 생전 저작들을 빠짐없이 모아 정리했다.

126) 『금조(琴操)』 : 『사고전서총목부록(四庫全書總目附錄)』에서, "『금조』 2권은 한(漢)의 채옹(蔡邕)이 지은 것이다. 상권에 시가 5곡, 12조(操), 9인(引), 하권에 잡가 21장(章)이 있다. 비록 중간에 주공(周公)이 노(魯)로 달아난 이야기 등은 심약(沈約)의 『죽서(竹書)』에 주(註)를 단 것과 같지만 「월상조(越裳燥)」는 『대주

어보니, 모두 천근하고 평이하여 말할 가치도 없다. 「구유(拘幽)」[127]는 문왕이 유리(羑里)의 감옥에 갇혔을 때 지은 것이라고 하는데, 여기에서 "은(殷)나라의 도는 어두워 점점 혼탁하고 어지러워졌다. 선악이 뒤섞여 구분할 수 없으며, 음란한 소리와 여색(女色)에 정신이 팔리고 참소하는 말을 믿는다."[128]라고 했다. 즉 이 말에 대해 논하기 전에, 문명을 안으로 간직하고 유순으로 밖을 지킨다는 사람이 어려움을 당하여 참으로 이와 같은 말을 한단 말인가. 또한 "천문을 살펴보니 은나라가 장차 망하리라."[129]라고 했으니, 이 어찌 천하의 삼분의 이를 소유하고서 은나라를 섬긴 덕이 지극한 사람이 한 말이겠는가. "(나의 업을 일으켜) 좋은 세상이 오기를 바란다.[望來羊]"[130]라는 말은 본래 "(연주를 들으니 문왕의 모습이 가무잡잡하고) 눈은 멀리까지 바라보는 것 같다[眼如望羊]."[131]라는 말에서 전해졌다.

이밖에 「헌옥퇴원가(獻玉退怨歌)」[132]에서 "초(楚) 회왕(懷王)의 아들은 평왕(平王)이다."[133]라고 했는데, 평왕은 영왕(靈王)의 아우로, 수백

악정(大周樂正)』에 보이고, 「사친조(思親操)」는 『고금악록(古今樂錄)』에 보이니, 그가 기록한 숨겨진 이야기들은 경사와 서로 고증할 수 있으니 후세에 의탁한 것이 아니다."라고 했다.

127) 「구유(拘幽)」: 『악부시집(樂府詩集)』 권59에 보인다. 여기에서 「구유」는 문왕(文王)이 유리(羑里)에 갇혔을 때 지은 것이라고 했다.

128) 『악부시집(樂府詩集)』 「금곡가사(琴曲歌辭)·구유조(拘幽條)」에 보인다.

129) 『악부시집(樂府詩集)』 「금곡가사(琴曲歌辭)·문왕수명(文王受命)」에 보인다.

130) 『악부시집(樂府詩集)』 「금곡가사(琴曲歌辭)·문왕수명(文王受命)」에 보인다.

131) 사마천(司馬遷)의 『사기(史記)』 「공자세가(孔子世家)」에 보인다.

132) 「헌옥퇴원가(獻玉退怨歌)」는 다음과 같다. "悠悠沂水經荊山, 精氣鬱洽谷巖巖. 中有神寶灼明明, 穴山采玉難爲功. 於何獻之楚先王, 遇王暗昧信讒言. 斷截兩足離余身, 俛仰嗟歎心摧傷. 紫之亂朱紛墨同, 空山歔欷涕龍鍾. 天鑒孔明竟以彰, 沂水滂沛流于汶. 進寶得刖足離分, 斷者不續豈不怨."

133) 「헌옥퇴원가(獻玉退怨歌)」의 서문에 보이는 말이다.

년이 지나서야 비로소 회왕의 시대에 이른다. 더욱이 화씨벽(和氏璧)을 감별한 사람을 악정자(樂正子)라고 했는데, 어찌 그리 저속하단 말인가. 「궁겁곡(窮劫曲)」[134]에서, "초왕이 무도하여 비무기(費無忌)를 등용하고 백씨(白氏)를 죽였으며, 세 번 초(楚)나라 수도 영(郢)에서 싸워 왕은 달아났다."고 했는데, 비무기를 등용한 자는 평왕이며, 영에서 달아난 자는 소왕이다. 태자 건(建)이 이미 죽고 그의 아들 승(勝)이 후에 백주려(白州黎)에 봉해졌으니, 백씨가 아니다. 또한 그 글에, "군대를 남겨 기병을 풀어 수도를 노략질했다."라고 했는데, 그 당시에는 아직 기마전이 없었다. 「하량가(河梁歌)」[135]에서, "군대를 일으켜 진왕을 공격하네.[舉兵所伐攻秦王]"라고 했는데, 구천(句踐) 시기에 진(秦)나라는 아직 왕으로 일컫지 않았으며, 구천은 진을 공격한 일이 없었다. 대개 거짓으로 옛일을 조작하여 전하는 자들은 옛날 일에 정통하지 않은 경우가 없다. 그러니 정통하지 않으면서 전해진 것이 어찌 거짓으로 조작한 자들의 죄이겠는가.

余讀琴操所稱記舜禹孔子詩, 咸淺易不足道. 拘幽, 文王在系也而曰, 殷道圂圂, 浸濁煩. 朱紫相合, 不別分. 迷亂聲色, 信讒言. 卽無論其詞已, 內文明, 外柔順, 蒙難者固如是乎. 瞻天案圖, 殷將亡. 豈三分服事至德人語. 望來羊, 固因眼如望羊傳也. 他如獻玉退怨歌謂楚懷王子平王. 夫平王, 靈王弟也, 曆數百年而始至懷王. 至乃謂玉人爲樂正子, 何其俚也. 窮劫曲言楚王乖劣, 任用無忌, 誅夷白氏, 三戰破郢, 王出奔.

134) 『선진한위진남북조시(先秦漢魏晉南北朝詩)』 상권에 보인다.

135) 「하량가(河梁歌)」는 다음과 같다. "渡河梁兮渡河梁, 舉兵所伐攻秦王. 孟冬十月多雪霜, 隆寒道路誠難當. 陳兵未濟秦師降, 諸侯怖懼皆恐惶. 聲傳海內威遠邦, 稱伯穆桓齊楚莊. 天下安寧壽考長, 悲去歸兮河無梁."

用無忌者, 平王也. 奔者昭王也. 太子建已死, 有子勝, 後封白公, 非白氏也. 其辭曰, 留兵縱騎虜京闕. 時未有騎戰也. 河梁歌, 擧兵所伐攻秦王. 句踐時秦未稱王也, 句踐又無攻秦. 夫僞爲古而傳者, 未有不通於古者也. 不通古而傳, 是豈僞者之罪哉.

2-27. 사부 짓기의 어려움

사부(詞賦)는 짧은 시간에 지을 수 없다. 『서경잡기(西京雜記)』에서, "사마상여(司馬相如)가 「자허부(子虛賦)」와 「상림부(上林賦)」를 지을 때 정신과 생각을 자유롭게 놀린 뒤 백여 일이 지나서야 지을 수 있었다."라고 했으니, 다 까닭이 있어서이다. 양왕(梁王)이 건축한 토원(兎園)에서 여러 공들을 모아 토원의 건축과 관련된 일로 부(賦)를 짓게 했는데,[136] 그 가운데 아름다운 것이 하나도 없으니, 이를 통해 그 사실을 알 수 있다. 만약 그 자리에 사마상여가 있었다면 차라리 벌주(罰酒)를 받았을지언정 훌륭한 작품을 지어내느라 시간이 많이 걸려 붓이 썩는 것을 면치 못했을 것이다.

詞賦非一時可就. 西京雜記言相如爲子虛上林, 遊神蕩思, 百餘日乃就, 故也. 梁王兎園諸公無一佳者, 可知矣. 坐有相如, 寧當罰酒, 不免腐毫.

---

136) 양왕이…… 했는데 : 『서경잡기(西京雜記)』에 보인다.

2-28. 『초사』의 「소사명」

"들어올 때 말이 없고 나가면서도 말이 없더니, 회오리바람 타고 구름 깃발에 실리도다.[入不言兮出不辭, 乘回風兮載雲旗.]"137)라는 말은 비록 실제가 아닌 몽환적인 것을 말했지만 어찌 그리 말이 장엄한가. "슬픔은 살아 이별함보다 더한 슬픔이 없고, 즐거움은 새로 서로 사귐보다 더한 즐거움은 없네.[悲莫悲兮生別離, 樂莫樂兮新相知.]"138)라는 말은 천고의 정감이 넘치는 단어의 비조(鼻祖)이다.

入不言兮出不辭, 乘回風兮載雲旗. 雖爾恍忽, 何言之壯也. 悲莫悲兮生別離, 樂莫樂兮新相知, 是千古情語之祖.

2-29. 『초사』의 「복거」와 「어부」

「복거(卜居)」139)와 「어부(漁父)」140)는 곧 동파(東坡) 소식(蘇軾)의 「적벽부(赤壁賦)」이다.141) 여러 공들이 이를 모방했으나 겉모습만 본떴기에 의도는 좋았지만 결국 좋지 않은 결과를 남겨142) 사람으로 하여금 길이 탄식하게 만들었다.

---

137) 『초사(楚辭)』「구가(九歌)·소사명(少司命)」에 보인다.

138) 『초사(楚辭)』「구가(九歌)·소사명(少司命)」에 보인다.

139) 『초사장구(楚辭章句)』 권6에 보인다.

140) 『초사장구(楚辭章句)』 권7에 보인다.

141) 형식면에서는 문답의 대화체이며 내용면에서는 인간 세계의 무상함을 노래한 면에서 닮았다.

142) 좋지 않은 결과를 남겨 : 『좌전(左傳)』 소공(昭公)조에서 "군자가 부세를 가볍게 거두는 법을 만들었더라도 그 폐단이 오히려 탐욕스러워지는 법인데 탐욕스러운 법을 만들었으니 장차 그 폐단이 어떠하겠는가.[君子作法於涼, 其弊猶貪, 作法於貪, 敝將若之何.]"라고 했다.

卜居漁父, 便是赤壁. 諸公作俑, 作法於涼, 令人永慨.

2-30. 사마상여와 가의의 부(賦)

사마상여(司馬相如)의 「자허부(子虛賦)」에 사용된 여러 체재는 본래 송옥(宋玉)의 「고당부(高唐賦)」 전체를 이룬 여러 체재를 따랐으나 사어(辭語)는 더 낫다. 「장문부(長門賦)」는 『이소(離騷)』를 본떠 지었으나, 굴원(屈原)보다 나은 것은 말할 것도 없거니와 송옥보다 뛰어나다. 사마상여는 부체(賦體)로 문장을 지었기 때문에 「난촉부노(難蜀父老)」와 「봉선문(封禪文)」[143]은 면려(綿麗)하지만 풍골은 부족하고, 가의(賈誼)는 문장을 가지고 부를 지었기 때문에 「조굴원부(吊屈原賦)」와 「복조부(鵩鳥賦)」는 솔직하지만 아치가 적다.

長卿子虛諸賦, 本從高唐物色諸體, 而辭勝之. 長門從騷來, 毋論勝屈, 故高於宋也. 長卿以賦爲文, 故難蜀封禪綿麗而少骨, 賈傅以文爲賦, 故吊屈鵩鳥率直而少致.

2-31. 사마천, 가의, 순경의 부(賦)

태사공(太史公) 사마천(司馬遷)은 천고 역사에 뛰어난 인재지만 부(賦)를 짓는 데는 밝지 못하다. 그가 『사기(史記)』에 「자허부(子虛賦)」와 「상림부(上林賦)」를 신긴 실었는데 그것은 문사가 굉려하여 세상에서 귀중하게 여겼기 때문이지, 자신이 참으로 감상하여 평가한 것은 아

143) 「난촉부노(難蜀父老)」는 『문선(文選)』 권44에, 「봉선문(封禪文)」은 『문선(文選)』 권48에 보인다.

니다. 그가 가의(賈誼)의 여러 부(賦)에 대해 높이 존중한 것을 보면 알 수 있다.[144] 가의는 재주가 두루 통달하여 세상에 쓰일 재목으로 그가 지은 부도 절로 일가를 이룬다. 태사공 사마천도 또한 「비사불우부(悲士不遇賦)」[145]를 지었으나 조금도 문리(文理)를 이루지 못했다. 순경(荀卿)의 「성상(成相)」에 구사된 부의 여러 형식은 또한 천고의 올바르지 않은 도이다.[146]

太史公千秋軼才, 而不曉作賦. 其載子虛上林, 亦以文辭宏麗, 爲世所珍而已, 非眞能賞詠之也. 觀其推重賈生諸賦可知. 賈暢達用世之才耳, 所爲賦自是一家. 太史公亦自有士不遇賦, 絶不成文理. 荀卿成相諸篇, 便是千古惡道.

2-32. 굴원, 사마상여, 양웅, 반고, 장형의 부(賦)

뒤섞여 있으면서도 어지럽지 않고 반복되면서도 질리지 않는 것, 그것이 굴원(屈原)이 존중받을 수 있는 까닭인가. 아름다우면서 장난스럽지 않고 방종한 듯하면서 절제가 있으니, 그것이 사마상여(司馬相如)가 존중 받는 까닭인가. 두 사람의 글을 정리하여 편차를 정하는 방식으로 두 사람 문장의 품격을 구한다면 올바르지 않다. 자운(子雲) 양웅(揚雄)[147]은 비록 표절했지만 오히려 (문장의 대도(大道)와 반대되는)

144) 사마천(司馬遷)은 「가의열전(賈誼列傳)」에서 가의의 「조굴원부(弔屈原賦)」와 「붕조부(鵬鳥賦)」를 기록하면서 아울러 찬(贊)을 지었다.

145) 『전한문(全漢文)』과 『어정역대부휘(御定歷代賦彙)』에 실려 있다.

146) 주희(朱熹)는 『초사집주(楚辭集注)』에서 순경(荀卿)의 「성상(成相)」 3장을 기록하면서, 「성상」은 순경이 지었으며, 『한지(漢志)』에도 실려 있는데 「성상잡사(成相雜辭)」로 되어 있고 총 3장이라고 한 바 있다.

잣달은 기예만을 추구하지는 않았다. 반고(班固)[148]와 장형(張衡)[149] 이후로는 넓으면 넓을수록 더욱 어둡고 더욱 비하해졌다.

雜而不亂, 複而不厭, 其所以爲屈乎. 麗而不俳, 放而有制, 其所以爲長卿乎. 以整次求二子則寡矣. 子雲雖有剽模, 尙少谿逕. 班張而後, 愈博愈晦愈下.

2-33. 사마상여의 부에 대한 양웅의 논의

양웅(揚雄)은 사마상여(司馬相如)를 진심으로 존경하면서 일찍이, "사마상여의 부(賦)는 인간세상에서 탄생한 것이 아니다. 문장의 지극한 이치를 갖춘 뒤에 지은 것인가."[150]라고 했다. 그런데 양웅은 늙을 때까지 문장을 연마했지만 끝내 사마상여의 수준에 미치지 못하게 되자, 사마상여를 비방하고 세상 사람들을 속여, "조충전각(雕蟲篆刻)의 기예를 대장부는 하지 않는다."[151]라고 했다. 마침내 졸렬함을 감추는

---

147) 양웅(揚雄, B.C.53~18) : 자는 자운(子雲)이다. 어릴 때부터 배우기를 좋아했고, 많은 책을 읽었으며, 사부(辭賦)에도 뛰어났다. 청년시절에 동향의 선배인 사마상여(司馬相如)의 작품을 통해 배운 문장력을 인정받아, 성제(成帝) 때 궁정 문인의 한 사람이 되었다. 「감천부(甘泉賦)」와 「하동부(河東賦)」, 「우렵부(羽獵賦)」, 「장양부(長楊賦)」 등을 남겼다.

148) 반고(班固, 32~92) : 후한(後漢) 초기의 역사가로 자는 맹견(孟堅)이다. 『한서』를 지었으며 또한 부(賦) 작가로 유명하다.

149) 장형(張衡, 78~139) : 자는 평자(平子)이다. 부문(賦文)에 능하여 「서경부(西京賦)」, 「동경부(東京賦)」, 「남도부(南都賦)」를 꼽을 수 있다. 장형이 지은 부의 한 가지 특색은 사냥, 궁정, 화려한 제왕 귀족들의 생활을 묘사하는 것 이외에 많은 사회의 풍속을 소재로 하고 있다는 것이다.

150) 『한서(漢書)』 「양웅전(揚雄傳)」에 보인다.

151) 양웅(揚雄)의 『법언(法言)』 「오자(吾子)」에 보인다.

단서를 천고에 열어 놓아, 송인(宋人)들의 문호(門戶)가 되었다.

子雲服膺長卿, 嘗曰, 長卿賦不是從人間來, 其神化所至耶. 研摩白首, 竟不能逮, 乃謗言欺人云, 雕蟲之技, 壯夫不爲. 遂開千古藏拙端, 爲宋人門戶.

2-34. 사마상여와 이릉의 부(賦)

「국풍(國風)」은 여색을 좋아하지만 음란하지 않고, 「소아(小雅)」는 원망하고 비방하지만 어지럽지 않다.[152] 사마상여(司馬相如)의 「장문부(長門賦)」는 이 두 가지 장점을 모두 취했다. 아교(阿嬌)[153]가 한 무제(漢武帝)의 총애를 회복한 것은 역사책에는 보이지 않는다. 아교는 재주 있는 이를 매우 사랑했으며 풍류가 뛰어났기에 사랑을 되찾았을 것인데, 역사책에 기록되지 않았다. 사마상여의 손에서 나온 작품은 대단히 아름다우며 지극히 정련되었는데, 다만 「금심(琴心)」[154]에 보이는 두 수의 시는 천근하고 유치하니 아마도 한순간에 급하게 지었거나 아니면 후대 사람의 위작(僞作)일 것이다. 동파(東坡) 소식(蘇軾)이 “이릉(李陵)의 「여소무(與蘇武)」 세 수는 위작이다.”[155]라고 했는데, 이것은 어린 아이의 무식한 견해이다. 공교로움은 생각 너머에서 나오

152) 사마천(司馬遷)의 『사기(史記)』 「굴원열전(屈原列傳)」에 보인다.

153) 아교(阿嬌) : 한 무제(漢武帝)의 부인 진황후(陳皇后)의 어릴 때 이름이다. 진황후가 한 무제의 사랑을 잃고 장문궁(長門宮)에서 지낼 때 사마상여(司馬相如)에게 글을 지어달라고 부탁했다. 이에 사마상여가 「장문부(長門賦)」를 지어주자, 다시 무제의 총애를 회복했다고 한다.

154) 서릉(徐陵)의 『옥대신영(玉臺新詠)』 권9에 보인다.

155) 소식(蘇軾)의 『동파집(東坡集)』 「답유면도조서(答劉沔都曹書)」에 보인다.

고, 우의(意寓)는 일반적인 법 너머에 있으니 조조(曹操)와 그 아들들에게 짓게 해도 오히려 어렵게 여길 것인데, 하물며 다른 사람임에랴.

國風好色而不淫, 小雅怨誹而不亂. 長門一章, 幾於並美. 阿嬌復幸, 不見紀傳, 此君深於愛才, 優於風調, 容或有這, 史失載耳. 凡出長卿手, 靡不穠麗工至, 獨琴心二歌淺稚, 或是一時怱卒, 或後人傳益. 子瞻乃謂李陵三章亦僞作, 此兒童之見. 夫工出意表, 意寓法外, 令曹氏父子猶尙難之, 況他人乎

2-35. 사마상여, 가의, 반고, 장형, 반악, 양웅의 부(賦)

사마상여(司馬相如)의 「자허부(子虛賦)」와 「상림부(上林賦)」의 소재는 지극히 풍부하고 사어(辭語)는 지극히 아름다운데도 운필이 지극히 고아(古雅)하며 정신은 상상 속에서 뛰노니, 우의(寓意)가 지극히 높기 때문에 미칠 수가 없다. 장사왕태부(長沙王太傅) 가의(賈誼)는 그러한 우의는 있지만 작품의 소재가 풍부하지 못하고, 반고(班固)와 장형(張衡) 및 반악(潘岳)[156]은 그러한 소재는 있지만 운필이 고아하지 못하며, 양웅(揚雄)은 그러한 운필은 있지만 정신이 상상 속에서 뛰노는 곳은 없다.

子虛上林材極富, 辭極麗, 而運筆極古雅, 精神極流動, 意極高, 所以不可及也. 長沙有其意而無其材, 班張潘有其材而無其筆, 子雲有其筆

156) 반악(潘岳, 247~300) : 자가 안인(安仁)이다. 문학적 재능이 뛰어나 당시의 권세가 가밀(賈謐)의 문객들 '이십사우(二十四友)' 가운데의 제 1인자였다. 정서적 표현에 뛰어났으며, 철저한 기교주의자로서 감각적인 애상(哀傷)의 시와 산수시(山水詩)의 걸작을 남겼다.

而不得其精神流動處.

2-36. 사마상여의 「장문부」

사마상여(司馬相如)는 「장문부(長門賦)」에서 "나쁜 기운이 점점 커져 마음을 치네.[邪氣壯而攻中]"라고 했는데 또한 대단히 졸렬하다. 그렇지만 "기다란 소매를 당겨 자신을 가리고, 옛날의 허물과 잘못을 헤아려보네.[揄長袂以自翳, 數昔日之諐殃.]"라는 구절 아래로는 마치 신의 도움이 있는 것만 같다. 한(漢)나라의 황제들은 대부분 으레 여색에 빠졌기 때문에, 혹 진황후(陳皇后)가 다시 총애를 받거나 다시 버림을 받았거나 하는 사실은 알 수가 없다.[157]

長門邪氣壯而攻中語, 亦是太拙. 至揄長袂以自翳, 數昔日之諐殃以後, 如有神助. 漢家雄主, 例爲色殢, 或再幸再棄, 不可知也.

2-37. 반고와 장형의 부(賦)

맹견(孟堅) 반고(班固)의 「양도부(兩都賦)」는 평자(平子) 장형(張衡)의 작품[158]만 못한 것 같다. 장형은 비록 절제되지 않은 말들이 있지만 아름다운 의경과 훌륭한 말이 많다.

孟堅兩都, 似不如張平子. 平子雖有衍辭, 而多佳境壯語.

---

157) 앞의 2-34 참조.

158) 장형(張衡)의 작품 : 장형의 「서경부(西京賦)」와 「동경부(東京賦)」를 가리킨다.

2-38. 송옥과 조식의 부(賦)

송옥(宋玉)은 「신녀부(神女賦)」에서 "가볍게 성내어 몸가짐 바로 하니, 신녀를 범할 수 없었네.[頩薄怒以自持, 曾不可乎犯干.]"라고 했으며, 또 "헤어지려니 슬픈 마음에 눈으로 깊이 인사하며, 끊이지 않은 슬픈 감정을 주고받네. (신녀 또한 헤어지려니) 생각과 행동이 서로 다르게 표현되니, 나는 그 모습 다 기록할 수 없네.[目略微眄, 精彩相授, 志態橫出, 不可勝記.]"라고 했는데, 이는 신녀를 읊은 대목이다.

또한 송옥은 「등도자호색부(登徒子好色賦)」에서 "서로 마음은 가까운데 몸은 멀리 있으니, 그녀의 행동은 남과 다르네. 가볍게 미소를 머금고 남몰래 추파를 던지네.[意密體疏, 俯仰異觀. 含喜微笑, 竊視流眄.]"라고 했는데, 이는 등도자(登徒子)를 읊은 구절이다.

조식(曹植)은 「낙신부(洛神賦)」에서 "낙신의 광채가 흩어졌다 모이며, 그늘이 되었다가 밝아졌다 하네.[神光離合, 乍陰乍陽.]"라고 했으며 "나아가고 멈춤을 예측하기 어려워, 갈 듯 돌아올 듯하네. 돌아서 바라보니 옥안이 눈에 부시고, 말을 머금어 내지 않으니 그윽한 난초와 같네.[進止難期, 若往若還. 轉眄流精, 光潤玉顏. 含辭未吐, 氣若幽蘭.]"라 했는데, 이는 신녀(神女)를 읊은 대목이다.

위 작품들의 묘처는 뜻에 있지 형상화에 있지 않다. 이 문장들은 굴원(屈原)의 「소사명(少司命)」의 "당에 가득한 미인이여, 문득 나와 눈을 맞추는구나.[滿堂兮美人, 忽與余兮目成.]"와 "연정을 품고 곁눈질하며 곱게 웃으니, 나를 사모하는 그대여 참으로 요조숙녀로다.[既含睇兮又宜笑, 子慕余兮善窈窕.]"라는 구절에서 근본했는데, 법으로 삼은 것을 변화시켜 지은 것이다.

頩薄怒以自持, 曾不可乎犯干. 目略微眄, 精彩相授, 志態橫出, 不可勝記. 此玉之賦神女也. 意密體疏, 俯仰異觀. 含喜微笑, 竊視流眄. 此玉之賦登徒也. 神光離合, 乍陰乍陽. 進止難期, 若往若還. 轉眄流精, 光潤玉顔. 含辭未吐, 氣若幽蘭. 此子建之賦神女也. 其妙處在意而不在象, 然本之屈氏滿堂兮美人, 忽與余兮目成. 旣含睇兮又宜笑, 子慕余兮善窈窕, 變法而爲之者也.

2-39. 송옥의 부(賦)

송옥(宋玉)의 「풍부(諷賦)」는 「등도자호색부(登徒子好色賦)」와 언사(言辭)와 주제가 그렇게 멀지 않다. 그러므로 소명태자(昭明太子)가 「풍부」를 『문선(文選)』에 싣지 않은 것이다. 송옥의 「대언부(大言賦)」와 「소언부(小言賦)」는 매고(枚皋)[159]의 골계와 같은 종류이다. 「소언부」의 "더 이상 안이 없는 지극히 작은 것에서 미물이 점점 생기고.[無內之中, 微物潛生.]"라는 말은 본래 이치를 담은 말[160]로 약간의 깨달음이 있는 것 같다.

宋玉諷賦與登徒子好色一章, 詞旨不甚相遠, 故昭明遺之. 大言小言, 枚皋滑稽之流耳. 小言無內之中本騁辭耳, 而若薄有所悟.

159) 매고(枚皐) : 한 무제(漢武帝) 때의 낭관(郎官)으로, 해학을 좋아하고 문사(文思)가 민첩하여 동방삭(東方朔)과 함께 무제의 총애를 받았다.

160) 이치를 담은 말 : '빙사(騁辭)'는 '자여진정(自如眞情)'이라는 말로, 참된 마음을 담았다는 의미이다.

2-40. 반첩여의 「도소부」

반첩여(班婕妤)의 「도소부(擣素賦)」의 "비단이 막 짜여진 것을 보고, 현황색의 좋은 것을 고르네. 예전엔 화려하다고 골랐는데, 지금은 모양이 변했나 의심하네.[閱絞練之初成, 擇玄黃之自出. 准華裁於昔時, 疑形異於今日.]"와 "(고향으로 돌아간다는) 편지를 봉했다가 다시 뜯어 쓰고, 행장을 쌌다가 다시 풀어 묶네.[書旣封而重題, 笥已緘而更結.]"라는 말은 모두 육조(六朝) 시대의 포조(鮑照)161)와 사령운(謝靈運)162)의 작품이 나온 출처이다. 소명태자(昭明太子)가 『문선(文選)』에 포조와 사령운의 작품을 실었지만, 반첩여의 작품을 빠트렸으니 잘 살피지 못해서일 것이다.

班姬擣素如閱絞練之初成, 擇玄黃之自出. 准華裁於昔時, 疑形異於今日, 又書旣封而重題, 笥已緘而更結, 皆六朝鮑謝之所自出也. 昭明知選彼而遺此, 未審其故.

---

161) 포조(鮑照, ?~466) : 육조(六朝) 시대 사람으로 자는 명원(明遠), 이름은 소(昭)로도 쓴다. 참군직을 지내 포참군(鮑參軍)으로도 불린다. 지체가 낮은 집안 출신이지만 어릴 때부터 재능이 대단했고, 문사(文辭)가 넉넉하고 그윽했다. 악부(樂府)와 칠언가행(七言歌行)에 능했다.

162) 사령운(謝靈運, 385~433) : 동진(東晋) · 송(宋)의 시인이다. 진(晋)의 회계(會稽)로 본거를 옮긴 명문 출신이다. 명문 출신이었으므로 정치에 야심을 품고 있었으나, 진이 멸망하고 송이 건국되자 작위(爵位)를 강등당한 후 중요한 관직에도 있지 못해서 항상 불만을 가지고 있었다. 그 불만의 배설구로서, 회계와 영가(永嘉)의 아름다운 산수에 마음을 두어 훌륭한 시를 남겼다. 결국 최후에는 모반의 죄를 쓰고 처형되었다. 그의 시는 종래의 노장류(老莊流)의 현언시(玄言詩)의 풍을 배제하고, 새로이 산수시의 길을 개척한 것으로 높이 평가되어 후세에 끼친 영향이 크다.

2-41. 양웅의 부(賦)

자운(子雲) 양웅(揚雄)의 「축빈부(逐貧賦)」는 참으로 퇴지(退之) 한유(韓愈)가 지은 「송궁문(送窮文)」의 사다리격이다. 그러나 너무 단조롭고 변화가 적다. 양웅의 「축빈부」에서 가난이 주인에게 답하는 말에, "초가집과 흙 계단[茅茨土階]"과 "호화로운 누대와 정자[瑤臺瓊榭]"의 대비는 검소함으로 사치함에 답한 것일 뿐, 가난이 주인에게 답한 것이 아니다. 한유의 「송궁문」은 자유자재로 변화했고 사어(辭語) 또한 웅섬(雄贍)하다. 마지막 맺는 말에 "수레와 배를 태우고 궁귀들을 상좌로 맞아들였다.[燒車與船, 延之上坐.]"는 구절도 절로 평범하지 않다. 자운(子雲) 양웅(揚雄)은 부(賦)와 『태현경(太玄經)』, 그리고 『법언(法言)』을 지으면서 여러 곳에서 찾고 핍진하게 모의(模擬)하며 깊이 생각하고 곡진하게 변환한 것은 또한 스스로의 본성이기 때문이지, 반드시 재주가 뛰어나 그런 것은 아니다.

子雲逐貧賦固爲退之送窮文梯階, 然大單薄, 少變化. 內貧答主人茅茨土階, 瑤臺瓊榭之比, 乃以儉答奢, 非貧答主人也. 退之横出意變, 而辭亦雄贍, 末語燒車與船, 延之上坐, 亦自勝凡. 子雲之爲賦爲玄爲法言, 其旁搜酷擬, 沉想曲換, 亦自性近之耳, 非必材高也.

2-42. 송옥과 부의의 「무부」

무중(武仲) 부의(傅毅)[163]의 「무부(舞賦)」는 전편이 송옥(宋玉)이 초

163) 부의(傅毅) : 후한 부풍(扶風) 무릉(茂陵) 사람으로 자는 무중(武仲)이다. 젊어서부터 박학했으며, 명제(明帝) 때 평릉(平陵)에서 장구(章句)의 학문을 익혀 『적지시(迪志詩)』를 지었다. 전해지는 작품으로 「무부(舞賦)」와 「칠격(七激)」이 비교

양왕(楚襄王)의 물음에 답하는 것을 가탁했다. 『고문원(古文苑)』에 실린 송옥(宋玉)의 「무부」를 살펴보니, 부의의 「무부」에 비해 7할이 적은 3할 정도이다. 그러나 부의나 송옥의 「무부」에는 중간에 공교롭게 단련한 시어가 있으니, 예를 들면 "화려한 옷, 나는 듯한 머리장식에 섬세한 비단으로 꾸미고.[華袿飛髾而雜纖羅]"라는 말은 대단히 아름답다. 춤추는 모습을 형용한 것을 보면, "비단 옷은 바람 따라 하늘거리고 긴 소매를 서로 엇갈렸네. 계속해서 날아 흩어졌다가 날쌔게 내달려 다시 합치네. 너울너울 한가롭다가 가볍게 몸을 놀려 재빠르구나.[羅衣從風, 長袖交橫. 駱驛飛散, 颯沓合並. 綽約閑靡, 機迅體輕.]"와 "몸을 돌려 다시 들어와 급한 가락에 맞춰 춤을 추네. ……몸을 굽혔다가 힘차게 솟구치고, 다시 꺾인 듯 가라앉네. 가는 비단에 아미 미인은 날아오르고, 어지러이 내달리다 갑자기 멈춰서네.[迴身還入, 迫於急節. 紆形赴遠, 漼以摧折. 纖縠蛾飛, 繽猋若絕.]"라는 구절이 뛰어난데, 이밖에는 훌륭한 구절이 많지 않다. 아마도 부의가 송옥의 부에 글을 덧붙여 자신의 작품으로 삼은 것인가, 아니면 후대 사람이 부의의 부를 요약했는데, 서문의 말 때문에 송옥의 작품으로 잘못 인식한 것인가.

傅武仲有舞賦, 皆托宋玉爲襄王問對. 及閱古文苑宋玉舞賦, 所少十分之七, 而中間精語, 如華袿飛髾而雜纖羅, 大是麗語. 至於形容舞態, 如羅衣從風, 長袖交橫. 駱驛飛散, 颯沓合並. 綽約閑靡, 機迅體輕, 又迴身還入, 迫於急節. 紆形赴遠, 漼以摧折. 纖縠蛾飛, 繽猋若絕. 此外亦不多得也. 豈武仲衍玉賦以爲己作耶. 抑後人節約武仲之賦, 因序語而誤以爲玉作也.

적 유명하다.

2-43. 매승의 「토원부」

『고문원(古文苑)』에서 매승(枚乘)[164]의 「토원부(菟園賦)」는 초 양왕(楚襄王)이 죽은 뒤 매승의 아들 매고(枚皋)[165]가 지었다고 기록했다.[166] 결미 부분에서 부인이 먼저 노래하고 그에 화답하는 사람이 없는 것을 근거하면 또한 완전하지 못한 작품으로 보인다.

枚乘菟園賦, 記者以爲王薨後, 子皋所爲. 據結尾婦人先歌而後無和者, 亦似不完之篇.

2-44. 반악, 혜강, 왕포, 마융의 부(賦)

"처량하고 구슬프게 울어 우엉우엉 꺄악꺄악 하니, 마치 무리에서 벗어난 기러기가 새끼 찾아 우는 듯. 짹짹 삐약삐약 명징하게 울어대니, 여러 병아리가 어미 닭 뒤따르는 듯.[悽唳辛酸, 嚶嚶關關, 若離鴻之鳴子也. 含嘲嘽諧, 雍雍喈喈, 若群雛之從母也.]"이란 표현 때문에 반악(潘岳)의 「생부(笙賦)」가 공교로운 경지에 이른 것인가.

"거문고 조화로워 음향이 빼어나며, 급하게 줄을 치니 소리가 맑네. 줄이 느슨하니 음이 쳐지고 줄이 기니 울림이 적네.[器和故響逸, 張

---

164) 매승(枚乘) : 전한 임회(臨淮) 회음(淮陰) 사람으로 자는 숙(叔)이다. 사부(辭賦)를 잘 지었다. 전한 초기의 미문가(美文家)로 이름을 떨쳤다. 「칠발(七發)」 등의 작품이 있는데, 뒷날 사마상여(司馬相如) 등의 사부문학(辭賦文學)에 큰 영향을 주었다.

165) 매고(枚皐) : 한 무제(漢武帝) 때의 낭관(郎官)으로, 해학을 좋아하고 문사(文思)가 민첩하여 동방삭(東方朔)과 함께 무제의 총애를 받았다.

166) 『고문원(古文苑)』 「양왕토원부(襄王菟園賦)」의 장초(章樵)의 주에서 이 작품은 매승이 죽은 뒤 그의 아들 매고가 지었다고 했다.

急故聲淸, 間遼故音庳, 絃長故微鳴.]"란 구절은 혜강(嵇康)의 「금부(琴賦)」에서 실제 연주의 모습을 표현한 것인가.

"온화한 얼굴을 높이 들고 소매 드러난 흰 팔을 들어[揚和顔, 攘皓腕.]"부터 "변화하는 모습이 끝이 없네.[變態無窮]"까지의 수백 어휘는 거문고 연주의 모습을 상당히 핍진하게 묘사했으니, 아마도 혜강이 거문고 연주를 잘했기 때문일 것이다.

자연(子淵) 왕포(王褒)[167]의 「통소부(洞簫賦)」와 계장(季長) 마융(馬融)[168]의 「장적부(長笛賦)」는 재주가 학식을 따라가지 못하여 서술은 좋았으나 통소와 피리의 깊은 이치를 드러내지는 못했다. 「통소부」의 '효자(孝子)'와 '자모(慈母)'의 비유는 안인(安仁) 반악(潘岳) 시구의 절실하면서 전아함만 못하다.

悽唳辛酸, 嚶嚶關關, 若離鴻之鳴子也. 含昒嘽諧, 雍雍喈喈, 若群雛之從母也. 其笙賦之巧詣乎.【鳴作命】器和故響逸, 張急故聲淸, 間遼故音庳, 絃長故微鳴. 其琴賦之實用乎. 揚和顔, 攘皓腕以至變態無窮數百語, 稍極形容, 蓋叔夜善於琴故也. 子淵洞簫季長長笛, 才不勝學, 善鋪敍而少發揮. 洞簫孝子慈母之喩, 不若安仁之切而雅也.

---

167) 왕포(王褒) : 전한(前漢) 건위(犍爲) 자중(資中) 사람으로 자는 자연(子淵)이다. 사부(辭賦)에 능해, 작품에 「통소부(洞簫賦)」와 「감천궁송(甘泉宮頌)」, 「구회(九懷)」 등 부(賦) 10여 편이 전한다.

168) 마융(馬融, 79~166) : 후한(後漢) 부풍(扶風) 무릉(茂陵) 사람으로 자는 계장(季長), 마엄(馬嚴)의 아들이다. 재주가 높고 지식이 풍부했으며, 통유(通儒)로 제자만 천여 명에 이르렀다. 노식(盧植)과 정현(鄭玄) 등을 가르쳤다. 『효경』과 『논어』, 『시경』, 『주역』, 『삼례(三禮)』, 『상서』, 『열녀전(列女傳)』, 『노자』, 『회남자』, 『이소(離騷)』를 주석했다.

2-45. 칠평칠측시구(七平七仄詩句)

용수(用脩) 양신(楊愼)[169]이 수록한 일곱 음절이 모두 측성인 시구 가운데, 송옥(宋玉) 「대언부(大言賦)」의 "혀를 만리나 뽑아 사해에 침을 뱉네.[吐舌萬里唾四海]"라는 구절과 『위서(緯書)』의 "일곱 번째로 절구에 들어가 변하여 쌀이 껍데기를 벗는다.[七變入臼米出甲]"라고 한 말과, 불게(佛偈)의 "모든 물의 달이 하나의 달에 매였으니.[一切水月一切攝]"라는 말과 일곱 음절이 모두 평성인 『문선(文選)』에 실린 부의(傅毅)의 「무부(舞賦)」 가운데, "열어젖힌 저고리에 휘날리는 비단 옷, 가는 능라 드리웠네.[離袿飛綃垂纖羅]"라는 구절[170]은 모두 노성한 두보(杜甫)의 "배꽃과 매화꽃이 뒤섞여 피었네.[梨花梅花參差開]"[171]와 「건원우거동곡(乾元中寓居同谷)」의 "나그네여 자미라는 나그네여.[有客有客字子美]"라는 구절[172]의 조화롭고 아름다우며 읽기 편한 것만 못한데, 양신이 미처 살피지 못한 것 같다. 부의의 「무부」에 대해 살펴보니, 집안에 있는 『고문원(古文苑)』과 『문선』에는 모두 '華袿飛綃雜纖羅'로 되어 있

---

169) 양신(楊愼, 1488~1562) : 자(字)는 용수(用修), 호는 승암(升庵)이다. 24세에 전시(殿試)에서 장원으로 급제하여 한림원 수찬으로 벼슬길에 나아갔다. 가정(嘉靖) 3년(1524)에 의대례(議大禮)라는 상소를 올렸다가 운남(雲南)의 영창(永昌)으로 귀양 가서 죽을 때까지 사면받지 못했다. 『승암전집』 81권을 저술했는데 54권~61권에서 시를 논했다. 그는 이 책을 순전히 기억력에 의지하여 썼다고 하는데 박물고증의 대명사로 거론된다.

170) 이상은 양신(楊愼)의 『승암시화(升庵詩話)』 「칠평칠측시구(七平七仄詩句)」에 보인다.

171) 이 구는 최노(崔魯)의 「춘일장안즉사(春日長安卽事)」에 보인다. 최노의 작품은 다음과 같다. "一百五日又欲來, <u>梨花梅花參差開</u>. 行人自笑不歸去, 瘦馬獨吟眞可哀. 杏酪漸香隣舍粥, 楡煙將變舊爐灰. 玉樓春暖淸歌夜, 肯信愁腸獨九回."

172) 두보(杜甫)의 「건원중우거동곡(乾元中寓居同谷)」은 다음과 같다. "<u>有客有客字子美</u>, 白頭亂髮垂過耳. 歲拾橡栗隨狙公, 天寒日暮山谷裏. 中原無書歸有得, 手脚凍皴皮肉死. 嗚呼一歌兮歌已, 悲風爲我從天來."

으며, '垂纖羅'로 되어 있지 않다.

楊用脩所載七仄, 如宋玉吐舌萬里唾四海, 緯書七變入臼米出甲, 佛偈一切水月一切攝, 七平如文選離袿飛綃垂纖羅, 俱不如老杜梨花梅花參差開, 有客有客字子美, 和美易讀, 而楊不之及. 按傅武仲舞賦, 家有古文苑文選, 皆云華袿飛綃雜纖羅, 不言垂纖羅也.

2-46. 동방삭, 관로, 곽박

만천(曼倩) 동방삭(東方朔)[173]·공명(公明) 관로(管路)[174]·경순(景純) 곽박(郭璞)[175] 등은 모두 뛰어난 재주로 귀신 같은 능력을 가졌는데도 벼슬은 현달하지 못했다. 곽박은 혀로 붓을 삼은 자이고, 관로는 붓으로 혀를 삼은 자이며, 동방삭은 붓과 혀를 모두 사용한 자이다. 속세에 초연했던 명철함은 동방삭이 으뜸이고, 관로가 그 다음이며, 곽박이 제일 아래다.

東方曼倩管公明郭景純俱以奇才挾神術, 而宦俱不達. 景純以舌爲筆

173) 동방삭(東方朔, B.C.154~B.C.93) : 본래의 성은 장(張)이고 자는 만천(曼倩)이다. 서한(西漢) 시기의 저명한 문학가로 한 무제(漢武帝)가 즉위한 직후에 사방의 인재를 구했는데, 동방삭은 스스로 자기를 추천하는 상소를 올려서 발탁되어 낭(郎)이 되었다. 성격이 해학을 즐기면 언사가 민첩하고 유모와 지혜가 많았다. 정치 방면에선 두각을 나타내지 못했고, 단지 황제는 그를 배우처럼 대우했다.

174) 관로(管路) : 자는 공명(公明)이다. 삼국시대에 활동했던 인물로 복서(卜筮)로 유명하다.

175) 곽박(郭璞, 276~324) : 동진(東晉)에 활약한 인물로 자는 경순(景純)이다. 박학하여 천문과 고문기자(古文奇字), 역산(曆算), 복서술(卜筮術)에 밝았고, 특히 시부(詩賦)에 뛰어났다. 문집에 『곽홍농집(郭弘農集)』이 있다.

者也, 公明以筆爲舌者也, 曼倩筆舌互用者也. 若其超物之哲, 曼倩爲最, 公明次之, 景純下矣.

예원치언

卷三

3-1. 옛 서적의 문장

「단궁(檀弓)」·「고공기(考工記)」·『맹자(孟子)』·『춘추좌씨전(春秋左氏傳)』·『전국책(戰國策)』·사마천(司馬遷)의 『사기(史記)』 등은 모두 문장 가운데 성인이다. 이 책들의 서사는 조물주가 사물을 그려내는 것과 같다. 반고(班固)의 『한서(漢書)』는 문장 가운데 현인이다. 인간의 정련이 지극하여 천의무봉(天衣無縫)의 경지가 뒤섞여 있다. 『장자(莊子)』·『열자(列子)』·『능엄경(楞嚴經)』·『유마경(維摩經)』 등은 문장의 귀신이다. 그 통달한 견해는 골짜기가 터지고 둑이 무너져 강물이 쏟아져 내리는 것 같으며, 아득한 변화는 그 실마리를 찾을 수가 없다.

檀弓考工記孟子左氏戰國策司馬遷, 聖於文者乎. 其敍事則化工之肖物. 班氏, 賢於文者乎. 人巧極, 天工錯. 莊生列子楞嚴維摩詰, 鬼神於文者乎. 其達見, 峽決而河潰也, 窈冥變幻而莫知其端倪也.

3-2. 『산해경』과 『목천자전』

앞 조의 문장 이외에 『산해경(山海經)』과 『목천자전(穆天子傳)』도 또한 절로 고건(古健)하여 법도를 갖추었다.

諸文外, 山海經穆天子傳, 亦自古健有法.

3-3. 『사기』의 문장

태사공(太史公) 사마천(司馬遷)의 『사기(史記)』는 여러 방법으로 기술되었다. 「제왕기(帝王紀)」는 자신이 『상서(尙書)』를 해석한 바탕 위에 『하도

(河圖)』와 『위서(緯書)』를 연구하는 제가(諸家)의 말을 상당히 인용했으니, 그 문장이 군더더기가 많으며 충실하지 못하다. 춘추 시대의 「세가(世家)」편은 자신의 견해에 따라 여러 역사서의 내용을 보태거나 뺀 것으로, 그 문장은 통창하나 뒤섞여 있다. 「장의열전(張儀列傳)」·「소진열전(蘇秦列傳)」·「상군열전(商君列傳)」·「범수채택열전(范雎蔡澤列傳)」 등의 전은 자신이 『전국책(戰國策)』의 내용에 보태거나 뺀 것으로, 그 문장이 웅장하여 막힘이 없다. 「고조본기(高祖本紀)」·「항우본기(項羽本紀)」와 「회음후열전(淮陰侯列傳)」·「위표팽월열전(魏豹彭越列傳)」 등의 여러 전은 들은 것을 기록했는데, 문장이 굉대하며 기운차다. 「하거서(河渠書)」와 「평준서(平準書)」 등의 여러 글은 본 것을 기록했는데, 문장이 요점을 갖추면서도 자세하고 완미하면서도 풍간이 많다. 「자객열전(刺客列傳)」·「유협열전(游俠列傳)」·「화식열전(貨殖列傳)」 등의 여러 전은 자신의 심정을 가탁하여 표현했는데, 문장이 정엄하고 대단히 정련하며 호방하고 감개함이 많다.

太史公之文, 有數端焉. 帝王紀, 以己釋尙書者也, 又多引圖緯子家言, 其文衍而虛. 春秋諸世家, 以己損益諸史者也, 其文暢而雜. 儀秦鞅雎諸傳, 以己損益戰國策者也, 其文雄而肆. 劉項紀信越諸傳, 志所聞也, 其文宏而壯. 河渠平准諸書, 志所見也, 其文核而詳, 婉而多風. 刺客遊俠貨殖諸傳, 發所寄也, 其文精嚴而工篤, 磊落而多感慨.

3-4. 전한 이후의 문장

전한(前漢)의 문장은 충실하다. 후한(後漢)의 문장은 위약(萎弱)하지만 여전히 충실함에서 벗어나지 않았다. 육조(六朝)의 문장은 부화하여 충실함에서 벗어났다. 당(唐)나라의 문장은 용렬하지만 여전히 부화함에서 벗어나지 않았다. 송(宋)나라의 문장은 비루하고 부화함에서 벗어났으니, 더욱 수준이 떨어진다. 원(元)나라에는 문장이라고 할 만한 것이 없다.

西京之文實. 東京之文弱, 猶未離實也. 六朝之文浮, 離實矣. 唐之文庸, 猶未離浮也. 宋之文陋, 離浮矣, 愈下矣. 元無文.

3-5. 한유, 유종원, 구양수, 소동파, 왕안석, 증공

한유(韓愈)[1]와 유종원(柳宗元)[2]은 당(唐)나라의 문장을 진흥시킨 사람인데, 그 문장은 충실하다. 구양수(歐陽脩)[3]와 소동파(蘇東坡)[4]는 송(宋)나라의 문장을 진흥시킨 사람인데, 그 문장은 공허하다. 임천(臨川) 왕안석(王安石)[5]은 법도는 있지만 편협하며, 남풍(南豐) 증공(曾

---

1) 한유(韓愈, 768~824) : 자는 퇴지(退之), 창려선생(昌黎先生)으로도 불린다. 덕종(德宗) 정원(貞元) 8년(792) 진사가 되었다. 유가의 사상을 존중하고 도교와 불교를 배격했으며, 송나라 이후의 도학(道學)의 선구자가 되었다.

2) 유종원(柳宗元, 773~819) : 자는 자후(子厚)이다. 한유・유우석과 친교를 맺었으며 유도불(儒道佛)을 참작하고 신비주의를 배격한 자유・합리주의의 입장을 취했던 중국 중당기(中唐期)의 문학가이다.

3) 구양수(歐陽脩, 1007~1072) : 자는 영숙(永叔), 호는 취옹(醉翁), 시호는 문충(文忠)이다. 송나라 때 문장과 글씨로 유명했던 인물이다. 10세 때 당나라 한유(韓愈)의 전집을 읽은 것을 계기로 문학의 길로 들어선 계기가 되었으며 후일 그의 영향으로 시문혁신론(詩文革新論)을 주장했다. 그가 주장한 시문혁신론은 어려운 문체로 문장의 화려함을 추구하지 말고 일상에서 사용하는 쉬운 문체로 시작(詩作)을 하자는 것이었다.

4) 소식(蘇軾, 1036~1101) : 자는 자첨(子瞻), 호는 동파(東坡), 시호(諡號)는 문충(文忠)이다. 아버지 소순(蘇洵), 동생 소철(蘇轍)과 더불어 '삼소(三蘇)'라 일컬어졌으며 3부자가 모두 당송(唐宋) 팔대가(八大家)에 속한다.

鞏)[6]은 너무 넘쳐서 군더더기가 많다.

韓柳氏振唐者也, 其文實. 歐蘇氏振宋者也, 其文虛. 臨川氏法而狹. 南豐氏飫而衍.

3-6. 노자와 불씨의 문장

노자(老子)가 이치를 말한 것은 전(傳)이고 그 문장은 경(經)이다. 불씨가 이치를 말한 것은 경(經)이고 그 문장은 전(傳)이다.

老氏談理則傳, 其文則經. 佛氏談理則經, 其文則傳.

3-7. 불가의 서적

『원각경(圓覺經)』은 깊고 오묘하며, 『능엄경(楞嚴經)』은 크고 넓으며, 『유마경(維摩經)』은 기이하고 자유로우니, 『귀곡자(鬼谷子)』나 『회남자(淮南子)』의 위에 있다.

---

5) 왕안석(王安石, 1021~1086) : 자는 개보(介甫), 호는 반산(半山)이다. 송나라의 문필가이자 정치인이다. 당송팔대가(唐宋八大家) 가운데 한 명으로 꼽힌다. 북송(北宋)의 6대 황제인 신종(神宗)에게 발탁되어 신법(新法)의 정책을 입안하고 추진한 개혁적 정치 사상가로 널리 알려져 있다.

6) 증공(曾鞏, 1019~1083) : 자는 자고(子固), 세칭 남풍선생(南豐先生)으로 불린다. 증역점(曾易占)의 아들이다. 당송팔대가(唐宋八大家)의 한 사람으로, 산문에 뛰어났다. 소동파(蘇東坡)와 같은 해인 인종(仁宗) 가우(嘉祐) 2년(1057) 진사시험에 합격했는데, 나이 39살이었다. 젊어서부터 문명을 떨쳐 구양수(歐陽脩)의 인정을 받았으며, 일찍이 왕안석(王安石)과 교유했다.

圓覺之深妙, 楞嚴之宏博, 維摩之奇肆, 駸駸乎鬼谷淮南, 上矣.

3-8. 매승의 「칠발」

매승(枚乘)의 「칠발(七發)」은 굴원(屈原)과 송옥(宋玉) 작품의 변주인가. 온 힘을 다하여 자신의 생각을 펼쳐나가다가 갑자기 파도를 바라보는 장면을 삽입시키고 끝내는 골계(滑稽)를 이뤘다. 한편으로 사기(辭氣)가 막힘이 없이 질탕하며, 기이함과 아름다움이 자유자재로 변화한다. 조식(曹植) 이후로 「칠발」을 모방하여 그 방식을 끌어와 지은 자들이 있었으나 종종 좋은 작품이 되지 못했지만, 그래도 그 법도만은 남아 있다. 후인들이 지은 것을 보면 더욱 비루하여 그 법도도 남아 있지 않다.

枚生七發, 其原玉之變乎. 措意垂竭, 忽發觀潮, 遂成滑稽. 且辭氣跌蕩, 怪麗不恒. 子建而後, 模擬牽率, 往往可厭, 然其法存也. 至後人爲之而加陋, 其法廢矣.

3-9. 「단궁」과 「고공기」

「단궁(檀弓)」은 간결하고, 「고공기(考工記)」는 번잡하다. 「단궁」은 명쾌하고 「고공기」는 심오하니, 각각 그 오묘함을 지극히 했다. 비록 성인의 작품이 아니지만 한(漢)나라 무제(武帝) 이후의 사람들이 할 수 있는 말은 아니다.

檀弓簡, 考工記煩. 檀弓明, 考工記奥. 各極其妙. 雖非聖筆, 未是漢武以後人語.

3-10. 맹자, 장주, 공손교, 소진

맹자(孟子)는 이치를 분변하는 데 법이 되고 장주(莊周)는 이치를 분변하는 데 법이 되지 못한다. 공손교(公孫僑)[7]는 일을 분변하는 데 법이 되고 소진(蘇秦)은 일을 분변하는 데 법이 되지 못한다. 그러나 그들의 재주는 다른 사람들이 미칠 수 없는 경지이다.

孟軻氏, 理之辨而經者. 莊周氏, 理之辨而不經者. 公孫僑, 事之辨而經者. 蘇秦, 事之辨而不經者. 然材皆不可及.

3-11. 자숭 유애와『장자』

나는 일찍이 자숭(子嵩) 유애(庾敳)가『장자(莊子)』읽기를 좋아하지 않는 것에 대해 늘 괴이하게 여겼었다. 유애는『장자』를 펼쳐 두어 줄을 읽고 나면 곧바로 책을 덮고서 "조금도 내 생각과 다르지 않네."라고 했으니,[8] 그것은 그가 본래 깨우친 것이 없어서 부질없이 과장하여 말한 것이라고 여겨진다. 만일 깨우친 사람으로 하여금 그를 가르치게 한다면 마땅히 침잠하여 깊이 생각하게 만들 것이다.

---

7) 공손교(公孫僑) : 춘추전국 시대 사람으로 이름은 교(僑), 자는 자산(子産)・자미(子美)이다. 정(鄭)나라 간공(簡公) 시기 국정을 맡았다. 미신적인 행사를 배척하는 등 합리적이고 인간주의적 활동을 함으로써 공자(孔子) 사상의 선구가 되었다.

8)『세설신어(世說新語)』「문학(文學)」에서, "유애가『장자』를 읽다가 책을 펴서 1척쯤 되었을 때 곧장 내려놓으면서 말하기를, '내 생각과 조금도 다르지 않구먼.'이라고 했다."

吾嘗怪庾子嵩不好讀莊子, 開卷至數行, 卽掩曰, 了不異人. 以爲此本無所曉, 而漫爲大言者, 使曉人得之, 便當沈湎濡首.

3-12. 『여씨춘추』와 『회남자』, 『한비자』

『여씨춘추(呂氏春秋)』의 문장에는 대단히 아름다운 부분도 있고 그다지 좋지 못한 구절도 있으니, 한 사람의 손에서 나오지 않았기 때문이다. 『회남자(淮南子)』[9]는 비록 서술이 뒤섞인 것 같지만 기법(氣法)이 한결 같으니, 유안(劉安)[10]의 솜씨가 분명하다. 양웅(揚雄)은 "『회남자』의 서술은 한 글자가 백금의 가치가 있다."라고 칭송한 바 있다. 『한비자(韓非子)』의 문장은 대단히 기이하다. 『항창자(亢倉子)』[11]와 『갈관자(鶡冠子)』[12]의 종류는 모두 위서(僞書)이다.

呂氏春秋文有絶佳者, 有絶不佳者, 以非出一手故耳. 淮南鴻烈雖似錯雜, 而氣法如一, 當由劉安手裁. 揚子雲稱其一出一入, 字直百金. 韓非子文甚奇. 如亢倉鶡冠之流, 皆僞書.

---

9) 『회남자(淮南子)』: 『회남자』의 본래 책명(冊名)은 『홍렬(鴻烈)』로 『회남홍렬(淮南鴻烈)』이라 불리기도 했는데, 전한(前漢) 이후 『회남자』로 불렸다.

10) 유안(劉安, B.C.179~B.C.122) : 한 고조(漢高祖)의 손자로 회남왕(淮南王) 유장(劉長)의 아들이다. 문제(文帝) 16년에 아버지의 작위를 이어받아 회남왕이 되어 수춘(壽春)에 도읍했다가 후에 무제에 반기를 들었다가 죽임을 당했다. 문장을 잘 지었고 재사(才思)가 민첩했다.

11) 『항창자(亢倉子)』: 구본(舊本)에 경상초(庚桑楚, 노자의 제자)가 작자라고 전해졌으나 유종원(柳宗元)이 위서(僞書)를 분별했다.

12) 『갈관자(鶡冠子)』: 『한서(漢書)』「예문지(藝文志)」에 이름이 실려 있는데, 작자 불명이다. 왕세정의 『독서후(讀書後)』에서, "가의(賈誼)를 갈관자라고 칭하여 마침내 『갈관자』라는 책이 생겼다."라 했는데, 『갈관자』는 가의의 「복조부(鵩鳥賦)」를 표절하여 지은 작품이다.

3-13. 가의

가의(賈誼)는 나라를 경영할 재주를 지녔으니 모든 말이 덕망을 갖추었다. 그 말은 핵실하면서 이치에 밝으며, 강건하면서 풍부하다.

賈太傅有經國之才, 言言著龜也. 其辭覈而開, 健而飫.

3-14. 왕포, 유향, 양웅

전한(前漢)의 문풍(文風)이 흘러들어 동한(東漢)의 문풍이 되었는데, 그것을 왕포(王褒)[13]가 인도했는가. 왕포는 학문이 낮기 때문에 생각이 짧고, 재주가 경박하니 법에 깊지 못하다. 중루(中壘) 유향(劉向)[14]은 굉박하고 자유롭지만 그 근본이 잡되며, 양웅(揚雄)은 법이 있고 심오하지만 근본에 밝지 못하다. 『법언(法言)』에서 이른바, "끝내 오(吳)나라의 멸망을 바라보리라."라고 한 것은[15] 무슨 말인가.

西京之流而東也, 其王褒爲之導乎. 由學者靡而短於思, 由才者俳而淺於法. 劉中壘宏而肆, 其根雜. 揚中散法而奧, 其根晦. 法言所云, 故眼之, 是何語.

---

13) 왕포(王褒) : 전한 건위(犍爲) 자중(資中) 사람으로 자는 자연(子淵)이다. 사부(辭賦)에 능해, 작품에 「통소부(洞簫賦)」와 「감천궁송(甘泉宮頌)」, 「구회(九懷)」 등 부(賦) 10여 편이 전한다.

14) 유향(劉向) : 본명은 갱생(更生), 자는 자정(子政)이다. 중루교위(中壘校尉)를 지냈다. 『신서(新序)』와 『설원(說苑)』을 편찬했다. 『시경』과 『서경』에 나타난 여인들 중 모범과 경계로 삼을 만한 사례를 모아 『열녀전(列女傳)』을 저술했다.

15) 양웅(揚雄)의 『법언(法言)』 「중려(重黎)」에 보인다.

3-15. 풍연, 채옹, 왕충

전한(前漢)의 문풍이 쇠약해진 것은 경통(敬通) 풍연(馮衍)[16]으로부터 시작된 것인가. 채옹(蔡邕)의 문장은 나약하여 문장의 힘이 식견에 부합하지 못하고 약간 부화함만 털어내었을 뿐이다. 왕충(王充)[17]은 야인으로, 식견이 좀스럽고 비루하며 그 말이 산만하고 군더더기가 많으며, 주지는 제목과 어긋나며 유치하다. 채옹이 왕충을 아꼈으니, 혼자 감춰 두려고 한 것을 미뤄 짐작할 수 있다.[18]

東京之衰也, 其始自敬通乎. 蔡中朗之文弱, 力不副見, 差去浮耳. 王充野人也, 其識瑣而鄙, 其辭散而冗, 其旨乖而稚. 中朗愛而欲掩之, 亦可推矣.

3-16. 사마천과 『사기』

아, 자장(子長) 사마천(司馬遷)과 같은 인물은 끊어지지 않았는데, 사마천의 『사기』 같은 책은 끊어졌구나. 오랜 세월 동안 사마천 같은 사

---

16) 풍연(馮衍) : 후한(後漢) 시기의 인물로 자는 경통(敬通)이다. 9살 때 『시경』을 암송했고, 20살이 되어서는 많은 책에 정통했다.

17) 왕충(王充, 27~100) : 동한(東漢) 사람으로 자는 중임(仲任)이다. 어려서 고아가 되었는데 훗날 경사(京師)에 가서 태학(太學)에서 공부하며 반표(班彪)에게 사사했다. 빈한하여 집 안에 책이 없어서 항상 낙양의 서점가를 돌아다니며 책을 읽었는데 한번 읽으면 바로 암기하여 마침내 백가의 학설을 두루 통달했다고 한다.

18) 『세설신어(世說新語)』에 다음과 같은 이야기가 실려 있다. "왕충이 『논형(論衡)』을 완성했지만 중원(中原)에 전해지지 않다가 채옹이 강동(江東)에 갔을 때 『논형』을 얻고 훌륭한 문장이라고 감탄했으며, 항상 소지하고 읽으면서 이야깃거리로 삼았다. 북쪽으로 돌아갈 때 다른 사람들이 그의 담론이 훨씬 심원해진 것을 느껴 채옹의 휘장 안을 찾아보니 『논형』 한 부가 나왔다."

람은 있었지만, 또한 사마천의 『사기』 같은 책은 만들어지지 않았으니, 그 이유는 무엇인가? 서경(西京) 이래, 봉건(封建)·궁전(宮殿)·관사(官師)·군읍(郡邑)의 명칭이 전아(典雅)하고 순정(純正)하지 못해 쓰기에 걸맞지 않은 것이 첫 번째 이유이다. 조령(詔令)·사명(辭命)·주서(奏書)·부송(賦頌)에 고문(古文)의 격식을 갖춘 것이 드물어 쓰기에 걸맞지 않은 것이 두 번째 이유이다. 항적(項籍)·한신(韓信)·형가(荊軻)·섭정(聶政)·평원군(平原君) 조승(趙勝)·맹상군(孟嘗君) 전문(田文)·무기(無忌) 등처럼 묘사할 만한 인물이 있었던가? 이것이 세 번째 이유이다. 『상서(尙書)』·『모시(毛詩)』·『춘추좌씨전(春秋左氏傳)』·『전국책(戰國策)』·『한비자(韓非子)』·여불위(呂不韋)의 『여씨춘추(呂氏春秋)』 등처럼 인용할 만한 책들이 충분했던가? 이것이 네 번째 이유이다. 아, 이러한 상황이었다면, 사마천도 『사기』를 지을 수 없었을 것이다. 공자(孔子) 또한 인용할 만한 책이 없었다면 어찌할 수 없었을 터이니, 육경(六經)에는 손도 못됐을 것이다.

嗚呼, 子長不絶也, 其書絶矣. 千古而有子長也, 亦不能成史記, 何也. 西京以還, 封建宮殿官師郡邑, 其名不雅馴, 不稱書矣, 一也. 其詔令辭命奏書賦頌, 鮮古文, 不稱書矣, 二也. 其人有籍信荊聶原嘗無忌之流足模寫者乎, 三也. 其詞有尙書毛詩左氏戰國策韓非呂不韋之書足薈蕞者乎, 四也. 嗚呼, 豈惟子長, 卽尼父亦然, 六經無可着手矣.

3-17. 반고의 『한서』

맹견(孟堅) 반고(班固)가 『한서(漢書)』에서 곽광(霍光)과 상관씨(上官氏)가 역모를 꾀해 창읍왕(昌邑王)을 폐위하기 위해 아뢴 일이나[19] 조광한(趙廣漢)이나[20] 한연수(韓延壽)의[21] 관리로서의 치적(治績), 경방(京房)의 술수(術數)가 패망한 일[22] 등은 비록 조화옹처럼 일을 핍진하게 그려내지는 못했지만, 고개지(顧凱之)[23]나 육탐미(陸探微)[24]가 생동감 있게 그려낸 수준 정도는 된다. 동경(東京) 이래, 반고같이 서술한 사람이 있었던가? 진수(陳壽)[25]의 『삼국지(三國志)』는 간략하고 질박하여 범엽(范曄)[26]의 『후한서(後漢書)』보다는 조금 낫지만, 세밀하고 상세한 것은 『삼국지』가 반고의 『한서』에 크게 미치지 못한다.

---

19) 곽광(霍光) : 한(漢)나라 권신(權臣)으로, 소제(昭帝)를 보필하다가 그가 승하하자 창읍왕(昌邑王) 하(夏)를 즉위시켰으나 그가 음란 무도함에 폐위시키고 다시 선제(宣帝)를 옹립했다. 『한서(漢書)』「곽광전(霍光傳)」에 보인다.

20) 조광한(趙廣漢) : 한(漢)나라 선제(宣帝) 때 사람인데, 그가 영천 태수로 갔을 때 토호들이 서로 소송을 제기하도록 유도하고 몰래 상대의 잘못을 들추어내게 하는 방법으로 고을을 잘 다스렸다고 한다. 『한서(漢書)』「조광한전(趙廣漢傳)」에 보인다.

21) 한연수(韓延壽) : 한(漢)나라 소제(昭帝) 때 사람이다. 앞서 조광한(趙廣漢)이 태수로 있을 적에 상대의 잘못을 들추어내게 하는 방법으로 고을을 잘 다스리다 보니 백성들이 서로를 원수로 여기는 이가 많았다. 한연수는 예의와 겸양으로 가르쳤는데, 백성들이 그 다스림을 잘 따랐다고 한다. 『한서(漢書)』「한연수전(韓延壽傳)」에 보인다.

22) 경방(京房) : 한(漢) 나라 동군(東郡) 사람으로 초연수(焦延壽)에게 『주역』을 배웠는데 자연의 현상을 보고 미래를 점치는 것으로 원제(元帝)의 총애를 받다가, 조정을 비방하며 천자에게 악을 뒤집어씌운다고 권신(權臣) 석현(石顯)이 모함하여 41세 때 처형되었다. 『한서(漢書)』「경방전(京房傳)」에 보인다.

23) 고개지(顧凱之) : 동진(東晉) 무석(無錫) 사람으로 일찍이 호두장군(虎頭將軍)을 지냈으므로 사람들이 고호두(顧虎頭) 또는 호두공(虎頭公)이라 불렀는데 단청(丹靑)을 잘했다.

24) 육탐미(陸探微) : 남송(南宋) 오(吳) 지방 사람으로 산수 초목(山水草木)의 그림에 능했다.

25) 진수(陳壽, 233~297) : 자는 승조(承祚)이다. 촉나라가 망한 후 서진(西晉)에 출사했다. 『삼국지(三國志)』를 지었는데, 뒤에 사(私)로 공(公)을 폐하고 부당하게 포폄(褒貶)하는 등 사가(史家)의 직필(直筆)이 못 된다는 평을 받았다.

26) 범엽(范曄) : 남송(南宋) 사람으로, 경사(經史)를 널리 섭렵하고 문장을 잘 지었으며, 음률에 밝았다. 『후한서(後漢書)』를 지었다.

孟堅敍事, 如霍氏上官之郤, 廢昌邑王奏事, 趙韓吏跡, 京房術敗, 雖不得如化工肖物, 猶是顧凱之陸探微寫生. 東京以還, 重可得乎. 陳壽簡質, 差勝范曄, 然宛縟詳至, 大不及也.

3-18. 조조 부자

조조(曹操)는 기세가 웅혼하며 예스럽고 곧으며 슬프고 처량하다. 조조의 아들인 자환(子桓) 조비(曹丕)는 꾸미는 말이 적어 절로 악부(樂府)의 색조가 있다. 자건(子建) 조식(曹植)은 천재적인 재주로 유려하여 비록 오랜 세월 최고라는 칭송을 받았지만, 실제로는 아버지인 조조와 형인 조비에게 뒤진다. 어째서 그러한가? 재주로 공교로움만을 너무 숭상했고 말도 너무 화려하게 꾸몄기 때문이다.

曹公莽莽, 古直悲涼. 子桓小藻, 自是樂府本色. 子建天才流麗, 雖譽冠千古, 而實遜父兄. 何以故. 材太高, 辭太華.

3-18. 위 무제의 「관창해」

위(魏) 무제(武帝)의 악부 중 「관창해(觀滄海)」에 다음과 같은 구절이 있다.[27]

東臨碣石　　　　동쪽으로 갈석산에 이르러

---

27) 「관창해(觀滄海)」의 전문은 다음과 같다. "東臨碣石, 以觀滄海. 水何澹澹, 山島竦峙. 樹木叢生, 百草豐茂. 秋風蕭瑟, 洪濤涌起. 日月之行, 若出其中. 星漢燦爛, 若出其裏. 幸甚至哉, 歌以詠志."

以觀滄海　　　푸른 바다를 바라다보네.
水何澹澹　　　물은 어찌 그리 넘실거리나
山島竦峙　　　섬은 우뚝 솟아 있구려.
秋風蕭瑟　　　가을바람 스산하게 불어오고
洪濤湧起　　　큰 물결이 솟아오른다.
日月之行　　　해와 달의 운행이
若出其中　　　마치 그 속에서 나오는 듯.
星漢燦爛　　　반짝 반짝이는 은하수도
若出其裏　　　마치 그 속에서 나온 듯.

위 무제의 이 표현 또한 그 출처가 있다. 사마상여의 「상림부(上林賦)」에 다음과 같은 구절이 있다.

視之無端　　　바라봐도 끝이 없고
察之無涯　　　살펴봐도 가없어라.
日出東沼　　　해는 동쪽 못에서 뜨고
月生西陂　　　달은 서쪽 언덕에서 오르네.

마융(馬融)[28]의 「광성송(廣成頌)」에도 다음과 같은 구절이 있다.

天地虹洞　　　하늘과 땅 아득하게 넓어
因無端涯　　　그 끝이 없다네.
大明出東　　　해는 동쪽에서 솟아나고
月生西陂　　　달은 서쪽 언덕에서 뜨네.

28) 마융(馬融, 79~166) : 후한(後漢)의 경학가(經學家)로, 자는 계장(季長)이다.

양웅(揚雄)의 「우렵부(羽獵賦)」에도 다음과 같은 구절이 있다.

出入日月　　해와 달은 뜨고 지고
天與地沓　　하늘과 땅이 합쳐진다.

그러하니, 양웅의 말은 기이하고 무제의 말은 장엄함을 알 수 있다. 또한 사마상여의 "달이 서쪽 언덕에서 오르네.[月生西陂]"란 표현에 어떤 운치가 있기에, 마융이 그 표현을 그대로 다시 썼을까?

魏武帝樂府, 東臨碣石, 以觀滄海. 水何澹澹, 山島竦峙. 秋風蕭瑟, 洪濤湧起. 日月之行, 若出其中. 星漢燦爛, 若出其裏. 其辭亦有本. 相如上林云, 視之無端, 察之無涯. 日出東沼, 月生西陂. 馬融廣成云, 天地虹洞, 因無端涯. 大明出東, 月生西陂. 揚雄羽獵云, 出入日月, 天與地沓. 然覺揚語奇, 武帝語壯. 又月生西陂語有何致, 而馬融復襲之.

3-20. 조식과 조비 작품

자건(子建) 조식(曹植)의 작품 중 첫 구절이 "승명전에 들어 황제를 배알하고[謁帝承明廬]"라고 시작하는 「증백마왕표(贈白馬王彪)」라는 작품과 첫 구절이 "밝은 달이 높은 누대를 비추고[明月照高樓]"로 시작하는 「칠애시(七哀詩)」라는 작품, 자환(子桓) 조비(曹丕)의 작품 중 첫 구절이 "서북쪽에 뜬 구름 있노니[西北有浮雲]"로 시작하는 「잡시(雜詩)」라는 작품과 첫 구절이 "가을바람 쓸쓸하고[秋風蕭瑟]"로 시작하는 「연가행(燕歌行)」이란 작품은 업하(鄴下)의 시인들이 미칠만한 경지가 아니다. 업하의 칠자(七子)[29]였던 중선(仲宣) 왕찬(王粲)이나 공간(公幹)

유정(劉楨)도 그 경지에는 훨씬 못 미친다. 나는 늘 조식의 「증백마왕표」라는 작품을 읽을 때면, 수십 번을 읽어도 그만둘 수가 없었다. 조식의 작품은 슬프고 아름다우며 호방하고도 장엄하여 마음과 이치를 드러내지 않음이 없었다.

子建, 謁帝承明廬, 明月照高樓, 子桓, 西北有浮雲, 秋風蕭瑟, 非鄴下諸子可及. 仲宣公幹遠在下風. 吾每至謁帝一章, 便數十過不可了. 悲婉宏壯, 情事理境, 無所不有.

3-21. 조식의 부(賦)

조식(曹植)의 「낙신부(洛神賦)」를 우군(右軍) 왕희지(王羲之)와 대령(大令) 왕헌지(王獻之)가 각각 수십 본(本)을 썼는데, 당시에 진(晉)나라 사람들이 조식의 작품을 대단히 칭송했기 때문이다. 「낙신부」는 맑고도 투명하며 원숙하고 화려하여 송옥(宋玉)의 「신녀부(神女賦)」와 같은 수준이다. 나머지 진왕(陳王) 조식이 지은 여러 부(賦) 작품들은 모두 송옥의 「소언부(小言賦)」의 수준에는 미치지 못한다. 그러나 조식의 「낙신부」가 처음에는 그 제목이 「감견부(感甄賦)」였고[30] 또 조식은 「포생행(蒲生行)」을 지어 견후(甄后)의 「당상행(塘上行)」에 화답했는데, 이때 조식이 형 조비를 꺼리면서도 스스로 자신의 이름을 감추지 않은 것

29) 업하의 칠자(七子) : 후한 건안(建安) 시기에 시문에 뛰어났던 일곱 사람의 유명한 사람으로, 공융(孔融), 진림(陳琳), 왕찬(王粲), 서간(徐幹), 완우(阮瑀), 응창(應暢), 유정(劉楨)을 말한다.

30) 「감견부(感甄賦)」: 조식이 견일(甄逸)의 딸을 맞이했는데, 형 조비에게 빼앗겼고 죽임을 당했다. 이에 조식은 낙수 물가에서 견후(甄后)를 생각하며 「감견부(感甄賦)」를 지었고 뒤에 제목을 「낙신부」로 바꾸었다.

은 어째서인가? 조식의 「포생행」은 진실로 견후(甄后)의 「당상행」의 수준에 미치지 못하니, 낙수(洛水)의 신에게 「포생행」이란 작품을 보게 했다면, 조식이 조잡하다는 조롱을 면하기 어려웠을 것이다.

洛神賦, 王右軍大令各書數十本, 當是晉人極推之耳. 清徹圓麗, 神女之流, 陳王諸賦, 皆小言無及者. 然此賦始名感甄, 又以蒲生當其塘上, 際此忌兄, 而不自匿諱, 何也. 蒲生實不如塘上, 令洛神見之, 未免笑子建傖父耳.

3-22. 견후의 「당상행」(1)

견후(甄后)의 「당상행」이란 작품은 너무도 질박하고 참된 마음이 고스란히 담겨 있어, 양한(兩漢) 시기의 「환선편(紈扇篇)」[31]이나 「백두음(白頭吟)」[32]과 언니 동생의 수준은 된다. 견후가 이미 죽었고 견후의 아름다운 명성도 일컬어지지 않으니, 진실로 탄식할 만하구나.

塘上之作, 朴茂眞至, 可與紈扇白頭姨姒. 甄旣摧折, 而芳譽不稱, 良爲雅歎.

3-23. 견후의 「당상행」(2)

견후(甄后)의 「당상행」에 다음과 같은 구절이 있다.

---

31) 「환선편(紈扇篇)」: 반첩여(班婕妤)의 「원시(怨詩)」를 말한다.

32) 「백두음(白頭吟)」: 고악부(古樂府) 중 탁문군(卓文君)이 지었다고 전해지는 「애여산상설(皚如山上雪)」을 말한다.

莫以豪賢故　　호걸 현인 되었다고 해서
棄捐素所愛　　평소 사랑하는 이 버리지 마소서.
莫以魚肉賤　　물고기 싸다고 해도
棄捐葱與薤　　파와 부추를 버리지 마소.
莫以麻枲賤　　삼과 모시가 싸다고 해도
棄捐菅與蒯　　골풀과 황모 버리지 마십시오.[33]

이 구절은 말과 뜻이 오묘하여 오랜 세월 동안 칭송받아 왔다. 그러나 『춘추좌씨전(春秋左氏傳)』 성공(成公) 9년에 나오는 일시(逸詩)에서 이보다 먼저 그런 내용을 말했는데, 다음과 같다.

雖有絲麻　　비록 명주실과 삼이 있다 해도
無棄菅蒯　　골풀과 황모 버리지 말지어다.
雖有姬姜　　비록 귀족의 미녀가 있다 할지라도
無棄蕉萃　　여윈 못난 이를 버리지 말지어다.

莫以豪賢故, 棄捐素所愛. 莫以魚肉賤, 棄捐葱與薤. 莫以麻枲賤, 棄捐菅與蒯. 其語意妙絶, 千古稱之. 然左傳逸詩已先道矣, 云, 雖有絲麻, 無棄菅蒯. 雖有姬姜, 無棄蕉萃.

33) 견후(甄后)가 지은 「당상행(塘上行)」의 전문은 다음과 같다. "蒲生我池中, 其葉何離離. 傍能行仁義, 莫若妾自知. 衆口鑠黃金, 使君生別離. 念君去我時, 獨愁常苦悲. 想見君顔色, 感結傷心脾. 念君常苦悲, 夜夜不能寐. 莫以豪賢故, 棄捐素所愛. 莫以魚肉賤, 棄捐蔥與薤. 莫以麻枲賤, 棄捐菅與蒯. 出亦復苦愁, 入亦復苦愁. 邊地多悲風, 樹木何修修. 從軍致獨樂, 延年壽千秋."

3-24. 조식의 「증백마왕표」

진사왕(陳思王) 조식(曹植)의 「증백마왕표(贈白馬王彪)」란 작품은 『시경』 대아(大雅)의 「문왕지십(文王之什)」의 체제를 온전히 본받았기 때문에 앞의 2장이 서로 연결되지 않는다.34) 뒷시대 사람이 이러한 것을 알지 못하고서 합쳐서 하나로 하고자 하는 이들이 있으니, 진실로 가소롭다.

陳思王贈白馬王彪詩, 全法大雅文王之什體, 以故首二章不相承耳. 後人不知, 有欲合而爲一者, 良可笑也.

3-25. 한위 문인들

덕조(德祖) 양수(楊脩)35)의 「답임치후서(答臨淄侯書)」라는 글 속에 다음과 같은 구절이 있다.

> "외람되게도 사부(辭賦)를 받았는데, 제게 교정을 하라고 명하셨습니다. 『춘추』가 완성되자 한 글자도 더하고 뺄 수 없었습니다. 『여씨춘추』나 『회남자』는 한 글자가 천금의 가치를 가지고 있습니다. 그래서 제자들은 다른 말을 전혀 하지 않았고 사람들은 손을 모아 공경을 표시했습니다."

그러나 임치후(臨淄侯)였던 조식(曹植)이 양수에게 보낸 「여양덕조서

34) 조식(曹植)의 「증백마왕표(贈白馬王彪)」와 『시경』 「문왕지십(文王之什)」이 모두 7장(章)으로 되어 있기에 한 말이다.

35) 양수(楊修, 175~219) : 동한(東漢) 말기의 문학가로, 자가 덕조(德祖)이다.

(與楊德祖書)」에서는 "내가 어릴 때 지은 사부(辭賦) 1통(通)을 보냅니다.[往僕少小所著辭賦一通]"라고만 했을 뿐 교정과 관련된 말은 없었다. 다만 조식은 「여양덕조서」에서 다음과 같이 말했다.

"경례(敬禮) 정익(丁翼)[36]이 일찍이 짧은 글을 짓고서 저에게 꾸며 달라고 했습니다. 저는 재주가 보통 사람들보다 뛰어나지 못하다고 생각하여, 사양하고서는 꾸미지 않았습니다. 그러자 정익이 저에게 다음과 같이 말했습니다. '그대는 어찌 어렵다고 주저하십니까? 문장이 좋건 나쁘건 간에 제가 비평을 받게 될 것입니다. 그러니 후세 사람들 중에 누가 내 글을 꾸몄는지 알겠습니까?'"

이런 말을 했으니, 이것은 조식이 양수에게 교정을 부탁한 것이 아니겠는가?

당시에는 문거(文擧) 공융(孔融)[37]이 가장 먼저 세상에 이름을 날렸는데, 문장에 있어서는 특히 대단했으며 그 다음이 양수였다. 공장(孔璋) 진림(陳琳)[38]은 편지와 격문(檄文)에 뛰어난 재주를 가지고 있었고 원유(元瑜) 완우(阮瑀)[39]가 그 다음이었다. 그러나 시에 있어서는 모두들 칭송을 받지는 못했다. 유정(劉楨)[40]과 왕찬(王粲)[41]은 문장보다 시

36) 정익(丁翼, ?~220) : 위(魏)나라 문학가로, 자는 경례(敬禮)이다. 조식의 측근 중 한 사람인데, 조비가 황제의 자리에 오르자 형인 정의(丁儀)와 함께 피살되었다.

37) 공융(孔融, 153~208) : 후한(後漢) 말의 정치가로, 자는 문거(文擧)이다.

38) 진림(陳琳, ?~217) : 동한(東漢) 말기 사람으로, 자는 공장(孔璋)이다. 문장이 뛰어나 일찍이 원소(袁紹)를 위해 조조(曹操)의 죄상을 문책하는 격문을 지었는데, 원소가 패하여 조조에게 돌아가니 조조는 그 재주가 아까워 죄를 주지 않고 기실(記室)로 삼았다 한다.

39) 완우(阮瑀, 165~212) : 한위(漢魏)의 문학가로, 건안칠자 중의 한 사람이다. 완적(阮籍)의 아버지이다.

40) 유정(劉楨, ?~217) : 자는 공간(公幹)으로 건안칠자 중 한 사람이다.

에 뛰어났다. 당시 시와 문장을 모두 잘한 사람은 오직 임치후(臨淄侯) 조식뿐이었다. 정평(正平) 예형(禰衡)[42]과 자건(子建) 조식은 건안의 재자(才子)라고 할 만하고 그 다음은 문거 공융이며, 그 다음은 공간 유정과 중선 왕찬이다.

楊德祖答臨淄侯書中有, 猥受顧錫, 教使刊定. 春秋之成, 莫能損益. 呂氏淮南, 字直千金. 弟子鉗口, 市人拱手. 及覽臨淄侯書, 稱往僕少小所著辭賦一通, 不言刊定. 唯所云, 丁敬禮嘗作小文, 使僕潤飾之. 僕自以才不過若人, 辭不爲也. 敬禮謂僕, 卿何所疑難, 文之佳惡, 吾自得之, 後世誰相知定吾文者, 此植相托意耶. 當時孔文擧爲先達, 其於文特高雄, 德祖次之. 孔璋書檄饒爽, 元瑜次之. 而詩皆不稱也. 劉楨王粲, 詩勝於文. 兼至者獨臨淄耳. 正平子建直可稱建安才子, 其次文擧, 又其次爲公幹仲宣.

3-26. 조비와 환현

자환(子桓) 조비(曹丕)의 "나그네는 노상 사람을 두려워하네.[客子常畏人]"[43]라는 시와 「답오조가서(答吳朝歌書)」, 「여종대리서(與鍾大理書)」 등을 읽었다. 그것은 마치 아름다운 자질은 갖춘 소년이 재주를 믿고 재물과 여색을 좋아하는 것 같으니, 응당 오래 많은 것을 누릴 수는 없다.[44]

---

41) 왕찬(王粲, 177~217) : 자는 중선(仲宣)이며, 건안칠자 중 한 사람이다.

42) 예형(禰衡, 173~198) : 후한 말의 선비로, 자는 정평(正平)이다. 조조와 유표, 그리고 유표의 심복인 황조를 능멸하다 황조에게 처형되었다

43) 조비(曹丕) 「잡시(雜詩)」의 두 번째 수로 다음과 같다. "西北有浮雲, 亭亭如車蓋. 惜哉時不遇, 適與飄風會. 吹我東南行, 行行至吳會. 吳會非我鄉, 安能久留滯. 棄置勿復陳, 客子常畏人."

환현(桓玄)[45]은 재주가 조비와 서로 비슷한데 기운은 오히려 그보다 우세하다. 조비가 10년간 천자의 자리에 있었으니 도무지 이해할 수가 없다.

讀子桓客子常畏人及答吳朝歌鍾大理書, 似少年美資負才性, 而好貨好色, 且當不得恒享者. 桓靈寶技藝差相埒, 而氣尚過之. 子桓乃得十年天子, 都所不解.

3-27. 공융과 환현

문거(文擧) 공융(孔融)[46]은 술과 손님 접대를 좋아하여, 항상 "객석에는 손님이 오랫동안 가득하고 술동이엔 술이 비지 않으니, 내가 걱정이 없다."[47]라고 했다. 환현(桓玄)은 의흥태수가 되었으나 뜻을 얻지 못했다고 생각하여 탄식하기를, "아버지는 구주(九州)의 대장이 되었는데 나는 오호(五湖)의 수령에 그쳤구나."[48]라고 하고는 마침내 벼슬을 버리고 돌아가 버렸다. 공융의 시어는 당(唐)나라 시의 운율을 갖췄으며 환현의 시어 또한 당나라 시 중 뛰어난 작품에 해당되는데,

---

44) 조비가 220년부터 226년까지 7년 동안 황제의 자리에 있었기에, 오래 황제의 자리에 있었던 것은 아니다.

45) 환현(桓玄, 369~404) : 자는 경도(敬道), 이름은 현(玄)이며 영보(靈寶)라고도 한다. 환온(桓溫)의 아들이다. 동진을 무너트리고 초를 세워 403년에 황제에 올랐으나 404년에 반란군에 의해 나라는 멸망하고 죽임을 당했다.

46) 공융(孔融, 153~208) : 자는 문거(文擧)로 후한(後漢) 말기의 학자이다. 문필에 능하여 건안칠자(建安七子)의 한 사람으로 불렸다. 당시 세력을 확장하고 있던 조조(曹操)를 비판 조소하다가 일족과 함께 처형되었다.

47) 『후한서(後漢書)』「공융전(孔融傳)」에 보인다.

48) 『진서(晉書)』「환현전(桓玄傳)」에 보인다.

환현의 작품은 공융의 작품보다 더욱 상준(爽俊)하니, 그가 역모를 일으키지 않았다면 더 뛰어난 시인이 되었을 것이다.

孔文擧好酒及客, 恒曰, 坐上客長滿, 樽中酒不空, 吾無憂矣. 桓靈寶爲義興大守, 不得志, 歎曰, 父爲九州伯, 兒爲五湖長. 遂棄官歸. 孔語便是唐律, 桓句亦是唐選. 而桓尤爽俊, 其人不作逆, 一才子也.

3-28. 조비와 조식의 「잡시」

자환(子桓) 조비(曹丕)의 「잡시(雜詩)」 2수와 자건(子建) 조식(曹植)의 「잡시(雜詩)」 6수는 「고시십구수(古詩十九首)」에 집어넣어도 구별하기 힘들 정도이다. 중선(仲宣) 왕찬(王粲)과 공간(公幹) 유정(劉楨)은 그 수준에 한참 부족하다.

子桓之雜詩二首, 子建之雜詩六首, 可入十九首, 不能辨也. 若仲宣公幹, 便覺自遠.

3-29. '당(當)'이란 글자의 의미

「고악부(古樂府)」의 "슬픈 노래는 우는 것에 상당하고, 멀리 바라봄은 고향으로 돌아감에 해당하네.[悲歌可以當泣, 遠望可以當歸.]"[49]라는 2구는 절묘하다. 두보(杜甫)의 「배이북해연역하정(陪李北海宴歷下亭)」에 "패옥은 노래에 해당하네.[玉珮仍當歌]"[50]라는 구절이 있는데, 여기서

49) 『고악부(古樂府)』 「비가(悲歌)」는 다음과 같다. "悲歌可以當泣, 遠望可以當歸. 思念故鄉, 鬱鬱纍纍. 欲歸家無人, 欲渡河無船. 心思不能言, 腸中車輪轉."

'당(當)'자는 「고악부」에서 나왔다. 그러나 문장의 법칙에 매우 합치하지 않으니, 문장을 아는 사람과만 이야기를 나눌 수 있다.

용수(用脩) 양신(楊愼)은 조조(曹操)의 「단가행(短歌行)」의 "술을 마주하여 마땅히 노래하니.[對酒當歌]"[51]를 인용하면서, "조조가 쓴 '당'자의 의미를 본받아 두보가 '마땅하다'는 의미로 한번 '당'자를 사용했는데, 그렇게 하지 않았으면 독자들은 '해당한다'는 의미로 '당'자를 해석했을 것이다."라 했으니, 너무나 우매하여 웃음만 나온다. 조조는 참으로 "술을 마주하면 마땅히 노래를 부른다."는 의미로 '당'자를 사용했으니, 바로 이어지는 구에 "인생이 얼마나 되나.[人生幾何]"라는 말을 보면 알 수 있다. 만약 "술을 마주하여 마땅히 노래하니.[對酒當歌]"에서 '당'을 '해당한다'는 의미의 거성으로 읽으면 무슨 운치가 있겠는가.

古樂府悲歌可以當泣, 遠望可以當歸. 二語妙絶. 老杜玉珮仍當歌. 當字出此, 然不甚合作, 可與知者道也. 用脩引孟德對酒當歌云, 子美一闡明之, 不然, 讀者以爲該當之當矣. 大瞶瞶可笑. 孟德正謂遇酒卽當歌也, 下云人生幾何, 可見矣. 若以對酒當歌作去聲, 有何趣味.

---

50) 두보(杜甫)의 「배이북해연역하정(陪李北海宴歷下亭)」은 다음과 같다. "東藩駐皁蓋, 北渚淩清河. 海右此亭古, 濟南名士多. 雲山已發興, 玉佩仍當歌. 修竹不受暑, 交流空湧波. 蘊眞愜所遇, 落日將如何. 貴賤俱物役, 從公難重過."

51) 조조(曹操)의 「단가행(短歌行)」 첫째 수는 다음과 같다. "對酒當歌, 人生幾何. 譬如朝露, 去日苦多. 慨當以慷, 憂思難忘. 何以解憂, 唯有杜康. 青青子衿, 悠悠我心. 但爲君故, 沈吟至今. 呦呦鹿鳴, 食野之苹. 我有嘉賓, 鼓瑟吹笙. 明明如月, 何時可掇. 憂從中來, 不可斷絶. 越陌度阡, 枉用相存. 契闊談讌, 心念舊恩. 月明星稀, 烏鵲南飛. 繞樹三匝, 何枝可依. 山不厭高, 海不厭深. 周公吐哺, 天下歸心."

3-30. 완적의 「영회」

완적(阮籍)의 「영회(詠懷)」 82수는 자신 주변의 이야기를 읊었는데, 읊고자 하는 상황을 만나면 곧 의경(意境)이 합일되었으며 흥이 다하면 곧바로 시를 마쳤으니 대단히 뛰어난 것은 논할 필요도 없다. 사람들은 진자앙(陳子昂)이 완적의 「영회」를 모방하여 지은 「감회(感懷)」가 더 낫다고 하는데, 하필이면 진자앙인가. 차라리 시에 대한 감흥이 없는 것이 나을 것 같다.

阮公詠懷, 遠近之間, 遇境即際, 興窮即止, 坐不着論宗佳耳. 人乃謂陳子昂勝之, 何必子昂, 寧無感興乎哉.

3-31. 혜강의 시문

숙야(叔夜) 혜강(嵇康)은 흙과 나무로 만든 인형 같아서 인위적인 꾸밈을 하지 않았다. 생각해보면 문장도 또한 그러했으니, 「양생론(養生論)」과 「절교서(絕交書)」 등의 글은 붓 가는 대로 지은 작품으로 간혹 똑같은 내용을 거듭 언급하는 과오를 범하거나 혹은 위아래 내용이 서로 연결되지 않는 경우도 있다. 그러나 그가 홀로 깨우친 조예가 깊은 말은 절로 뛰어나고 아름다우며 고상하니, 읽고 있으면 가슴이 뛰면서 문장에 대해 깨우치는 것이 있게 된다. 혜강의 시는 자긍심이 약간은 드러나지만 사종(嗣宗) 완적(阮籍)만은 못하다. 내가 늘 혜강의 사람됨을 상상해보면, 신선처럼 양 날개로 바람을 타고 다녔을 것만 같다.

嵇叔夜土木形骸, 不事雕飾, 想於文亦爾. 如養生論絕交書, 類信筆成者, 或遂重犯, 或不相續, 然獨造之語, 自是奇麗超逸, 覽之躍然而醒.

詩少涉矜持, 更不如嗣宗. 吾每想其人, 兩腋習習風擧.

3-32. 장형과 부현의 「사수」

평자(平子) 장형(張衡)의 「사수(四愁)」[52]는 천고의 절창이다. 부현(傅玄)[53]이 그것을 모방하여 지은 「의사수(擬四愁)」[54]는 그 운치를 말할 것도 없으니 한번 보고 크게 웃을 뿐이다. 부현은 또 「일출동남우(日出東南隅)」를[55] 지었는데, 『악부(樂府)』의 「일출동남우」[56]에서 정수의

---

52) 장형(張衡)의 「사수(四愁)」는 다음과 같다. "一思曰, 我所思兮在太山, 欲往從之梁父艱. 側身東望涕沾翰, 美人贈我金錯刀, 何以報之英瓊瑤. 路遠莫致倚逍遙, 何爲懷憂心煩勞. 二思曰, 我所思兮在桂林. 欲往從之湘水深. 側身南望涕沾襟, 美人贈我金琅玕, 何以報之雙玉盤. 路遠莫致倚惆悵, 何爲懷憂心煩傷. 三思曰, 我所思兮在漢陽, 欲往從之隴阪長. 側身西望涕沾裳, 美人贈我貂襜褕, 何以報之明月珠. 路遠莫致倚踟躕, 何爲懷憂心煩紆. 四思曰, 我所思兮在鴈門, 欲往從之雪雰雰. 側身北望涕沾巾, 美人贈我錦繡段, 何以報之青玉案. 路遠莫致倚增歎, 何爲懷憂心煩惋."

53) 부현(傅玄, 217~278) : 서진(西晉) 시대 인물로, 자는 휴혁(休奕)이다. 어려서 고아가 되어 가난했지만 박학했고, 글을 잘 지었다. 진 무제(晉武帝)가 즉위하자 옛 의례(儀禮)를 바탕으로 악장(樂章)을 제정했는데, 그에게 사(詞)를 짓도록 했다.

54) 부현(傅玄)의 「의사수(擬四愁)」는 다음과 같다. "我所思兮在瀛洲, 願爲雙鵠戲中流. 牽牛織女期在秋, 山高水深路無由. 愍余不遘嬰殷憂, 佳人貽我明月珠. 何以要之比目魚, 海廣無舟悵勞劬. 寄言飛龍天馬駒, 風氣雲披飛龍逝. 驚波滔天馬不厲, 何爲多念心憂泄. 我所思兮在珠崖, 願爲比翼浮清池. 剛柔合德配二儀, 形影一絶長別離. 愍余不遘情如攜, 佳人貽我蘭蕙草. 何以要之同心鳥, 火熱水深憂盈抱. 申以琬琰夜光寶, 卞和旣沒玉不察. 存若流光忽電滅, 何爲多念獨鬱結. 我所思兮在崑山, 願爲鹿蛩闚虞淵. 日月廻曜照景天, 參辰曠隔會無緣. 愍余不遘罹百艱, 佳人貽我蘇合香. 何以要之翠鴛鴦, 懸度弱水川無梁. 申以錦衣文繡裳, 三光騁邁景不留. 鮮似民生忽如浮, 何爲多念祇自愁. 我所思兮在朔方, 願爲飛燕俱南翔. 煥乎人道著三光, 胡越殊心生異鄉. 愍余不遘罹百殃, 佳人貽我葆羽纓. 何以要之影與形, 永增憂結繁華零. 申以日月指明星, 星辰有翳日月移. 駑馬哀鳴慙不馳, 何爲多念徒自虧."

55) 부현(傅玄)의 「염가행(艷歌行)」은 다음과 같다. "<u>日出東南隅</u>, 照我秦氏樓. 秦氏有好女, 自字爲羅敷. 首戴金翠飾, 耳綴明月珠. 白素爲下裾, 丹霞爲上襦. 一顧傾朝市,

말들을 제거하고 평범한 말만 따다가 지었으니 더욱 볼 마음이 생기지 않는다. 본래 작품의 "사군은 절로 부인이 있고, 저 나부도 절로 남편이 있네.[使君自有婦, 羅敷自有夫.]"라는 말은 그 자체로 의미가 이미 충분하여 여운의 맛이 넘친다. 그런데 부현은 거기에 "천지가 자기 자리를 바르게 하였다.[天地正厥位]"라는 말을 덧붙였으니, 참으로 훌륭한 작품의 수준을 낮게 끌어당겨 이전 문장까지 온전하지 못하게 되었으며 때로 잘못된 자신의 생각으로 훌륭한 작품을 이어 받았으니 벌로 한 말의 먹물을 먹는 것이 옳다.

平子四愁, 千古絶唱, 傅玄擬之, 致不足言, 大是笑資耳. 玄又有日出東南隅一篇, 汰去精英, 竊其常語, 尤有可厭者. 本詞使君自有婦, 羅敷自有夫. 於意已足, 綽有餘味. 今復益以天地正位之語, 正如低措大記舊文不全, 時以己意續貂, 罰飮墨水一斗可也.

再顧國爲虛. 問女居安在, 常在城南居. 靑樓臨大巷, 幽門結重樞. 使君自南來, 駟馬立踟躕. 遣吏謝賢女, 豈可同行車. 斯女長跪對, 使君言何殊. 使君自有婦, 賤妾有鄙夫. 天地正厥位, 願君改其圖."

56) 『악부(樂府)』「맥상행(陌上桑)」은 다음과 같다. "日出東南隅, 照我秦氏樓. 秦氏有好女, 自名爲羅敷. 羅敷喜蠶桑, 採桑城南隅. 靑絲爲籠繫, 桂枝爲籠鉤. 頭上倭墮髻, 耳中明月珠. 緗綺爲下裙, 紫衣爲上襦. 行者見羅敷, 下擔捋髭鬚. 少年見羅敷, 脫帽著帩頭. 耕者忘其犂, 鋤者忘其鋤. 來歸相怒怨, 但坐觀羅敷. 使君從南來, 五馬立踟躕. 使君遣吏往, 問是誰家姝. 秦氏有好女, 自名爲羅敷. 羅敷年幾何, 二十尙不足. 十五頗有餘, 使君謝羅敷, 寧可共載不. 羅敷前致辭, 使君一何愚. 使君自有婦, 羅敷自有夫. 東方千餘騎, 夫壻居上頭. 何用識夫壻, 白馬從驪駒. 靑絲繫馬尾. 黃金絡馬頭, 腰中鹿盧劍. 可値千萬餘, 十五府小史. 二十朝大夫, 三十侍中朗. 四十專城居, 爲人潔白晳. 鬑鬑頗有鬚, 盈盈公府步. 冉冉府中趨, 坐中數千人, 皆言夫壻殊."

3-33. 육기, 반악, 좌사

사형(士衡) 육기(陸機)의 운치 넘치는 훌륭한 문장에서 자못 뛰어난 재주를 볼 수 있으니 경박함이나 나약함은 볼 수 없다. 안인(安仁) 반악(潘岳)은 기력이 뛰어나지만 주제를 드러냄이 부족하다. 태충(太沖) 좌사(左思)는 문장의 기운이 아득하니, 「영사(詠史)」와 「초은(招隱)」은 대단히 뛰어난 말이 넘쳐난다. 다만 너무 조탁을 하지 않았다.

陸士衡翩翩藻秀, 頗見才致, 無奈俳弱何. 安仁氣力勝之, 趣旨不足. 太沖莽蒼, 詠史招隱, 綽有兼人之語, 但太不雕琢.

3-34. 소무, 좌사의 고시

자경(子卿) 소무(蘇武)의 작품인 「여이릉(與李陵)」 4수 가운데 두 번째 수의 '현가(弦歌)'와 '상곡(商曲)'의 몇 마디 말은 잘못 뒤섞였다.[57] 「고시십구수(古詩十九首)」의 "같은 마음으로 함께 바랐는데, 가진 마음을 모두 펼치지 못했네.[齊心同所願, 含意俱未申.]"[58]라는 말은 또한 같은 내용을 거듭 말한 실수를 범했으나 고시가 되는 데에는 해가 되지 않는다. 좌사(左思) 「초은(招隱)」의 "현악기와 관악기 아니더라도, 산수엔 맑은 소리가 있네. 어찌 노래 기다리겠는가, 관목은 절로 슬피 우나

---

57) 소무(蘇武)의 「여이릉(與李陵)」은 다음과 같다. "黃鵠一遠別, 千里顧徘徊. 胡馬失其群, 思心常依依. 何況雙飛龍, 羽翼臨當乖. 幸有絃歌曲, 可以喩中懷. 請爲遊子吟, 泠泠一何悲. 絲竹厲淸聲, 慷慨有餘哀. 長歌正激烈, 中心愴以摧. 欲展淸商曲, 念子不得歸. 俛仰內傷心, 淚下不可揮. 願爲雙黃鵠, 送子俱遠飛."

58) 「고시십구수(古詩十九首)」의 네 번째 작품은 다음과 같다. "今日良宴會, 歡樂難具陳. 彈箏奮逸響, 新聲妙入神. 令德唱高言, 識曲聽其眞. 齊心同所願, 含意俱未伸. 人生寄一世, 奄忽若飆塵. 何不策高足, 先據要路津. 無爲守窮賤, 轗軻長苦辛."

니.[奚必絲與竹, 山水有淸音. 何事待嘯歌, 灌木自悲吟.]"라는 말은 고시가 되는 데 해가 된다. 그러나 두 구절을 따로 놓고 본다면, "산수엔 맑은 소리가 있다.[山水有淸音]"란 부분은 말이 대단히 절묘한 노래이며 "관목은 절로 슬피 운다.[灌木自悲吟]"는 말도 아름다움을 잃지 않았다. 그래서 "떨어지면 둘 다 아름답지만 합치면 둘 다 해가 된다."고 하는 경우에 해당한다.[59]

子卿第二章, 弦歌商曲, 錯疊數語. 十九首齊心同所願, 含意俱未申. 亦大重犯, 然不害爲古. 奚必絲與竹, 山水有淸音. 何事待嘯歌, 灌木自悲吟. 乃害古也. 然使各用之, 山水淸音, 極是妙詠, 灌木悲吟, 不失佳語, 故曰, 離則雙美, 合則兩傷.

3-35. 이밀, 사안, 은호의 벼슬살이

영백(令伯) 이밀(李密)[60]의 「진정표(陳情表)」는 천하 사람들이 효도가 잘 드러난 문장이라고 칭송한다. 그가 훗날 벼슬길에 나와 중앙 정부에서 일하기를 원했는데 자신을 추천해주는 사람이 없어서, 결국 지방의 한중(漢中) 태수에 제수되자 자신의 자리에 맞지 않는다고 여겨 원망을 품게 되었다. 이에 응제시(應制詩)를 지었으니, "사람들은 또한

---

59) 육기(陸機)의 『문부(文賦)』에 나오는 말이다.

60) 이밀(李密, 582~618) : 자는 현수(玄邃) 또는 법주(法主)다. 적양(翟讓)에게 투항하여 위공(魏公)으로 불리었다. 강회(江淮) 이북에서 호응이 커지자 적양을 살해하고 그 집단을 장악, 이연(李淵)이 당 왕조를 일으켰을 때 최대의 반란집단으로 부상했다. 당고조 무덕(武德) 원년(618) 당나라에 항복해 광록경(光祿卿)이 되었다. 그러나 대우에 불만을 품고 모반을 꾀하다가 성언사(盛彦師)에게 살해되었다. 그때 나이 37살이었다.

말하기를, '중앙에 뒤를 봐주는 사람이 있어야 하니, 벼슬길에 나와 조정에 아는 사람이 없으니 전원으로 돌아감만 못하네.'라 하는데, 명철하신 임금이 위에 있으니 이 말이 어찌 그러하랴."[61]라고 했다.

사안(謝安)[62]이 동산(東山)에서 야인(野人)으로 있을 때 그의 부인이 그에게 출세를 권하자 코를 어루만지면서 대답을 얼버무렸으니, 그는 항상 부귀가 자신에게 다가올까 두려워했다.[63] 이윽고 재상에 오르자 자신의 사위 왕국보(王國寶)와 소인들이 결탁하여 그를 임금에게 참소했다. 임금을 모시는 자리에서 환이(桓伊)가 가야금을 타면서 「원시(怨詩)」 한 곡을 노래하자, 사안은 그의 수염을 어루만지며 눈물을 흘렸다.

심원(深源) 은호(殷浩)[64]가 처음에는 은거하며 세상에 나오지 않았다가 후에 간문제(簡文帝)의 요청으로 벼슬에 나왔으나 출정하여 전쟁에 패한 뒤 버림을 받았다. 이 때 그는 "회계왕(會稽王)이 사람을 누대에 오르게 한 뒤 사다리를 버렸구나."라고 했다.[65] 이를테면 처음에

---

61) 『진서(晉書)』「이밀열전(李密列傳)」에 보인다.

62) 사안(謝安, 320~385) : 자는 안석(安石)이다. 젊어서부터 명망이 높았고, 행서(行書)를 잘 썼다. 처음에는 세상에 뜻이 없어 발탁을 받고도 나가지 않았다. 오랫동안 회계(會稽)에서 은둔생활을 하면서 왕희지(王羲之)와 허순(許詢), 지둔(支遁) 등과 교유하면서 자연의 풍류를 즐기다가 마흔이 넘은 중년에 비로소 정계에 나아갔다.

63) 『세설신어(世說新語)』「배조(排調)」에 다음과 같은 내용이 보인다. "처음 사안이 동산에 은거하며 포의로 지낼 때, 형제 중에서 부귀해진 자들이 가문에 모이면 세간의 이목이 집중되었다. 유부인이 농담 삼아 사안에게, '대장부라면 마땅히 이와 같아야 하지 않겠어요.'라고 하자, 사안은 코를 어루만지며, '나도 시세(時勢)에 내몰려 그렇게 될까 걱정이오.'라고 했다."

64) 은호(殷浩, ?~356) : 동진(東晉) 사람으로 자는 연원(淵源)인데, 당나라 사람들이 피휘(避諱)하여 심원(深源)이라 했다. 후에 중군장군이 되어 양·예·서·연·청(揚豫徐兗靑) 다섯 개 주(州)의 군사 일을 감독하면서 군대를 이끌고 북벌(北伐)에 나섰지만 연전연패했다. 환온이 글을 올려 문책하니 강등되어 서인(庶人)이 되었다.

이밀이 조모(祖母) 유씨(劉氏)를 봉양하면서 산에서 나오지 않을 때로 보자면, 순수한 마음을 지녔으니 달리 무슨 생각을 했겠는가. 그런데 훗날 세상에 나와 이렇게 후회를 하니, 세상 나오기 전의 순수한 마음은 모두 참마음이 아닌 것을 알겠다.

李令伯陳情一表, 天下稱孝. 後起拜漢中, 自以失分懷怨, 應制賦詩云, 人亦有言, 有因有緣. 仕無中人, 不如歸田. 明明在上, 斯語豈然. 謝公東山捉鼻, 恒恐富貴逼人. 旣處台鼎, 嫌隙小構, 見桓子野彈琴撫怨詩一曲, 至捋鬚流涕. 殷深源臥不起, 及後敗廢, 時云, 會稽王將人上樓, 著去梯. 譬如始作養劉不出山時觀, 有何不可. 乃知嚮者都非眞境.

3-36. 문장과 정(情)의 관계

왕제(王濟)가 손초(孫楚)의 시를 읽고 이르기를, "문장이 정(情)에서 생기는 지, 정이 문장에서 생기는 지 알 수 없다."[66]라고 했는데, 이 말은 대단히 이치(理致)가 있다. 문장이 정에서 생긴 것은 세상 사람들이 항상 다 알고 있지만, 정이 문장에서 생긴다는 것은 쉽게 논할 수 없는 경지이다. 대개 작품을 지어낸 사람은 우연이겠지만 보는 사람이 실제로 여기는 경우가 있다. 내가 평소에 이런 경우를 겪었는데, 또한 동료 가운데도 이와 같은 일이 있는 것을 보았다.

유애(庾敳)가 「의부(意賦)」를 지었는데 조카 유량(庾亮)에게 힐난을 받게 되자, "참으로 유의(有意)와 무의(無意)의 사이에 있기 때문이다."[67]

65) 『세설신어(世說新語)』 「출면(黜免)」에 보인다.
66) 『세설신어(世說新語)』 「문학(文學)」에 보인다.
67) 『세설신어(世說新語)』 「문학(文學)」에 보인다.

라고 했다. 이 대답은 군색한 대답이지만, 대화를 잘 따져보면 유애의 문장이 아마도 아름답지 못한 것 같다. 그러나 유의와 무의의 사이에 있다는 말은 문득 문장의 묘용(妙用)이라 하겠다.

王武子讀孫子荊詩而云, 未知文生於情, 情生於文. 此語極有致. 文生於情, 世所恒曉. 情生於文, 則未易論. 蓋有出之者偶然, 而覽之者實際也. 吾平生時遇此境, 亦見同調中有此. 又庾子嵩作意賦成, 爲文康所難, 而云, 正在有意無意之間. 此是遁辭, 料子嵩文必不能佳. 然有意無意之間, 卻是文章妙用.

3-37. 좌사의 「영사」

좌사(左思)의 「영사(詠史)」 8수 가운데 두 번째 작품의 "저들의 한 치 줄기로 백 척 소나무 가지를 덮네.[以彼徑寸莖, 廕此百尺條.]"[68]라는 말은 세상의 실상과 관련된 말이다. 여섯 번째 작품의 "존귀한 자는 비록 절로 존귀하겠지만, 그는 마치 먼지처럼 여겼네.[貴者雖自貴, 棄之若埃塵.]"[69]라는 말은 세상을 경시(輕視)하는 말이다. 다섯 번째 작품의 "천 길 벼랑 위에서 옷깃 휘날리고, 만 리 흐르는 강물에서 발을 씻네.[振衣千仞岡, 濯足萬里流.]"[70]라는 말은 세상을 벗어난 말이다. 매번

68) 좌사(左思)의 「영사(詠史)」 두 번째 수는 다음과 같다. "鬱鬱澗底松, 離離山上苗. 以彼徑寸莖, 蔭此百尺條. 世胄躡高位, 英俊沈下僚. 地勢使之然, 由來非一朝. 金張藉舊業, 七葉珥漢貂. 馮公豈不偉, 白首不見招."

69) 좌사(左思)의 「영사(詠史)」 여섯 번째 수는 다음과 같다. "荊軻飮燕市, 酒酣氣益震. 哀歌和漸離, 謂若傍無人. 雖無壯士節, 與世亦殊倫. 高眄邈四海, 豪右何足陳. 貴者雖自貴, 視之若埃塵. 賤者雖自賤, 重之若千鈞."

70) 좌사(左思)의 「영사(詠史)」 다섯 번째 수는 다음과 같다. "皓天舒白日, 靈景耀神州. 列宅紫宮裏, 飛宇若雲浮. 峨峨高門內, 藹藹皆王侯. 自非攀龍客, 何爲欻來游. 被

좌사의 시를 읊조리면 문득 바람을 탄 신선이 되고 싶다.

以彼徑寸莖，蔭此百尺條．是涉世語．貴者雖自貴，棄之若埃塵．是輕世語．振衣千仞岡，濯足萬里流．是出世語．每諷太沖詩，便飄飄欲仙．

3-38. 석숭과 유곤의 작품

석숭(石崇)[71]은 한 시대를 풍미하여 여러 호걸들의 영수(領袖)가 되었으니, 어찌 다만 재물만 많았기 때문이겠는가, 참으로 재기(才氣)가 뛰어났기 때문이다. 「사귀인(思歸引)」[72]과 「명군사(明君辭)」[73]는 진실된 감정이 잘 녹아 있으니 반악(潘岳)과 육기(陸機)의 아래에 있지 않다. 사공(司空) 유곤(劉琨)[74]도 석숭의 수준에 필적한데, 그의 오언시

褐出閶闔，高步追許由．<u>振衣千仞岡，濯足萬里流．</u>"

71) 석숭(石崇, 249~300) : 자는 계륜(季倫), 어려서의 이름은 제노(齊奴)이다 석숭은 관직을 이용해 향료 무역 등을 독점하여 큰 부자가 되었는데, 백여 명의 처첩(妻妾)을 거느렸으며, 집안의 하인도 8백여 명이나 되었다고 한다. 그래서 중국은 물론 한국 등 동아시아 지역에서 오랜 기간 동안 부자의 대명사처럼 여겨졌다.

72) 석숭(石崇)의 「사귀인(思歸引)」은 다음과 같다. "思歸引，歸河陽，假余翼鴻鶴高飛翔．經芒阜，濟河梁，望我舊館心悅康．清渠激，魚彷徨．鴈驚泝波群相將，終日周覽樂無方．登雲閣，列姬姜．拊絲竹，叩宮商．宴華池，酌玉觴．"

73) 석숭(石崇)의 「명군사(明君辭)」는 다음과 같다. "我本漢家子，將適單于庭．辭訣未及終，前驅已抗旌．僕御涕流離，轅馬悲且鳴．哀鬱傷五內，泣淚沾朱纓．行行日已遠，遂造匈奴城．延我於穹廬，加我閼氏名．殊類非所安，雖貴非所榮．父子見陵辱，對之慚且驚．殺身良不易，默默以苟生．苟生亦何聊，積思常憤盈．願假飛鴻翼，乘之以遐征．飛鴻不我顧，佇立以屏營．昔爲匣中玉，今爲糞上英．朝華不足歡，甘與秋草幷．傳語後世人，遠嫁難爲情．"

74) 유곤(劉琨, 271~318) : 서진(西晉) 사람으로, 자는 월석(越石)이다. 젊어서부터 지기(志氣)를 품어 조적(祖逖)과 벗하면서 세상에 쓰이기를 바랐다. 호방함으로 이름을 떨쳐 문장이 당시 인정을 받았다. 영가(永嘉)의 난을 거친 뒤에는 시풍이 크게 변해 비장강개한 음조를 띠었다.

「답노중랑(答盧中朗)」[75]은 당대의 절창(絕唱)이며 천고에 눈물을 흘리게 한다.

石衛尉縱橫一代, 領袖諸豪, 豈獨以財雄之, 政才氣勝耳. 思歸引明君辭情質未離, 不在潘陸下. 劉司空亦其儔也, 答盧中朗五言, 磊塊一時, 涕淚千古.

3-39. '시사(詩史)'라는 어휘 사용

휴문(休文) 심약(沈約)이 이르기를, "자건(子建) 조식(曹植)의 '함경(函京)'이란 말이 나오는 작품,[76] 중선(仲宣) 왕찬(王粲)의 '파안(灞岸)'이란 말이 나오는 작품,[77] 자형(子荊) 손초(孫楚)의 '영우(零雨)'라는 말이 나오는 작품,[78] 정장(正長) 왕찬(王瓚)의 '삭풍(朔風)'이란 말이 나오는 작

75) 유곤(劉琨)의 「답노중랑(答盧中朗)」은 「중증노심(重贈盧諶)」이란 작품을 말하는데, 다음과 같다. "握中有玄璧, 本自荊山璆. 惟彼太公望, 昔在渭濱叟. 鄧生何感激, 千里來相求. 白登幸曲逆, 鴻門賴留侯. 重耳任五賢, 小白相射鉤. 苟能隆二伯, 安問黨與讐. 中夜撫枕歎, 相與數子游. 吾衰久矣夫, 何其不夢周. 誰云聖達節, 知命故不憂. 宣尼悲獲麟, 西狩涕孔丘. 功業未及建, 夕陽忽西流. 時哉不我與, 去乎若雲浮. 朱實隕勁風, 繁英落素秋. 狹路傾華蓋, 駭駟摧雙輈. 何意百鍊剛, 化爲繞指柔."

76) 조식(曹植)의 「증정의왕찬(贈丁儀王粲)」은 다음과 같다. "從軍度函谷, 驅馬過西京. 山岑高無極, 涇渭揚濁清. 壯哉帝王居, 佳麗殊百城. 員闕出浮雲, 承露槩泰清. 皇佐揚天惠, 四海無交兵. 權家雖愛勝, 全國爲令名. 君子在末位, 不能歌德聲. 丁生怨在朝, 王子歡自營. 難怨非貞則, 中和誠可經."

77) 왕찬(王粲)의 「칠애시(七哀詩)」 중 첫 번째 수는 다음과 같다. "西京亂無象, 豺虎方遘患. 復棄中國去, 委身適荊蠻. 親戚對我悲, 朋友相追攀. 出門無所見, 白骨蔽平原. 路有饑婦人, 抱子棄草間. 顧聞號泣聲, 揮涕獨不還. 未知身死處, 何能兩相完. 驅馬棄之去, 不忍聽此言. 南登霸陵岸, 回首望長安. 悟彼下泉人, 喟然傷心肝."

78) 손초(孫楚)의 「척양후시(陟陽候詩)」는 다음과 같다. "晨風飄岐路, 零雨被秋草. 傾城遠追送, 餞我千里道. 三命皆有極, 咄嗟安可保. 莫大於殤子, 彭聃猶爲夭. 吉凶如糾纆, 憂喜相紛繞. 天地爲我爐, 萬物一何小. 達人垂大觀, 誡此苦不早. 乖離卽長衢, 惆

품[79] 등은 모두 곧바로 가슴 속의 진정을 토로한 것이지 시사(詩史)에 기댄 것이 아니다. 참으로 음률의 조화로움으로 앞 시대의 법식보다 높은 수준을 이루었다."[80]라고 했다. 그렇다면 소릉(少陵) 두보(杜甫) 이전에 진실로 '시사'라는 말을 일컬은 사람이 있었다는 방증이다.

沈休文云, 子建函京之作, 仲宣灞岸之篇, 子荊零雨之章, 正長朔風之句, 並直擧胸情, 非傍詩史, 正以音律取高前式. 然則少陵以前, 人固有詩史之稱矣.

3-40. 실제 상황을 읊은 작품

실제 어떤 상황을 읊은 시는 그 실제 상황에 닥쳐 읽으면 슬픔과 즐거움이 절로 백배나 된다. 동양(東陽) 은호(殷浩)가 이윽고 버림을 받아서도 태연자약하며 지냈는데, 조카를 전송하기 위해 강나루에 이르러 안원(顔遠) 조터(曹攄)[81]의 「감구시(感舊詩)」 가운데 "부귀할 땐 다른 사람이 모여들지만, 빈천하면 친척도 떠나네.[富貴他人合, 貧賤親戚離.]"[82]라는 구절을 읊조리면서 눈물을 펑펑 쏟았다. 나는 매번 유곤(劉琨)의 「중증노심(重贈盧諶)」의 "어찌 알았으리, 백번 단련한 쇠가 변하여 손가락

悵盈懷抱. 孰能察其心, 鑒之以蒼昊. 齊契在今朝, 守之與偕老."

79) 왕찬(王瓚)의 「잡시(雜詩)」는 다음과 같다. "朔風動秋草, 邊馬有歸心. 胡寧久分析, 靡靡忽至今. 王事離我志, 殊隔過商參. 昔往鶬鶊鳴, 今來蟋蟀吟. 人情懷舊鄉, 客鳥思故林. 師涓久不奏, 誰能宣我心."

80) 『송서(宋書)』 「사령운전론(謝靈運傳論)」에 보인다.

81) 조터(曹攄) : 조조의 손자로 자는 안원(顔遠)이다.

82) 조터(曹攄)의 「감구시(感舊詩)」는 다음과 같다. "富貴他人合, 貧賤親戚離. 廉藺門易軌, 田竇相奪移. 晨風集茂林, 棲鳥去枯枝. 今我唯困蒙, 群士所背馳. 鄉人敦懿義, 濟濟蔭光儀. 對賓頌有客, 擧觴詠露斯. 臨樂何所歎, 素絲與路歧."

감쌀 정도로 부드러울 줄.[豈意百煉剛, 化爲繞指柔.]"[83]이란 구절을 읽을 때마다 항상 책을 덮고 비감에 젖어 코가 시큰거린다. 아! 유곤은 이미 죽었지만 천년 뒤에도 오히려 생기가 있구나. 저 석륵(石勒)과 단제(段磾)는 지금 어디에 있는가.[84]

實境詩於實境讀之, 哀樂便自百倍. 東陽旣廢, 夷然而已, 送甥至江口, 誦曹顔遠富貴他人合, 貧賤親戚離, 泣數行下. 余每覽劉司空豈意百煉剛, 化爲繞指柔, 未嘗不掩卷酸鼻也. 嗚呼, 越石已矣, 千載而下, 猶有生氣. 彼石勒段磾, 今竟何在.

3-41. 열사의 한을 노래한 구절

처중(處仲) 왕돈(王敦)[85]은 매번 술자리에서, 조조(曹操)의 "늙은 천리마는 마구간에 엎드려 있으나, 마음은 천리에 있고. 열사는 늙은 나이라도 씩씩한 마음은 그치지 않네.[老驥伏櫪, 志在千里. 烈士暮年, 壯心不已.]"[86]라는 구절을 노래했다. 그의 사람됨은 보잘것없어 말할 가치도 없지만,

83) 3-38 참조.

84) 유곤(劉琨)은 진나라 조정을 위해 유민들을 돌보는 한편 홀로 하북(河北)을 지키면서 유총(劉聰)과 석륵(石勒)에게 항거했다. 석륵에게 패한 뒤 선비귀족(鮮卑貴族) 유주자사(幽州刺史) 단필제(段匹磾)에게로 달아났으나, 단필제가 그를 꺼려 결국 살해당했다.

85) 왕돈(王敦, 266~324) : 동진(東晉) 사람으로 자는 처중(處仲)이다. 낭야왕(琅邪王) 사마예(司馬睿, 元帝)가 처음에 강동(江東)을 지켰는데, 위명(威名)을 떨치지는 않았지만 왕도와 함께 그를 도왔다. 두도(杜弢)의 반란을 진압하고 진동대장군(鎭東大將軍)에 올랐다. 서진이 망하고 동진이 들어설 무렵 동진 정권을 지지한 덕에 정남대장군(征南大將軍)과 형주목(荊州牧)에 올라 병권(兵權)을 장악했다.

86) 조조(曹操)의 「보출동서문행(步出東西門行)」에 보이는 구절이다. 2-13 참조.

그의 뜻은 연민을 불러일으킨다. 내가 경신년(1560) 이후로 매번 유곤(劉琨)의 두 구를 읽을 때마다 한숨을 내쉬며 술자리를 마쳤다.[87] 소릉(少陵) 두보(杜甫) 「몽이백(夢李白)」의 "천추만세에 이름을 남긴다 해도, 죽은 뒤에는 적막하기만 한 것을.[千秋萬歲名, 寂寞身後事.]"[88]이라는 구절을 읽을 때면 문득 침울하여 한참 동안을 배회했다.

王處仲每酒間, 歌老驥伏櫪, 志在千里. 烈士暮年, 壯心不已, 其人不足言, 其志乃大可憫矣. 余自庚申以後, 每讀劉司空二語, 未嘗不欷歔罷酒. 至少陵千秋萬歲名, 寂寞身後事, 輒黯然低回久之.

3-42. 영웅들의 푸념

처중(處仲) 왕돈(王敦)은 "늙은 말이 마구간에 엎드려 있네.[老驥伏櫪]"라는 말을 즐겨 읊조렸는데, 침 뱉는 그릇을 제멋대로 두드리며 박자를 맞춰 침 뱉는 그릇이 완전히 찌그러지는 상황에까지 이르렀다.[89] 왕돈의 이러한 행동은 현덕(玄德) 유비(劉備)가 넓적다리에 살이 찐 것을 슬퍼했다는[90] 것과 같은 것이다. 현자(玄子) 환온(桓溫)은 항

87) 3-40 참조.

88) 두보(杜甫)의 「몽이백(夢李白)」 두 번째 수는 다음과 같다. "浮雲終日行, 游子久不至. 三夜頻夢君, 情親見君意. 告歸常局促, 苦道來不易. 江湖多風波, 舟楫恐失墜. 出門搔白首, 若負平生志. 冠蓋滿京華, 斯人獨憔悴. 孰云網恢恢, 將老身反累. 千秋萬歲名, 寂寞身後事."

89) 『진서(晉書)』 「왕돈전(王敦傳)」에 보인다.

90) 촉한(蜀漢)의 유비(劉備)가 일찍이 형주(荊州)의 유표(劉表)에게 붙여 있을 때, 한번은 변소에 갔다가 자기 넓적다리에 살이 찐 것을 보고는 돌아와서 눈물을 줄줄 흘렸다. 유표가 그 까닭을 묻자, 유비가 대답하기를 "내 몸은 항상 말의 안장을 떠나지 않았기 때문에 넓적다리의 살이 다 빠져서 홀쭉했는데, 지금은 말을 타지

상 "백세 동안 명성을 날리지 못한다면 또한 만년도록 오명(汚名)이라도 남기는 것도 좋다."는 말을 했는데,[91] 지금에는 서생들이 욕을 하는 빌미가 되었다. 그렇지만 이것도 영웅의 말이다.

도계(道季) 유화(庾龢)[92]는 다음과 같이 말했다.

> "염파(廉頗)와 인상여(藺相如)는 비록 천 년 전에 죽은 사람이지만, 늠름하여 항상 살아 있는 듯한 기운이 있다. 조서(曹蜍)와 이지(李志)는 비록 지금 살아 있지만, 저승 사람처럼 기백이 부족하여 미미한 존재이다."[93]

이런 언급을 한 사람이 비록 그런 재주를 가지고 있지는 않았지만, 말의 뜻은 진실로 이치에 부합하는 바가 있다.

王處仲賞詠老驥伏櫪之語, 至以如意擊唾壺爲節, 唾壺盡缺. 卽玄德悲髀肉生意也. 桓玄子恒言不能流芳百世, 亦當貽臭萬年, 至今爲書生罵端, 然直是大英雄語. 庾道季云, 廉頗藺相如雖千載上死人, 懍懍恒如有生氣. 曹蜍李志雖見在, 厭厭如泉下人. 人雖不相蒙, 意實有會.

않으니 넓적다리의 살이 많이 쪘다. 세월이 달리는 말처럼 빨라서 몸은 늙어 가는데, 공업(功業)을 아직 세우지 못했는지라, 이 때문에 슬퍼서 우는 것이다."라고 한 데서 온 말이다. 『삼국지(三國志)』에 보인다.

91) 『진서(晉書)』「환온전(桓溫傳)」에 보인다.

92) 유화(庾龢) : 동진(東晉) 때의 문장가로, 자는 도계(道季)이다.

93) 『세설신어(世說新語)』「품조(品藻)」에 보인다.

3-43. 육기와 육운 형제의 논의

사룡(士龍) 육운(陸雲)[94]이 그 형 육기(陸機)[95]에게 보낸 편지에서 몇 차례 주고받은 평론은 다음과 같다.[96]

"형이 지은 「이조송(二祖頌)」은 대단히 훌륭한 작품이고 「술사부(述思賦)」는 속 깊은 심정을 다 말한 것으로, 실로 청신(淸新)하고 오묘한 경지에 든 것인데, 형이 지은 작품 중에서 최고가 되지는 못할 듯합니다. 형이 지은 「문부(文賦)」는 대단히 화려하여 아름다운 표현들이 많으며 문장을 여러 가지 체재에 걸맞게 하면서도 청신하게 만들지 않으려 했습니다.【두보(杜甫)가 「취가행(醉歌行)」에서 '육기는 나이 스물에 문과 부를 지었다.[陸機二十作文賦]'라 했는데, 그렇다면 이미 스무 살이 지났다.】「영덕송(詠德頌)」은 대단히 아름다운 작품이고 「누부(漏賦)」는 대단히 잘 다듬은 작품이라고 할 만합니다."

"장화(張華)[97] 부자가 또한 저에게[雲] '형의 문이 자안(子安) 성공수(成公綏)[98]보다 낫다.'라 했으니, 형이 지은 이경부(二京賦)가 반드시 세상에 전해질 것이라고 생각했습니다."

---

94) 육운(陸雲, 262~303) : 서진(西晉)의 문학가로, 자는 사룡(士龍)이다.

95) 육기(陸機, 261~303) : 서진(西晉)의 문학가로, 자는 사형(士衡)이다. 의고적인 서정시를 많이 남겼지만 그보다는 시와 산문이 뒤섞인 복잡한 형식으로 이루어진 부(賦)의 작가로 더 잘 알려져 있다.

96) 『육사룡집(陸士龍集)』「여형평원서(與兄平原書)」에 아래의 내용이 보인다.

97) 장화(張華, 232~300) : 자는 무선(茂先)이다. 화려한 시문으로 알려졌고 장재(張載)·장협(張協)과 함께 삼장(三張)으로 불렸다.

98) 성공수(成公綏, 231~273) : 서진(西晉)의 문학가로, 자는 자안(子安)이다. 경전을 두루 섭렵했으면서도 알아줌을 구하지 않았기에, 장화(張華)가 대단히 존경했다. 「소부(嘯賦)」, 「금부(琴賦)」, 「비파부(琵琶賦)」 등의 작품이 있다.

“장화의 잠(箴)과 뇌(誄) 작품은 오언시에 지나지 않습니다. 장화의 「현태뢰(玄泰誄)」는 형의 「사조뢰(士祚誄)」의 수준에 미치지 못하고 형의 「승상잠(丞相箴)」은 장화의 「여사잠(女史箴)」만은 못합니다.”

“왕찬(王粲)의 「등루부(登樓賦)」는 명성이 너무 높아서 그 수준을 뛰어넘을 수 없을 듯합니다. 또한 채옹(蔡邕)[99]의 「조덕송(祖德頌)」에는 간언하는 말이 전혀 없습니다. 그러나 너무도 청신하고 공교로우며 사용한 말이 너무 뛰어나 이러한 작품을 짓는 것도 쉽지 않을 듯합니다. 형께서 자세히 살펴보지 못했기 때문인 듯합니다.”

“채옹이 뛰어난 분야는 다만 명(銘)과 송(頌)일 뿐이었습니다. 채씨의 명(銘) 중에 좋은 것도 두어 편 있지만, 그 나머지 작품은 그저 평범합니다. 형의 시부(詩賦)는 절로 남들이 미칠 수 없는 대단한 수준이기에, 채씨의 작품과 비교하는 일은 온당하지 않습니다. 살피건대, 장화는 벼슬이 사공(司空)에 이르렀고 채옹은 그저 중랑(中郎)이었습니다.”

“예전에 탕중(湯仲)[100]이 「구가(九歌)」에 대해 칭송한 것을 들었습니다. 그러나 제가 예전에 『초사』를 읽어보았는데, 대단하다고 생각되지는 않았습니다. 그런데, 요즘에 다시 보니 진실로 청신하고 오묘함이 흘러넘친다는 것을 절로 알게 되었습니다. 예부터 지금까지 전해오는 『초사』와 같은 장르의 문장 중에서 이것이 으뜸이라 할 만 합니다. 진원(眞元)[101]이 「구변(九辨)」을 대단히 칭찬했는데, 저는 그렇게 좋아할 만한 것은 아니라고 생각합니다.”

99) 채옹(蔡邕, 133~192) : 동한(東漢)의 문학가로, 자는 백개(伯喈)이다. 관직이 중랑장(中郎將)에 이르렀기에 ‘채중랑(蔡中郎)’이라고도 부른다.

100) 미상.

101) 미상.

육기와 육운 형제간의 논의가 이와 같았는데, 그 대체(大體)만을 채록해 둔다.

偶閱士龍與兄書, 前後所評隲者云, 二祖頌甚爲高偉, 述思賦深情至言, 實爲清妙, 恐故未得爲兄賦之最. 文賦甚有辭, 綺語頗多, 文適多體, 便欲不清.【老杜詩云, 陸機二十作文賦. 當已過二十也.】 詠德頌甚復盡美. 漏賦可謂精工. 又云, 張公父子亦語雲, 兄文過子安. 雲謂兄作二京, 必傳無疑. 又云, 張公箴誄自過五言詩耳. 玄泰誄自不及士祚誄, 兄丞相箴小多, 不如女史箴耳. 又云, 登樓名高, 恐未可越. 祖德頌無乃諫語耳, 然靡靡清工, 用辭緯澤, 亦未易, 恐兄未熟視之耳. 又云, 蔡氏所長, 唯銘頌耳. 銘之善者, 亦復數篇, 其餘平平. 兄詩賦自興絶域, 不當稍與比較. 按張爲司空, 蔡則中郎也. 又云, 嘗聞湯仲歎九歌. 昔讀楚辭, 意不大愛之. 頃日視之, 實自清絶滔滔, 故自是識者. 古今來爲如此文, 此爲宗矣. 眞元盛稱九辨, 意甚不愛. 其兄弟間議論如此, 大自可采.

3-44. 육기의 문장

흥공(興公) 손작(孫綽)[102]은 "반악의 문장은 소견이 얕지만 깨끗하고 육기의 문장은 심오하지만 거칠다."라 했고 또 "반악의 문장은 비단을 펼쳐 놓은 것처럼 화려하여 좋지 않은 부분이 없다. 반면 육기의 문장은 모래사장에서 금을 찾는 것과 같아 이따금 좋은 작품을 보게 된다."라 했다.[103] 무선(茂先) 장화가 예전에 사형(士衡) 육기에게 "사람들은 재주가 적은 것을 걱정하는데, 그대는 재주가 많은 것을 걱정하

102) 손작(孫綽, 314~371) : 동진(東晋) 때 시인으로 자는 흥공(興公)이다.

103) 『세설신어(世說新語)』「문학(文學)」에 보인다.

는군."이라 했다.[104] 그렇다면 육기 문장의 단점은 많이 저술하면서 거칠게 한 점에 있다. 그런데 나는 그렇게 생각하지 않는다. 육기의 단점은 많이 저술한 것에 있는 것이 아니라 모방한 것에 있기에 자연스러운 흥취가 적다.

孫興公云, 潘文淺而淨, 陸文深而蕪. 又云, 潘文爛若披錦, 無處不善. 陸文若排沙揀金, 往往見寶. 又茂先嘗謂士衡曰, 人患才少, 子患才多. 然則陸之文病在多而蕪也. 余不以爲然. 陸病不在多而在模擬, 寡自然之致.

3-45. 하후담의 작품

『진서(晉書)』에는 효약(孝若) 하후담(夏侯湛)[105]의 「동방삭찬(東方朔贊)」이란 작품은 수록되어 있지 않고 하후담의 「훈제문(訓弟文)」만 수록되어 있으니, 진실로 식견이 없는 사람이 한 짓이다.

晉史不載夏侯孝若東方朔贊而載其訓弟文, 眞無識者也.

3-46. 진나라 악가

진(晉)나라의 「불무가(拂舞歌)」와 「백구(白鳩)」 및 「독록(獨漉)」은 맹덕(孟德) 조조(曹操) 부자의 시풍을 이은 것이다. 「백저무가(白紵舞歌)」는 제(齊)와 양(梁)의 오묘한 경지를 연 것으로, 자환(子桓) 조비(曹丕)의 「연

---

104) 『진서(晉書)』 「육기전(陸機傳)」에 보인다.

105) 하후담(夏侯湛, 243~291) : 서진(西晉) 때 문학가로 자는 효약(孝若)이다.

가(燕歌)」의 풍격이 있다.

晉拂舞歌白鳩獨漉得孟德父子遺韻, 白紵舞歌已開齊梁妙境, 有子桓燕歌之風.

3-47. 명예와 술에 의탁한 작품

「고시십구수(古詩十九首)」에서 “홀연히 형체는 죽어가는 것이니, 영예로운 이름을 보배로 삼아야지.[奄忽隨物化, 榮名以爲寶.]”라고 한 것은 어쩔 수 없어서 ‘명(名)’에 의탁한 것이다.[106] 완적(阮籍)이 「영회시(詠懷詩)」에서 “수많은 세월이 지난 후에 영예와 명성은 어디로 갈까.[千秋萬歲後, 榮名安所之.]”라 했는데, 이때의 ‘명’ 또한 돌아갈 곳이 없다.[107] 또 돌아갈 곳이 없었기에 술[酒]에 의탁했는데, 장한(張翰)은 “내 죽어 명성이 있더라도, 지금 한잔 술 마시는 것보다 못하리라.[使我有身後名, 不如且飮一杯酒.]”라 했다.[108] 「고시십구수(古詩十九首)」에서 “약 먹으며 신선 되려다가, 많은 사람이 약으로 병을 얻네.[服食求神仙, 多爲藥所誤.]”라 했는데, 또 어쩔 수 없이 술에 의탁하면서, “차라리 좋은 술 마시고 비단 옷 입는 것만 못하네.[不如飮美酒, 被服紈與素.]”라 했다.[109] “좋은 옷 입는다.[被服紈素]”는 표현은 그 뜻이 더욱 비루하지

---

106) 「고시십구수(古詩十九首)」 열한 번째 수는 다음과 같다. “迴車駕言邁, 悠悠涉長道. 四顧何茫茫, 東風搖百草. 所遇無故物, 焉得不速老. 盛衰各有時, 立身苦不早. 人生非金石, 豈能長壽考. <u>奄忽隨物化, 榮名以爲寶.</u>”

107) 완적(阮籍)의 「영회시(詠懷詩)」 네 번째 수는 다음과 같다. “昔年十四五, 志尙好詩書. 被褐懷珠玉, 顔閔相與期. 開軒臨四野, 登高望所思. 丘墓蔽山岡, 萬代同一時. <u>千秋萬歲後, 榮名安所之.</u> 乃悟羨門子, 噭噭今自嗤.”

108) 『진서(晉書)』 「장한전(張翰傳)」에 보인다.

만, 그 마음만은 더없이 가련하다.

奄忽隨物化, 榮名以爲寶. 不得已而托之名也. 千秋萬歲後, 榮名安所之. 名亦無歸矣, 又不得則歸之酒, 曰, 使我有身後名, 不如且飮一杯酒. 服食求神仙, 多爲藥所誤, 亦不得已而歸之酒, 曰, 不如飮美酒, 被服紈與素. 至於被服紈素, 其趣愈卑, 而其情益可憫矣.

3-48. '의마'의 고사

말에 기대어 글을 쓴다[倚馬]는 고사는 환온(桓溫)이 모용(慕容)을 정벌할 때, 원호(袁虎)를 불러 말에 기대어 노포문(露布文)을 짓게 하니 글을 쓰느라 붓이 그치지 않았다는 것이다.[110] 지금 이 일에 대해 자세히 아는 사람이 드물어 자신을 낮추어 '소에 기댄다[倚牛]'라는 표현을 하는 경우가 있으니, 가소롭다.

倚馬事, 乃桓溫征慕容時, 喚袁虎倚馬前作露布, 文不輟筆. 今人罕知其事, 至有自謙爲倚牛者, 可笑也.

---

109) 「고시십구수(古詩十九首)」 열세 번째 수는 다음과 같다. "驅車上東門, 遙望郭北墓. 白楊何蕭蕭, 松栢夾廣路. 下有陳死人, 杳杳卽長暮. 潛寐黃泉下, 千載永不寤. 浩浩陰陽移, 年命如朝露. 人生忽如寄, 壽無金石固. 萬歲更相送, 賢聖莫能度. 服食求神仙, 多爲藥所誤. 不如飮美酒, 被服紈與素."

110) 진(晉)의 환온(桓溫)이 북정(北征)할 때 원호(袁虎)가 종군했다가 책임을 지고 면관되었는데, 마침 노포문(露布文)을 지을 일이 있어 원호를 불러 말에 기대어 짓게 하자 단숨에 일곱 장의 종이를 채워 내니 문장이 볼만했다. 『세설신어(世說新語)』 「문학(文學)」에 보인다.

3-49. 실제 상황을 읊은 작품들

사형 육기의 「단가행(短歌行)」에 "남은 세월은 너무 짧고 지난 세월은 너무도 기네.[來日苦短, 去日苦長.]"란 구절이 있고[111] 휴혁(休奕) 부현(傅玄)[112]의 「잡시(雜詩)」에 "뜻있는 선비 짧은 낮을 안타까워하고, 수심에 찬 사람은 긴 밤을 안다.[志士惜日短, 愁人知夜長.]"란 구절이 있으며,[113] 계응(季鷹) 장한(張翰)의 「잡시(雜詩)」에 "영예와 건장함 모두 사라지고, 천함과 늙음만이 서로 찾아드네.[榮與壯俱去, 賤與老相尋.]"란 구절이 있고,[114] 안원(顔遠) 조터(曹攄)[115]의 「감구(感舊)」에 "부귀할 때는 남들도 모이는데, 빈천할 때는 친척도 떠난다.[富貴他人合, 貧賤親戚離.]"란 구절이 있다.[116] 이러한 표현들은 비루하고 천박한 듯하지만, 실제 상황에 닥쳐 읽어본다면, 이 구절을 차마 여러 번 읽기가 어려울 것이다.

---

111) 육기(陸機)의 「단가행(短歌行)」은 다음과 같다. "置酒高堂, 悲歌臨觴. 人生幾何, 逝如朝霜. 時無重至, 華不再揚. 蘋以春暉, 蘭以秋芳. 來日苦短, 去日苦長. 今我不樂, 蟋蟀在房. 樂以會興, 悲以別章. 豈曰無感, 憂爲子忘. 我酒旣旨, 我肴旣臧. 短歌可詠, 長夜無荒."

112) 부현(傅玄, 217~278) : 서진 때의 문학가로, 자는 휴혁(休奕)이다.

113) 부현(傅玄)의 「잡시(雜詩)」는 다음과 같다. "志士惜日短, 愁人知夜長. 攝衣步前庭, 仰觀南鴈翔. 玄景隨形運, 流響歸空房. 淸風何飄颻, 微月出西方. 繁星依靑天, 列宿自成行. 蟬鳴高樹間, 野鳥號東廂. 纖雲時髣髴, 渥露沾我裳. 良時無停景, 北斗忽低昻. 常恐寒節至, 凝氣結爲霜. 落葉隨風摧, 一絶如流光."

114) 장한(張翰)의 「잡시(雜詩)」는 다음과 같다. "暮春和氣應, 白日照園林. 靑條若總翠, 黃華如散金. 嘉卉亮有觀, 顧此難久耽. 延頸無良塗, 頓足託幽深. 榮與壯俱去, 賤與老相尋. 歡樂不照顔, 慘愴發謳吟. 謳吟何嗟及, 古人可慰心."

115) 조터(曹攄, ?~308) : 서진 때의 문학가로, 자는 안원(顔遠)이다.

116) 조터(曹攄)의 「감구(感舊)」는 다음과 같다. "富貴他人合, 貧賤親戚離. 廉藺門易軌, 田竇相奪移. 晨風集茂林, 棲鳥去枯枝. 今我惟困蒙, 群士所背馳. 鄕人敦懿義, 濟濟蔭光儀. 對賓頌有客, 擧觴詠露斯. 臨樂何所歎, 素絲與路岐."

陸士衡之來日苦短, 去日苦長, 傅休奕之志士惜日短, 愁人知夜長, 張季鷹之榮與壯俱去, 賤與老相尋, 曹顏遠之富貴他人合, 貧賤親戚離, 語若卑淺, 而亦實境所就, 故不忍多讀.

3-50. 곽박과 목화의 부

동진(東晉)[117] 이래로 작가들이 거의 없었는데, 전쟁으로 인해 작가가 없었던 것이 아니라 청담(淸談)만을 즐겼기 때문이다. 경순(景純) 곽박(郭璞)[118]의 「유선시(游仙詩)」 7수는 너무도 아름답고 화려하지만 오묘한 뜻은 적다. 곽박의 「강부(江賦)」 또한 공교롭기는 하지만 현허(玄虛) 목화(木華)[119]의 수준보다는 못한 듯하다. 목화의 「해부(海賦)」에 대해서, 사람들은 "시작과 끝맺음이 없다."고들 하는데 작품의 결말은 제대로 마치지 못했지만 시작 부분은 그런대로 쓸 만하다. 만일 구하(九河)라는 작품을 짓는다면, 이 작품의 시작 부분을 그곳에 쓰면 될 듯하지만 도리어 큰 바다를 제대로 표현하지 못했다는 평가는 면하기 어려울 듯하다.

渡江以還, 作者無幾, 非惟戎馬爲阻, 當由清談間之耳. 景純游仙, 曄曄佳麗, 第少玄旨. 江賦亦工, 似在木玄虛下. 玄虛海賦, 人謂未有首尾, 尾誠不可了, 首則如是矣, 或作九河乃可用此首, 今却不免孤負大海.

---

117) 동진(東晉) : '도강(渡江)'은 장강을 건넜다는 것으로, 서진(西晉) 말에 중원에 대란(大亂)이 발생하여, 사마씨(司馬氏)의 다섯 친왕(親王)이 난리를 피해 강남(江南)으로 옮긴 뒤에 진 원제(晉元帝) 사마예(司馬睿)가 동진(東晉)을 세운 바 있다.

118) 곽박(郭璞, 276~324) : 서진 시대 문학가로, 자는 경순(景純)이다.

119) 목화(木華) : 서진 때의 문학가로, 자는 현허(玄虛)이다.

3-51. 「해부」

"파도 몰아치면 큰 물결이 모여들고 큰 물결 흘러들면 모든 냇물 거꾸로 흐른다네.[噏波則洪漣踧蹜, 吹澇則百川倒流.]"는 현허 목화의 「해부」 한 구절인데, 목화의 웅장한 기세가 발휘된 곳이다. "날갯짓 하니 우주에 바람이 일어나고, 비늘 치키니 사독에 물결이 일어나네.[擧翰則宇宙生風, 抗鱗則四瀆起濤.]"는 흥공(興公) 손작(孫綽)의 「망해부(望海賦)」 한 구절인데, 손작의 웅장한 기세가 발휘된 곳이다. "거센 물결 몰아치자 해와 달도 놀란 듯하고 물결 일렁이자 은하수가 뒤집힌 듯해라.[湍轉則日月似驚, 浪動則星河如覆.]"는 사광(思光) 장융(張融)[120]의 「해부(海賦)」 한 구절인데, 장융의 웅장한 기세가 발휘된 곳이다. 이들 세 「해부」는 글자가 그렇게 다르지는 않으니, 이 작품을 읽어보면 양웅(楊雄)과 사마상여(司馬相如)의 작품이 생각난다.

噏波則洪漣踧蹜, 吹澇則百川倒流. 此玄虛之雄也. 擧翰則宇宙生風, 抗鱗則四瀆起濤. 此興公之雄也. 湍轉則日月似驚, 浪動則星河如覆. 此思光之雄也. 三海賦措語無大懸絶, 讀之令人轉憶楊馬耳.

3-52. 장융의 「해부」

장융(張融)의 「해부(海賦)」는 『남제서(南齊書)』「장융전(張融傳)」에 매우 분명하게 실려 있다. 또한 '증(增)'과 '염(鹽)'의 두 운은 문장의 이치를 깨우친 경지에서 나온 것으로 대단히 아름다운 말이다. 그런데 용수(用脩) 양신(楊愼)이 『승암집(升庵集)』에서 이르기를, "「해부」의 전체 문장

120) 장융(張融) : 남조(南朝) 시기 문학가로, 자는 사광(思光)이다.

을 보지 못하니 한스럽다."라고 했는데, 도대체 무슨 말인가. 양신은 역사에 대한 학문이 부족하니, 예를 들어 '장준(張浚)'과 '장준(張俊)'을 삼척동자도 구별할 수 있는데,[121] 그는 처음 듣는 것처럼 구별하지 못했으니 하물며 다른 것은 말할 필요가 있으랴.

融之此賦, 本傳載之甚明. 又有增鹽二韻, 出於應手, 以爲佳話. 而用脩云, 恨不見全文, 何也. 用脩無史學, 如張浚張俊, 三尺小兒能曉, 以爲秘聞, 何況其它.

3-53. 도잠의 작품

연명(淵明) 도잠(陶潛)[122]의 작품은 진실한 마음을 담박하게[沖澹] 표현했으며, 작품에 쓰여진 단어는 지극히 공교로우니 깊이 생각한 뒤 조탁의 흔적이 보이지 않게 다듬었다. 뒷사람이 그것을 모방하고자 깊이 침잠하여 엇비슷한 작품을 지어놓고 "도잠의 작품 경계와 비슷하다."라고 말들 하지만 조금도 닮지 않고 너무나 동떨어져 있다.

---

121) 앞의 장준(張浚)은 남송 시기 인물로 금에 항거한 인물로 명상 장구령(張九齡)의 아우인 장구고(張九皐) 자손이며 장식(張栻)의 아버지이다. 뒤의 장준(張俊)은 북송 말기의 혼란기에 전국을 다니면서 반란을 진압했다. 악비(岳飛)와 한세충(韓世忠), 한기(韓琦)와 함께 남송의 4대 명장(名將)으로 꼽힌다. 그러나 주화파 진회(秦檜)에게 붙어 병권을 포기했고, 악비를 모함해 살해할 때도 가담해 여론은 비루하게 여겼다.

122) 도잠(陶潛, 365~427) : 자는 연명(淵明)·원량(元亮)이다. 문 앞에 버드나무 5그루를 심어 놓고 스스로 '오류(五柳)선생'이라 칭하기도 했다. 중국 동진(東晋) 말기 부터 남조(南朝)의 송대(宋代) 초기에 활약했다. 기교를 부리지 않고, 평담(平淡)한 시풍이었기 때문에 당시의 사람들로부터는 경시를 받았지만, 당대 이후는 육조(六朝) 최고의 시인으로서 그 이름이 높아졌다. 그의 시풍은 당대(唐代)의 맹호연, 왕유, 저광희 등 많은 시인들에게 영향을 줬다.

淵明托旨沖澹, 其造語有極工者, 乃大入思來, 琢之使無痕跡耳. 後人苦一切深沉, 取其形似, 謂爲自然, 謬以千里.

3-54. 도잠의 「음주」

연명(淵明) 도잠(陶潛)은 「음주(飮酒)」의 다섯 번째 작품에서, "그대에게 묻노니 어찌 그럴 수 있나, 마음이 멀어지니 사는 곳도 구석지다네.[問君何爲爾, 心遠地自偏.]"와 "여기에 더욱 참된 의미가 있으니, 말을 꺼내려 하면 이미 말을 잊었네.[此還有眞意, 欲辨已忘言.]"[123]라 했는데, 청정(淸靜)하고 유한(悠閑)하며 맑은 물 같아서 자연스러운 운치가 있다. 그러나 이 때문에 한위(漢魏)시대의 작품 안에 들어갈 수 없으니, 한위시대의 작품처럼 꾸미지 않았기 때문이다.[124]

問君何爲爾, 心遠地自偏. 此還有眞意, 欲辨已忘言. 清悠淡水, 有自然之味. 然坐此不得入漢魏果中, 是未妝嚴佛階級語.

3-55. 사령운의 작품

사령운(謝靈運)은 자질이 뛰어나고 아름다우며, 사고는 정밀하게 깊이 파고든다. 비록 작품의 체재가 변격을 주로 했으나 이것은 반악(潘岳)과 육기(陸機)가 남긴 법으로, 그 우아하고 화려함은 그들보다 뛰어

123) 도잠(陶潛)의 「음주(飮酒)」 다섯 번째 수는 다음과 같다. "結廬在人境, 而無車馬喧. 問君何能爾, 心遠地自偏. 採菊東籬下, 悠然見南山. 山氣日夕佳, 飛鳥相與還. 此中有眞意, 欲辯已忘言."

124) '장엄(妝嚴)'은 『무량수경(無量壽經)』에 보이는 말로 아름답게 꾸민다는 말이다.

나다. 「석벽정사환호중작(石壁精舍還湖中作)」의 "청명한 날씨에 마음이 절로 즐거워져, 조용히 노닐며 돌아갈 줄 모르네.[淸暉能娛人, 遊子澹忘歸.]"[125]라는 구절이 어찌 「등지상루(登池上樓)」의 "연못에 봄풀이 자라나고.[池塘生春草]"[126]라는 구보다 품격이 떨어지겠는가. 「유적벽진범해(游赤壁進帆海)」의 "배를 띄워 해파리 잡네.[掛席拾海月]"[127]라는 말은 속된 광경을 우아하게 표현했다. 「어남산왕북산경호중첨조(於南山往北山經湖中瞻眺)」의 "천계가 온화한 바람을 타고 노네.[天雞弄和風]"[128]라는 말은 쉽게 볼 수 있는 광경을 여운이 넘치게 표현한 것이다.

謝靈運天質奇麗, 運思精鑿, 雖格體創變, 是潘陸之餘法也, 其雅縟乃過之. 淸暉能娛人, 遊子澹忘歸. 寧在池塘春草下耶. 掛席拾海月, 事俚而語雅. 天雞弄和風, 景近而趣遙.

---

125) 사령운(謝靈運)의 「석벽정사환호중작(石壁精舍還湖中作)」은 다음과 같다. "昏旦變氣候, 山水含淸暉. <u>淸暉能娛人, 游子澹忘歸</u>. 出谷日尙早, 入舟陽已微. 林壑斂暝色, 雲霞收夕霏. 芰荷迭映蔚, 蒲稗相因依. 披拂趨南逕, 愉悅偃東扉. 慮澹物自輕, 意愜理無違. 寄言攝生客, 試用此道推."

126) 사령운(謝靈運)의 「등지상루(登池上樓)」는 다음과 같다. "潛虯媚幽姿, 飛鴻響遠音. 薄霄愧雲浮, 棲川怍淵沈. 進德智所拙, 退耕力不任. 徇祿反窮海, 臥痾對空林. 衾枕昧節候, 褰開暫窺臨. 傾耳聆波瀾, 擧目眺嶇嶔. 初景革緖風, 新陽改故陰. <u>池塘生春草</u>, 園柳變鳴禽. 祁祁傷豳歌, 萋萋感楚吟. 索居易永久, 離群難處心. 持操豈獨古, 無悶徵在今."

127) 사령운(謝靈運)의 「유적벽진범해(游赤壁進帆海)」는 다음과 같다. "首夏猶淸和, 芳草亦未歇. 水宿淹晨暮, 陰霞屢興沒. 周覽倦瀛壖, 況乃凌窮髮. 川后時安流, 天吳靜不發. 揚帆採石華, <u>掛席拾海月</u>. 溟漲無端倪, 虛舟有超越. 仲連輕齊組, 子牟眷魏闕. 矜名道不足, 適己物可忽. 請附任公言, 終然謝天伐."

128) 사령운(謝靈運)의 「어남산왕북산경호중첨조(於南山往北山經湖中瞻眺)」는 다음과 같다. "朝旦發陽崖, 景落憩陰峰. 舍舟眺迴渚, 停策倚茂松. 側逕旣窈窕, 環洲亦玲瓏. 俛視喬木杪, 仰聆大壑淙. 石橫水分流, 林密蹊絶蹤. 解作竟何感, 升長皆丰容. 初篁苞綠籜, 新蒲含紫茸. 海鷗戲春岸, <u>天鷄弄和風</u>. 撫化心無厭, 覽物眷彌重. 不惜去人遠, 但恨莫與同. 孤遊非情歎, 賞廢理誰通."

3-56. 안연지의 작품

안연지(顔延之)의 작품은 정돈되고 엄정하나 때로 조탁의 흔적이 드러난다. 그의 재주는 학문을 이기지 못하니 어찌 혜휴(惠休) 종영(鍾嶸)의 비평뿐이겠는가, 사령운과 비교하면 하늘과 땅의 차이가 있다.[129] 예를 들면 「응조곡수연(應詔曲水宴)」의 시작하는 부분에서 "도는 숨어 나타나지 않으며, 다스림은 밝았다가 이윽고 어지러워졌네. 오제(五帝)의 자취는 반듯하며 삼황(三皇)의 교화는 다 같구나. 오직 임금이 창업했으니, 길이 오랜 세월 이어지리라.[道隱未形, 治彰旣亂. 帝跡懸衡, 皇流共貫. 惟王創物, 永錫洪算.]"라고 했는데, 이 말의 내용이 제목과 조금이라도 연관이 있는가. 「동궁석존(東宮釋尊)」의 도입부에 "국가는 스승의 지위를 떠받들고, 나라는 유교를 존숭하네.[國尙師位, 家崇儒門.]"라고 했으니, 노서생(老書生)의 활기 없이 죽어버린 대구는 당나라 율부(律賦)에도 미치지 못한다.

延之創撰整嚴, 而斧鑿時露, 其才大不勝學, 豈惟惠休之評, 視靈運殆更霄壤. 如應詔曲水讌, 而起語云, 道隱未形, 治彰旣亂. 帝跡懸衡, 皇流共貫. 惟王創物, 永錫洪算. 與題有毫髮干涉耶. 至於東宮釋尊之篇起句國尙師位, 家崇儒門, 老生板對, 唐律賦之不若矣.

3-57. 4언 고시의 서두 부분

4언 고시에서 서두 부분을 둔 것은 아마도 안연지(顔延之)로부터 시

129) 종영(鍾嶸)의 『시품(詩品)』에 다음과 같은 언급이 있다. "탕혜휴가 말하기를, '사령운의 시는 연꽃이 물 위에 나와 있는 듯하고, 안연지의 시는 채색을 입히고 금빛을 새겨둔 것 같다.'고 했으니 안연지는 종신토록 그것을 걱정했다."

작하지 않았을 것인데, 육기(陸機)와 육운(陸雲) 형제는 그런 겉모습만 본받은 허수아비꼴이 되었다. 예를 들면 「황태자연선유당응령(皇太子宴宣猷堂應令)」에서 육기는 서두를 "하·은·주가 차례로 일어나, 위대한 성인이 나라를 창업했네. 예부터 현철한 왕은 선천적으로 도를 따르니.[三正迭紹, 洪聖啓運. 自昔哲王, 先天而順.]"라고 했는데, 이렇게 32구 열여섯 운을 읊조리고 나서야 비로소 황태자(皇太子)에 대해 언급했다. 「대장군연회(大將軍宴會)」에서 육운[130]은 서두를 "성대하신 천제가 복을 주어 천명을 내려 주었네. (진무제 이전 추존된) 네 황제가 국가를 바르게 하니 천록이 안정되었네.[皇皇帝祐, 誕隆駿命. 四祖正家, 天祿安定.]"라고 하여 여덟 운을 읊조리고 나서야 진(晉)의 간신이 난리를 일으켜 제(齊)나라 왕 사마경(司馬冏)이 비로소 평정한 것을 처음으로 언급했다. 또한 육기는 「증척구령(贈斥丘令)」에서 "성대하신 성인의 치세에 지금의 문장은 오직 진나라라네. 하늘로부터 천명을 받아 문득 현명한 백성이 있었네.[於皇聖世, 時文惟晉. 受命自天, 奄有黎獻.]"라고 하여, 작품의 서두를 삼았다. 「답가상시(賈常侍)」에서, 육기는 "옛날에 황제가 있었으니, 수많은 백성을 처음 구제하였네. 선천에서 천지가 만들어지고 크나큰 명을 받았네.[伊昔有皇, 肇濟黎蒸. 先天創物, 景命是膺.]"라고 하여 서두를 삼았다. 반악(潘岳)의 「위가밀작증육기(爲賈謐作贈陸機)」에서 "처음으로 천지가 창조되어 음양이 아득하였네. 이에 백성이 생겨나 복희가 처음 임금이 되었네.[肇自初創, 二儀煙熅. 爰有生民, 伏羲始君.]"라는 말로 서두를 삼았다. 「진무제화림원연집(晉武帝華林園宴集)」에서 응정(應貞)은 서두를 "아득한 옛날이여 백성이 처음 생겨나도다. 황극이 처음 세워지니 인륜이 널리 펼쳐졌네.[悠悠太上, 民之厥初. 皇極肇建,

130) 본문의 '사형(士衡)'은 '사룡(士龍)'의 잘못이다. 사룡은 육운의 자이다.

彛倫攸斁.]"라고 했다. 작품들이 이와 같이 서두를 삼았는데, 반드시 이와 같은 말을 허비할 필요는 없으며, 다만 짧은 서두를 지어 연회에서 수창이나 증시(贈詩)를 해도 세상에 전해졌을 것이다. 위맹(韋孟)의 「풍간(諷諫)」과 진사왕(陳思王) 조식(曹植)의 「책궁(責躬)」, 「응조(應詔)」와 정절(靖節) 도잠(陶潛)의 「증족(贈族)」과 숙야(叔夜) 혜강(嵇康)의 「유분(幽憤)」과 중선(仲宣) 왕찬(王粲)의 「증채목(贈蔡睦)」, 「증문시(贈文始)」와 월석(越石) 유곤(劉琨)의 「증노심(贈盧諶)」 등에 어찌 이런 서두를 사용했던가. 그밖에 왕찬의 「사친(思親)」에서 "깊고 자상하신 어머니여, 덕음이 아름답구나.[穆穆顯妣, 德音徽止.]"라는 말과 염구충(閭丘沖)[131]의 「삼월연(三月宴)」에서 "늦은 봄에 봄옷이 이윽고 만들어졌네.[暮春之月, 春服旣成.]"라는 말과 계언(季彦) 배수(裴秀)[132]의 「대사(大蜡)」에서 "해가 북방 현무 자리를 지나니 12월이 되었구나.[日躔星紀, 大呂司辰.]"라는 말은 작품을 시작하면서 곧바로 속내를 드러내었으니 어찌 통쾌하지 않은가. 그러나 『문선(文選)』에는 실리지 않았으니 어째서인가.

古詩四言之有冒頭, 蓋不始延年也, 二陸諸君爲之俑也. 如皇太子宴宣猷堂應令, 而士衡起句曰, 三正迭紹, 洪聖啓運. 自昔哲王, 先天而順. 凡十六韻而始及太子. 大將軍宴會, 而士衡起句曰, 皇皇帝祐, 誕隆駿命. 四祖正家, 天祿安定. 凡八韻而始入晉亂, 齊王冏始平之. 又士衡贈斥丘令而曰, 於皇聖世, 時文惟晉. 受命自天, 奄有黎獻. 答賈常侍而曰, 伊昔有皇, 肇濟黎蒸. 先天創物, 景命是膺. 潘安仁爲賈答而曰, 肇自初創, 二儀煙温. 爰有生民, 伏羲始君. 晉武華林園宴集而應吉甫起句云,

131) 염구충(閭丘沖) : 서진(西晉) 시기의 시인으로 자는 빈경(賓卿)이다. 대대로 벼슬하는 집안에서 태어났으며 박학다재했다.

132) 배수(裴秀, 224~271) : 진(晉)에서 활약한 인물로 자는 계언(季彦)이다.

悠悠太上, 民之厥初. 皇極肇建, 彝倫攸敦. 若爾則不必多費此等語, 但成一冒頭, 百凡宴會酬贈, 可擧以貫之矣. 若韋孟之諷諫, 思王之責躬應詔, 靖節之贈族, 叔夜之幽憤, 仲宣之贈蔡睦文始, 越石之贈盧諶, 寧有是耶. 其他仲宣之思親云, 穆穆顯妣, 德音徽止. 閭丘沖之三月宴云, 暮春之月, 春服旣成. 裴季彦之大蜡曰, 日躔星紀, 大呂司辰. 開口見咽, 豈不快哉.而選都未之及, 何也.

3-58. 안연지의 「오군영」

안연지(顔延之)의 「오군영(五君詠)」은 다른 작품보다 절로 빼어나다. 예를 들면 「완보병(阮步兵)」의 "술에 취해 숨어 지내며, 시를 지어 풍자 하네.[沉醉似埋照, 寓辭類托諷.]"[133]와 「혜중산(嵇中散)」의 "난새의 깃도 때로 쇠를 불려 만드나, 용의 성질을 누가 온순하게 하랴.[鸞翮有時鎩, 龍性誰能馴.]"[134]라는 말로 자신의 꼿꼿한 기질을 비유했다. 「유참군(劉參軍)」의 "정밀함을 감추고 날마다 술에 취하노니, 누가 주연에 빠지지 않음을 알리.[韜精日沉飮, 誰知非荒宴.]"[135]라는 말로 자신의 방탄함을 알리려고 했다. 「완시평(阮始平)」에서 "여러 번 천거받아도 관직에 들어가지 않다가, 낮은 벼슬로 외직에 나가네.[屢薦不入官, 一麾乃

133) 안연지(顔延之)의 「오군영(五君詠) · 완보병(阮步兵)」은 다음과 같다. "阮公雖淪跡, 識密鑒亦洞. 沉醉似埋照, 寓辭類託諷. 長嘯若懷人, 越禮自驚衆. 物故不可論, 途窮能無慟." 완보병은 완적(阮籍)을 말한다.

134) 안연지(顔延之)의 「오군영(五君詠) · 혜중산(嵇中散)」은 다음과 같다. "中散不偶世, 本自餐霞人. 形解驗默仙, 吐論知凝神. 立俗迕流議, 尋山洽隱淪. 鸞翮有時鎩, 龍性誰能馴." 혜중산은 혜강(嵇康)을 말한다.

135) 안연지(顔延之)의 「오군영(五君詠) · 유참군(劉參軍)」은 다음과 같다. "劉伶善閉關, 懷情滅聞見. 鼓鍾不足歡, 榮色豈能眩. 韜精日沈飮, 誰知非荒宴. 頌酒雖短章, 深衷自此見." 유참군은 유령(劉伶)을 말한다.

出守.]"[136]라 한 것은 자신이 현달하지 못한 것에 감회가 일어서이다. 시어의 의미가 깊고 또한 읊조리기도 쉽다.

延年五君忽自秀於它作, 如沉醉似埋照, 寓辭類托諷. 鸞翮有時鎩, 龍性誰能馴, 以比己之骯髒也. 韜精日沉飮, 誰知非荒宴, 以解己之任誕也. 屢薦不入官, 一麾乃出守, 以感己之濡滯也. 語意旣雋永, 亦易吟諷.

3-59. 사령운의 「세모」

사령운(謝靈運)은 「세모(歲暮)」에서 "밝은 달이 쌓인 눈을 비추네.[明月照積雪]"[137]라고 했는데, 이는 아름다운 경치를 말한 것이지 말 자체가 아름다운 것은 아니다. 그의 「등지상루(登池上樓)」의 "연못에 봄풀이 자라나고.[池塘生春草]"[138]는 말이 아름다울 뿐이지 아름다운 경치를 말한 것은 아니다. 이런 말들은 반드시 지나치게 추구하려 할 필요도 없으며 또한 반드시 깊이 찬탄할 필요도 없다. 문공(文公) 권덕여(權德輿)는 사령운의 시어인 '지당(池塘)'과 '원류(園柳)'는 풍자가 신랄하여 광주(廣州)에서 일어난 재앙의 빌미가 되었다[139]고 논했고 이를 개보

136) 안연지(顔延之)의 「오군영(五君詠)·완시평(阮始平)」은 다음과 같다. "仲容靑雲器, 實禀生民秀. 達音何用深, 識微在金奏. 郭奕已心醉, 山公非虛觀. 屢薦不入官, 一麾乃出守." 완시평은 완함(阮咸)을 말한다.

137) 사령운(謝靈運)의 「세모(歲暮)」는 다음과 같다. "殷憂不能寐, 苦此夜難頹. 明月照積雪, 朔風勁且哀. 運往無淹物, 年逝覺已催."

138) 사령운(謝靈運)의 「등지상루(登池上樓)」는 다음과 같다. "潛虯媚幽姿, 飛鴻響遠音. 薄霄愧雲浮, 棲川怍淵沈. 進德智所拙, 退耕力不任. 徇祿反窮海, 臥痾對空林. 衾枕昧節候, 褰開暫窺臨. 傾耳聆波瀾, 擧目眺嶇嶔. 初景革緖風, 新陽改故陰. 池塘生春草, 園柳變鳴禽. 祁祁傷豳歌, 萋萋感楚吟. 索居易永久, 離群難處心. 持操豈獨古, 無悶徵在今."

(介甫) 왕안석(王安石)이 훌륭한 말이라고 여겼으나 나는 감히 믿을 수가 없다. 【살펴보건대, 권덕여가 이르기를 "지당은 샘물이 모여 저장하는 곳인데 지금 '봄풀이 자랐다.'라 했으니 왕의 은택이 다 마른 것이다. 『시경』「빈풍(豳風)」에서 벌레가 한 번 울면 계절이 한 번 변한다고 했다. 지금 '우는 새가 바뀌었다.'고 했으니, 시절이 장차 변할 것이다."라 했다.[140]】

明月照積雪, 是佳境, 非佳語. 池塘生春草, 是佳語, 非佳境. 此語不必過求, 亦不必深賞. 若權文公所論池塘園柳二語托諷深重, 爲廣州之禍張本, 王介甫取以爲美談, 吾不敢信也.【按權云, 池塘者, 泉水瀦溉之池. 今曰生春草, 是王澤竭也. 豳詩所配一蟲鳴則一候, 今曰變鳴禽者, 候將變也.】

3-60. 현휘 사조

현휘(玄暉) 사조(謝朓)[141]는 시의 첫머리만 잘 다듬은 것이 아니라 구조의 안배도 정밀하고 아름다우니, 아려(雅麗)함과 우미(優美)함을 갖춘 인물로 한 시대의 준걸이다. 청련(青蓮) 이백(李白)의 눈에는 자신보다 뛰어난 옛날의 작가는 안중에 없었는데, 다만 사조에 대해서만 서너 번 칭송하고 열복(悅服)했으며 작품으로 읊조려 형상화했다. 이백은 구화산(九華山)에 올라, "사람을 놀라게 만드는 사조와 같은 시를 지어낼 수 없으니 한스럽다."라고 했다.[142] 사조가 사령운만 못한 것

---

139) 사령운은 만년에 탄핵을 받아 체포하라는 명령이 내려지자, 군사를 일으켜 항거했으나 결국 실패하여 광주(廣州)로 추방되었으며 이후 피살되었다.

140) 이 말은 『음창잡록(吟牕雜錄)』에 보인다.

141) 사조(謝朓, 464~499) : 남제(南齊)의 대표적인 시인으로, 선성태수(宣城太守)를 지냈기에 사선성(謝宣城)이라고도 한다. 산수의 풍경을 묘사한 작품이 많으며, 청일(清逸)하고 수려(秀麗)하여 당대 시인들에게 추종받았다.

은 다만 재력이 부족하고 약한 것뿐이었다. 사령운은 시어가 뛰어나지 않지만 고시의 기운을 지녔고, 사조는 가락이 뛰어나지 않으며 근체시의 기운을 드러낸다.

玄暉不唯工發端, 撰造精麗, 風華映人, 一時之傑. 青蓮目無往古, 獨三四稱服, 形之詞詠. 登九華山云, 恨不携謝朓驚人詩來. 特不如靈運者, 匪直材力小弱, 靈運語俳而氣古, 玄暉調俳而氣今.

3-61. 사조의 「만등삼산」

사진(謝榛)[143]이 이르기를, "사조(謝朓)는 「만등삼산(晩登三山)」에서 '맑은 강물은 깨끗하기가 마치 베를 누인 듯.[澄江淨如練]'[144]하다라 했는데, '징(澄)'과 '정(淨)'의 두 글자는 뜻이 중첩된다. 이에 '가을 강물은 맑기가 베를 누인 듯.[秋江淨如練]'이라고 고치고 싶다."라고 했다. 나는 이에 대해 감히 그렇게 생각하지 않는다. 대개 강물은 맑아야[澄] 이에 깨끗하다[淨].

謝山人謂, 玄暉澄江淨如練, 澄淨二字意重, 欲改爲秋江淨如練. 余不敢以爲然, 蓋江澄乃淨耳.

---

142) 『운선잡기(雲仙雜記)』에 보인다.

143) 사진(謝榛, 1495~1575) : 명대(明代) 포의시인(布衣詩人)으로, 자는 무진(茂秦), 호는 사명산인(四溟山人)이다.

144) 사조(謝朓)의 「만등삼산(晩登三山)」은 다음과 같다. "灞涘望長安, 河陽視京縣. 白日麗飛甍, 參差皆可見. 餘霞散成綺, 澄江淨如練. 喧鳥覆春洲, 雜英滿芳甸. 去矣方滯淫, 懷哉罷歡宴. 佳期悵何許, 淚下如流霰. 有情知望鄉, 誰能鬒不變."

3-62. 송 고조와 소도성의 만행

송(宋) 고조(高祖)는 매번 자기와 뜻이 다른 사람을 제거했는데, 반드시 장사(壯士) 정오(丁旿)를 시켜 데려다가 죽이게 했다. 정오는 『악부(樂府)』에서 이른바 "정도호(丁都護)"라 불리던 사람이다. 당시 사람들이 이로 인해 말하기를, "세력을 키우려 함부로 행동하지 말고 정오에게 붙어 아부하라."라고 했다.

남제(南齊)의 군주인 소도성(蕭道成)도 송 고조와 비슷했는데, 그런 임무를 맡은 이는 환강(桓康)이란 사람이었다. 당시 사람들도 또한 "세력을 얻기 위해 제멋대로 횡포를 부리지 말고 환강에게 붙어 아부하라."라고 했다. 앞 뒤 두 글자인 '막(莫)'과 '부(付)'가 같고, 또한 서로 대구를 갖추고 있으며 게다가 협운(協韻)을 이루고 있으니, 매우 기이하다. 『진서(晉書)』「사안열전(謝安列傳)」에는 사안(謝安)이 한 말이 실려 있는데, 또한 운치가 있다. "천자가 도를 지녀 사방을 잘 다스리고 있는데, 명공은 어찌 집 뒤에 많은 사람을 두어 지키는가."라고 했는데, 이 말로 앞에서 언급한 두 군주보다 사안 시대의 군주가 훨씬 뛰어난 것을 알 수 있다.

宋高祖每欲除異己, 必令壯士丁旿拉殺. 旿卽樂府所謂丁都護者也. 時人爲之語曰, 莫跋扈, 付丁旿. 蕭齊主道成亦然, 其所任者桓康也. 時人亦語曰, 莫輈張, 付桓康. 二字旣同而字亦對, 又皆協韻, 甚奇. 晉史載謝安石語亦有韻, 曰天子有道守在四鄰, 明公何須屋後着人. 正可破此二主.

3-63. 시문을 짓는 재주

예로부터 말에 기대 격문을 짓는 것[145]과 창을 꼬나 쥐고 시를 짓는 것[146]에 관한 고사로, 맹덕(孟德) 조조(曹操)·소경(少卿) 이릉(李陵)·영보(靈寶) 환현(桓玄)·처도(處道) 양소(楊素)[147] 이외에 또 몇 사람이나 꼽을 수 있는가. 작품의 체재가 요구하는 수준에 도달하지 못했기에 다만 비방만 남겼다. 오조(敖曹) 고앙(高昂)[148]의 「행로난(行路難)」[149]은 유랑을 노래한 것인데, 당(唐)나라 장군 고숭문(高崇文)의 '효아(酵兒)'라는 시어가 나오는 「본장교인공수서천절도사작설(本將校因功授西川節度使作雪)」[150]은 그의 조상인 고앙에게 부끄럽다. 권용포(權龍褒) 등의 무리들은 다만 한번 크게 웃게 만든다.[151]

---

145) 진(晉)의 환온(桓溫)이 북정(北征)할 때 원호(袁虎)가 종군했다가 책임을 지고 면관되었는데, 마침 노포문(露布文)을 지을 일이 있어 원호를 불러 말에 기대어 짓게 하자 단숨에 일곱 장의 종이를 채워 내니 문장이 볼만했다. 『세설신어(世說新語)』 「문학(文學)」에 보인다.

146) 조씨 부자는 말안장 위에서 문장을 짓곤 했으며, 이따금 창을 꼬나쥐고 글을 지었다. 『구당서(舊唐書)』 「두보전(杜甫傳)」에 보인다.

147) 양소(楊素) : 수(隋)나라 사람으로 자는 처도(處道)다. 젊어서부터 배움에 큰 뜻을 두었다. 기상이 장대하고 문장에도 남달리 뛰어났다. 양견(楊堅)을 좇아 천하를 평정하고 수나라를 세우는 데 크게 공헌했다.

148) 고앙(高昂) : 자는 오조(敖曹)이다. 『태평광기(太平廣記)』에, "고앙은 담력이 남보다 뛰어나고 풍채가 남달랐다. 젊어서 학문을 배우지 않고 전쟁터에 내달렸다. 북제(北齊)의 고조(高祖)가 일어나자 고앙이 그를 따라 패업을 이루었다. 시 짓기를 매우 좋아하여 정치(情致)가 있었다."라고 했다.

149) 고앙(高昂)의 「행로난(行路難)」은 다음과 같다. "春甲長驅不可息, 六日六夜三度食. 初時言作虎牢停, 更被處置河橋北. 迴首絶望便蕭條, 悲來雪涕還自抑."

150) 고숭문(高崇文)의 「본장교인공수절도사작설(本將校因功授西川節度使作雪)」은 다음과 같다. "崇文崇武不崇文, 提戈出塞號將軍. 那個酵兒射雁落, 白毛空裏落紛紛." '효아'라는 말은 비속한 말로 사람을 부르는 말이라고 한다. 아마 '저놈'이란 의미로 보인다. 『북몽쇄언(北夢瑣言)』에 고숭문은 고앙의 자손이라 했다.

151) 권용포에 대한 이야기는 『전당시화(全唐詩話)』에 보인다. 다섯 가지 일화가 나오

또한 『남사(南史)』에 수록된 양(梁)나라 조경종(曹景宗)은 책을 읽을 줄 몰랐는데 다만 자신의 생각을 글자로 옮기는 것을 좋아했다. 임금을 모시는 잔치자리에서 조정의 문사들이 조경종은 무사(武士)이므로 창화(唱和)할 필요가 없다고 했는데, 조경종이 끝내 우겨 창화를 허락 받았다. 다른 운자는 여타 문인들이 다 창화하고 겨우 '경(競)'과 '병(病)' 두 운자만 남았는데, 그는 곧바로 다음과 같은 작품을 지었다.

去時兒女悲　　떠나갈 때는 아녀자들이 울었는데
歸來笳鼓競　　돌아올 때는 다투어 개선가를 울리네.
借問行路人　　묻노니, 길가는 사람들아
何如霍去病　　곽거병의 공적과 누가 낫나.

자리에 있던 사람들이 모두 찬탄해 마지않았다.

송(宋)나라 심경지(沈慶之)는 책을 읽을 줄 몰라서 매번 관청의 문서를 처리할 때면 문자를 알지 못한 것을 한스러워했다. 임금이 일찍이 여러 신하들에게 연회를 베풀면서 억지로 심경지에게 시를 짓도록 했다. 심경지는 안사고(顏師古)에게 붓을 잡아달라고 요청한 뒤 입으로

는데 그 중 하나만 소개한다. 그가 일찍이 「추일영회(秋日詠懷)」라는 시를 지었다.

簷前飛七百　　처마 앞에 칠백 마리 날고
雪白後園僵　　흰 눈 내린 뒤 정원은 뻣뻣하네.
飽食房裏側　　배불리 먹고 방 안에 뒹굴며
家糞集野螂　　집 똥에 들 개똥구리 몰려드네.

참군이 시가 무엇을 의미하는지 알지 못하여 물으니, 권용포는 "새매 새끼가 처마 앞에서 나는데 칠백 마리이며, 빤 속옷을 후원에 걸어놓았는데 마치 눈처럼 흰 것을 말하며, 배불리 먹고 방안에서누워 뒹굴거리며, 집안 변소에 들판의 개똥구리가 모여든 것을 말한다."라 대답했다. 이 말을 들은 사람들은 실소를 머금었다.

다음과 같이 불러주었다.

微生遇多幸	보잘것없는 인생이 복이 많아
得逢時運昌	운수가 번창한 시절 만났네.
朽老筋力盡	말라비틀어진 노인 기운도 없는데
徒步還南岡	걸어서 남쪽 등성이에 오르네.
辭榮此聖世	이 성스러운 세상을 영화롭게 그려내니
何異張子房	어찌 장자방과 다르랴.

이에 임금이 기뻐했고 자리 가득한 사람들이 칭송했다.

북제(北齊)의 곡률금(斛律金)은 책을 읽을 줄 몰랐다. 그에게 서명을 가르쳐준 사람이 말하기를, 문서에 '금(金)'이란 이름을 서명하려면 "'다섯 오[五]'자에 양 지붕을 씌운 뒤 사방을 평평하게 내리면 곧 '금'자입니다."라고 했다.[152] 그러나 곡률금의 「칙륵가(敕勒歌)」는 다음과 같다.

敕勒川	칙륵강은
陰山下	음산 아래
天似穹廬蓋四野	하늘은 천막처럼 사방을 덮네.
天蒼蒼	하늘은 푸르고
野茫茫	들판은 아득한데
風吹草低見牛羊	바람 맞아 누운 풀을 소와 양이 뜯네.

152) 곡률금(斛律金)의 원래 이름은 돈(敦)이었는데, 글자를 몰라 문서에 서명을 하지 못하게 되자 좀 쉬운 '금(金)'자로 바꾸었다. 그러나 이마저도 쓰질 못했다. 이 부분은 '금'자를 쓰는 것에 대한 이야기이다.

이 작품은 한 시절 악부(樂府) 가운데 으뜸이 되었다.

송(宋)의 야사(野史)에는 글을 알지 못했던 기왕(蘄王) 한세충(韓世忠)의 이야기가 실려 있다. 그는 만년에 갑자기 문자를 깨우쳐 글자를 쓸 줄 알고 짧은 사(詞)를 짓게 되었는데, 작품이 모두 뛰어난 아치가 있었다. 어느 날 상서(尙書) 소중호(蘇仲虎)가 바야흐로 향림원(香林園)에서 손님을 모아놓고 연회를 베풀었는데, 한세충은 작은 노새를 타고 좁은 길로 찾아왔다. 그리고는 모두 즐겁게 놀다가 흩어졌다. 다음 날 상서에게 한 마리 양 새끼를 보내면서 손수 두 편의 「임강선(臨江仙)」, 「남향자(南鄕子)」란 사(詞) 작품을 보내었다. 작품의 풍격이 소쇄하고 초탈한데, 작품이 길어 싣지는 않는다.

이상 네 가지 일화는 서로 내용이 상당히 비슷하다. 또한 촉(蜀)의 장군 왕평(王平)은 열 글자 정도만 알고 있었고 후주(後周)의 장군 양대(梁台)는 아는 글자가 백 자를 넘지 않았는데, 입으로 불러 명령을 문서로 적게 했지만 글과 내용이 모두 볼 만하다. 아! 이것이 아마도 불가(佛家)에서 말하는 '전세에 알던 것'이란 말인가.

自昔倚馬占檄, 橫槊賦詩, 曹孟德李少卿桓靈寶楊處道之外, 能復有幾. 自非本色故足貽姍. 敎曹行路難, 猶堪放浪, 崇文酵兒, 有愧祖武. 至於權龍褒輩, 祇供盧胡而已. 獨南史所載梁曹景宗目不知書, 好以意作字. 及當上讌, 朝賢以曹兜鍪, 不煩倡和. 曹固請不已, 許之. 僅餘競病二韻, 卽賦云, 去時兒女悲, 歸來笳鼓競. 借問行路人, 何如霍去病. 一座賞服. 宋沈慶之目不知書, 每將署事, 輒恨眼不識字. 上嘗歡飮群臣, 逼令作詩, 慶之請顔師古執筆, 口授之曰, 微生遇多幸, 得逢時運昌. 朽老筋力盡, 徒步還南岡. 辭榮此聖世, 何異張子房. 上悅, 衆坐稱美. 北齊斛律金不解書, 有人敎押名曰, 但五屋四面平正卽得. 至作敕勒歌曰, 敕勒川, 陰山下, 天似穹廬蓋四野. 天蒼蒼, 野茫茫, 風吹草低見牛羊. 爲一時樂府之冠. 宋野史載韓蘄王世忠目不知書, 晩年忽若有悟, 能作字及小詞, 皆有宗趣. 一日, 蘇仲虎尙書方宴客香林園, 韓乘小驢逕造, 劇歡而散. 次日, 餉尙書一羊羔, 仍手書臨江仙南鄕子二詞遺之, 瀟灑超脫, 詞多不載. 此四事頗相類. 又蜀將王平識不過十字, 後周將梁台識不過百字, 而口授書令, 辭旨俱可觀. 噫, 豈釋氏所謂宿習餘因耶.

3-64. 양나라 군주의 문재(文才)

양(梁)나라 임금 가운데 문학으로는 무제(武帝)와 간문제(簡文帝)가 뛰어나고 상동왕(湘東王)이었던 원제(元帝)가 다음이다. 무제의 「막수(莫愁)」[153]와 간문제의 「오서곡(烏棲曲)」[154]은 훌륭해 읊조릴 만하지만, 그밖에 작품은 겨우 찢어 버릴 것을 면할 정도의 수준이다. 또한 내용이 경박하고 천근하니 건업(建業)과 강릉(江陵)의 난리[155]는 아무런 원인 없이 일어난 일이 아니다. 『문선(文選)』을 편찬한 소명태자(昭明太子)는 글을 보는 안목이 높지만, 스스로 지은 글의 수준은 그리 대

153) 양 무제(梁武帝)의 「막수(莫愁)」란 작품은 「하중지수가(河中之水歌)」를 가리킨다. 작품은 다음과 같다. "河中之水向東流, 洛陽女兒名莫愁. 莫愁十三能織綺, 十四採桑南陌頭. 十五嫁爲盧朗婦, 十六生兒似阿侯. 盧家蘭室桂爲梁, 中有鬱金蘇合香. 頭上金釵十二行, 足下絲履五文章. 珊瑚挂鏡爛生光, 平頭奴子擎履箱. 人生富貴何所望, 恨不早嫁東家王."

154) 양 간문제(梁簡文帝)의 「오서곡(烏棲曲)」은 다음과 같다. "芙蓉作船絲作絆, 北斗横天月將落. 採蓮渡頭礙黃河, 朗今欲渡畏風波." "浮雲似帳月如鉤, 那能夜夜南陌頭. 宜城投泊今行熟, 停鞍繫馬暫棲宿." "青牛丹轂七香車, 可憐今夜宿倡家. 倡家高樹烏欲棲, 羅帷翠被任君低." "織成屛風金屈膝, 朱脣玉面燈前出. 相看氣息望君憐, 誰能含羞不自前."

155) 양 무제(梁武帝)는 동위(東魏)의 무장 후경(侯景)에게 건업에서 죽임을 당했고, 원제(元帝)는 강릉으로 천도했으나 그곳에서 죽임을 당했다.

단하지 못하다.

梁氏帝王, 武帝簡文爲勝, 湘東次之. 武帝之莫愁, 簡文之烏棲, 大有可諷, 餘篇未免割裂, 且佻浮淺下, 建業江陵之難, 故不虛也. 昭明鑒裁有餘, 自運不足.

3-65. 왕적의 「입약야계」

왕적(王籍)[156]의 「입약야계(入若邪溪)」에 보이는 "새가 우니 산은 더욱 고요하네.[鳥鳴山更幽]"[157]라는 시어는 비록 고아(古雅)하고 질박함이 약간 떨어지지만 또한 훌륭한 표현이다. 그러나 윗구의 "매미가 시끌대니 숲은 더욱 조용하네.[蟬噪林逾靜]"라는 말과 연결하여 읽으면 결국은 아름다운 문장이 되지 못한다. 이것으로 인해 웃을만한 일이 벌어졌으니, "새가 우니 산은 더욱 고요하네.[鳥鳴山更幽]"는 본래 "새가 울지 않아 산이 고요하다."는 의미와 반대되는 내용인데, 개보(介甫) 왕안석(王安石)은 무슨 까닭으로 원래 시를 인용하면서 그 내용을 반대로 해석했는가. 또한 "한 새도 울지 않아 산이 고요하네.[一鳥不鳴山更幽]"[158]라고 하면 무슨 운치가 있겠는가. 송(宋)나라 사람들이 비웃음을 제공하는 것이 대개 이와 같다.

156) 왕적(王籍) : 남조 양(梁)나라의 사람으로, 자는 문해(文海)이다. 박학했고 재기(才氣)가 넘쳤다.

157) 왕적(王籍)의 「입약야계(入若邪溪)」는 다음과 같다. "艅艎何汎汎, 空水共悠悠. 陰霞生遠岫, 陽景逐迴流. <u>蟬噪林逾靜</u>, <u>鳥鳴山更幽</u>. 此地動歸念, 長年悲倦遊."

158) 왕안석(王安石)의 「종산즉사(鍾山卽事)」는 다음과 같다. "澗水無聲遶竹流, 竹西花草弄春柔. 茅簷相對坐終日, <u>一鳥不鳴山更幽.</u>"

王籍鳥鳴山更幽, 雖遜古質, 亦是雋語, 第合上句蟬噪林逾靜讀之, 遂不成章耳. 又有可笑者, 鳥鳴山更幽, 本是反不鳴山幽之意, 王介甫何緣復取其本意而反之. 且一鳥不鳴山更幽, 有何趣味. 宋人可笑, 大概如此.

3-66. 하손, 유운, 오균

수부(水部) 하손(何遜)[159]과 오흥(吳興) 유운(柳惲)[160]의 편법은 넉넉하지 못하지만, 때때로 아름다운 운치를 지닌 시어를 볼 수 있다. 하손은 기운이 맑아 너무 촉급하고, 유운은 가락이 짧아 평범하게 되었다. 오균(吳均)[161] 시의 서두는 오언 율법을 지킨 것이 매우 많으며, 서두 아래의 문사는 화려하지만 그리 우아하지는 않다.

何水部柳吳興篇法不足, 時時造佳致. 何氣清而傷促, 柳調短而傷凡. 吳均起語頗多五言律法, 餘章綿麗, 不堪大雅.

---

159) 하손(何遜, ?~518) : 남조 양(梁)나라의 문인으로 자는 중언(仲言)이다. 20세 무렵에 문단의 거성 범운(范雲)에게 시재(詩才)를 인정받아 두 사람은 나이 차이가 많았음에도 불구하고 망년지교(忘年之交)가 되었다고 한다. 건안왕(建安王)·여릉왕(廬陵王) 등 왕족들의 사랑을 받아서 막료(幕僚)를 역임했고, 유효표(劉孝標)와 더불어 '하류(何劉)'라 불렸다. 청신한 시풍의 가작(佳作)을 남겼다.

160) 유운(柳惲, 465~517) : 남조 양(梁)나라 사람으로, 자는 문창(文暢)이다. 양나라에 들어와서는 시중(侍中)을 겸했고, 복야(僕射) 심약(沈約) 등과 함께 새로운 법률을 제정하기도 했다. 나중에 오흥태수(吳興太守)로 나가게 되었는데, 청렴결백하게 정치를 했다.

161) 오균(吳均, 469~520) : 자는 숙상(叔庠)으로, 남조 제량 시기의 문인이며 역사학자이다. 시문이 일가(一家)를 이루어 '오균체'라고 일컬어졌으며, 한 시대의 시풍(詩風)을 열었다. 심약이 그의 작품에 많은 칭찬을 했다.

3-67. 유운의 「도의」와 「등경량루」

오흥(吳興) 유운(柳惲)의 「도의(擣衣)」의 "정고의 나무 잎은 지고, 농수의 구름은 날아가네.[庭皐木葉下, 隴首秋雲飛.]"162)라는 구절과 「등경양루(登景陽樓)」의 "태액지의 푸른 물결 일렁이고, 장양궁의 높은 나무에 가을 깊네.[太液滄波起, 長楊高樹秋.]"163)라는 구절은 제량(齊梁) 시대의 작품 사이에 두어도 출중한 기상이 드러난다. 위로는 강락(康樂) 사령운(謝靈運)에 비교하면 약간 부족하고 아래로는 자안(子安) 왕발(王勃)을 여유롭게 능가한다.

吳興庭皐木葉下, 隴首秋雲飛. 又太液滄波起, 長楊高樹秋. 置之齊梁月露間, 矯矯有氣, 上可以當康樂而不足, 下可以凌子安而有餘.

3-68. 범엽의 옥중시

첨사(詹事) 범엽(范曄)164)의 「옥중(獄中)」은 비록 자신이 스스로 대단히 자부했으니, 작품의 지론(持論)은 또한 볼만하다.

范詹事獄中一篇, 雖太自標榜, 其持論亦有可觀.

---

162) 유운(柳惲)의 「도의(擣衣)」 두 번째 수는 다음과 같다. "行役滯風波, 游人淹不歸. 庭皐木葉下, 隴首秋雲飛. 寒園夕鳥集, 思牖草蟲悲. 嗟矣當春服, 安見禦冬衣."

163) 유운(柳惲)의 「등경양루(登景陽樓)」는 다음과 같다. "太液滄波起, 長楊高樹秋. 翠華承漢遠, 雕輦逐風游."

164) 범엽(范曄, 398~446) : 중국 남북조 시대 송나라의 역사가로 자는 울종(蔚宗)이다. 경문의 역사에 재주가 뛰어나 좋은 글을 만들었다. 일찍이 태자첨사를 지냈다. 귀족 출신이었으나 반역을 일으켰으므로 잡혀 죽었다. 그는 그때까지의 후한의 역사를 근거로 하여 『후한서(後漢書)』 90권을 저술했다.

3-69. 심약의 운법

범운(范雲)[165]과 심약(沈約)의 작품은 비록 작품 수의 많고 적음의 차이는 있지만, 요컨대 작품의 경계는 서로 형과 아우처럼 비슷하다. 심약이 사성(四聲)으로 운을 정했는데, 이에 대해서는 서로 의논한 것이 많다. 당(唐)나라 시인들이 그것을 따라 사용하여 마침내 천고에 법이 되었다. 심약이 정한 운법(韻法)으로 당률(唐律)을 지을 만 했으며 자신이 정한 운법으로 『문선(文選)』에 실릴 시를 선별했는데,[166] 정작 심약 자신은 좋은 작품을 짓지 못했다.[167]

范沈篇章, 雖有多寡, 要其裁造, 亦昆季耳. 沈以四聲定韻, 多可議者. 唐人用之, 遂足千古. 然以沈韻作唐律可耳, 以己韻押古選, 沈故自失之.

3-70. 심약의 사성(四聲)

용수(用脩) 양신(楊愼)이 말한 '칠시(七始)'는 지금의 '절운(切韻)'으로,

---

165) 범운(范雲, 451~503) : 남조 양(梁)나라 사람으로 자는 언룡(彦龍)이다. 영민하고 학식이 풍부했으며, 문장을 잘 지어 붓을 대기만 하면 바로 문장을 이루었다. 심약(沈約) 등과 절친하여 '경릉팔우(竟陵八友)'의 한 사람이 되었다.

166) 소명태자(昭明太子)는 심약, 사조(謝朓) 등과 함께 '경릉팔우'의 한 사람이었다. 소명태자가 찬한 『문선(文選)』에는 심약의 시론이 반영되었다.

167) 『시수(詩藪)』에서 심약에 대해 다음과 같이 언급한 것이 보인다. "심약의 사성팔병(四聲八病)은 천고의 묘전(妙銓)을 처음으로 드러내었다. 근체시에 있어서는 진실로 작자의 성문이라 할 수 있지만 스스로 운용하여 지은 시는 한 편도 없다. 심약의 여러 작품은 재력(才力)은 넘치지만 풍신(風神)은 전적으로 결핍되어, 임방(任昉)이나 범운(范雲)과 비교해도 겨우 조금 나을 정도이다. 세상에서는 종영(鍾嶸)이 사적인 유감 때문에 억지로 중품(中品)에 두었다고 하나 그렇지 않다."

궁·상·각·치·우 이외에 또 반상(半商)과 반치(半徵)가 있다. 어금니와 속니와 혀, 목구멍과 입술 이외에 깊은 곳과 얕은 곳에서 나는 두 음이 있기 때문이다. 심약이 평성(平聲)·상성(上聲)·거성(去聲)·입성(入聲)으로 사성(四聲)을 삼아서 스스로 천지의 은밀히 간직하고 있는 오묘함을 얻었다고 여겼다. 그러나 음을 변별하는 것은 비록 정당하지만 글자를 변별하는 것에는 오류가 많다. 대개 변두리 지방의 말은 끝내 취하여 기준으로 삼을 수가 없다. 절강성(浙江省) 출신인 심약뿐만 아니라 현존하는 『시경』과 『이소』의 음운은 또한 전국 각처 밭두둑의 아녀자의 목소리가 아닌가. 그것으로 기준을 삼을 수 있겠는가. 고운(古韻)은 절로 생동감을 가지고 자연스러운데 심약의 운은 모순이 많다. 협음(叶音)에 대해서는 참으로 오랑캐의 말과 같이 들린다. 요컨대 심약이 말한 격식에서는 이러한 음운을 버릴 수가 없으니, 천지 중화의 기운은 이러한 것에 있지 않는 것 같다.

楊用脩謂七始卽今切韻, 宮商角徵羽之外, 又有半商半徵. 蓋牙齒舌喉脣之外, 有深淺二音故也. 沈約以平上去入爲四聲, 自以爲得天地秘傳之妙, 然辨音雖當, 辨字多訛, 蓋偏方之舌, 終難取裁耳. 卽無論沈約, 今四詩騷賦之韻, 有不出於五方田畯婦之所就乎, 而可據以爲准乎. 古韻時自天淵, 沈韻亦多矛盾, 至於叶音, 眞同鴂舌. 要之爲此格, 不能舍此韻耳. 天地中和之氣, 似不在此.

3-71. 심약의 팔병설(八病說)

심약이 거론한 '팔병(八病)'을 들어보면, 평두(平頭)·상미(上尾)·봉요(蜂腰)·학슬(鶴膝)·대운(大韻)·소운(小韻)·방뉴(旁紐)·정뉴(正紐)

등이 있는데, 상미와 학슬을 시를 짓는 데 가장 기피해야 한다. 심약이 거리낌으로 삼은 것은 참으로 고체시(古體詩)와 상반되며, 다만 근체의 율시와는 조금 관련이 있다. 그러나 이것 또한 법을 엄하게 정한 상군(商君) 공손앙(公孫鞅)과 유사함을 면치 못한다.

지금 살펴보면, 평두는 첫 번째 글자는 여섯 번째 글자와 같은 평성을 사용해서는 안 되는 것을 말한다. 그러나 왕유(王維)의 오언 율시 「관렵(觀獵)」을 보면 "바람은 거세게 불고 화살은 우는데, 장군은 위성에서 사냥을 시작한다.[風勁角弓鳴, 將軍獵渭城.]"168)라고 되어 있는데, '풍(風)'과 '장(將)'의 겹치는 운이 어찌 시의 아름다움을 깎아내겠는가.

상미는 다섯 번째 글자와 열 번째 글자가 같은 운자를 사용해서는 안 되는 것을 이른다. 그러나 「고시십구수(古詩十九首)」 중 다섯 번째 작품에서 "서북에는 높은 루가 있으니, 하늘의 구름과 나란히 닿아있네.[西北有高樓, 上與浮雲齊.]"169)라고 되어 있는데, 같은 평성을 사용했어도170) 무슨 해가 되는가. 율시는 진실로 이와 같은 것이 없는데, 왕유의 「관렵」에 보이는 '명(鳴)'과 '성(城)' 같은 운이 시에 무슨 방해가 되겠는가.

봉요는 두 번째 글자와 네 번째 글자가 똑같이 상성, 거성, 입성 등의 측성을 사용한 것을 말하는데, 두보(杜甫) 「고안(孤雁)」의 "끝까지

---

168) 왕유(王維)의 「관렵(觀獵)」은 다음과 같다. "<u>風勁角弓鳴, 將軍獵渭城</u>. 草枯鷹眼疾, 雪盡馬蹄輕. 忽過新豐市, 還歸細柳營. 回看射鵰處, 千里暮雲平."

169) 「고시십구수(古詩十九首)」 다섯 번째 수는 다음과 같다. "<u>西北有高樓, 上與浮雲齊</u>. 交疏結綺窓, 阿閣三重階. 上有絃歌聲, 音響一何悲. 誰能爲此曲, 無乃杞梁妻. 淸商隨風發, 中曲正徘徊. 一彈再三歎, 慷慨有餘哀. 不惜歌者苦, 但傷知音稀. 願爲雙鴻鵠, 奮翅起高飛."

170) 다섯 번째 글자인 '누(樓)'는 '우(尤)' 운통, '제(齊)'는 '제(齊)' 운통의 평성이다. 본문의 '격운(隔韻)'은 내용상 운을 다음 구에 단 것을 이르는 것으로 보인다.

바라보니 오히려 보이는 듯.[望盡似猶見]"[171]과 강엄(江淹) 「고별리(古別離)」의 "멀리 그대와 이별하여[遠與君別者]"[172]와 같은 것을 보면 근체시에서 별로 피하지 않아도 또한 무방하다.

학슬은 다섯 번째 글자와 열다섯 번째 글자가 같은 운을 사용해서는 안 되는 것을 이른다. 두보 「양서한망(瀼西寒望)」에서 "물빛은 그대를 머금고 일렁이며, 아침 햇살은 태허에 접해있네. 해마다 불어나는 물결을 자주 슬프게 바라보니.[水色含君動, 朝光接太虛. 年侵頻悵望.]"[173] 라고 했으니, 여덟 구를 모두 이와 같이 한다면 옳지 않지만 한 글자가 학슬을 범해도 무방하다.

다섯 번째 대운은 같은 운통(韻通)의 글자가 서로 범하는 것을 이른다. 예를 들어 신연년(辛延年) 「우림랑(羽林郎)」의 "호희는 열다섯 살로, 봄날 홀로 화롯가에 앉아 있네.[胡姬年十五, 春日獨當爐.]"[174]와 조식(曹植) 「증왕찬(贈王粲)」의 "단정히 앉아 수심에 잠겼다가, 옷을 털고 일어나 서쪽으로 유람하네.[端坐苦愁思, 攬衣起西遊.]"[175]를 보면, '호(胡)'와

---

171) 두보(杜甫)의 「고안(孤雁)」은 다음과 같다. "孤雁不飮啄, 飛鳴聲念群. 誰憐一片影, 相失萬重雲. 望盡似猶見, 哀多如更聞. 野鴉無意緖, 聲噪自紛紛."

172) 강엄(江淹) 「고별리(古別離)」는 다음과 같다. "遠與君別者, 乃至雁門關. 黃雲蔽千里, 遊子何時還. 送君如昨日, 簷前露已團. 不惜蕙草晩, 所悲道里寒. 君在天一涯, 妾身長別離. 願一見顔色, 不異瓊樹枝. 兎絲及水萍, 所寄終不移."

173) 두보(杜甫)의 「양서한망(瀼西寒望)」은 다음과 같다. "水色含群動, 朝光切太虛. 年侵頻悵望, 興遠一蕭疎. 猿掛時相學, 鷗行炯自如. 瞿塘春欲至, 定下瀼西居."

174) 신여년(辛延年)의 「우림랑(羽林郎)」은 다음과 같다. "昔有霍家奴, 姓馮名子都. 依倚將軍勢, 調笑酒家胡. 胡姬年十五, 春日獨當鑪. 長裾連理帶, 廣袖合歡襦. 頭上藍田玉, 耳後大秦珠. 兩鬟何窕窕, 一世良所無.……"

175) 조식(曹植)의 「증왕찬(贈王粲)」은 다음과 같다. "端坐苦愁思, 攬衣起西遊. 樹木發春華, 淸池激長流. 中有孤鴛鴦, 哀鳴求匹儔. 我願執此鳥, 惜哉無輕舟. 欲歸忘故道, 顧望但懷愁. 悲風鳴我側, 羲和逝不留. 重陰潤萬物, 何懼澤不周. 誰令君多念, 自使懷百憂."

'로(爐)' 그리고 '수(愁)'와 '유(遊)'가 같은 운통의 글자이다.

여섯 번째 소운은 열 글자 안에 서로 같은 운통의 글자가 있는 것을 이른다. 예를 들어 완적(阮籍) 「영회(詠懷)」의 "얇은 장막에서 밝은 달을 구경하니, 맑은 바람이 나의 옷깃에 불어오네.[薄帷鑒明月, 淸風吹我襟.]"176)에서 '명(明)'과 '청(淸)'은 같은 운통의 글자이다. 일곱 번째 방뉴는 열 글자 안에 이미 '전(田)'자가 있다면 '선(宣)'이나 '연(延)'자를 쓸 수 없는 것이다.

여덟 번째 정뉴는 열 글자 안에 이미 '임(壬)'자가 있다면 '임(衽)'이나 '임(任)'을 쓸 수 없는 것이다. 후자로 든 네 가지 병은 더욱 말도 되지 않으니 거론할 필요도 없다.

沈休文所載八病, 如平頭上尾蜂腰鶴膝大韻小韻旁紐正紐, 以上尾鶴膝爲最忌. 休文之拘滯, 正與古體相反, 唯近律差有關耳, 然亦不免商君之酷. 今按平頭, 謂第一字不得與第六字同平聲, 律詩如風勁角弓鳴, 將軍獵渭城, 風之與將, 何損其美. 上尾謂第五字不得與第十字同聲, 如古詩, 西北有高樓, 上與浮雲齊, 雖隔韻, 何害. 律固無是矣, 使同韻如前詩鳴之與城, 又何妨也. 蜂腰謂第二字與第四字同上去入韻, 如老杜望盡似猶見, 江淹遠與君別者之類, 近體宜少避之, 亦無妨. 鶴膝第五字不得與第十五字同, 如老杜水色含君動, 朝光接太虛, 年侵頻悵望之類, 八句俱如是 則不宜, 一字犯亦無妨. 五大韻, 謂重疊相犯, 如胡姬年十五, 春日獨當爐, 又端坐苦愁思, 攬衣起西遊, 胡與爐, 愁與遊犯. 六小韻, 十字中自有韻, 如薄帷鑒明月, 淸風吹我襟, 明與淸犯. 七傍紐, 十字中已有田字, 不得著宣延字. 八正紐, 十字中已有壬字, 不得著衽任. 後四

176) 완적(阮籍)의 「영회(詠懷)」는 다음과 같다. "夜中不能寐, 起坐彈鳴琴. <u>薄帷鑒明月, 淸風吹我襟</u>. 孤鴻號外野, 翔鳥鳴北林. 徘徊將何見, 憂思獨傷心."

病尤無謂, 不足道也.

3-72. 오랑캐의 시와 범어로 된 시

「백랑(白狼)」과 「반목(槃木)」은 오랑캐의 시이다.[177] 오랑캐 말은 길고 짧음이 있는데 어떻게 오언시를 짓는단 말인가. 아마도 익부(益部) 태수(太守)가 대신 지어주었을 것이다.

모든 불경(佛經)의 게는 범어(梵語)이다. 범어에는 길고 짧음이 있는데 어떻게 오언시를 짓는단 말인가. 구마라습(鳩摩羅什)과 현장(玄奘)이 범어를 보태고 빼서 한어로 바꾸었을 것이다.

白狼槃木, 夷詩也. 夷語有長短, 何以五言. 蓋益部太守代爲之也. 諸佛經偈, 梵語也. 梵語有長短, 何以五言. 鳩摩羅什玄奘輩增損而就漢也.

3-73. 선시(仙詩)와 도가(道家)의 작품

여러 선시(仙詩)를 살펴보면, 한(漢)나라 시대에 지어진 시는 한나라 시대를 읊고 진(晉)나라 시대에 지어진 시는 진나라를 읊고 당(唐)나라 시대에 지어진 시는 당나라를 읊고 있으니, 하늘나라의 품격이 시에 읊조린 것과 같지 않다. 거의 그 당시 사람들이 거짓으로 지은 것이다.

도가(道家)의 경전에 또한 장량(張良)에게 명하여 『도인경(度人經)』의 주(注)를 달라고 내린 칙표(敕表)가 있는데, 그 문사는 완전히 송(宋)나

177) 「백랑(白狼)」은 왕 당추(唐菆)가 지은 「자도이가(莋都夷歌)」로 3장(章)은 사언시이다. 「반목(槃木)」은 어떤 작품인지 모르겠다.

라의 비속한 사람들이 쓰는 문투와 비슷하다. 게다가 관직을 서술한 부분은 송나라의 관직을 기술하고 있으니 한번 비웃고 말 뿐이다.

諸仙詩在漢則漢, 在晉則晉, 在唐則唐, 不應天上格乃爾, 皆其時人僞爲之也. 道經又有命張良注度人經敕表, 其文辭絶類宋人之下俚者, 至官秩亦然, 可發一笑.

3-74. 유신과 강총, 서릉, 진 후주

개부(開府) 유신(庾信)의 작품은 사실을 엄중하게 그려냈기에 깊은 운치가 적다. 그가 지은 「고수부(枯樹賦)」와 「애강남부(哀江南賦)」는 겨우 방회(方回) 치음(郗愔)의 노비의 수준과 같아 약간의 의미를 담고 있지만,[178] 어째서 세상에서 귀중하게 여기는 지 알 수가 없다. 강총(江總)[179]과 서릉(徐陵)[180]은 음려한 문사로 궁중의 연회를 더럽혔으며 화조(花鳥)나 그려내었다.[181] 진(陳) 후주(後主)와 신하들이 시를 주고

---

178) 『세설신어(世說新語)』「품조(品調)」에 다음과 같은 언급이 보인다. "치음(郗愔)의 집에 북방 출신의 하인이 있었는데, 문장을 이해할 수 있었으며 일마다 자신의 의견을 갖고 있었다. 왕희지(王羲之)가 유윤(劉尹)에게 그를 칭찬하자, 유윤이 '치음과 비교하면 어떻소.'라고 물었다. 이에 왕희지가 '그는 정작 의견을 갖고 있는 천한 소인일 뿐이니, 어찌 방회에 견줄 수 있으리오.'라 하자, 유윤이 '만약 방회만 못하면 그냥 보통 하인일 뿐이오.'라고 했다."

179) 강총(江總, 519~594) : 남조 진(陳)나라 사람으로 자는 총지(總持)다. 어려서부터 총명하고 문재(文才)가 있었다. 진후주(陳後主)가 즉위하자 상서령(尙書令)이 되었다. 그러나 정무는 돌보지 않고 후주와 함께 후원에서 연회에만 골몰하면서 염정시를 써내 압객(狎客)으로 불렸으며, 결국 진나라를 망하게 했다. 수나라 때 상개부(上開府)직에 있다가 강도(江都)에서 죽었다.

180) 서릉(徐陵, 507~583) : 남조 진(陳)나라 사람으로 자는 효목(孝穆)이다. 어려서부터 비범해서 8살 때 시문을 지었고, 12살 때 『장자』와 『노자』에 통했다. 역사와 경적(經籍)을 두루 섭렵했다. 진나라에서 어사중승(御史中丞)까지 올랐다.

받으며 읊었지만 결국 경양궁(景陽宮) 우물에서 사로잡혀 나라는 망하고 말았다.[182)]

庚開府事實嚴重, 而寡深致. 所賦枯樹哀江南, 僅如郗方回奴, 小有意耳, 不知何以貴重若是. 江總徐陵淫麗之辭, 取給杯酒, 責花鳥課. 只後主君臣唱和, 自是景陽宮井中物.

3-75. 문풍의 쇠퇴

장정견(張正見)[183)]의 시를 보면, 율법이 사걸(四傑)[184)]보다 엄격히 지켜져 있다. 다만 말을 비틀어 꼬아[185)] 만들어 육조(六朝) 시대의 문풍이 되었다. 사형(士衡) 육기(陸機)와 강락(康樂) 사령운(謝靈運)은 고시에서 대우를 만들어 내었는데, 총지(總持) 강총(江總)과 효목(孝穆) 서릉(徐陵)은 대우 가운데 고아(古雅)한 생각을 만들어 내지 못했으니, 이른바 "지금의 제후는 또한 오패(五覇)의 죄인"처럼 시대가 갈수록 더욱

181) 호응린(胡應麟)의 『시수(詩藪)』에 다음과 같은 기록이 있다. "강총은 서릉과 함께 부염(浮艷)으로 일컬어진다. 그러나 서릉은 충성스럽고 곧은 말을 잘했다. 강총과 비교하면 그는 난초이고 강총은 더러운 잡초이다."

182) 경양궁(景陽宮)의 우물은 연지정(臙脂井)이다. 진 후주가 수(隋)나라의 침공을 받고 경양궁(景陽宮)의 연지정에 숨었다가 수나라 군사에게 사로잡혔으며 나라는 망하고 말았다.

183) 장정견(張正見) : 남조 진(陳)나라 사람으로 자는 견이(見頤)다. 양나라 말엽에 난리가 일어나자 광속산(匡俗山)으로 피난했다. 진무제(陳武帝)가 제위에 오르자 통직산기상시(通直散騎常侍), 찬사저사(撰史著士) 등을 지냈다.

184) 사걸(四傑) : 당(唐)나라 초기(初期)의 큰 문장가(文章家) 네 사람으로 왕발(王勃)・양형(楊炯)・노조린(盧照鄰)・낙빈왕(駱賓王)이다.

185) 요어(拗語)의 예를 들면, '吉日兮良辰'이라 말하지 않고 '吉日兮辰良'이라 하는 유(類)이다.

수준이 낮아졌다.

張正見詩律法已嚴於四傑, 特作一二拗語, 爲六朝耳. 士衡康樂已於古調中出徘偶, 總持孝穆不能於徘偶中出古思, 所謂今之諸侯, 又五霸之罪人也.

3-76. 동일한 시어를 반복한 작품

연명(淵明) 도잠(陶潛)의 「지주(止酒)」[186]는 20개의 '지(止)'자를 사용했고 양(梁) 원제(元帝)의 「춘일(春日)」[187]은 23개의 '춘(春)'자를 사용했으며, 포천(鮑泉)의 「봉화상동왕춘일(奉和湘東王春日)」[188]은 29개의 '신(新)'자를 사용했고 여산제사미(廬山諸沙彌)의 「관화결의(觀化決疑)」[189]는 17개의 '화(化)'자를 사용했다. 이들은 한때 장난으로 지은 것이니

186) 도잠(陶潛)의 「지주(止酒)」는 다음과 같다. "居止次城邑, 逍遙自閒止. 坐止高蔭下, 步止蓽門裏. 好味止園葵, 大懽止稚子. 平生不止酒, 止酒情無喜. 暮止不安寢, 晨止不能起. 日日欲止之, 營衛止不理. 徒知止不樂, 未知止利己. 始覺止爲善, 今朝眞止矣. 從此一止去, 將止扶桑涘. 淸顔止宿容, 奚止千萬祀."

187) 양(梁) 원제(元帝)의 「춘일(春日)」은 다음과 같다.. "春還春節美, 春日春風過. 春心日日異, 春情處處多. 處處春芳動, 日日春禽變. 春意春已繁, 春人春不見. 不見懷春人, 徒望春光新. 春愁春自結, 春結詎能申. 欲道春園趣, 復憶春時人. 春人竟何在, 空爽上春期. 獨念春花落, 還以惜春時."

188) 포천(鮑泉)의 「봉화상동왕춘일(奉和湘東王春日)」은 다음과 같다. "新鶯始新歸, 新蝶復新飛. 新花滿新樹, 新月麗新輝. 新光新氣早, 新望新盈抱. 新水新綠浮, 新禽新聽好. 新景自新還, 新葉復新攀. 新枝雖可結, 新愁詎解顔. 新思獨氛氳, 新知不可聞. 新扇如新月, 新蓋學新雲. 新落連珠淚, 新點石榴裙."

189) 여산제사미(廬山諸沙彌)의 「관화결의(觀化決疑)」는 다음과 같다. "謀始創大業, 問道叩玄篇. 妙唱發幽蒙, 觀化悟自然. 觀化化已及, 尋化無間然. 生皆由化化, 化化更相纏. 宛轉隨化流, 漂浪入化淵. 五道化爲海, 孰爲知化仙. 萬化同歸盡, 離化化乃玄. 悲哉化中客, 焉識化表年."

좋은 작품이라 높여서는 안 된다.

陶淵明止酒用二十止字, 梁元帝春日用二十三春字, 鮑泉和至用二十九新字, 僧▣▣▣用十七化字, 一時遊戲之語, 不足多尙.

3-77. 양 원제, 진 후주, 수 양제

양 원제(梁元帝)의 시구인 "지는 별은 먼 수자리에 의지하고, 저무는 달은 평평한 숲에 반쯤 걸렸네.[落星依遠戍, 斜月半平林.]"[190]와 진 후주(陳後主)의 "고향은 바로 이 강 너머 있는데, 바람과 이내는 양 강가에 흐르네.[故鄕一水隔, 風煙兩岸通.]"[191]와 "해와 달은 하늘의 덕을 빛내고, 산과 강은 서울에 웅장하네.[日月光天德, 山河壯帝居.]"[192]라는 구절이 만약 심전기(沈佺期)와 송지문(宋之問)의 문집에 들어갔다면 마땅히 절창(絶唱)이 되었을 것이다. 수 양제(隋煬帝)의 "차가운 까마귀는 천만의 점점인데, 흐르는 강물은 외론 마을을 감싸도네.[寒鴉千萬點, 流水繞孤村.]"[193]라는 구절은 중당(中唐)의 아름다운 운치가 있다.

梁元帝詩有落星依遠戍, 斜月半平林, 陳後主有故鄕一水隔, 風煙兩岸通, 又日月光天德, 山河壯帝居, 在沈宋集中, 當爲絶唱. 隋煬帝寒鴉千萬點, 流水繞孤村. 是中唐佳境.

---

190) 양신(楊愼)의 『승암시화(升庵詩話)』에는 이 구만 소개되어 있다.

191) 양신(楊愼)의 『승암시화(升庵詩話)』에는 이 구만 소개되어 있다.

192) 진 후주(陳後主)의 「입수시연응조(入隋侍宴應詔)」는 다음과 같다. "日月光天德, 山河壯帝居. 太平無以報, 願上東封書."

193) 이 구만 전해진다.

3-78. 당률(唐律)을 갖춘 고악부의 구절

고악부(古樂府)의 "추위 막으려 좁은 바지 껴입어, 궁궐 지키듯 단단히 감싸네.[護惜加窮袴, 防閑托守宮.]"[194]와 "삭풍의 기운 쇠딱따기에 전해지고, 차가운 빛은 쇠옷을 뚫네.[朔氣傳金柝, 寒光透鐵衣.]"[195]와 "살기는 아침마다 문에 가득하고, 차가운 바람은 밤마다 달 주위로 불어오네.[殺氣朝朝沖塞門, 胡風夜夜吹邊月.]"[196]라는 구절은 모두 당률(唐律)의 경계에 올랐다.

古樂府如護惜加窮袴, 防閑托守宮, 朔氣傳金柝, 寒光透鐵衣, 殺氣朝朝沖塞門, 胡風夜夜吹邊月, 全是唐律.

3-79. 북조의 시문

북조(北朝) 시대는 온통 전쟁에 시달리느라 문장을 지을 겨를이 없었다. 효문제(孝文帝)가 처음으로 한 번 앞서 외쳤으나 둔난(屯難)하여 크게 떨치지 못했다. 온자승(溫子升)[197]의 「한릉산사비(寒陵山寺碑)」의 "차가운 산의 작은 돌조각.[寒山一片石]"은 충분히 언급할 만하지만 졸렬함을 감춘 정도이다. 비록 남조(南朝)의 경박한 고담(高談)이라도 온자승의 작품보다 그렇게 뛰어나지 않다. 설도형(薛道衡)[198]은 충분히

194) 「잡곡가사(雜曲歌辭)·악사(樂辭)」. "繡幙圍香風, 耳節朱絲桐. 不知理何事, 淺立經營中. 愛惜加窮袴, 防閑託守宮. 今日牛羊上丘隴, 當年近前面發紅."

195) 「횡취곡사(橫吹曲辭)·목란시(木蘭詩)」에 보이는 구절이다.

196) 「호가십팔박(胡笳十八拍)」 여덟 번째 수에 보인다.

197) 온자승(溫子升, 495~547) : 북위(北魏) 사람으로 자는 붕거(鵬擧)다.

198) 설도형(薛道衡, 540~609) : 수(隋)나라 사람으로 자는 현경(玄卿)이다. 양제(煬帝)가 즉위하자 「고조문황제송(高祖文皇帝頌)」을 올렸는데, 지난 왕조를 찬미하

재자라 불릴 만하지만 명가(名家)는 되지 못한다. 다만 처도(處道) 양소(楊素)는 혁혁하게 풍골을 지니고 있다.

北朝戎馬縱橫, 未暇篇什. 孝文始一倡之, 屯而未暢. 溫子升寒山一片石足語及, 爲當塗藏拙, 雖江左輕薄之談, 亦不大過. 薛道衡足號才子, 未是名家, 唯楊處道奕奕有風骨.

3-80. 왕건, 온자승, 강총의 문장

간서(簡棲) 왕건(王巾)[199]의 「두타사비(頭陀寺碑)」는 북종(北宗) 전통의 붓으로 남종(南宗) 핵심의 깨달음[心印]을 드러내었다. 비록 대우를 철저하게 맞췄지만 조금도 억지로 문장을 이끌어 간 병통이 없다. 온자승의 「한릉(寒陵)」은 왕건보다 훨씬 뒤로 물러났으며, 강총(江總)의 「섭산서하사비(攝山棲霞寺碑)」는 세속의 더러움을 멀리했던가? 소명태자(昭明太子)의 취사선택은 진실로 속일 수 없다.[200]

王簡棲頭陀寺碑, 以北統之筆鋒, 發南宗之心印, 雖極俳偶, 而絶無牽率之病. 溫子升之寒陵, 尙自退舍, 江總持之攝山, 能不隔塵. 昭明取舍, 良不誣也.

여 현 왕조를 헐뜯는 뜻이 숨어 있다고 하여 몹시 미워했다. 사례대부(司隷大夫)로 옮겼다가 얼마 뒤 자결을 명받았다.

199) 왕건(王巾) : 남조 양(梁)나라 사람으로 자는 간서(簡棲)다. 영주종사(郢州從事)로 시작하여 정남기실(征南記室)에 이르렀다. 「두타사비문(頭陀寺碑文)」을 썼는데, 문장이 교묘하고 아름다웠다.

200) 소명태자의 『문선(文選)』에는 왕건의 「두타사비문」은 실려 있지만, 온자승과 강총은 작품을 실려 있지 않다.

3-81. 육조 시대의 문장

나는 문장에 있어서, 비록 육조 시대 사람의 작품을 좋아하지 않지만 육조 시대 사람에 대해서도 어찌 그렇게 말하겠는가. 자순(子循) 황보방(皇甫汸)이 『해이신어(解頤新語)』에서 다음과 같이 말했다.

> "문장을 조탁하면서 억양돈좌(抑揚頓挫)를 구사하여 말은 서로 조화를 이루며 뜻은 구슬을 꿴 듯 연결되지만, 다섯 수레의 책을 읽어서 붓 끝에 만 가지 변화를 부리지 못한다면 족히 거론할 것도 없다."

이 말은 참으로 육조 시대 사람의 진면목을 보여준다. 반악(潘岳)과 좌사(左思)의 여러 부 작품과 문고(文考) 왕연수(王延壽)[201]의 「영광전부(靈光殿賦)」와 간서(簡棲) 왕건(王巾)의 「두타사비(頭陀寺碑)」 등은 한유(韓愈)와 유종원(柳宗元)으로 하여금 반드시 기운을 잃게 만들 것이다. 그러나 유종원의 「진문(晉問)」과 한유의 「남해신묘비(南海神廟碑)」, 「모영전(毛穎傳)」 등은 구양수(歐陽脩)와 소식(蘇軾)도 지을 수 없으니, 다만 시대가 내려감에 따라 풍기(風氣)에 얽매여서 그런 것인가. 아니면 하늘이 내린 재주에 한정(限定)이 있어서 그런 것인가.

吾於文雖不好六朝人語, 雖然, 六朝人, 亦那可言. 皇甫子循謂, 藻艶之中, 有抑揚頓挫, 語雖合璧, 意若貫珠, 非書窮五車, 筆含萬化, 未足云也. 此固爲六朝人張價, 然如潘左諸賦及王文考之靈光王簡棲之頭

---

201) 왕연수(王延壽) : 후한(後漢) 사람으로 자는 문고(文考) 또는 자산(子山)이다. 왕일(王逸)의 아들이다. 어릴 때 노국(魯國)을 유람하며 「영광전부(靈光殿賦)」를 지었다. 나중에 채옹(蔡邕)도 같은 작품을 짓고자 했지만 이루지 못하다가 왕연수의 작품을 보고는 깊이 탄복하고 붓을 꺾어버렸다. 나이 스무 살 때 쯤 물에 빠져 죽었다.

陀, 令韓柳授觚, 必至奪色. 然柳州晉問昌黎南海神碑毛穎傳, 歐蘇亦不能作, 非直時代爲累, 抑亦天授有限.

3-82. 사서(史書)에 대한 평가

『진서(晉書)』와 『남사(南史)』, 『북사(北史)』, 그리고 『구당서(舊唐書)』는 패관소설(稗官小說)이다. 『신당서(新唐書)』는 가짜 고서이다. 『오대사(五代史)』는 책상물림의 사론(史論)이다. 『송사(宋史)』와 『원사(元史)』는 화려한 조보(朝報)이다. 『신당서』의 간략함은 『남사』와 『북사』의 번거로움만 못하다. 『송사』의 번거로움은 『요사(遼史)』의 간략함만 못하다.

晉書南北史舊唐書, 稗官小說也. 新唐書, 贗古書也. 五代史, 學究史論也. 宋元史, 爛朝報也. 與其爲新唐書之簡, 不若爲南北史之繁. 與其爲宋史之繁, 不若爲遼史之簡.

3-83. 정사(正史) 이외의 기록들

정사(正史) 이외에 어떤 지역에 대해 기록한 것이 있는데, 예를 들어 유지기(劉知幾)가 말한 지리지(地理志)가 이에 해당한다. 상거(常璩)의 『화양국지(華陽國志)』와 성홍지(盛弘之)의 『형주기(荊州記)』를 마땅히 첫 번째로 꼽아야 한다.

한 가지 말이나 한 가지 일을 기록한 것은 유지기가 말한 쇄언(瑣言)에 해당하는데, 마땅히 유의경(劉義慶)의 『세설신어(世說新語)』를 첫 번째로 꼽아야 한다.

산문으로 된 소전(小傳)을 살펴보면, 영원(伶元)의 「비연외전(飛燕外傳)」은 비록 비속하고, 두광정(杜光庭)의 「규염객전(虯髥客傳)」은 비록 거짓에 가깝고, 한유(韓愈)의 「모영전(毛穎傳)」은 비록 희롱에 가까우나 또한 그 종류 가운데 으뜸이다.

그 밖에 왕찬(王粲)의 『한말영웅기(漢末英雄記)』, 최홍(崔鴻)의 『십육국춘추(十六國春秋)』, 갈홍(葛洪)의 『서경잡기(西京雜記)』, 주칭(周稱)의 『진류기구전(陳留耆舊傳)』, 주초지(周楚之)의 『여남선현전(汝南先賢傳)』, 진수(陳壽)의 『익부기구전(益部耆舊傳)』, 우예(虞預)의 『회계전록(會稽典錄)』, 신씨(辛氏)의 『삼진기(三秦記)』, 나함(羅含)의 『상중산수기(湘中山水記)』, 주공(朱贛)의 『구주(九州)』, 감인(闞駰)의 『사국(四國)』, 지은이 미상의 『삼보황도(三輔黃圖)』, 단성식(段成式)의 『유양잡조(酉陽雜俎)』 등은 모두 그 아류이다. 『수경주(水經注)』는 주를 단 책이 아니라 절로 위대한 지리와 역사서이다.

正史之外, 有以偏方爲紀者, 如劉知幾所稱地理, 當以常璩華陽國志盛弘之荊州記第一. 有以一言一事爲記者, 如劉知幾所稱瑣言, 當以劉義慶世說新語第一. 散文小傳, 如伶元飛燕雖近褻, 虯髥客雖近誣, 毛穎雖近戲, 亦是其行中第一. 它如王粲漢末英雄崔鴻十六國春秋葛洪西京雜記周稱陳留耆舊周楚之汝南先賢陳壽益部耆舊虞預會稽典錄辛氏三秦羅含湘中朱贛九州闞駰四國三輔黃圖酉陽雜俎之類, 皆流亞也. 水經注非注, 自是大地史.

3-84. 박학한 선비들의 재주와 문필

옛날부터 박학의 선비는 뛰어난 문필을 겸했다. 예를 들어 정(鄭)나라 자산(子産)이 대태(臺駘)를 구분한 것,[202] 자하(子夏) 복상(卜商)이 삼시(三豕)를 변별한 것,[203] 자정(子政) 유향(劉向)이 이부(貳負)를 기억한 것,[204] 종군(終軍)이 정서(鼮鼠)를 알고 있는 것,[205] 동방삭(東方朔)이 조렴(藻廉)의 이름을 안 것,[206] 문통(文通) 강엄(江淹)이 과두문자를 아는 것,[207] 무선(茂先) 장화(張華)와 경순(景純) 곽박(郭璞)의 이따금 해박한 것은 진실로 말할 필요가 없다.

---

202) 진 평공(晉平公)이 병이 들었는데, 점쟁이에게 점을 치게 하니 실침(實沈)과 대태(臺駘)의 신이 붙었다고 했다. 사관에게 물어보아도 실침과 대태에 대해 알지 못했는데, 이에 대해 자산이 변론한 것을 말한다.

203) 자하(子夏)가 공자(孔子)를 떠나 고국인 위(衛)에 돌아와서 위나라 역사를 읽다가 '진사벌진 삼시도하(晉師伐秦, 三豕渡河.)'라는 구절을 보고 "틀렸다. 삼시(三豕)는 기해(己亥)를 잘못 쓴 것이다."라 했다. 그 후 역사 기록하는 사람이 진(晉)나라의 역사를 살펴보니 자하(子夏)의 말이 맞았다고 한다.

204) 효선황제(孝宣皇帝) 때 상곡(上谷)에서 반석(磻石)을 두드렸더니 무너지면서 석실(石室)이 나왔는데 그 안에는 뒷짐결박을 한 채 형틀에 매인 사람이 있었다. 그때 유향(劉向)이 "그것은 이부신(貳負臣)이올시다."라고 했다. 황제가 어떻게 알았는지 묻자, 『산해경(山海經)』에 나와 있다고 대답했다. 이 이야기는 『산해경』이 위서가 아니라는 중요한 증거이기도 하다.

205) 정서(鼮鼠)는 쥐와 비슷한 크기에 얼룩무늬가 있으며 깊은 산속의 나무 위에서 서식한다. 한 무제(漢武帝)가 표범 무늬의 쥐 비슷한 동물을 잡고 나서 군신에게 물었으나 아무도 답변을 못 할 적에 종군(終軍)이 『이아(爾雅)』의 기록을 인용하며 정서라고 대답하자, 무제가 박학하다고 칭찬하면서 비단 100필을 하사했다.

206) 임방(任昉)의 『술이기(述異記)』에 다음과 같은 기록이 있다. "한 무제(漢武帝)가 미앙궁(未央宮)에서 연회를 하는데, '노신이 하소연하러 왔습니다.'라는 말만 들리고 모습은 보이지 않았다. 한참 후에 들보 위에 한 노인이 나타나 지팡이를 짚고 황제 앞까지 걸어왔다. 황제가, '너는 누구냐. 하소연할 것은 무엇이냐.'라고 물어도 대답하지 않았다. 이때 동방삭이 옆에 있다가, '이 노인의 이름은 조렴(藻廉)으로 수목(水木)의 정기입니다. 폐하께서 지난번에 궁실을 짓느라 그의 거처를 베어버려 이렇게 와서 하소연하는 것입니다.'라고 했다."

207) 『남사(南史)』에 다음과 같은 기록이 있다. "영명 3년(485)에 양양의 옛 무덤에서 고경(古鏡)과 죽간(竹簡)이 발견되었는데, 그 글자를 아는 사람이 없었다. 왕승건(王僧虔)이 자체(字體)를 잘 알았으나 역시 몰랐다. 이에 강엄이 과두문자 같다고 하면서 과두자로 미뤄 헤아리니 주 선왕(周宣王)의 죽간이었다."

이밖에 비록 항상 부지런히 학문을 깊이 파고드나 글을 지으면 오류가 많은 경우로, 육징(陸澄)을 책 궤짝이라는 한 것과[208] 이옹(李邕)을 책 상자라 한 것,[209] 부소(傅昭)를 학부(學府)라 한 것,[210] 방휘(房暉)를 경전의 창고[經庫]라 불렀으나 문장을 잘 짓지 못하여 이따금 예원의 기롱을 초래했다. 그러나 그들에 관한 유림별전(儒林別傳)을 짓게 만들었으니 그 까닭은 무엇인가.

하늘이 재주 지닌 이를 한정하여 내리며 또한 어느 특정한 이에게만 그 재주를 주고, 다만 그 개인이 뛰어난 능력을 과시하게 만들어 재주를 한정시키지 않았으며, 또한 재주 지닌 이로 하여금 마음으로 깨우친 것을 눈으로 옮겨 문사로 일삼아 부리게 했단 말인가.

손건(孫搴)이 형소(邢劭)에게 이르기를, "나에게 정기병 삼 천이 있으니 충분히 그대의 파리한 사병 수만을 상대할 수 있다."라 했는데, 이 말은 문장을 비유하는 데 옳지 않다. 다만 한신(韓信)이 병사를 부릴 때 많으면 많을수록 좋다고 한 말이, 조물주가 사물을 빚어낸 오묘함을 드러낸 말로 문장을 지을 때와 그 공용(功用)이 같다.

自古博學之士, 兼長文筆者, 如子產之別臺駘, 卜氏之辨三豕, 子政

---

208) 『남사(南史)』에 다음과 같은 기록이 있다. "육징은 세상이 알아주는 석학이지만 『역(易)』을 3년이나 공부하고도 문리를 깨치지 못했으며, 『송서』를 편찬하고 싶었지만 이루지 못했다고 한다. 그래서 왕검(王儉)이 '육공은 책 궤짝이다.'라고 놀렸다."

209) 이옹(李邕)은 이선(李善)의 오류이다. 『신당서(新唐書)』에 "이옹(李邕)의 아버지는 이선(李善)으로 고금에 해박했으나 문장을 짓지 못했다. 그러므로 사람들이 그를 책 상자라고 불렀다."라고 했다.

210) 『남사(南史)』에 다음과 같은 기록이 있다. "부소(傅昭)는 종일 단정히 앉아 글 짓는 것을 좋아했다. 고금에 정통했으며 특히 인물에 대해 정확했다. 위진(魏晉) 이래 벌열가의 혼인 관계 등에 정통하여 사람들이 그를 학부(學府)라고 칭했다."

之記貳負, 終軍之鼮鼠, 方朔之名藻廉, 文通之職科斗, 茂先景純種種該浹, 固無待言. 自此以外, 雖鑿壁恒勤, 而操觚多繆, 以至陸澄書廚, 李邕書簏, 傅昭學府, 房暉經庫, 往往來藝苑之譏, 乃至使儒林別傳, 其故何也. 毋乃天授有限, 考索偏工, 徒務誇多, 不能割愛, 心以目移, 辭爲事使耶. 孫搴謂邢劭我精騎三千, 足敵君羸卒數萬, 則又非也. 韓信用兵多多益辦. 此是化工造物之妙, 與文同用.

3-85. 종영의『시품』

내가 기실(記室) 종영(鍾嶸)의『시품(詩品)』을 보니, 문장의 실정에 대해 알맞은 관점을 보였으며 문학의 시대적인 흐름을 적절하게 판단했으니 가히 '진실된 글이다.'라 할 수 있으며 문장 또한 빛나도록 아름답다. 그러나 거론한 작자들의 문장이 어디에서 기원했는지 추적한 것과 고매(顧邁)·대개(戴凱)·임방(任昉)·심약(沈約)을 중품(中品)에 놓은 것과 위 문제(魏文帝) 조비(曹丕)를 상품(上品)에 놓지 않은 것과 조조(曹操)를 하품(下品)에 놓은 것은 더욱 공정하지 않아 보이니, 화씨벽 같은 책의 비싼 값어치를 약간 떨어트린다.

나는 그 평 가운데 다음과 같은 것을 더욱 좋아한다. 즉 자건(子建) 조식(曹植)에 대해 "골기(骨氣)가 기이하고 높으며 문채가 대단히 화려하며 정은 우아함과 원망함을 겸하고 문체는 꾸밈과 질박함을 아울렀다."라고 평가한 구절, 사종(嗣宗) 완적(阮籍)에 대해 "말이 눈과 귀의 범위 안에 있지만 정은 우주의 바깥에 머물고 있다."라고 평가한 대목, 사령운(謝靈運)에 대해 "뛰어난 장구(章句)들이 곳곳에 번갈아 출현하고, 화려하고 전아한 새로운 노래들이 끊이지 않고 아주 많이 모여 있다."라고 평가한 언급, 월석(越石) 유곤(劉琨)에 대해 "처창하고 슬픈 문사를 잘 지었으며, 스스로 청발한 기운을 지니고 있다."라 평가한 구절, 명원(明遠) 포조(鮑照)에 대해 "경양(景陽) 장협(張協)의 기이함을 얻었고, 무선(茂先) 장화(張華)의 화려하고 아름다움을 머금었다. 골경(骨硬)이 사혼(謝混)보다 강하고 문장 전개가 안연(顔延)보다 빠르다. 이상 네 사람의 장점을 총괄하여 지녔으며, 진(晉)과 송(宋)을 합쳐 홀로 뛰어났다."라고 평가한 대목, 현휘(玄暉) 사조(謝眺)에 대해 "기발하고 빼어난 장구(章句)는 이따금 사람을 놀라게 하고 힘이 넘쳐, 사혼(謝混)으로 하여금 놀라 넘어지게 하고 포조(鮑照)로 하여금 긴장하게 만들 것이다."라고 평가한 언급, 문통(文通) 강엄(江淹)에 대해 "시체(詩體)는 여러 양식을 갖추었으며 모의(摹擬)에 뛰어났다. 왕미(王微)에게서 힘을 취했으며 사조(謝眺)만큼 성취했다."라고 평가한 부분들이다. 이상 여러 가지 평은 칭송과 인정(認定)이 사실에 가까우며 문장으로 엮어 기술한 것이 매우 공교롭다.

吾覽鍾記室詩品, 折衷情文, 裁量事代, 可謂允矣, 詞亦奕奕發之. 第所推源出於何者, 恐未盡然. 邁凱昉約濫居中品. 至魏文不列乎上, 曹公屈第乎下, 尤爲不公, 少損連城之價. 吾獨愛其評子建骨氣奇高, 詞采華茂, 情兼雅怨, 體被文質. 嗣宗, 言在耳目之內, 情寄八荒之表. 靈運, 名章迥句, 處處間起. 麗典新聲, 絡驛奔會. 越石, 善爲淒悷之詞, 自有清拔之氣. 明遠, 得景陽之詭諔, 含茂先之靡嫚. 骨節强於謝混, 驅邁疾於顔延. 總四家而並美, 跨兩代而孤出. 玄暉, 奇章秀句, 往往警遒. 足使叔源失步, 明遠變色. 文通, 詩體總雜, 善於摹擬, 筋力於王微, 成就於謝朓. 此數評者, 贊許旣實, 錯撰尤工.

예원치언

卷四

4-1. 당 태종의 작품

당 태종(太宗) 이세민(李世民)[1]은 자신이 직접 중원을 정벌하여 한 시대를 호령했지만 그가 지은 시작품에는 대장부의 기세가 거의 없었으니 시대의 관습이 그렇게 만든 것이다. 태종이 지은 "치욕 갚아 백왕에 상대하고, 재앙 제거하여 천고에 알리네.[雪恥酬百王, 除凶報千古.]"란 구절과 "예전 네 필 말 타고 가서, 오늘 만승을 몰고 왔네.[昔乘匹馬去, 今驅萬乘來.]"란 구절은 억지로 지은 것으로, 자연스럽게 된 것이 아니라 굳세게 보이려는 의도에서 비롯된 것이다.[2] 태종의 「제경편(帝京篇)」 정도가 좋은 작품이라고 할 수 있을 뿐 그 밖의 작품들은 꽃과 잡초를 줄줄이 엮어 놓은 것처럼 볼품이 없으니, 멀리로는 한(漢) 무제(武帝)에게도 조금 뒤지고 가깝게는 조조(曹操) 정도의 수준에도 못 미친다.

唐文皇手定中原, 籠蓋一世, 而詩語殊無丈夫氣, 習使之也. 雪恥酬百王, 除兇報千古. 昔乘匹馬去, 今驅萬乘來. 差强人意, 然是有意之作. 帝京篇可耳, 餘者不免花草點綴, 可謂遠遜漢武, 近輸曹公.

4-2. 당 중종의 백량체 연구

중종(中宗) 이현(李顯)[3]이 여러 신하들과 잔치를 하면서 백량체(柏梁

---

1) 이세민(李世民, 598~649) : 당나라의 제2대 황제이며 당 고조 이연의 차남이다. 그는 뛰어난 장군이자, 정치가, 전략가, 그리고 서예가이기까지 했으며, 중국 역대 황제 중 최고의 성군으로 불리어 청나라의 강희제와도 줄곧 비교된다. 그가 다스린 시대를 '정관의 치'라 했다.

2) 당 태종의 두 작품 모두 『전당시(全唐詩)』에 보인다.

體)[4]로 연구(聯句)를 지은 일이 있다. 중종이 먼저 "대업을 빛내는 것 어진 인재에게 맡기노라.[潤色鴻業寄賢才]"란 구절과[5] "대당(大唐)이 천하 이끌어 만방에 임했도다.[大明御宇臨萬方]"란 구절을[6] 지었는데, 중종의 구절에 화답한 구절들이 모두 중종의 수준에는 미치지 못했다. 그러나 중종의 이 구절은 사실 상관(上官) 소용(昭容)[7]이 지은 것이다. 이 자리에서 설직(薛稷)[8]은 "종백[9]이 예를 바로 잡으니 천지가 열렸고[宗伯秩禮天地開]."란 구절을 지었고 장령공주(長寧公主)[10]는 "난새 소

---

3) 이현(李顯, 656~710) : 당나라의 제4대 황제로, 27세의 나이로 즉위했으나 즉위 초부터 황제로서의 실권을 가지지 못했으며 국정은 모두 어머니인 측천무후(則天武后)가 결정했다. 우여곡절 끝에 즉위한 후, 장간지 등이 폐정(弊政)을 개혁하고 무삼사(武三思)를 처형하라고 간언했으나 받아들이지 않았다. 불사(佛寺)가 흥성했고 조정은 늘 흥청거렸으며 황후인 위후(韋后)와 궁중파의 거두 무삼사 등이 권력을 휘둘렀다. 자기들을 괴롭힌 측천무후가 병약한 고종(高宗)에게 한 것과 똑같이 위후도 중종의 정치에 간섭하면서 제2의 측천무후를 꿈꾸었다. 707년 황태자 이중준(李重俊)이 군사를 일으켜 무삼사를 죽이는 데까지는 성공했으나 결국 그것으로 끝나고 말았다. 중종은 정치음모가 발각되어 불안을 느끼게 된 위후와 딸 안락공주(安樂公主)에 의해 독살당했다.

4) 백량체(柏梁體) : 한시의 한 종류이다. 전한(前漢)의 무제(武帝)가 원정(元鼎) 2년 장안(長安)에 백량대(柏梁臺)를 낙성(落成)했을 때 군신(群臣)들을 모아놓고 시작(詩作)한 것이다. 무제(武帝)를 비롯하여 25인의 신하들이 칠언시구(七言詩句)를 한 구(句)씩 차례로 읊은 것을 연구(聯句)한 것으로, 매구(每句)마다 압운(押韻)되어 있다.

5) 중종이 태어난 달인 10월에 지은 구절이다. 『전당시화(全唐詩話)』 권1 「중종(中宗)」에 보인다.

6) 경룡(景龍) 4년(710) 1월 5일 대명전(大明殿)에 행차하여 토번(吐蕃)의 말 타는 재주를 보고 지은 구절이다. 『전당시화(全唐詩話)』 권1 「중종(中宗)」에 보인다.

7) 상관(上官) 소용(昭容, 664~710) : 당 중종 때의 여관(女官)이며, 시인으로 협주(陝州) 협현(陝縣) 사람이다.

8) 설직(薛稷, 649~713) : 자는 사통(嗣通)으로 포주(蒲州) 분음(汾陰) 사람이다. 태자태보(太子太保)와 예부상서(禮部尙書)까지 올랐다.

9) 종백 : 예부의 우두머리를 말한다.

10) 장령공주(長寧公主) : 당 중종의 딸로, 위황후가 낳았다. 양신교(楊愼交)와 소언

리 봉황 춤사위 평양(平陽)[11] 향하네.[鸞鳴鳳舞向平陽]"란 구절을 지었으며, 태평공주(太平公主)는 "무심히 자식 되어 문득 남편감만 구하네.[無心爲子輒求郎]"란 구절을 지었고 염조은(閻朝隱)[12]은 "저작 훌륭하지 않지만 진심에서 나온 것이네.[著作不休出中腸]"란 구절을 지었는데 옛 사람에게 부끄럽지 않을 정도의 수준은 된다.

中宗宴群臣柏梁體, 帝首云, 潤色鴻業寄賢才. 又大明御宇臨萬方. 和者皆莫及, 然是上官昭容筆耳. 內薛稷云, 宗伯秩禮天地開. 長寧公主云, 鸞鳴鳳舞向平陽. 太平公主云, 無心爲子輒求郎. 閻朝隱云, 著作不休出中腸. 差無愧古.

4-3. 당 현종의 작품

현종(玄宗) 이융기(李隆基)[13]는 태종 이세민보다 작품을 아름답게 꾸미지는 못했지만, 현종의 굳센 기상은 태종보다 더 나았다. 현종이 상(象)을 말한 것으로는 「조도포관(早度浦關)」의 "봄 오니 물가의 나무 우거지고, 달이 지니 수루는 비었네.[春來津樹合, 月落戍樓空.]"란 구절이

백(蘇彦伯)에게 차례대로 시집갔다.

11) 평양(平陽) : 평양공주(平陽公主)로, 당 나라 고조(高祖)의 딸이다. 국가의 창업기에 성장하여 전쟁을 익히 보아 왔으므로 스스로 '낭자군(娘子軍)'이라 칭하면서 삼군(三軍)을 지휘하고 진(陣)을 마주하여 대적하는 것을 능사(能事)로 여겼는데, 그 부형(父兄)이 이를 금지하지 않았을 뿐만 아니라, 그녀가 살아 있을 때는 그 힘을 빌리고 죽어서는 용사(勇士)의 예(禮)로 장례를 치러 주었다고 한다.

12) 염조은(閻朝隱, ?~?) : 자는 우천(友倩)으로 월주(越州) 난성(欒城) 사람이다.

13) 이융기(李隆基, 685~762) : 당나라의 제6대 황제이다. 별호는 당명황(唐明皇)이며, 당 예종 이단의 3남으로, 어머니는 숙명황후(肅明皇后) 유씨(劉氏)이다. 당 태종 이세민 이후 번영을 이끌었으나, 동시에 쇠퇴의 발단이 되기도 했다.

있고 경(境)을 말한 것으로는 「조도포진관(早度蒲津關)」의 "말의 빛깔에 아침 햇살이 내리고, 닭 울음소리 새벽 바람에 실려 오네.[馬色分朝景, 雞聲逐曉風.]"란 구절이 있다.14) 또 기(氣)를 말한 것으로는 「행촉서지검문(幸蜀西至劍門)」의 "천 길이나 되는 푸른 병풍이 둘러 있고 붉은 산은 다섯 장정으로 길 열어놓았네.[翠屏千仞合, 丹嶂五丁開.]"란 구절이 있고15) 치(致)를 말한 것으로는 「송하지장귀사명(送賀知章歸四明)」이란 작품의 "내 어찌 현달한 이 아끼지 않으랴만, 그대의 고상한 마음에는 어찌하랴.[豈不惜賢達, 其如高尙心.]"란 구절이 있다.16) 연국공(燕國公) 장열(張說)17)과 허국공(許國公) 소정(蘇頲)18)에게 짓게 하고 심전기(沈佺期)19)와 송지문(宋之問)20)에게 윤색을 하게 하더라도, 현종의 이 구절

---

14) 현종의 「조도포진관(早度蒲津關)」은 다음과 같다. "鐘鼓嚴更曙, 山河野望通. 鳴鑾下蒲坂, 飛蓋入雲中. 地險關逾壯, 天平鎭尙雄. 春來津樹合, 月落戍樓空. 馬色分朝景, 鷄聲逐曉風. 所希常道泰, 非復候繻同."

15) 현종의 「행촉서지검문(幸蜀西至劍門)」은 다음과 같다. "劍閣横雲峻, 鑾輿出狩回. 翠屏千仞合, 丹嶂五丁開. 灌木縈旗轉, 仙雲拂馬來. 乘時方在德, 嗟爾勒銘才."

16) 현종의 「송하지장귀사명(送賀知章歸四明)」은 다음과 같다. "遺榮期入道, 辭老竟抽簪. 豈不惜賢達, 其如高尙心. 寰中得祕要, 方外散幽襟. 獨有青門餞, 群英悵別深."

17) 장열(張說, 667~730) : 자는 도제(道濟)이다. 측천무후 재위 시 약관의 나이로 과거에 합격하여 태자교서(太子校書)로 벼슬길에 나왔다. 연국공(燕國公)에 봉해지고 재상을 역임했다.

18) 소정(蘇頲, 670~727) : 자는 정석(廷碩)이다. 경조(京兆) 무공(武功) 사람이다. 당 현종 때 재상을 지냈고 허국공(許國公)에 봉해졌다. 문학(文學)에 뛰어나 장열(張說)과 명성을 견주었다.

19) 심전기(沈佺期, ?~713) : 자는 운경(雲卿)이며 상주(相州) 사람이다. 오언시(五言詩)에 뛰어났다. 그는 늘 궁중에서 임금을 모셨으며, 황제가 학사들을 불러 「회파무(迴波舞)」를 부르게 하자 심전기가 그 가사를 지어 임금을 즐겁게 했다. 이에 임금이 그에게 상아와 비단을 하사하기도 했다.

20) 송지문(宋之問, ?~712) : 자는 연청(延淸)이다. 측천무후에게 시재를 인정받아 심전기와 함께 궁중시인으로 활약했다. 형식적으로 완정한 율시를 잘 지었다. 심전기와 송지문은 시의 율(律)과 운(韻)에 커다란 공헌을 했다.

보다 더 낫지는 않았을 것이다.

明皇藻艶不過文皇, 而骨氣勝之. 語象, 則春來津樹合, 月落戍樓空. 語境, 則馬色分朝景, 雞聲逐曉風. 語氣, 則翠屛千仞合, 丹嶂五丁開. 語致, 則豈不惜賢達, 其如高尙心. 雖使燕許草創, 沈宋潤色, 亦不過此.

4-4. 초당사걸

노조린(盧照鄰)[21]과 낙빈왕(駱賓王)[22] 및 왕발(王勃)[23], 양형(楊炯)[24]을 초당사걸(初唐四傑)이라 부른다. 이들의 작품은 화려하여 진실로 진(陳)과 수(隋)의 유풍(遺風)이 있었다. 또한 의상(意象)이 뛰어났는데, 노년에 접어들어 더욱 의상이 좋아졌다. 이들로 인해 마침내 오언시(五言詩)의 형식이 바로잡히게 되었다. 자안(子安) 왕발은 악부체에 가까웠고 양형과 노조린은 오히려 한위(漢魏)의 작품을 숭상했다. 낙빈왕

---

21) 노조린(盧照鄰, 637~689) : 자는 승지(昇之), 호는 유우자(幽憂子)이다. 어려서부터 재질(才質)이 뛰어나 일찍부터 문명(文名)을 떨쳤으나, 20대 중반에 악질(惡疾)에 걸려 각지를 전전하며 투병생활을 계속했으나, 끝내 효험이 없자 물에 빠져 자살했다.

22) 낙빈왕(駱賓王, 634~684) : 육조(六朝)의 시풍을 계승하면서도 격조가 청려(淸麗)했고, 노조린과 함께 칠언가행(七言歌行)에 뛰어났다. 대표작으로는 「제경편(帝京篇)」이 있다.

23) 왕발(王勃, 649~676) : 자는 자안(子安)으로 강주(絳州) 용문(龍門) 사람이다.6세부터 문장을 짓는 데 뛰어났으며, 9세 때에는 안사고(顔師古)가 주를 단 『한서(漢書)』를 읽고 그 오류를 지적했다고 한다. 지나치게 화려함을 추구하던 당시의 시풍을 개혁하려고 했다. 시의 풍격은 비교적 맑고 새롭고 문장은 대부분 변려체(騈儷體)로 되어 있으며, 「등왕각서(滕王閣序)」가 가장 유명하다.

24) 양형(楊炯, 650~695) : 호는 영천(盈川)이다. 장열(張說)은 그의 시를 '양영천(楊盈川)의 문상(文想)은 현하(懸河)의 물을 쏟는 것과 같아 아무리 퍼내어도 다하지가 않는다.'고 평했다. 악부(樂府)에도 뛰어났다.

의 장가(長歌)가 비록 너무 화려하며 조금의 단점은 있었지만, 그 작품이 비단을 짜고 진주를 꿰듯하여 광대(廣大)하면서도 요원(遙遠)했기에 오랜 세월 뛰어난 작품이 된 것이다. 낙빈왕의 「탕자종군부(蕩子從軍賦)」를 헌길(獻吉) 이몽양(李夢陽)이 가행(歌行)으로 만들어 마침내 「탕자종군행(蕩子從軍行)」이란 우아한 작품을 만들었다.[25] 자안 왕발의 모든 부(賦) 작품은 다 가행(歌行)인데, 가행으로 지었기에 좋은 작품이 되었지 만약 이를 부(賦)로 지었다면 수준이 떨어졌을 것이다.

盧駱王楊, 號稱四傑. 詞旨華靡, 固沿陳隋之遺, 翩翩意象, 老境超然勝之. 五言遂爲律家正始. 內子安稍近樂府, 楊盧尚宗漢魏, 賓王長歌雖極浮靡, 亦有微瑕, 而綴錦貫珠, 滔滔洪遠, 故是千秋絶藝. 蕩子從軍, 獻吉改爲歌行, 遂成雅什. 子安諸賦, 皆歌行也, 爲歌行則佳, 爲賦則醜.

4-5. 당나라의 율시

오언시는 심전기와 송지문에 이르러 비로소 율시(律詩)의 형식이 제대로 갖추어지게 되었다. 시율(詩律)은 음률(音律)[26]과 법률(法律)[27]인데, 천하에서 이것보다 더 엄격한 법은 없다. 시에서의 허자(虛字)와 실자(實字) 및 평측(平仄)을 마음대로 하지 않고 법에 맞춰 명확하게 하는 것이다. 심전기와 송지문 두 사람은 이 부분에서 서로 대적할 만한 솜씨를 갖추었다. 배율(排律)에서 운자를 온당한 자리에 놓고 고사를

25) 이몽양은 「탕자종군행(蕩子從軍行)」(『공동자집(空同子集)』)의 서(序)에서 "蕩子從軍行者, 本駱氏蕩子從軍賦也. 余病其聲調不類, 于是改焉."이라 밝힌 바 있다.

26) 음률(音律) : 문자(文字) 성운(聲韻)의 규칙을 말한다.

27) 법률(法律) : 시문(詩文)을 창작할 때의 형식적인 측면의 격식이나 규율을 말한다.

이곳저곳에서 불필요하게 끌어오지 않으며 정(情)을 억지로 꾸미지 않는 것이 가장 최고의 수준이 된다. 마힐(摩詰) 왕유(王維)[28]가 이러한 수준에 가까웠지만 재주가 부족하여 미치지 못했다. 소릉(少陵) 두보(杜甫)가 이 부분에 온 힘을 기울이면서 작품을 전개하는 과정에서도 이러한 법식에 힘을 쏟았지만 잘된 부분도 있고 잘못된 부분도 있었다. 그 밖에 이러한 법식에서 벗어난 시인들은 이루다 거론할 수 없을 정도이다.

五言至沈宋, 始可稱律. 律爲音律法律, 天下無嚴於是者, 知虛實平仄不得任情而度明矣. 二君正是敵手. 排律用韻穩妥, 事不傍引, 情無牽合, 當爲最勝. 摩詰似之, 而才小不逮. 少陵强力宏蓄, 開闔排蕩, 然不無利鈍. 餘子紛紛, 未易悉數也.

4-6. 당나라 응제시

사첨(謝瞻)[29]과 사령운(謝靈運)[30]이 각각 「구일종송공희마대집송공령시(九日從宋公戲馬臺集送孔令詩)」란 작품을 지었는데,[31] 사첨의 작품

28) 왕유(王維, 699~759) : 분주(汾州) 사람으로, 자는 마힐(摩詰)이다. 시인이자 화가로서 자연을 소재로 한 서정시에 뛰어나 '시불(詩佛)'이라고 불리며, 수묵(水墨) 산수화에도 뛰어나 남종문인화의 창시자로 평가를 받는다.

29) 사첨(謝瞻, 385~421) : 송대 시인으로, 자는 선원(宣遠)이다.

30) 사령운(謝靈運, 385~433) : 송(宋)의 시인이다. 진(晋)의 회계(會稽)로 본거를 옮긴 명문 출신이다. 명문 출신이었으므로 정치에 야심을 품고 있었으나, 진이 멸망하고 송이 건국되자 작위(爵位)를 강등당한 후 중요한 관직에도 있지 못해서 항상 불만을 가지고 있었다. 그 불만의 배설구로서, 회계와 영가(永嘉)의 아름다운 산수에 마음을 두어 훌륭한 시를 남겼다. 결국 최후에는 모반의 죄를 쓰고 처형되었다. 그의 시는 종래의 노장류(老莊流)의 현언시(玄言詩)의 풍을 배제하고, 새로이 산수시의 길을 개척한 것으로 높이 평가되어 후세에 끼친 영향이 크다.

이 여러 사람들 중에 가장 뛰어났다.[32] 심전기와 송지문도 각각 「봉화회일가행곤명지응제(奉和晦日駕幸昆明池應制)」란 작품을 지었는데,[33] 송지문의 작품에 모든 사람들의 칭송이 집중되었다.[34] 비록 이들의 재주가 서로 필적할 만하고 대단한 경지에 이르렀다고 할 수 있지만 이것으로 평생의 작품을 모두 평가해서는 안 된다.

「봉화회일가행곤명지응제」란 작품을 지을 때에 이 자리에서 허국

---

31) 사첨과 사령운 두 사람이 중양절에 희마대(戲馬臺) 앞에서 여러 사람들이 모인 가운데, 시를 지었던 일이 있다.

32) 사첨(謝瞻)의 「구일종송공희마대집송공령시(九日從宋公戲馬臺集送孔令詩)」는 다음과 같다. "風至授寒服, 霜降休百工. 繁林收陽彩, 密苑解華叢. 巢幕無留燕, 遵渚有來鴻. 輕霞冠秋日, 迅商薄清穹. 聖心眷嘉節, 揚鑾戾行宮. 四筵霑芳醴, 中堂起絲桐. 扶光迫西汜, 歡餘宴有窮. 逝矣將歸客, 養素克有終. 臨流怨莫從, 歡心歎飛蓬."

사령운(謝靈運)의 「구일종송공희마대집송공령시(九日從宋公戲馬臺集送孔令詩)」는 다음과 같다. "季秋邊朔苦, 旅鴈違霜雪. 凄凄陽卉腓, 皎皎寒潭潔. 良辰感聖心, 雲旗興暮節. 鳴葮戾朱宮, 蘭巵獻時哲. 餞宴光有孚, 和樂隆所缺. 在宥天下理, 吹萬群方悅. 歸客遂海嵎, 脫冠謝朝列. 弭棹薄枉道, 指景待樂闋. 河流有急瀾, 浮驂無緩轍. 豈伊川途念, 宿心愧將別. 彼美丘園道, 喟焉傷薄劣."

33) 심전기(沈佺期)의 「봉화회일가행곤명지응제(奉和晦日駕幸昆明池應制)」는 다음과 같다. "法駕乘春轉, 神池象漢回. 雙星移舊石, 孤月隱殘灰. 戰鷁逢時去, 恩魚望幸來. 山花緹綺繞, 堤柳幔城開. 思逸横汾唱, 歡留宴鎬杯. 微臣雕朽質, 羞睹豫章材."

송지문(宋之問)의 「봉화회일가행곤명지응제(奉和晦日駕幸昆明池應制)」의 전문은 다음과 같다. "春豫靈池近, 滄波帳殿開. 舟凌石鯨動, 槎拂斗牛回. 節晦蓂全落, 春遲柳暗催. 象溟看浴景, 燒劫辯沉灰. 鎬飲周文樂, 汾歌漢武才. 不愁明月盡, 自有夜珠來."

34) 이 일화는 『전당시화(全唐詩話)』 권1 「상관소용(上官昭容)」에도 보이는데 다음과 같다. "중종이 정월 그믐에 곤명지에 행차하여 시를 짓고, 뭇 신하들에게 응제시를 짓게 하자 백 여 편의 작품이 완성되었다. 휘장을 친 임시 궁궐 앞에 채루를 만들고 소용에게 명하여 한 수를 뽑아 「신번어제곡」으로 삼게 했다. 시종하던 신하들이 모두 그 아래에 모였다. 잠깐 사이에 뽑히지 않고 버려진 작품들이 나는 듯이 떨어졌는데, 각자 자신의 이름을 확인하고 집어 들었다. 이렇게 모두 물러났는데, 다만 심전기(沈佺期)와 송지문(宋之問) 두 사람의 작품만 떨어지지 않았다. 얼마 시간이 지난 뒤에 작품 하나가 날아 떨어졌는데, 앞다퉈 이름을 확인하니 심전기의 작품이었다."

공(許國公) 소정(蘇頲)[35]도 함께 시를 지었는데, "두 돌은 강물 나눠 쏟아지게 하고, 두 진주가 달을 대신해 옮겨가네.[二石分河瀉, 雙珠代月移.]"란[36] 한 연(聯)도 또한 절로 공교롭고 아름답지만 전체 작품이 이 구절의 수준에 이르지 못한 것이 아쉽다. 심전기와 송지문의 「봉화회일가행곤명지응제」란 작품 중간에 뛰어난 구절은 한 글자마다 모두 적수(敵手)가 된다. 다만 심전기의 결어(結語)는 평범한 구절 중의 그저 평범한 구절에 불과하며 송지문의 결어는 아름다운 구절 중에서도 가장 아름다운 구절이니, 또한 두 작품의 우열을 판별하기가 어렵지는 않다.[37]

兩謝戲馬之什, 瞻冠群英. 沈宋昆明之章, 問收睿賞. 雖才俱匹敵, 而境有神至, 未足遂概平生也. 時蘇許公有一聯云, 二石分河瀉, 雙珠代月移. 一聯亦自工麗, 惜全篇不稱耳. 沈宋中間警聯, 無一字不敵, 特佺期結語是累句中累句, 之問結語是佳句中佳句耳, 亦不難辨也.

---

35) 소정(蘇頲, 670~727) : 자는 정석(廷碩)이다. 경조(京兆) 무공(武功) 사람이다. 당 현종 때 재상을 지냈고 허국공(許國公)에 봉해졌다. 문학(文學)에 뛰어나 장열(張說)과 명성을 견주었다.

36) 소정(蘇頲)의 「봉화회일가행곤명지응제(奉和晦日駕幸昆明池應制)」의 전문은 다음과 같다. "炎歷事邊垂, 昆明始鑿池. 豫遊光後聖, 征戰罷前規. 霽色清珍宇, 年芳入錦陂. 御盃蘭薦葉, 仙仗柳交枝. 二石分河瀉, 雙珠代月移. 微臣比翔泳, 恩廣自無涯."

37) 『전당시화(全唐詩話)』 권1 「상관소용(上官昭容)」에 이와 관련된 기록이 보이는데, 간추려 소개하면 다음과 같다. 여러 신하들이 응제시를 지었는데, 심전기와 송지문의 작품에 대해 상관 소용은 "두 시의 공력(工力)은 서로 온전히 적수가 된다. 심전기 시의 낙구에서, '보잘것없는 자질의 미천한 신하, 뛰어난 인재 보기 부끄럽네.[微臣雕朽質, 羞睹豫章才.]'라 했는데, 이것은 사기(詞氣)가 이미 다한 것이다. 송지문의 시에서, '밝은 달이 다함을 걱정하지 않노니, 절로 야광주 있어서이네.[不愁明月盡, 自有夜珠來.]'라는 구절은 여전히 굳세고 호방한 기상을 지니고 있다."라 평가했다. 이에 심전기는 그 말에 복종하고 더 이상 다투려 하지 않았다.

4-7. 심전기와 송지문

첨사(詹事) 심전기의 칠언율시는 원외(員外) 송지문의 작품보다 전아(典雅)하고 화려하다. 송지문이 비록 심전기에 비해 조금은 수준이 떨어졌지만 이것은 한 면만을 본 협소한 견해로,[38] 가행(歌行)에 있어서는 절로 준발(峻拔)하고 청건(淸健)하다는 것을 알 수 있다.

沈詹事七言律, 高華勝於宋員外. 宋雖微少, 亦見一斑, 歌行覺自陟健.

4-8. 배행검

배행검(裴行儉)[39]이 초당사걸을 인정하지 않고서 시종일관 제멋대로 판단했으니, 이것은 또한 억탁(臆度)일 뿐이었다. 배행검은 왕거(王勮)[40]와 왕면(王勔)[41] 및 소미도(蘇味道)[42]를 칭송했는데,[43] 이 중 왕거는 자신의 사위였고[44] 소미도는 애매모호한 태도 때문에 유배를 가게 되었다.[45] 배행검은 별 볼 일 없는 재상의 신분에 있었으니, 사

---

38) 한 면만을 본 협소한 견해로 : '견인반(見一斑)'은 협소한 시각을 말한다. 진(晉)나라 왕헌지(王獻之)가 소년 시절에 도박 놀음을 옆에서 지켜보다가 훈수를 하자, 그 어른들이 "대롱으로 표범을 보고는 그 반점 하나만을 보는 식이다.[管中窺豹, 見一斑.]"라고 비웃었던 고사가 있다. 『세설신어(世說新語)』「방정(方正)」에 보인다.

39) 배행검(裴行儉, 619~682) : 당나라 고종 때의 명장(名將)이다.

40) 왕거(王勮) : 초당(初唐)의 시인으로, 초당사걸인 왕발(王勃)의 형이다.

41) 왕면(王勔, ?~697) : 초당(初唐)의 시인으로, 초당사걸인 왕발(王勃)의 형이다.

42) 소미도(蘇味道, 648~705) : 9세에 문장을 지을 줄 알았다. 20세에 과거에 합격하여 벼슬에 나아간 뒤, 측천무후의 지우를 받았으나 만년에 외직으로 쫓겨났다. 초당 사대 문장가로 꼽힌다.

43) 호응린(胡應麟)의 『시수(詩數)』에도 보인다.

44) 배행검은 소미도와 왕거를 보고서 기특하다고 여겨 자신의 두 딸을 그들에게 시집보냈다.

소한 것일망정 무슨 도움이 되었겠는가? 오랜 세월 고기를 먹으며 높은 지위에 있으면서 한 글자도 제대로 알지 못했는데도, 사람들은 모두 배행검의 말이 옳다고 여겼으니 진실로 가소로울 따름이다.

裴行儉弗取四傑, 懸斷終始, 然亦臆中耳. 彼所重王勮王勔蘇味道者, 一以鈎黨取族, 一以模稜貶竄, 區區相位, 何益人毛髮事, 千古肉食不識丁, 人擧爲談柄, 良可笑也

4-9. 두심언

두심언(杜審言)[46]이 작품을 화려하게 꾸미거나 잘 정리하는 것은 심전기나 송지문에게 조금 뒤진다. 그러나 기상은 고아(高雅)하고 탈속(脫俗)적인 경향이 있었으며, 정신은 원만하고 시원시원하여 절로 당시풍을 흥기시킨 역할을 했으니 두심언이 자부심을 품은 것은 마땅하다 하겠다.[47]

杜審言華藻整栗小讓沈宋, 而氣度高逸, 神情圓暢, 自是中興之祖,

---

45) 당시에 잘잘못을 분명하게 가리지 않고 애매하게 행동한다는 의미로 소미도를 '모릉수(模稜手)'라 불렀다. 『전당시화(全唐詩話)』 권1 「소미도(蘇味道)」에 보인다.

46) 두심언(杜審言, 648?~708) : 중국 초당(初唐) 시기의 시인으로 자는 필간(必簡)이다. 시성(詩聖)으로 추앙받는 두보(杜甫)의 할아버지이다. 성품이 교만하여 사람들의 미움을 받기도 했으나, 시재(詩才)가 풍부했고 특히 오언율시(五言律詩)에 뛰어나 심전기(沈佺期)·송지문(宋之問) 등과 함께 초당 궁정시인의 대표적 존재가 되었다. 이교(李嶠)·최융(崔融)·소미도(蘇味道)와 함께 '문장사우(文章四友)'로 불렸다.

47) 『당재자전(唐才子傳)』 권1 「두심언(杜審言)」에는 두심언이 자신의 문장이 굴원이나 송옥보다 낫고 글씨는 왕희지보다 낫다고 뽐낸 일화가 보인다.

宜其矜率乃爾.

4-10. 두심언과 만초의 작품

두심언의 「대포악(大酺樂)」이란 작품 중에 "매화꽃 지니 남은 눈과 같네.[梅花落處疑殘雪]"란 구절은 초당(初唐)의 시풍이 있고, "버들잎 필 때 고운 바람에 휘날리네.[柳葉開時任好風]"란 구절은 거듭 읽지 않아도 중당이나 만당의 시풍을 느낄 수 있다.[48] 만초(萬楚)[49]의 「오일관기시(五日觀妓詩)」의 "눈썹 화장은 원추리 꽃빛 무색하게 하고 붉은 치마는 석류꽃도 시샘케 하네.[眉黛奪將萱草色, 紅裙妬殺石榴花.]"란 구절은 진실로 아름다워 양(梁)과 진(陳)의 시풍이 있다. 또 만초 작품의 미련(尾聯)인 "듣자니, 오사가 명을 잇는다고 하나,[50] 도리어 오늘은 그대 집에서 죽을 듯하네.[聞道五絲能續命, 却令今日死君家.]"란 구절은 송나라 사람들은 능히 짓지 못할 것이고 또한 기꺼이 짓지도 않았을 것이다.

우린(于鱗) 이반룡은 엄격한 기준으로 당시(唐詩)를 선별하면서도 자신의 『고금시산(古今詩刪)』에 이 작품을 수록했으니, 나는 왜 그랬는지 모르겠다. 기구에서 "서시가 봄옷을 빨았다고 멋대로 말하네.[西施漫道浣春紗]"라 했는데, 이 구절은 시 제목의 '오일(五日)'과는 아무런 관련이 없는 듯하고, "벽옥이 오늘날 아름다움 다툰다네.[碧玉今時鬪麗華]"

48) 두심언(杜審言)의 「대포악(大酺樂)」은 다음과 같다. "毘陵震澤九州通, 士女歡娛萬國同. 伐鼓撞鐘驚海上, 新妝袨服照江東. 梅花落處疑殘雪, 柳葉開時任好風. 火德雲官逢道泰, 天長地久屬年豊."

49) 만초(萬楚) : 당 개원(開元) 연간에 진사로 되어 낮은 벼슬에 있다가 영수(穎水)가로 물러나 살았다. 8수의 시가 전한다.

50) 단오 날에 오색실을 팔에 동여매는 풍습이 있었는데 당시 이는 전염병을 막을 수 있다고 생각되었으며 이를 속명루(續命縷)라고 했다.

란 구절 또한 앞 구절과 전혀 어울리지 않는다.[51]

梅花落處疑殘雪一句, 便是初唐. 柳葉開時任好風, 非再玩之, 未有不以爲中晩者. 若萬楚五日觀妓詩, 眉黛奪將萱草色, 紅裙妒殺石榴花. 眞婉麗有梁陳韻. 至結語, 聞道五絲能續命, 却令今日死君家. 宋人所不能作, 然亦不肯作. 于鱗極嚴刻, 却收此, 吾所不解. 又起句西施漫道浣春紗, 旣與五日無干, 碧玉今時鬪麗華, 又不相比.

4-11. 당시풍과 육조시대 시풍 비교

정자(正字) 진자앙(陳子昂)[52]은 육조시대의 화려한 시풍을 완전히 씻어냈고 대완(大阮) 완적(阮籍)의 시풍을 본받아 조금씩 자신의 작품을 다듬었다. 그러나 완적의 자연스러운 운치에는 미치지 못했다. 진자앙의 율시는 가끔씩 고시(古詩)의 경향으로 치우쳤으니 또한 바로잡는 것을 잘못한 실수이다.

개원(開元) 연간의 화려한 작가로는 연국공(燕國公) 장열(張說)과 허국공(許國公) 소정(蘇頲)만한 사람이 없다. 그들이 지은 제(制)·책(册)·비(碑)·송(頌)은 웅장하고 뛰어난 작품이다. 그러나 육조 시기의 글

51) 만초(萬楚)의 「오일관기시(五日觀妓詩)」는 다음과 같다. "西施謾道浣春紗, 碧玉今時鬪麗華. 眉黛奪將萱草色, 紅裙妒殺石榴花. 新歌一曲令人艶, 醉舞雙眸歛鬢斜. 誰道五絲能續命, 却令今日死君家."

52) 진자앙(陳子昂, 661~702) : 자는 백옥(伯玉)이다. 국사(國事)에 관한 상소문을 올려 측천무후(則天武后)의 칭찬을 받고 인대정자(麟臺正字)에 임명되었으며, 나중에 우습유(右拾遺)가 되었다. 그의 시는 육조시대의 나약하고 화려한 시풍을 일소하고 한(漢)·위(魏) 시대의 힘찬 풍격을 드높였다. 그의 산문 또한 육조시대 변려체(騈儷體)의 기풍을 개혁했는데, 질박하고 고아한 언어구사는 후대의 고문운동에 영향을 주었다.

과 비교해 본다면, 내용이 분명해진 측면에서는 조금 나아졌지만 문장의 아름다움은 조금 뒤떨어진다. 글을 부연한 대목은 너무 지나치고 고사(故事)를 활용한 부분도 너무 협소한 측면이 있다. 허국공 소정이 칠언으로 지은 「봉화성제위사립장응제(奉和聖製韋嗣立莊應制)」는[53] 호방하고 아름다운 색채가 있지만, 그 밖의 작품들은 이교(李嶠)[54]의 수준에 미치지 못한다. 연국공 장열이 악주로 귀양을 간 이후의 작품은 그 감개함을 공교롭게 드러낸 것이 많지만, 실경(實景)의 묘시는 시흥(始興) 장구령(張九齡)[55]만은 못하다.

陳正字陶洗六朝鉛華都盡, 托寄大阮, 微加斷裁, 而天韻不及, 律體時時入古, 亦是矯枉之過. 開元彩筆, 無過燕許, 制冊碑頌, 春容大章. 然比之六朝, 明易差勝而淵藻遠却, 敷文則衍, 徵事則狹. 許之應制七言, 宏麗有色, 而他篇不及李嶠. 燕之岳陽以後, 感慨多工, 而實際不如始興.

4-12. 당 시인에 대한 이반룡의 평

우린 이반룡이 시를 평한 것이 조금은 편지에 보이지만, 『선당시(選唐詩)』의 서(序)에서는 다만 다음과 같이 말했다.

---

53) 소정(蘇頲)의 「봉화성제위사립장응제(奉和聖製韋嗣立莊應制)」는 다음과 같다. "樹色參差隱翠微, 泉流百尺向空飛. 傳聞此處投竿往, 遂使茲辰扈蹕歸."

54) 이교(李嶠, 644~713) : 자는 거산(巨山)으로 20세에 진사에 급제했다. 그 뒤 감찰어사가 되었고 측천무후 때에 동봉각난대평장사(同鳳閣鸞臺平章事)를 지냈다. 죄에 연루되어 여주별가(廬州別駕)로 좌천되었다가 죽었다.

55) 장구령(張九齡, 673~740) : 장구령은 재상 장열(張說)의 추천을 받아 중서사인(中書舍人), 중서시랑(中書侍郎)을 거쳐 733년 재상이 되었다. 또한 시흥현백(始興縣伯)을 역임한 바 있다.

"당나라에는 오언고시가 없고[56] 진자앙(陳子昻)은 고시(古詩)만을 고시로 여겼기에, 수록하지 않았다. 칠언고시의 경우, 자미 두보만이 초당의 기풍을 잃지 않은 채 수많은 작품을 지었다. 태백 이백도 많은 작품을 지었는데 이따금씩 굳세 기상이 담긴 작품 말미에 쓸데없는 긴말이 섞여 있는 경우가 있으니, 이백 같은 영웅도 사람을 속인 것이다."

이반룡의 이러한 포폄에는 깊은 의도가 들어 있다. 또 다음과 같이 말했다.

"이백의 오언절구와 칠언절구 같은 작품을 지은 사람은 진실로 당나라 300년 동안에 오직 이백뿐이다. 이백 또한 의도하지 않고서 이런 작품을 지었으니, 스스로 이러한 경지에까지 이를 것이라고는 생각하지 못했을 것이다. 그러나 이백의 훌륭한 작품에도 잘못된 부분이 있으며, 오언율시나 배율의 작품은 여러 작가들에게도 좋은 구절이 많다. 칠언율시는 시인들에게도 쉽지 않은 형식인데, 왕유(王維)나 이기(李頎)는 칠언율시의 오묘한 경지에 이르렀다. 자미 두보도 칠언율시 작품이 비록 많지만 법도에서 어긋난 부분이 있다."

내 생각에는, 칠언절구는 강릉 왕유와 태백 이백이 거의 유사하며 모두 신묘한 작품을 지었는데, 우린 이반룡은 왕유의 칠언절구를 선집에 수록하지 않았다. 왕유와 이기가 비록 풍아의 흥치를 다 드러냈지만 시의 음조(音調)가 대단히 어색하다. 자미 두보도 진실로 잘된 부분도 잘못된 부분도 있지만 끝내 상국(上國)의 무고(武庫)처럼 온전하게 갖추어졌으니 이것은 천부적인 재능이 그러했기 때문이다. 헌길

56) 이반룡의 『선당시(選唐詩)』 서에는 "당나라에는 오언고시가 없고 고시만 있다. [唐無五言古詩而有其古詩]"라 되어 있다.

(獻吉) 이몽양(李夢陽)이 어떤 작가를 추종할지는 모르겠지만, 이몽양의 생각을 내가 대충 알고 있기에 이것에 대해서는 더 이상 말하지 않겠다.

李于鱗評詩, 少見筆札, 獨選唐詩序云, 唐無五言古詩, 陳子昂以其古詩爲古詩, 弗取也. 七言古詩, 唯杜子美不失初唐氣格, 而縱橫有之. 太白縱橫, 往往彊弩之末, 間雜長語, 英雄欺人耳. 此段褒貶有至意. 又云, 太白五七言絶句, 實唐三百年一人. 蓋以不用意得之, 卽太白亦不自知其所至, 而工者顧失焉. 五言律排律, 諸家概多佳句. 七言律體, 諸家所難, 王維李頎頗臻其妙, 卽子美篇什雖衆, 隤焉自放矣. 余謂七言絶句, 王江陵與太白爭勝毫釐, 俱是神品, 而于鱗不及之. 王維李頎雖極風雅之致, 而調不甚響. 子美固不無利鈍, 終是上國武庫, 此公地位乃爾. 獻吉當於何處生活, 其微意所鍾, 余蓋知之, 不欲盡言也.

4-13. 이백과 두보(1)

이백과 두보의 작품이 오랜 세월 속에서도 빛을 발하고 있다는 것은 사람들이 모두 아는 바이다. 창랑 엄우가 이백과 두보를 나란히 칭송하면서도 능히 두 사람의 우월을 분별하지 않았다.[57] 미지(微之) 원진(元稹)[58]은 오직 두보만을 대단하게 여겼는데, 송나라 사람들도 원진의 말이 옳다고 여겼다. 근래 용수(用脩) 양신(楊愼)이 이백의 편

57) 엄우의 『창랑시화(滄浪詩話)』「시평(詩評)」에 보인다.

58) 원진(元稹, 779~831) : 중국 당대(唐代) 중기의 시인으로 자는 미지(微之)이다. 15세의 나이로 명경과(明經科)에 급제, 감찰어사(監察御史)를 지냈다. 대표적 작품으로 당대를 풍자한 「연창궁사(連昌宮詞)」가 있고, 저서에 『원씨장경집(元氏長慶集)』 60권이 전한다. 소설로는 『앵앵전(鶯鶯傳)』이 있다.

을 들었는데, 경박하면서도 재주 있는 선비들이 양신의 견해가 옳다고 여기면서 양신의 의견에 동조했다. 그러나 이러한 견해들은 모두 그림자와 메아리처럼 그 실상을 제대로 알지 못한 것이다. 오언시 가운데 『문선』에서 선집한 것 및 칠언 가행 중에, 이백의 경우에는 기상을 주로 했고 자연스러움을 종주로 삼았으며 준일(俊逸)하고 고창(高暢)한 것을 귀하게 여겼다. 반면 두보의 경우에는 의(意)를 주로 했고 독자적인 경지를 종주로 삼았으며 기발(奇拔)하고 침웅(沈雄)함을 귀하게 여겼다. 가행의 오묘한 작품을 독자가 읽어 표양(飄揚)하여 신선이 될 듯한 느낌을 갖게 하는 것은 이백이고 강개(慷慨)하고 격렬(激烈)적인 느낌을 들게 하여 한숨 쉬며 죽고자 하는 느낌을 갖게 하는 것은 두보이다. 이반룡의 『선당시』에 수록된 이백의 작품은 노어(露語)나 솔어(率語)가 많고 두보의 작품은 치어(穉語)와 누어(累語)가 많으니, 이들 작품을 도잠과 사령운의 사이에 둔다면 바로 보잘것없다는 것을 알게 될 것이다. 그러니 어찌 조조(曹操) 부자의 위상을 빼앗을 수 있겠는가. 두보가 오언율시와 칠언가행에 있어서는 신의 경지이고 칠언율시에 있어서는 성인의 경지이다. 이백이 오언절구와 칠언절구에 있어서는 신의 경지이고 칠언가행에 있어서는 성인의 경지이며, 오언이 그 다음이다. 이백의 칠언율시와 두보의 칠언절구는 모두 변체(變體)로, 이따금씩 지어도 괜찮을 뿐이니 본보기로 삼기에는 부족한 부분이 많다.

李杜光焰千古, 人人知之. 滄浪竝極推尊, 而不能致辨. 元微之獨重子美, 宋人以爲談柄. 近時楊用脩爲李左袒, 輕俊之士往往傳耳. 要其所得, 俱影響之間. 五言古選體及七言歌行, 太白以氣爲主, 以自然爲宗, 以俊逸高暢爲貴. 子美以意爲主, 以獨造爲宗, 以奇拔沈雄爲貴. 其歌行之妙, 詠之使人飄揚欲仙者, 太白也. 使人慷慨激烈, 歔欷欲絶者, 子美也. 選體, 太白多露語率語, 子美多稺語累語, 置之陶謝間, 便覺傖父面目, 乃欲使之奪曹氏父子位耶. 五言律七言歌行, 子美神矣, 七言律, 聖矣. 五七言絶者, 太白神矣, 七言歌行, 聖矣, 五言次之. 太白之七言律, 子美之七言絶, 皆變體, 間爲之可耳, 不足多法也.

4-14. 이백의 악부

이백의 고악부는 그윽하고 황홀하며 종횡으로 변화하여 재주 있는 시인의 경지를 다 드러내었다. 그래서 저절로 이백의 악부가 된 것이다.

太白古樂府, 窈冥惝恍, 縱橫變幻, 極才人之致, 然自是太白樂府.

4-15. 두보의 작품

열 수(首)를 보기 이전에는 두보의 시가 비교적 이해하기 어렵고, 백 수(首)를 본 이후에는 이백의 시는 싫증이 난다. 두보의 작품 중 감정을 드날린 것은 고화(高華)한 수준에 이르렀고 감정을 억누른 것은 침울함에 이르렀다. 색과 소리, 기상과 골격, 맛과 형상이 있으며, 농담(濃淡)과 심천(深淺), 바르고 기이한 것 및 시상(詩想)을 열고 닫는 것이 모두 시의 법도에 맞았기에, 나는 두보의 경지에 굴복하지 않을 수가 없다.

十首以前, 少陵較難入, 百首以後, 靑蓮較易厭. 揚之則高華, 抑之則沉實, 有色有聲, 有氣有骨, 有味有態, 濃淡深淺, 奇正開闔, 各極其則,吾不能不伏膺少陵.

4-16. 고적과 잠삼(1)

고적(高適)과 잠삼(岑參)은 동시대 사람으로 그 우열을 가릴 수가 없다. 잠삼의 기골은 쏟아 오르는 듯한 달부(達夫) 고적만은 못했지만, 화려하게 꾸미는 것은 고적보다 잠삼이 나았다. 이반룡의 『선당시』에 수록된 고적과 잠삼의 작품에는 고아한 풍격이 깃들어 있지만, 잠삼의 작품이 더 웅건하다. 가행(歌行)은 둘 다 뛰어나고 기이한 작품이 있지만, 고적은 한 번 치켜세우고 한 번 억누르기도 했다. 이반룡이 고적의 이러한 작품을 수록했으니 더욱 고적을 본보기로 삼을 만하다.

高岑一時, 不易上下. 岑氣骨不如達夫遒上, 而婉縟過之. 選體時時入古, 岑尤陟健. 歌行磊落奇俊, 高一起一伏, 取是而已, 尤爲正宗.

4-17. 고적과 잠삼(2)

오언근체시에 있어 고적과 잠삼이 모든 좋은 작품을 지은 것은 아니다. 칠언근체시에 있어서는 잠삼의 작품이 고적보다 조금 더 농후(濃厚)한 맛이 있다.

五言近體, 高岑俱不能佳. 七言, 岑稍濃厚.

4-18. 왕유와 맹호연

마힐(摩詰) 왕유의 재주는 양양(襄陽) 맹호연보다 낫다. 왕유는 뛰어난 재주로 미묘한 경지에 이르렀으며 조탁의 흔적을 전혀 남기지 않았기에 훌륭한 작품이 된 것이다. 왕유의 작품 중에 이따금 점검을 제대로 하지 못한 것이 있으니 다음과 같은 것이다.

오언율시의 경우에는, 「망천한거(輞川閒居)」란 작품의 '청문(靑門)'과 '백사(白社)', '청고(靑菰)'와 '백조(白鳥)' 등의 시어는 '청'과 '백'을 한 작품 안에서 번갈아 쓴 것이다.[59] 칠언율시의 경우에는, 「출새(出塞)」란 작품에서 "저문 구름 드리운 빈 사막으로 때때로 말 달리고[暮雲空磧時驅馬]"와 "옥 고삐와 뿔 활, 진주 굴레를 한 말[玉靶角弓珠勒馬]"이란 구절에서 '말[馬]'이란 글자를 두 번 썼다.[60] 「추야독좌(秋夜獨坐)」란 작품에서 "홀로 앉아 양 귀밑거리에 슬퍼하네.[獨坐悲雙鬢]"라 하고서 또 "흰머리 다시 검게 되기 어렵네.[白髮終難變]"라 한 구절은 시어는 다르지만 의미가 중복된다.[61]

다른 작품에도 이렇게 점검을 제대로 하지 않은 것들이 종종 있다. 비록 작품이 진가(眞價)를 인정받는[62] 데는 방해가 되지 않지만 뛰어

---

59) 왕유(王維)의 「망천한거(輞川閒居)」는 다음과 같다. "一從歸白社, 不復到靑門. 時倚簷前樹, 遠看原上邨. 靑菰臨水映, 白鳥向山翻. 寂寞於陵子, 桔槔方灌園."

60) 왕유(王維)의 「출새(出塞)」는 다음과 같다. "居庸城外獵天驕, 白草連天野火燒. 暮雲空磧時驅馬, 秋日平原好射鵰. 護羌校尉朝乘障, 破虜將軍夜渡遼. 玉靶角弓珠勒馬, 漢家將賜霍嫖姚."

61) 왕유(王維)의 「추야독좌(秋夜獨坐)」는 다음과 같다. "獨坐悲雙鬢, 空堂欲二更. 雨中山果落, 燈下草蟲鳴. 白髮終難變, 黃金不可成. 欲知除老病, 唯有學無生."

62) 진가(眞價)를 인정받는 : '백벽(白璧)'은 '백벽삼헌(白璧三獻)'의 고사로, 참된 가치를 인정받지 못하고 오히려 해를 당하는 것을 뜻한다. 춘추 시대 초(楚)나라 변화(卞和)가 산속에서 옥돌을 얻어 여왕(厲王)에게 바쳤다가 왼쪽 발을 잘리고, 무왕(武王)에게 바쳤다가 다시 오른쪽 발을 잘린 뒤, 세 번째로 문왕(文王)에게 바쳐 진가(眞價)

난 작품이[63] 되는 데는 조금의 흠이 되지 않겠는가? 작품을 보는 사람들은 작품의 겉모습만을 대략 살피고서 뛰어난 부분만을 취한다.

맹호연(孟浩然)은 시를 지을 때 머리를 쥐어짜며 생각을 했기에 작품이 완성되면 초연한 운치가 있었다. 피일휴는 맹호연의 작품 중에서 좋은 구절만을 뽑았으니, 진실로 옛 사람의 작품에 비견할 만하다.[64] 다만 피일휴가 뽑은 맹호연의 구절이 오언시 밖에 없었고 작품도 40자 밖에 되지 않았으니, 이것이 맹호연의 단점이라면 단점이다.

摩詰才勝孟襄陽, 由工入微, 不犯痕跡, 所以爲佳. 間有失點檢者, 如

를 인정받았던 고사가 전한다. 『한비자(韓非子)』 「화씨(和氏)」에 보인다.

63) 뛰어난 작품이 : '연성(連城)'은 연성벽(連城璧)의 준말로, 전국 시대 때 진(秦)나라 소왕(昭王)이 15성(城)과 바꾸자고 청했던 조(趙) 나라 소장의 화씨벽(和氏璧)을 말한다.

64) 피일휴가 「맹정기(孟亭記)」에서 맹호연에 대해 평가하면서, 맹호연의 작품을 구절 구절 거론한 바 있다. 『전당시화(全唐詩話)』 권1 「맹호연(孟浩然)」에도 자세히 보인다. 일부를 소개하면 다음과 같다. "선생의 작품은 풍경을 만나 읊조린 것으로 기이한 것을 취하거나 추구하지 않았다. 그런데도 좁은 식견으로 다른 사람의 입을 막는 이들로 하여금 드넓게 하늘까지 닿는 흥이 있게 했으니, 마치 공수씨(公輸氏)가 공교롭게 해야 할 부분인데도 공교롭게 하지 않았던 것과 같다.

북제(北齊) 때에는 소각(蕭慤)의 '부용에 맺힌 이슬은 아래로 떨어지고, 버들은 달빛 가운데 성기다.[芙蓉露下落, 楊柳月中疏.]'라는 구절을 좋다고 여겼는데, 선생에게는 '엷은 구름 은하에 번져 있고, 성긴 비 오동에 방울 짓는다.[微雲淡河漢, 疏雨滴梧桐.]'라는 구절이 있다. 악부(樂府)에서는 왕융(王融)의 '날이 개이자 모래섬은 밝고, 바람이 일자 감천은 흐려진다.[日霽沙嶼明, 風動甘泉濁.]'라는 구절을 칭찬하고 있는데, 선생에게는 '불기운은 운몽의 못을 찌는데, 물결은 악양의 성을 흔든다.[氣蒸雲夢澤, 波動岳陽城.]'라는 구절이 있다. 사조(謝朓)의 시구 중에 정묘한 것으로, '이슬은 차가운 못 둑의 풀을 적시고, 달빛은 흘러가는 맑은 회수에 비친다.[露濕寒塘草, 月映淸淮流.]'가 있는데, 선생에게는 '연꽃 스쳐온 바람 향기 보내오고, 댓잎에 맺힌 이슬 맑은 소리 떨군다.[荷風送香氣, 竹露滴淸響.]'라는 구절이 있다. 이러한 부분은 옛 사람과 맹호연이 미세한 차이를 서로 다투는 구절들이다."

五言律中青門白社青菰白鳥一首互用. 七言律中暮雲空磧時驅馬玉靶角弓珠勒馬, 兩馬字覆壓. 獨坐悲雙鬢, 又云白髮終難變. 他詩往往有之, 雖不妨白璧, 能無少損連城. 觀者須略玄黃, 取其神檢. 孟造思極苦, 旣成乃得超然之致. 皮生擷其佳句, 眞足配古人. 第其句不能出五字外, 篇不能出四十字外, 此其所短也.

4-19. 왕유의 「출새」

왕유의 작품 중, "거용성 밖에서 천마를 사냥한다.[居庸城外獵天驕]"라고 시작하는 「출새(出塞)」 한 수는 매우 아름답지만, '마(馬)'라는 글자를 두 번 중첩해 사용하지 않았다면 더 대단한 작품이 되었을 것이다. 그러나 '마(馬)'라는 두 글자를 모두 적절하여 다른 글자로 바뀌기가 쉽지 않다. 혹여 다소나마 고칠만한 것이 있다면 '모운(暮雲)'으로 시작하는 3구의 '마(馬)'자일 것이다.[65]

居庸城外獵天驕一首, 佳甚, 非兩馬字犯, 當足壓卷. 然兩字俱貴難易, 或稍可改者. 暮雲句馬字耳.

4-20. 일창삼탄의 작품들

이기(李頎)[66]의 "화궁의 선범소리.[花宮仙梵]"[67]와 "사물은 남았으나

65) 왕유(王維)의 「출새(出塞)」는 다음과 같다. "居庸城外獵天驕, 白草連天野火燒. 暮雲空磧時驅馬, 秋日平原好射鵰. 護羌校尉朝乘障, 破虜將軍夜渡遼. 玉靶角弓珠勒馬, 漢家將賜霍嫖姚."

66) 이기(李頎, 690~751) : 당나라 동천(東川) 사람으로 조신향(調新鄕)의 현위(縣尉)를 지냈으며, 만년에 고향에 은거했다. 그는 왕유, 고적, 왕창령 등과 교유했으며

사람은 없네.[物在人亡]"[68]라는 두 시, 고적(高適)의 "꾀꼬리는 훨훨 날고.[黃鳥翩翩]"[69]와 "아 그대를 이에 이별하니.[嗟君此別]"[70]라는 두 노래, 장위(張謂)의 "사신으로 와 날을 헤아리며.[星軺計日]"[71]라는 구, 맹호연(孟浩然)의 "고을 성에서 남쪽을 바라보니.[縣城南面]"[72]라는 작품 등은 기이한 일과 화려한 언어로 짓지 않고 평범한 노래로 읊었으나, 이것이 바로 한 번 읊조리면 세 번 감탄한다는 것에 해당하는 작품들이다.

李頎花宮仙梵物在人亡二章, 高適黃鳥翩翩嗟君此別二詠, 張謂星軺計日之句, 孟浩懸城南面之篇, 不作奇事麗語, 以平調行之, 卻足一倡三歎.

시명(詩名)이 매우 높았다. 그의 시는 격조는 고앙(高仰)하고 풍격은 호방하다. 각종 체제를 잘 구사했는데, 특히 7언 가행체에서 특장(特長)을 보였다.

67) 이기(李頎)의 「숙영공선방문범(宿瑩公禪房聞梵)」은 다음과 같다. "花宮仙梵遠微微, 月隱高城鐘漏稀. 夜動霜林驚落葉, 曉聞天籟發淸機. 蕭條已入寒空靜, 颯沓仍隨秋雨飛. 始覺浮生無住着, 頓令心地欲歸依."

68) 이기(李頎)의 「제노오구거(題盧五舊居)」는 다음과 같다. "物在人亡無見期, 閒庭繫馬不勝悲. 窓前綠竹生空地, 門外靑山如舊時. 悵望秋天鳴墜葉, 巑岏枯柳宿寒鴟. 憶君淚落東流水, 歲歲花開知爲誰."

69) 고적(高適)의 「동평별전위현이심소부(東平別前衛縣李寀少府)」는 다음과 같다. "黃鳥翩翩楊柳垂, 春風送客使人悲. 怨別自驚千里外, 論交却憶十年時. 雲開汶水孤帆遠, 路繞梁山匹馬遲. 此地從來可乘興, 留君不住益淒其."

70) 고적(高適)의 「송왕이이소부폄담협(送王李二少府貶潭峽)」은 다음과 같다. "嗟君此別意何如, 駐馬銜杯問謫居. 巫峽啼猿數行淚, 衡陽歸鴈幾封書. 靑楓江上秋天遠, 白帝城邊古木踈. 聖代只今多雨露, 暫時分手莫躊躇."

71) 장위(張謂)의 「별위낭중(別韋郎中)」은 다음과 같다. "星軺計日赴岷峨, 雲樹連天阻笑歌. 南入洞庭隨雁去, 西過巫峽聽猿多. 崢嶸洲上飛黃蝶, 灩澦堆邊起白波. 不醉郎中桑落酒, 教人無奈別離何."

72) 맹호연(孟浩然)의 「등안양성루(登安陽城樓)」는 다음과 같다. "縣城南面漢江流, 江嶂開成南雍州. 才子乘春來騁望, 群公暇日坐銷憂. 樓臺晩映靑山郭, 羅綺晴嬌綠水洲. 向夕波搖明月動, 更疑神女弄珠遊."

4-21. 두보의 칠언율시

우린 이반룡이 『고금시산(古今詩刪)』을 찬집할 때 두보의 칠언율시를 선별했는데 마치 두보를 전혀 모르는 사람 같다. 이전에 이반룡에게 자세하게 말해 주지 못한 것이 한스러우니 마음을 다해 고해 주는 미덕이 아닌 것 같다.

于鱗選老杜七言律, 似未識杜者, 恨曩不爲極言之, 似非忠告.

4-22. 이백과 두보의 의고악부

청련(青蓮) 이백(李白)의 의고악부는 자신의 생각과 자신의 재주로 지어내면서도 육조(六朝)의 옛 습관을 거슬러 올라가 그것을 이어받았으니, 소릉(少陵) 두보(杜甫)가 당대의 일로 새로운 제목의 작품을 창작한 것만 못하다. 두보는 탁견을 지녔으나 안타깝게도 의고악부의 본래 체재를 깨닫지 못했다.

青蓮擬古樂府, 以己意己才發之, 尙沿六朝舊習, 不如少陵以時事創新題也. 少陵自是卓識, 惜不盡得本來面目耳.

4-23. 대우

사씨 작가들[73]에게서 대우가 시작되었다. 진(陳)과 초당(初唐) 때에는 대우가 일대를 풍미했고, 성당(盛唐) 때에는 대우가 절정에 달했다.

73) 사씨 작가들 : 사령운(謝靈運), 사혜련(謝惠連), 사조(謝脁)를 삼사(三謝)라 한다.

육조(六朝)는 대우를 모두 하지 않았기에 작품이 자연스럽게 되지 못했다. 성당의 대우는 대단히 자연스러웠으니 시대를 가지고 우열을 논할 수는 없다.

謝氏, 俳之始也, 陳及初唐俳之盛也, 盛唐俳之極也. 六朝不盡俳, 乃不自然, 盛唐俳殊自然, 未可以時代優劣也.

4-24. 당시의 칠언절구

칠언절구를 살펴보면, 성당은 기운을 주로 했으니 기운은 완전했으나 뜻은 상당히 공교롭지 못하다. 중당과 만당은 뜻을 주로 했으니 뜻은 공교로우나 기운은 매우 완전하지 못하다. 그러나 각각 지극한 경지를 보인 것이 있으니 시대를 가지고 우열을 논할 수는 없다.

七言絶句, 盛唐主氣, 氣完而意不盡工. 中晩唐主意, 意工而氣不甚完. 然各有至者, 未可以時代優劣也.

4-25. 이기의 「제준공산지」

이기(李頎)의 「제준공산지(題濬公山池)」는 "원공이 여산의 멧부리에 흔적을 감추니[遠公遁跡廬山岑]"74)로 시작하는데, 판각본에는 모두 이 구절 다음 구절을 "산을 열어 조용히 거처하며.[開山幽居]"라고 했다.

74) 이기(李頎)의 「제준공산지(題濬公山池)」는 다음과 같다. "遠公遁跡廬山岑, 開山幽居祇樹林. 片石孤峯窺色相, 淸池白日照禪心. 指揮如意天花落, 坐臥閒房春草深. 此外俗塵都不染, 惟餘玄度得相尋."

그러면 성조가 고르지 않을 뿐만 아니라 또한 의미도 취할 것이 없게 된다. 나의 아우인 왕세무(王世懋)가 '개사(開士)'로 바꾸는 것이 낫다고 했는데, 대단히 오묘하다. 아마도 옛날엔 원공이 숨어 지내던 산이 지금은 스님[開士]이 숨어 지내는 곳이 됨을 말한 듯하다. '개사'는 불서(佛書)에 나온다.[75]

遠公遁跡廬山岑, 刻本下皆云開山幽居, 不惟聲調不諧, 抑亦意義無取. 吾弟懋定以爲開士, 甚妙, 蓋言昔日遠公遁跡之岑, 今爲開士幽居之地. 開士見佛書.

4-26. 성당의 칠언율시

성당의 칠언율시는 두보 이외에 왕유(王維)와 이기(李頎), 그리고 잠삼(岑參)이 있을 뿐이다. 이기는 풍격을 갖추었으나 그리 아름답지는 않고, 잠삼은 재주가 매우 고운데 정은 부족하다. 왕유는 두 사람의 장점을 모두 갖추었다.

盛唐七言律, 老杜外, 王維李頎岑參耳. 李有風調而不甚麗, 岑才甚麗而情不足, 王差備美.

4-27. 당시의 전개 과정

육조 말기에 문풍이 대단히 시들었다. 그러나 대우는 매우 엄격하

75) 개사(開士) : 성불(成佛)할 수 있는 정도(程度)를 열어 중생을 인도하는 사부(師傅)라는 뜻으로 보살(菩薩) 또는 고승(高僧)을 일컫는 말이다.

고 음향은 상당히 조화로웠기에 한 번 변하여 뛰어나게 되어 마침내 당시(唐詩)의 시작을 알렸다. 여기서 다시 정제되고 견실하여 마침내 심전기(沈佺期)와 송지문(宋之問)의 시풍을 이루게 되었다. 사람들은 심전기와 송지문이 율시의 정종(正宗)이 되는 것은 알지만, 삼사(三謝)[76]에서 시작하고 진(陳)과 수(隋)나라의 여러 시인에게서 단련된 것임을 알지 못한다. 시가 대력(大歷) 연간(766~779)에 오면 고적과 잠삼, 왕유와 이기의 시인들이 나왔기에 매우 성대하게 되었다고 일컫게 되었다. 그러나 재주와 정이 발하여 우연히 경과 합치한 경우는 있지만[情景交融], 끝내 거기에서 뒤떨어진 것은 깨닫지 못했다.

예를 들면, 잠삼의 "함곡관에 이르니 근심 속의 달이요, 반계로 돌아가니 꿈속의 산이로다.[到來函谷愁中月, 歸去蟠溪夢裏山.]"[77]와 이기의 "기러기 울음은 근심 속에 듣기 괴로운데, 구름 낀 산을 떠돌이 중에 지나야 하네.[鴻雁不堪愁裏聽, 雲山況是客中過.]"[78]와 왕유의 "풀빛은 가는 비 맞아 젖고, 꽃가지는 차가운 봄바람에도 피려 하네.[草色全經細雨濕, 花枝欲動春風寒.]"[79]라는 구절은 대단히 아름다우니, 전기(錢起)와 유우석(劉禹錫)의 시에서도 간간이 이런 구절이 보인다. 고적(高適)의 "백년 인생에 반 이상 벼슬하여 세 번 그만두니, 다섯 마지기 밭이 하

---

76) 삼사(三謝) : 사령운, 사혜련, 사조를 말한다.

77) 잠삼(岑參)의 「모춘괵주동정송이사마(暮春虢州東亭送李司馬)」는 다음과 같다. "柳嚲鶯嬌花復殷, 紅亭綠酒送君還. 到來函谷愁中月, 歸去磻溪夢裏山. 簾前春色應須惜, 世上浮名好是閒. 西望鄉關腸欲斷, 對君衫袖淚痕斑."

78) 이기(李頎)의 「송위만지경(送魏萬之京)」은 다음과 같다. "朝聞遊子唱離歌, 昨夜微霜初度河. 鴻雁不堪愁裏聽, 雲山況是客中過. 關城曙色催寒近, 御苑砧聲向晚多. 莫是長安行樂處, 空令歲月易蹉跎."

79) 왕유(王維)의 「작주여배적(酌酒與裴迪)」은 다음과 같다. "酌酒與君君自寬, 人情翻覆似波瀾. 白首相知猶按劍, 朱門先達笑彈冠. 草色全經細雨濕, 花枝欲動春風寒. 世事浮雲何足問, 不如高臥且加餐."

늘가에서 황폐해졌네.[百年强半仕三已, 五畝就荒天一涯.]"[80]라는 구는 장경(長慶) 연간(821~824)의 시를 쓰는 방법과 비슷하다.

내가 그래서 다음과 같이 말했다.

"쇠퇴한 가운데 성대함이 있고 성대함 가운데 쇠퇴함이 있어서, 각각 사태가 진행될 기미를 포함하고 있다. 성대한 것은 쇠퇴한 것을 변화시키니 그 공은 시작함에 있고, 쇠퇴한 것은 성대한 것에서 흘러간 것이니 비하(卑下)함으로 내달린 폐단이 있다."

"전조(前朝)의 패퇴한 원인이 바로 나라를 일으키는 근간이 되며, 태평성대의 기쁜 일이 바로 쇠퇴한 세상의 위태로운 단서가 될 수 있다. 이것은 비록 사람이 만든 것이지만, 결국 천지간의 음이 극성하고 양이 새로 시작하는 오묘함에서 말미암는다."

六朝之末, 衰颯甚矣. 然其偶儷頗切, 音響稍諧, 一變而雄, 遂爲唐始, 再加整栗, 便成沈宋. 人知沈宋律家正宗, 不知其權輿於三謝, 橐鑰於陳隋也. 詩至大曆, 高岑王李之徒, 號爲已盛, 然才情所發, 偶與境會, 了不自知其墮者. 如到來函谷愁中月, 歸去蟠溪夢裏山, 鴻雁不堪愁裏聽, 雲山況是客中過, 草色全經細雨濕, 花枝欲動春風寒, 非不佳致, 隱隱逗漏錢劉出來. 至百年强半仕三已, 五畝就荒天一涯, 便是長慶以後手段. 吾故曰, 衰中有盛, 盛中有衰, 各含機藏隙. 盛者得衰而變之, 功在創始, 衰者自盛而沿之, 弊繇趨下. 又曰, 勝國之敗材, 乃興邦之幹, 熙朝之佚事, 即衰世之危端. 此雖人力, 自是天地間陰陽剝復之妙.

---

80) 고적(高適)의 「중양(重陽)」은 다음과 같다. "節物驚心兩鬢華, 東籬空繞未開花. 百年將半仕三已, 五畝就荒天一涯. 豈有白衣來剝啄, 一從烏帽自欹斜. 眞成獨坐空搔首, 門柳蕭蕭噪暮鴉."

4-28. 칠언 율시의 정종(正宗)

하중묵(何仲默)이 운경(雲卿) 심전기(沈佺期)의 '독불견(獨不見)'[81]을 높이 치고, 엄우(嚴羽)는 최호(崔顥)의 「황학루(黃鶴樓)」[82]를 높이 쳐서 각각 칠언 율시 가운데 가장 뛰어난 작품이라고 여겼다. 두 시는 진실로 매우 뛰어나니, 백 척의 높이에 잔가지도 없이 우뚝하게 오롯이 솟아 있다. 그러나 요컨대 그 체재에서 제일이 될 수는 없다. 심전기의 마지막 구는 제량(齊梁)시대 악부(樂府)의 말과 같으며 최호의 기법은 성당 시기 가행체(歌行體)의 어법이다. 마치 직관(織官)이 넓은 비단에 조금만 수를 놓은 것 같으니, 비단은 비단이로되 전체 비단은 보잘것없지 않은가. 두보(杜甫)의 시집 가운데, "바람 거세고 하늘은 높다.[風急天高]"[83]란 작품을 나는 대단히 좋아하는데, 결말 부분이 또한 미약하다. "옥로가 사물을 시들게 하고[玉露凋傷]"[84]와 "늙어가니 가을이 슬프네.[老去悲秋]"[85]라는 시는 수미(首尾)가 균형을 이루었으나 힘이 부

81) 심전기(沈佺期)의 「고의정보궐교지지(古意呈補闕喬知之)」는 다음과 같다. "盧家少婦鬱金堂, 海燕雙棲玳瑁梁. 九月寒砧催木葉, 十年征戍憶遼陽. 白狼河北音書斷, 丹鳳城南秋夜長. 誰爲含愁獨不見, 更教明月照流黃."

82) 최호(崔顥)의 「황학루(黃鶴樓)」는 다음과 같다. "昔人已乘黃鶴去, 此地空餘黃鶴樓. 黃鶴一去不復返, 白雲千載空悠悠. 晴川歷歷漢陽樹, 春草萋萋鸚鵡洲. 日暮鄕關何處是, 烟波江上使人愁."

83) 두보(杜甫)의 「구일등고(九日登高)」는 다음과 같다. "風急天高猿嘯哀, 渚淸沙白鳥飛迴. 無邊落木蕭蕭下, 不盡長江滾滾來. 萬里悲秋常作客, 百年多病獨登臺. 艱難苦恨繁霜鬢, 潦倒新停濁酒杯."

84) 두보(杜甫)의 「추흥팔수(秋興八首)」 첫 번째 수는 다음과 같다. "玉露凋傷楓樹林, 巫山巫峽氣蕭森. 江間波浪兼天湧, 塞上風雲接地陰. 叢菊兩開他日淚, 孤舟一繫故園心. 寒衣處處催刀尺, 白帝城高急暮砧."

85) 두보(杜甫)의 「구일남전최씨장(九日藍田崔氏莊)」는 다음과 같다. "老去悲秋强自寬, 興來今日盡君歡. 羞將短髮還吹帽, 笑倩傍人爲整冠. 藍水遠從千澗落, 玉山高竝兩峯寒. 明年此會知誰健, 醉把茱萸仔細看."

족하다. "곤명지의 물[昆明池水]"[86]은 곱고 아름다우며[穠麗] 비유가 적절하지만 평범한 가락이 많아 음률에 약간 어그러짐이 있으니 애석하다. 그러나 결국 마땅히 이 네 작품에서 칠언 율시의 정종(正宗)을 구해야 한다.

何仲默取沈雲卿獨不見, 嚴滄浪取崔司勳黃鶴樓, 爲七言律厭卷. 二詩固甚勝, 百尺無枝, 亭亭獨上, 在厥體中, 要不得爲第一也. 沈末句是齊梁樂府語, 崔起法是盛唐歌行語. 如織官錦間一尺繡, 錦則錦矣, 如全幅何. 老杜集中, 吾甚愛風急天高一章, 結亦微弱. 玉露凋傷老去悲秋, 首尾匀稱, 而斤兩不足. 昆明池水, 穠麗況切, 惜多平調, 金石之聲的微乖耳. 然竟當於四章求之.

4-29. 왕창령의 「출새」

우린(于鱗) 이반룡(李攀龍)은 당(唐)나라 시인의 절구 중 왕창령(王昌齡)의 「출새(出塞)」 중 "진 때의 달빛이 한 때의 관문을 비추고.[秦時明月漢時關]"[87]라는 구절을 압권으로 삼았는데, 나는 처음에 그것을 믿지 않았다가 왕창령 문집인 『소백집(少伯集)』을 보니 대단히 공교롭고 뛰어난 작품이 있었다. 이윽고 생각하기를, 만약 다 읽고 이해한다면 마땅히 이 작품 아닌 달리 취하는 작품이 있을 것이라 여겼다. 그런데 유의(有意)와 무의(無意), 이해함과 불가해(不可解)의 사이에서 구한다

86) 두보(杜甫)의 「추흥팔수(秋興八首)」 일곱 번째 수는 다음과 같다. "昆明池水漢時功, 武帝旌旗在眼中. 織女機絲虛夜月, 石鯨鱗甲動秋風. 波漂菰米沉雲黑, 露冷蓮房墜粉紅. 關塞極天唯鳥道, 江湖滿地一漁翁."

87) 왕창령(王昌齡)의 「출새(出塞)」는 다음과 같다. "秦時明月漢時關, 萬里長征人未還. 但使盧城飛將在, 不教胡馬度陰山."

면 결국 이 작품이 가장 뛰어날 것이다.

李于鱗言唐人絶句當以秦時明月漢時關壓卷, 余始不信, 以少伯集中有極工妙者. 旣而思之, 若落意解, 當別有所取. 若以有意無意可解不可解間求之, 不免此詩第一耳.

4-30. 두보의 명성

당대 명성을 지닌 한 귀인(貴人)이 일찍이 나에게 말하기를, "소릉 두보의 천근한 시어는 마힐 왕유보다 낫지 않으니, 이 때문에 왕유를 좋아한다."라 했다. 이에 내가 대답하기를, "아마도 족하(足下)는 왕유를 좋아하지 않을 뿐입니다. 왕유를 좋아한다고 또한 어찌 두보를 공부하지 않을 수 있습니까. 두보의 시집에는 왕유 시와 같은 것은 헤아릴 수 없이 많으니 안목을 가다듬고 조용히 앉아 3년 동안 읽어보지 않으시겠습니까."라 하자, 그는 불쾌하게 여기며 돌아갔다.

有一貴人時名者, 嘗謂予, 少陵傖語, 不得勝摩詰. 所喜摩詰也. 予答言, 恐足下不喜摩詰耳. 喜摩詰又焉能失少陵也. 少陵集中不啻數摩詰, 能洗眼靜坐三年讀之乎. 其人意不懌去.

4-31. 이백의 「아미산월가」

이백의 「아미산월가(峨眉山月歌)」는 다음과 같다.

峨眉山月半輪秋　아미산에 반달이 걸린 가을
影入平羌江水流　그림자 평강강에 비쳐 흘러가네.
夜發淸溪向三峽　밤들어 청계 떠나 삼협 향해 가니
思君不見下渝州　그대 보지 못한 채 투주로 내려가네.

이 작품은 이백의 훌륭한 경지가 드러났다. 그러나 28자 가운데 '아미산(峨眉山)' · '평강강(平羌江)' · '청계(淸溪)' · '삼협(三峽)' · '투주(渝州)'라는 지명이 있는데, 뒷사람에게 이러한 작품을 짓게 했다면 이러한 지명의 흔적이 남지 않을 수 없었을 것이다. 그래서 더욱 이백의 노련하고 오묘한 시적 재능을 엿볼 수 있다.

峨眉山月半輪秋, 影入平羌江水流. 夜發淸溪向三峽, 思君不見下渝州. 此是太白佳境. 然二十八字中, 有峨眉山平羌江淸溪三峽渝州, 使後人爲之, 不勝痕跡矣, 益見此老爐錘之妙.

4-32. 왕유와 두보의 시

마힐(摩詰) 왕유의 칠언율시인 「봉화성제종봉래향흥경각도중유춘우중춘망지작응제(奉和聖製從蓬萊向興慶閣道中留春雨中春望之作應制)」[88)]와 「화가사인조조대명궁지작(和賈舍人早朝大明宮之作)」[89)] 이외의 작품에서

88) 왕유(王維)의 「봉화성제종봉래향흥경각도중유춘우중춘망지작응제(奉和聖製從蓬萊向興慶閣道中留春雨中春望之作應制)」는 다음과 같다. "渭水自縈秦塞曲, 黃山舊繞漢宮斜. 鑾輿迥出千門柳, 閣道回看上苑花. 雲里帝城雙鳳闕, 雨中春樹萬人家. 爲乘陽氣行時令, 不是宸游玩物華."

89) 왕유(王維)의 「화가사인조조대명궁지작(和賈舍人早朝大明宮之作)」은 다음과 같다. "絳幘雞人送曉籌, 尙衣方進翠雲裘. 九天閶闔開宮殿, 萬國衣冠拜冕旒. 日色纔臨

는 종종 평측의 규율에 얽매이지 않았다. "그대에게 술 따르니[酌酒與君]"로 시작하는 「작주여배적(酌酒與裴迪)」이란 작품은[90] 네 연에서 모두 측성(仄聲)만을 사용했는데, 이러한 기법은 초당(初唐)이나 성당(盛唐)의 작품에는 없는 것으로 배워서 이를 수 있는 경지가 아니다. 왕유 시의 핵심은 의흥(意興)으로 작품을 시작하면서도 신정(神情)이 이에 부합하여, 의흥과 신정이 완전히 녹아들어 억지로 꿰맞춘 흔적을 볼 수 없다는 것이다. 또한 시의 구성과 오르내리는 운율은 음률의 법칙에서 벗어났기에 가능한 것이었다. 두보는 가행(歌行)의 형식으로 율시를 지었기에 두보의 율시가 변풍(變風)이 된 것이다. 이러한 방식으로 많은 작품을 짓는 것은 좋지 않은데 만약 작품을 짓는다면 의경(意境)을 해치게 될 것이다.

摩詰七言律, 自應制早朝諸篇外, 往往不拘常調. 至酌酒與君一篇, 四聯皆用仄法, 此是初盛唐所無, 尤不可學. 凡爲摩詰體者, 必以意興發端, 神情傅合, 渾融疏秀, 不見穿鑿之跡, 頓挫抑揚, 自出宮商之表可耳. 雖老杜以歌行入律, 亦是變風, 不宜多作, 作則傷境.

4-33. 맹호연과 위응물

양양(襄陽) 맹호연의 「유별왕시어유(留別王侍御維)」의 "방초를 찾아 떠나가려 하니, 옛 벗과 헤어지는 것이 아쉽구려.[欲尋芳草去, 惜與故人

仙掌動, 香煙欲傍袞龍浮. 朝罷須裁五色詔, 珮聲歸向鳳池頭."

90) 왕유(王維)의 「작주여배적(酌酒與裴迪)」은 다음과 같다. "酌酒與君君自寬, 人情飜覆似波瀾. 白首相知猶按劍, 朱門先達笑彈冠. 草色全經細雨濕, 花枝欲動春風寒. 世事浮雲何足問, 不如高臥且加餐."

違.]"란 구절과[91] 「춘중희왕구상심(春中喜王九相尋)」의 "숲의 꽃 쓸어도 또 지고 길가 풀은 밟아도 다시 난다.[林花掃更落, 徑草踏還生.]"란 구절이 있다.[92] 좌사(左司) 위응물의 「기이담원석(寄李儋元錫)」의 "몸에 병 많아 고향생각 간절하고 고을에는 유랑민 있어 봉급 받기 부끄럽네.[身多疾病思田里, 邑有流亡愧俸錢.]"란 구절이 있다.[93] 비록 격조(格調)는 바르지 않지만 어의(語意)는 또한 아름답다 하겠다. 그러나 우린 이반룡은 위응물의 이 작품을 좋지 않다고 해서 자신의 『고금시산』에 수록하지 않았다.

孟襄陽欲尋芳草去, 惜與故人違, 林花掃更落, 徑草踏還生, 韋左司身多疾病思田里, 邑有流亡愧俸錢, 雖格調非正, 而語意亦佳. 于鱗乃深惡之, 未敢從也.

4-34. 이백의 작품

태백 이백의 「앵무주(鸚鵡洲)」란 작품은[94] 최호(崔顥)의 「제무창황

---

91) 맹호연(孟浩然)의 「유별왕시어유(留別王侍御維)」는 다음과 같다. "寂寂竟何待, 朝朝空自歸. 欲尋芳草去, 惜與故人違. 當路誰相假, 知音世所稀. 祇應守寂寞, 還掩孤園扉."

92) 맹호연(孟浩然)의 「춘중희왕구상심(春中喜王九相尋)」은 다음과 같다. "二月湖水清, 家家春鳥鳴. 林花掃更落, 徑草踏還生. 酒伴來相命, 開尊共解酲. 當杯已入手, 歌妓莫停聲."

93) 위응물(韋應物)의 「기이담원석(寄李儋元錫)」은 다음과 같다. "去年花裏逢君別, 今日花開又一年. 世事茫茫難自料, 春愁黯黯獨成眠. 身多疾病思田里, 邑有流亡愧俸錢. 聞道欲來相問訊, 西樓望月幾回圓."

94) 이백(李白)의 「앵무주(鸚鵡洲)」는 다음과 같다. "鸚鵡來過吳江水, 江上洲傳鸚鵡名. 鸚鵡西飛隴山去, 芳洲之樹何青青. 煙開蘭葉香風暖, 岸夾桃花錦浪生. 遷客此時徒極目, 長洲孤月向誰明."

학루시(題武昌黃鶴樓詩)」를[95] 흉내 낸 것이니 그리 좋지 못하다. 또한 이백의 「등금릉봉황대(登金陵鳳凰臺)」의 '오궁(吳宮)'과 '진대(晉代)'라는 구절은 또한 시인의 솜씨가 아닌 것 같다.[96] 칠언율시 전편이 모두 좋은 것이 없는데, 「등금릉봉황대」의 "이 모든 것은 구름이 해를 가렸기 때문이니, 장안을 볼 수 없어 사람 시름케 하네.[總爲浮雲能蔽日, 長安不見使人愁.]"란 마지막 구절과 「송하감귀사명응제(送賀監歸四明應制)」의 "묻노니 학이 좋은 숲에 살고자 하니, 언제나 궁궐로 날아가시려나.[借問欲棲珠樹鶴, 何年却向帝城飛.]"란 마지막 구절은[97] 그래도 좋다고 할 만하다.

太白鸚鵡洲一篇, 效顰黃鶴, 可厭. 吳宮晉代二句, 亦非作手. 律無全盛者, 惟得兩結耳. 總爲浮雲能蔽日, 長安不見使人愁. 借問欲棲珠樹鶴, 何年却向帝城飛.

4-35. 이백과 두보(2)

이백은 말이 부드럽지 않은 부분이 적지만 두보는 말이 껄끄러운 대목이 많다. 두보의 「우정오랑(又呈吳郎)」의 "먹을 것도 자식도 없는[無

95) 최호(崔顥)의 「제무창황학루시(題武昌黃鶴樓詩)」는 다음과 같다. "昔人已乘黃鶴去, 此地空餘黃鶴樓. 黃鶴一去不復返, 白雲千載空悠悠. 晴川歷歷漢陽樹, 芳草萋萋鸚鵡州. 日暮鄕關何處是, 煙波江下使人愁.

96) 이백(李白)의 「등금릉봉황대(登金陵鳳凰臺)」는 다음과 같다. "鳳凰臺上鳳凰遊, 鳳去臺空江自流. 吳宮花草埋幽徑, 晉代衣冠成古丘. 三山半落青天外, 二水中分白鷺州. 總爲浮雲能蔽日, 長安不見使人愁."

97) 이백(李白)의 「송하감귀사명응제(送賀監歸四明應制)」는 다음과 같다. "久辭榮祿遂初衣, 曾向長生說息機. 眞訣自從茅氏得, 恩波寧阻洞庭歸. 瑤臺含霧星辰滿, 仙嶠浮空島嶼微. 借問欲棲珠樹鶴, 何年却向帝城飛."

食無兒]"이라는 대목과[98] 「종인멱소호손허기(從人覓小胡孫許寄)」의 "온 집안이 듣고 놀랄 정도로[擧家聞若駭]"란 구절이[99] 껄끄러운 부분이다. 이백과 두보의 시를 보면, 어설픈 구절을 병통으로 여기지 않았고 그것을 속여서 변호하려고 하지도 않았다. 작품에 흠이 되는 부분을 감추지 않았으니 또한 대가(大家)의 솜씨이다.

太白不成語者少, 老杜不成語者多, 如無食無兒擧家聞若駭之類. 凡看二公詩, 不必病其累句, 不必曲爲之護, 正使瑕瑜不掩, 亦是大家.

4-36. 칠언배율의 난점

칠언배율은 두보가 처음으로 그 형식을 제대로 갖추었지만 그리 좋은 작품을 짓지는 못했다. 칠언배율은 일곱 글자로 구절을 삼고 평성(平聲)과 측성(仄聲)을 짝 맞춰 놓느라 기력을 다 소진하기 때문이다. 또 부연하여 작품을 더 길게 해야 하니 가락이 높으면 작품을 계속 이어나가기 어려워 전체 작품을 망치게 되며 가락이 낮으면 너무 침울해져서 구절을 망치게 된다. 칠언배율에서 한 구절 한 구절을 제대로 짓는 것은 오히려 가능하지만, 전체를 구슬을 꿴 듯 잘 엮는 것은 더욱 어려운 일이다.

---

98) 두보(杜甫)의 「우정오랑(又呈吳郞)」은 다음과 같다. "堂前撲棗任西隣, 無食無兒一婦人. 不爲困窮寧有此, 秪緣恐懼轉須親. 卽防遠客雖多事, 使揷疏籬却甚眞. 已訴徵求貧到骨, 正思戎馬淚盈巾."

99) 두보(杜甫)의 「종인멱소호손허기(從人覓小胡孫許寄)」는 다음과 같다. "人說南州路, 山猿樹樹懸. 擧家聞若駭, 爲寄小如拳. 預哂愁胡面, 初調見馬鞭. 許求聰慧者, 童稚捧應癲."

七言排律創自老杜, 然亦不得佳. 蓋七字爲句, 束以聲偶, 氣力已盡矣, 又欲衍之使長, 調高則難續而傷篇, 調卑則易冗而傷句, 合璧猶可, 貫珠益艱.

4-37. 두보에 대한 양신의 평

용수(用脩) 양신(楊愼)은 『승암시화(升庵詩話)』에서 송(宋)나라 사람들의 '시사(詩史)'라는 말을 논박했으며, 두보의 시를 비판하여 다음과 같이 말했다.

"『시경』에서 음란을 풍자하는 경우를 들어보면, '기러기 우는 소리 들리고, 날이 밝고 어둠이 가신다.[雝雝鳴雁, 旭日始旦.]'[100]라고 했지, 반드시 두보처럼 '삼가 승상의 진노를 피해야겠네[愼莫近前丞相嗔]'[101]라고 말하지 않는다. 유민을 불쌍히 여기는 경우를 들어보면, '기러기 나니, 그 기럭기럭 우는 소리 구슬퍼라.[鴻雁于飛, 哀鳴嗷嗷.]'[102]라고 했지, 반드시 '천 호(千戶)가 모여 살던 마을이 지금은 백 호(百戶)만 남았네.[千家今有百家存]'[103]라 하지 않았다. 가혹한 세금 수탈을 마음 아파하는 경우, '남쪽에 기성이 있으니, 그 혀를 늘어뜨리고 있네.[維南有箕, 載翕其舌.]'라고[104] 했지, 반드시 '슬프고 슬프다 과부여, 가렴

---

100) 『시경』「포유고엽(匏有苦葉)」에 보인다. "雝雝鳴雁, 旭日始旦. 士如歸妻, 迨氷未泮."

101) 두보(杜甫)의 「여인행(麗人行)」에 보인다.

102) 『시경』「홍안(鴻雁)」에 보인다. "鴻雁於飛, 哀鳴嗷嗷. 維比哲人, 謂我劬勞. 維彼愚人, 謂我宣驕."

103) 두보(杜甫)의 「백제(白帝)」는 다음과 같다. "白帝城中雲出門, 白帝城下雨翻盆. 高江急峽雷霆鬪, 翠木蒼藤日月昏. 戎馬不如歸馬逸, 千家今有百家存. 哀哀寡婦誅求盡, 慟哭秋原何處邨."

주구가 심하구나.[哀哀寡婦誅求盡]'라[105] 하지 않았다. 흉년이 들어 굶주림을 서술한 경우, '암양이 머리가 크며, 통발에 삼성이 있도다.[牂羊羵首, 三星在罶.]'라[106] 했지, 반드시 '다만 이빨만 남아 있으니, 골수가 말라버렸네.[但有牙齒存, 所堪骨髓乾.]'라[107] 하지 않았다."

그의 말이 매우 분별이 있고 요점을 지녔으나, 『시경』에서 말한 것은 모두 흥과 비인 것을 알지 못했다. 『시경』은 참으로 부(賦)가 있으니, 감정을 서술하고 서사를 절실하게 표현한 것으로 명쾌하다고 여기니 모두 함축한 것은 아니다. 흉년을 노래하면서 "주나라의 남은 백성이 한 사람도 남지 않았네.[周餘黎民, 靡有孑遺.]"[108]라 했으며, 즐겁게 살기를 권하면서 "그대가 만약 죽으면 다른 사람이 집에 들어오리.[宛其死矣, 它人入室.]"[109]라 했으며, 예의를 잃어버린 것을 비판하면서, "사람이 예의가 없으면 어찌 일찍 죽지 않는가.[人而無禮, 胡不遄死.]"[110]라 했으며, 참소를 원망하면서 "승냥이와 호랑이가 먹지 않거든 불모지에 버려라.[豺虎不食, 投畀有北.]"[111]라 했다. 만약 두보의 입

---

104) 『시경』「대동(大東)」에 보인다. "維南有箕, 載翕其舌. 維北有斗, 西柄之揭."

105) 두보(杜甫)의 「백제」에 보인다. 각주 103 참조.

106) 『시경』「초지화(苕之華)」에 보인다. "牂羊墳首, 三星在罶. 人可以食, 鮮可以飽."

107) 두보(杜甫)의 「수노별(垂老別)」은 다음과 같다. "四郊未寧靜, 垂老不得安. 子孫陣亡盡, 焉用身獨完. 投杖出門去, 同行爲辛酸. 幸有牙齒存, 所悲骨髓乾. 男兒既介冑, 長揖別上官. 老妻臥路啼, 歲暮衣裳單. 孰知是死別, 且復傷其寒. 此去必不歸, 還聞勸加餐. 土門壁甚堅, 杏園度亦難. 勢異鄴城下, 縱死時猶寬. 人生有離合, 豈擇衰盛端. 憶昔少壯日, 遲迴竟長歎. 萬國盡征戍, 烽火被岡巒. 積屍草木腥, 流血川原丹. 何鄉爲樂土, 安敢尙盤桓. 棄絶蓬室居, 塌然摧肺肝."

108) 『시경』「운한(雲漢)」에 보인다. "旱既大甚. 則不可推. 兢兢業業, 如霆如雷. 周餘黎民, 靡有孑遺. 昊天上帝, 則不我遺. 胡不相畏, 先祖于催."

109) 『시경』「산유추(山有樞)」에 보인다. "山有漆, 濕有栗. 子有酒食, 何不日鼓瑟. 且以喜樂, 且以永日. 宛其死矣, 他人入室."

110) 『시경』「상서(相鼠)」에 보인다. "相鼠有體, 人而無禮. 人而無禮, 胡不遄死"

에서 이런 말들이 나왔다면, 양신은 어떻게 깎아 내렸을지 모르겠다. 또한 "삼가 승상의 진노를 피해야겠네.[愼莫近前丞相嗔]"라는 말은 악부 형식의 아름다운 시어인데, 양신이 어찌 그런 것을 알겠는가?

楊用脩駁宋人詩史之說而譏少陵云, 詩刺淫亂, 則曰雝雝鳴雁, 旭日始旦, 不必曰愼莫近前丞相嗔也. 憫流民, 則曰鴻雁於飛, 哀鳴嗷嗷, 不必曰千家今有百家存也. 傷暴斂, 則曰維南有箕, 載翕其舌, 不必曰哀哀寡婦誅求盡也. 敍饑荒, 則曰牂羊羵首, 三星在罶, 不必曰但有牙齒存, 所堪骨乾也. 其言甚辯而覈, 然不知向所稱皆興比耳. 詩固有賦, 以述情切事爲快, 不盡含蓄也. 語荒而曰周餘黎民, 靡有孑遺, 勸樂而曰宛其死矣, 它人入室, 譏失儀而曰人而無禮, 胡不遄死, 怨讒而曰豺虎不食, 投畀有北, 若使出少陵口, 不知用脩何如貶剝也. 且愼莫近前丞相嗔, 樂府雅語, 用脩烏足知之.

4-38. 유장경의 오언시

수주(隨州) 유장경(劉長卿)은 자신을 오언시의 만리장성 같은 존재라고 불렀는데,[112] "유주는 대낮에도 춥네.[幽州白日寒]"[113]라는 시어는 쉽게 지을 수 없다. 그러나 열 수 이상을 읽어보면 문득 어의(語意)가

111) 『시경』「항백(巷伯)」에 보인다. "彼譖人者, 誰適與謀. 取彼譖人, 投畀豺虎. 豺虎不食, 投畀有北. 有北不受, 投畀有昊."

112) 『당재자전(唐才子傳)』에 다음과 같은 기록이 있다. "유장경의 기풍은 아창(雅暢)하여 단련에 뛰어났다. 그의 시는 애상하면서도 원망이 없어 족히 『시경』의 풍격을 발휘하고 있다. 그래서 권덕여는 그를 '오언장성'이라 불렀다."

113) 유장경(劉長卿)의 「목릉궐북봉인귀어양(穆陵闕北逢人歸漁陽)」은 다음과 같다. "逢君穆陵路, 疋馬向桑乾. 楚國蒼山古, 幽州白日寒. 城池百戰後, 耆舊幾家殘. 處處蓬蒿徧, 歸人掩淚看."

서로 비슷하니 즐겨 감상하기 어렵다.[114)]

劉隨州五言長城, 如幽州白日寒語, 不可多得. 惜十章以還, 便自雷同, 不耐檢.

4-39. 전기와 유장경

전기(錢起)와 유장경은 나란히 일컬어지는 것이 오래되었는데 전기는 유장경에 미치지 못하는 것 같다. 전기는 시의가 발양(發揚)한데 유장경은 시의가 침중(沉重)하다. 전기는 가락이 경쾌한데, 유장경은 가락이 중후하다. 예를 들면 "약한 추위도 궁중의 나무에는 들어오지 못하여, 아름다운 기운이 항상 장외봉에 떠 있네.[輕寒不入宮中樹, 佳氣常浮仗外峰.]"[115)]라는 말은 전기의 득의(得意)의 시구이다. 그러나 윗구는 준수하나 너무 공교롭고 아랫구는 너무 느슨하여 어울리지 않는다. 유장경의 「헌영회군절도사상공(獻寧淮軍節度使相公)」의 결구인, "필마로 산들산들 노니니 봄풀은 푸르고, 소릉에서 서쪽으로 가 평원에서 사냥하네.[匹馬翩翩春草綠, 邵陵西去獵平原.]"[116)]라는 말은 얼마나 풍격이

114) 『전당시화(全唐詩話)』 권2 「유장경(劉長卿)」에서 고중무(高仲武)의 언급을 빌려와 다음과 같이 언급했다. "시체는 비록 신기(神奇)하지 않지만 매우 단련했다. 10수 이상이 시어와 내용이 비슷하며 이러한 경향은 낙구에 더욱 드러났으니 이것이 단점이다."

115) 전기(錢起)의 「화이원외호가행온천궁(和李員外扈駕幸溫泉宮)」은 다음과 같다. "未央月曉度疎鐘, 鳳輦時巡出九重. 雪霽山門迎瑞日, 雲開水殿候飛龍. 輕寒不入宮中樹, 佳氣常浮仗外峯. 遙羨枚皐扈仙蹕, 偏承霄漢渥恩濃."

116) 유장경(劉長卿)의 「헌영회군절도사상공(獻寧淮軍節度使相公)」은 다음과 같다. "建牙吹角不聞喧, 亂世登壇衆所尊. 家散萬金酬士死, 身持一劍答君恩. 漁陽老將多回席, 楚國諸生半在門. 白馬翩翩春草細, 邵陵西去獵平原."

있는가! "집의 만금을 흩어서 전사 죽음에 보답하고, 몸엔 검 한 자루 남겨 임금 은혜 보답하네.[家散萬金酬士死, 身持一劍答君恩.]"라는 말도 절로 장엄한 시어다. 그런데 이반룡이 『고금시산(古今詩刪)』에 싣지 않았으니 또한 이해하기 어렵다.

錢劉竝稱故耳, 錢似不及劉. 錢意揚, 劉意沉. 錢調輕, 劉調重. 如輕寒不入宮中樹, 佳氣常浮仗外峰, 是錢最得意句, 然上句秀而過巧, 下句寬而不稱. 劉結語匹馬翩翩春草綠, 邵陵西去獵平原, 何等風調. 家散萬金酬士死, 身留一劍答君恩, 自是壯語. 而于鱗不錄, 又所未解.

4-40. 장길 이하

장길(長吉) 이하(李賀)는 마음을 스승으로 삼았기 때문에 괴이한 작품이 많으며 또한 사람의 의표(意表)를 넘어선다. 그러나 기이함이 지나치면 도리어 평범해지고 노련함이 지나치면 도리어 유치해 진다. 이 사람은 이른바 "한 명이 없어서는 안 되고, 두 명이 있어서는 안 되는 것, 즉 오직 한 사람만 있어야 한다."에 해당한다.

李長吉師心, 故爾作怪, 亦有出人意表者. 然奇過則凡, 老過則稚 此君所謂不可無一, 不可有二.

4-41. 위응물의 시평

좌사(左司) 위응물(韋應物)의 시는 평담하며 온화하고 우아하니, 원화(元和) 연간(806~820)의 시인 가운데 으뜸이다. 「의고십이수(擬古十二首)」

가운데 두 번째 작품의 "아무 일 없는데 이렇게 이별했으니, 지금 살았는지 죽었는지 모르겠네.[無事此離別, 不如今生死.]"117)라는 말은 매승(枚乘)과 이릉(李陵) 등에게 보게 한다면 읊조리지 않겠는가. 이것을 문통(文通) 강엄(江淹)의 작품과는 감히 나란히 놓을 수는 없지만, 송나라 사람들이 그를 도잠(陶潛)과 짝지우고 사령운(謝靈運)을 능가한다고 했으니 어찌 시를 아는 자들이라 하겠는가. 유종원(柳宗元)이 시를 조탁함은 비록 공교롭지만 위응물(韋應物)의 풍격에 비하면 상당히 뒤떨어진다. 유종원의 근체시는 비루하고 평범하여 더욱 말할 것도 없다.

韋左司平淡和雅, 爲元和之冠. 至於擬古, 如無事此離別, 不如今生死語, 使枚李諸公見之, 不作嘔耶. 此不敢與文通同日, 宋人乃欲令之配陶陵謝, 豈知詩者. 柳州刻削雖工, 去之稍遠, 近體卑凡, 尤不足道.

4-42. 위응물의 「기전초산중도사」

위응물(韋應物)의 "오늘 아침 고을 관사가 차갑네.[今朝郡齋冷]"118)라는 시어는 당(唐)나라 시 가운데서도 아름다운 경계(境界)를 보인다.

韋左司今朝郡齋冷, 是唐選佳境.

---

117) 위응물(韋應物)의 「의고(擬古)」 두 번째 수는 다음과 같다. "黃鳥何關關, 幽蘭亦靡靡. 此時深閨婦, 日照紗窗裏. 娟娟雙青蛾, 微微啓玉齒. 自惜桃李年, 誤身遊俠子. 無事久離別, 不知今生死."

118) 위응물(韋應物)의 「기전초산중도사(寄全椒山中道士)」는 다음과 같다. "今朝郡齋冷, 忽念山中客. 澗底束荊薪, 歸來煮白石. 欲持一杯酒, 遠慰風雨夕. 落葉滿空山, 何處尋行跡."

4-43. 한유와 유종원 운문

퇴지(退之) 한유(韓愈)는 시에 대하여 본래 아는 것이 없었는데 송(宋)나라 사람들이 그를 대가라고 불렀으니 그에게 아첨하는 말이다. 자후(子厚) 유종원(柳宗元)은 『시경』의 풍아(風雅)와 『이소』의 부에 대해 조금은 깨우친 것이 있는 것 같다.

韓退之於詩本無所解, 宋人呼爲大家, 直是勢利他語. 子厚於風雅騷賦, 似得一斑.

4-44. 한유와 유종원의 산문

퇴지(退之) 한유(韓愈)의 「남해신묘비(南海神廟碑)」는 사마상여(司馬相如)의 작품에서 보이는 풍격을 지니고 있다. 「모영전(毛穎傳)」은 더욱 사마천의 법을 본받았다. 자후(子厚) 유종원의 「진문(晉問)」은 자못 매승(枚乘)의 「칠발(七發)」의 내용을 본받았으며, 「단태위일사(段太尉逸事)」는 약간 맹견(孟堅) 반고(班固)의 작품의 형식이 남아 있지만 그보다 훨씬 수준이 낮다.

退之海神廟碑, 猶有相如之意. 毛穎傳, 尚規子長之法. 子厚晉問, 頗得枚叔之情, 段太尉逸事, 差存孟堅之造, 下此益遠矣.

4-45. 유종원의 「재인전」

자후(子厚) 유종원의 기(記) 작품들은 오히려 전한(前漢)의 작품에 미치지 못하지만, 후한(後漢)의 결준(潔峻)하여 여운이 있는 풍격은 지니고 있다. 「재인전(梓人傳)」은 유종원의 뛰어난 작품이 아닌가. 그러나 그 작품에 대해 논할 것이 많다. 재상의 직무는 간오(簡奧)한데 거처하여 핵심을 파악하며 공을 거둬 이루고 어진 이를 등용하는 것이니, 그것을 재인(梓人)에 비유하여 표현한 것은 대단히 뛰어나다. 그러니 다만 한 마디 말로 결말을 맺으면 대단한 문장의 힘을 느낄 수 있었을 것이다. 그러나 그렇게 하지 못하고 다시 사족(蛇足)을 계속 달았으니, 당겨 놓은 화살을 쏘아버리면 맛이 없게 되고 쏘아버린 것은 군더더기가 되어 쉽게 질리게 된다. 어찌 그것이 좋은 문장이 되랴! 어찌 좋은 문장이 되랴!

子厚諸記, 尙未是西京, 是東京之潔峻有味者. 梓人傳, 柳之懿乎. 然大有可言. 相職居簡握要, 收功用賢, 在於形容梓人處已妙, 只一語結束, 有萬鈞之力可也, 乃更喋喋不已. 夫使引者發而無味, 發者冗而易厭, 奚其文, 奚其文.

4-46. 백거이의 시작품

장위(張爲)가 『시인주객도(詩人主客圖)』에서 낙천(樂天) 백거이(白居易)를 '광대교화(廣大敎化)의 주인'이라고 했다. 시에 쓴 말이 매끄럽게 흐르고 서술이 평온하고 적절하니, 참으로 이것이 그의 장점이지만 매우 군더더기가 많아 쉽게 질린다. 소년시절에는 원진(元稹)과 화려함과 박식함을 다투었는데 주된 의미는 통렬하게 경계시키는 데 있었다. 만년에는 '만족함을 안다.'는 시어를 지어 많은 작품이 똑같은 내용을 읊조리고 있다. 비록 시도(詩道)가 이뤄지지 않았지만 삼가 가볍게 여기지 말아야 하니 사람의 마음에 가장 쉽게 접근하는 방법을 지녔기 때문이다.

張爲稱白樂天廣大敎化主. 用語流便, 使事平妥, 固其所長, 極有冗易可厭者. 少年與元稹角靡逞博. 意在警策痛快. 晩更作知足語, 千篇一律. 詩道未成, 愼勿輕看, 最能易人心手.

4-47. 원진, 백거이, 노동의 작품

원진(元稹)의 「연창궁사(連昌宮辭)」는 백거이의 「장한가(長恨歌)」보다 뛰어난 것 같으니, 그것은 주제를 가리키는 것이 아니라 원진의 「연창궁사」에는 풍골(風骨)이 있기 때문이다. 옥천(玉川) 노동(盧仝)의 「월식(月蝕)」은 열병에 걸린 사람의 잠꼬대 같은 말로, 앞 시대에는 임화(任華)가 있고 뒤 시대에는 노동과 마이(馬異)가 있으니 모두 아이에게 부탁하여 장단구를 부르고 구가(口歌)를 휘몰아쳐 술과 밥을 내기하는 격이다.

連昌宮辭似勝長恨, 非謂議論也, 連昌有風骨耳. 玉川月蝕, 是病熱人囈語, 前則任華, 後者盧仝馬異, 皆乞兒唱長短急口歌博酒食者.

4-48. 당나라 시인들의 좋은 구절

당나라 시인들의 작품 중, 구절은 좋지만 한 편의 작품이 되지 못한 경우가 있다. 예를 들면, 맹호연의 "희미한 구름 은하수에 떠가고, 성근 비는 오동나무에 떨어지네.[微雲澹河漢, 疏雨滴梧桐.]"란 구절과 양여사(楊汝士)[119]의 "예전 난정 모임엔 미녀 없었지만, 오늘 금곡에는 고상한 이 있어라.[昔日蘭亭無艷質, 此時金谷有高人.]"란 구절 및 위지광(尉遲匡)의 "밤마다 달은 청묘의 거울이 되고, 해마다 눈은 흑산의 꽃이 되네.[夜夜月爲青塚鏡, 年年雪作黑山花.]"란 구절 등인데 그들의 문집에 실리지 않은 것이 늘 아쉬웠다. 용수 양신이 일찍이 위지광의 '청묘'와 '흑산'의 구절에 이어 한 수의 작품을 지은 적이 있었지만 끝내 전제 작품과 어울리지 않았다. 그런데 근래 고기윤(顧起綸)[120]이 『국아품(國雅品)』을 엮으면서, 위지광의 구절을 이은 양신의 작품에 대해 훌륭하다고 평가 했으니 가소롭다.

唐人有佳句而不成篇者, 如孟浩然微雲澹河漢, 疏雨滴梧桐, 楊汝士昔日蘭亭無艷質, 此時金谷有高人, 尉遲匡夜夜月爲青塚鏡, 年年雪作黑山花, 每恨不見入集中. 楊用脩嘗爲青塚黑山補一首, 終不能稱. 近顧氏編國雅, 乃稱爲用脩得意語, 可笑.

4-49. 백거이가 좋아한 시구들

향산(香山) 백거이(白居易)는 처음에 원진(元稹)과 시명(詩名)이 나란하여 당시에 '원백(元白)'이라 일컬어졌다. 원진이 죽은 뒤에는 빈객(賓客) 유우석(劉禹錫)과 낙양(洛陽)에서 함께 벼슬살이를 했기에 마침내 '유백(劉白)'이라 일컬어졌다. 백거이는 유우석의 「소주백사인기신시유탄조백무아지구인이증지(蘇州白舍人寄新詩有歎早白無兒之句因以贈之)」

119) 양여사(楊汝士, ?~?) : 자는 모소(慕巢)이다. 원화 4년 지산에 급제했다. 관직은 형부상서(刑部尚書)에까지 이르렀고 시명이 자자했다.

120) 고기윤(顧起綸, 1517~1587) : 명대(明代) 관원으로, 자는 갱생(更生), 호는 원명(元名)이다.

의 "눈 속 높은 산에 일찍 흰머리 되었지만, 바다의 신선 과일 자식 늦게 낳으리.[雪裏高山頭早白, 海中仙果子生遲]"란 구절과[121] 「수낙천양주초봉석상견증(酬樂天揚州初逢席上見贈)」의 "가라앉은 배 옆으로 온갖 배 지나고, 병든 나무 앞에는 모든 나무 봄 맞았네.[沈舟側畔千帆過, 病樹前頭萬木春.]"란 구절을[122] 너무도 좋아하여, 귀신의 도움이 있었기에 가능한 구절이었다고 평가했다. 그러나 이러한 평가는 책상물림의 선비[學究]가 지은 작품 가운데 조금 운치가 있는 것에 불과하다. 또한 백거이는 종종 이기(李頎) 「잡흥(雜興)」의 "위수는 맑은데 경수와 만나 탁해지고, 주공은 대성이요 접여는 미치광이.[渭水自清涇至濁, 周公大聖接輿狂.]"란 구절을[123] 칭송하면서 자신도 흉내 내 지어보고자 했으나 짓지 못했다. 서응(徐凝) 「여산폭포(廬山瀑布)」의 "오랜 세월 하얀 명주처럼 날며, 한 줄기로 푸른 산의 빛깔 갈라놓았네.[千古長如白練飛, 一條界破青山色.]"란 구절은[124] 수준이 높지 않은 구절이다. 그런데 백거이는 이 구절을 좋아했으니, 왜 그랬을까? 이 구절을 『시경』의 풍아(風

---

121) 유우석(劉禹錫)의 「소주백사인기신시유탄조백무아지구인이증지(蘇州白舍人寄新詩有歎早白無兒之句因以贈之)」는 다음과 같다. "莫嗟華髮與無兒, 却是人間久遠期. 雪裏高山頭白早, 海中仙果子生遲. 于公必有高門慶, 謝守何煩曉鏡悲. 幸免如新分非淺, 祝君長咏夢熊詩."

122) 유우석(劉禹錫)의 「수낙천양주초봉석상견증(酬樂天揚州初逢席上見贈)」은 다음과 같다. "巴山楚水凄涼地, 二十三年棄置身. 懷舊空吟聞笛賦, 到鄉翻似爛柯人. 沈舟側畔千帆過, 病樹前頭萬木春. 今日聽君歌一曲, 暫憑杯酒長精神."

123) 이기(李頎)의 「잡흥(雜興)」은 다음과 같다. "沈沈牛渚磯, 舊說多靈怪. 行人夜秉生犀燭, 洞照洪深闢滂湃. 乘車駕馬往復旋, 赤紱朱冠何偉然. 波驚海若潛幽石, 龍抱胡髯臥黑泉. 水濱丈人曾有語, 物或惡之當害汝. 武昌妖夢果爲災, 百代英威埋鬼府. 青青蘭艾本殊香, 察見泉魚固不祥. 濟水自清河自濁, 周公大聖接輿狂. 千年魑魅逢華表, 九日茱萸作佩囊. 善惡死生齊一貫, 祗應斗酒任蒼蒼."

124) 서응(徐凝)의 「여산폭포(廬山瀑布)」는 다음과 같다. "虛空落泉千仞直, 雷奔入江不暫息. 千古長如白練飛, 一條界破青山色."

雅) 같은 풍격으로 따져보면 다시 거론할 만한 가치도 없으며, 장타유(張打油)[125]나 호정교(胡釘鉸)[126] 작품의 꼭두각시일 뿐이다.

白香山初與元相齊名, 時稱元白. 元卒. 與劉賓客俱分司洛中, 遂稱劉白. 白極重劉雪裏高山頭早白, 海中仙果子生遲, 沈舟側畔千帆過, 病樹前頭萬木春, 以爲有神助. 此不過學究之小有致者. 白又時時頌李頎渭水自清涇至濁, 周公大聖接輿狂, 欲模擬之而不可得. 徐凝千古長如白練飛, 一條界破青山色, 極是惡境界, 白亦喜之, 何也. 風雅不復論矣, 張打油胡釘鉸, 此老便是作俑.

4-50. 유우석의 시어 운용

유우석은 시를 지으면서 '당(餳)'자를 쓰고 싶었지만, 육경(六經)에

125) 장타유(張打油) : 당대(唐代) 사람으로, 저속한 시를 지었다고 평가된다. 『양승암집(楊升庵集)』에 의하면, 당(唐)나라 장타유가 눈[雪]에 대한 시를 지었는데 그 시는 이러하다. "노란 개는 몸 위가 하얗게 되고, 하얀 개는 몸 위가 부어올랐다. [黃狗身上白, 白狗身上腫.]"

126) 호정교(胡釘鉸) : 당(唐) 정원(貞元) · 원화(元和) 때 사람으로 호영능(胡令能)은 못질과 가위질이 직업이었다. 시에 능했으면서도 일을 그만두지 않았는데 사람들이 그를 '호정교(胡釘鉸)'라 불렀다. 이와는 달리 『남부신서(南部新書)』에 의하면, 호생(胡生)이란 자는 만두 만드는 것으로 업을 삼으며 백빈주(白蘋州) 가에서 사는데, 그 곁에 고분(古墳)이 있어서, 매양 차를 마시게 되면 반드시 한 잔을 올리곤 했다. 하루는 꿈에 어떤 사람이 말하되, "나의 성은 유(柳)인데, 평생에 시(詩)를 잘하고 차 마시기를 즐겼었다. 그대가 차를 나눠 준 은혜에 감사하고 있으나 갚을 길이 없으므로 그대에게 시를 가르쳐 주고자 한다."라고 하므로, 호생은 능하지 못함을 들어 사양하자 유(柳)는 강권하며, "다만 그대 뜻대로만 하면 된다."라고 하여, 호생은 마침내 시를 잘하게 되었다. 그래서 호생의 시체를 후인들이 호정교체(胡釘鉸體)라 일컬었다고 한다. 『전당시』에 시 4편이 전하며 시 「소아수조(小兒垂釣)」가 유명하다. 여기에서는 역시 비속하고 수준이 낮은 시를 뜻한다.

이 글자가 없다는 이유로 쓰는 것을 그만두었다. 그러나 송지문이 이미 '당'자를 압운으로 사용한 것에 대해서는 알지 못했는데, 송지문의 시구 중에 "말 위에서 한식을 만났으니, 봄이 왔는데도 달콤함이 없구나.[馬上逢寒食, 春來不見餳.]"란 구절이 있다. 유우석이 삼가 조심히 글자를 운용한 것이 이와 같았다. 그러나 유우석도 「답낙천견억(答樂天見憶)」에서 "글 쓰니 마음이 외려 아프고 술잔 앞에 마음 무너지누나.[筆底心猶毒, 杯前膽不豩.]"라 했다. 유우석이 쓴 '환(豩)'자는 음이 호(呼)와 관(關)의 반절(反切)인데, 무엇을 의미하는지 모르겠다.

劉禹錫作詩, 欲入餳字, 而以六經無之乃已. 不知宋之問已用押韻矣, 云馬上逢寒食, 春來不見餳. 劉用字謹嚴乃爾. 然其答樂天而有筆底心猶毒, 杯前膽不豩. 豩, 呼關反. 此何謂也.

4-51. 해학의 시어들

관두시(款頭詩)[127]와 목연변(目連變),[128] 파선(破船),[129] 위자(衛子)[130],

127) 관두시(款頭詩) : 본래 관청에서 죄인을 신문할 때에 쓰는 질문이다. 당(唐) 맹계(孟棨)의 『본사시(本事詩)』 「조희(嘲戲)」에 "시인 장호는 백거이를 알지 못했다. 백거이가 소주자사로 있을 때에, 장호가 처음으로 백거이를 만나보기 위해 왔다. 겨우 백거이를 만났는데, 백거이는 '오래 전에 시를 보았는데, 그대의 관두시를 기억하고 있네.'라 했다. 장호를 깜짝 놀라며 '무엇을 말씀하신 것인지요?'라 했다. 이에 백거이는 '그대가 시에서, 원앙의 가는 허리 어디에 버려 두었는고, 공작의 비단 적삼은 누구에게 주었는가?'라 했는데, 이것이 관두가 아니면 무엇이겠는가?'라 했다. 이에 장호가 머리를 조아리며 웃었다.[詩人張祜, 未嘗認白公. 白公刺蘇州, 祜始來謁. 才見白, 白曰, 久欽籍, 嘗記得君款頭詩. 祜愕然曰, 舍人何所謂. 白曰, 鴛鴦細帶抛何處, 孔雀羅衫付阿誰. 非款頭何邪. 張頓首微笑.]"라는 기사가 보인다.

128) 목연변(目連變) : 목연변문(目連變文)의 준말로, 당대(唐代) 돈황(敦煌)의 변문

여측(如廁),[131] 실묘(失貓),[132] 백일견귀(白日見鬼)[133]는 진실로 웃자고 한 말이지만, 이런 시를 짓는 것은 좋지 못하다.

款頭詩目連變破船衛子如廁失貓白日見鬼, 固是謔語, 然亦詩之病.

(變文)으로 된 작품을 말한다. 부처의 제자인 목연(目連)이 자신의 어머니를 험난한 지옥에서 구해낸다는 내용인데, 지옥의 모습이나 잔옥한 옥졸들을 묘사한 대목이 당대 현실을 반영했다고 평가받는다. 당(唐) 맹계(孟棨)의 『본사시(本事詩)』 「조희(嘲戲)」에 보인다.

129) 파선(破船) : 이산보(李山甫)가 한사(漢史)를 보고 "왕망이 희롱해 오매 일찍이 반쯤 빠졌더니, 조공이 가져가니 문득 깊이 잠겼다.[王莽弄來曾半沒, 曹公將去便平沈.]라 했는데, 고영수(高英秀)란 사람은 이것을 나무라면서, "이 시는 파손된 배에 대한 시이지, 영사시(詠史詩)라고는 할 수 없다."라고 했다. 강소우(江少虞)의 『송조사실유원(宋朝事實類苑)』에 보인다.

130) 위자(衛子) : 나귀[驢]의 별칭이다. 송(宋) 고승(高承)의 『사물기원(事物紀原)』 「위자(衛子)」에, "세상에서 위령공(衛靈公)이 나귀가 끄는 말을 타는 것을 좋아하기에, '나귀[驢]'를 '위자(衛子)'라고 했다."라는 기사가 보인다.

131) 여측(如廁) : 화장실에 간다는 의미로, 청(淸)의 양소임(梁紹壬)의 『양반추우암수모(兩般秋雨庵隨筆)』 「삭시반(索詩瘢)」에, "매일 바삐 한 곳에 갔다가는 밤 깊어 한 점 등불 가고 오네.[每日更忙須一到, 夜深還自點燈來.]란 구절은 정사맹(程師孟)의 「소축당(所築堂)」인데, 사람들은 이 작품을 '등측시(登厠詩)'라고 여겼다."라는 일화가 전한다.

132) 실묘(失貓) : 고양이를 잃어버렸다는 의미인데, 남의 작품을 조롱하는 말이다. 구양수의 『육일시화(六一詩話)』에 이와 관련된 다음과 같은 기록이 보인다. "「영시자」라는 시에, '하루 종일 찾아도 찾지 못하다가, 어떤 때는 또 저절로 오기도 하네.'란 구절이 있다. 이것은 본래 시를 지을 때 좋은 구절을 얻기 어렵다는 것을 말하는데, 어떤 사람은 '이것은 사람이 고양이를 잃어버리고 지은 시다.'라 하여, 사람들이 모두 웃음거리로 여겼다고 한다.[又有詠詩者云, 盡日覓不得, 有時還自來. 本謂詩之好句難得耳, 而說者云, 此是人家失却貓兒詩, 人皆以爲笑也.]"

133) 백일견귀(白日見鬼) : 밝은 대낮에 귀신을 본다는 의미이다. 본래 공부(工部)의 사조(四曹)가 하는 일이 없는데도 늘 한가롭지 못하다고 것으로, 이후 송(宋) 육유(陸游)의 『노학엄필기(老學庵筆記)』에 "공・둔・우・수 사조(四曹)는 대낮에도 귀신을 본다.[工屯虞水, 白日見鬼.]"란 대목에서 연유했다.

4-52. 가도에 대한 시평

소식(蘇軾)은 「제유자옥문(祭劉子玉文)」에서 "원진은 가볍고 백거이는 속되며, 맹교는 한빈(寒貧)하고 가도는 파리하다.[元輕白俗, 郊寒島瘦.]"라고 했는데, 이것은 제대로 된 평가이다. 가도의 「송무가상인(送無可上人)」이란 작품에, "홀로 걸어가는 연못 아래 그림자, 자주 쉬어 가는 나무 가의 몸.[獨行潭底影, 數息樹邊身.]"이란 구절에[134] 어떤 아름다운 의경이 있었기에 3년이나 고심하다가 이 구절을 얻고서 한 번 읊조리고 눈물을 흘렸다 말인가. 가도의 「도상건(渡桑乾)」이나[135] 「삼월회일증유평사(三月晦日贈劉評事)」의[136] 두 절구는 좋은 작품이라 할 수 있다. 또 가도의 「억강상오처사(憶江上吳處士)」의 "가을바람은 위수로 불어오는데, 밝은 달은 장안에 가득해라.[秋風吹渭水, 明月滿長安.]"라는 구절은[137] 성당(盛唐) 시인의 작품 중에 두어도 구별할 수 없을 정도이다.

元輕白俗, 郊寒島瘦, 此是定論. 島詩, 獨行潭底影, 數息樹邊身. 有何佳境, 而三年始得, 一吟淚流. 如竝州及三月三十日二絶乃可耳. 又秋風吹渭水, 明月滿長安. 置之盛唐, 不復可別.

---

134) 가도(賈島)의 『송무가상인(送無可上人)』은 다음과 같다. "圭峰霽色新, 送此草堂人. 麈尾同離寺, 蛩鳴暫別親. 獨行潭底影, 數息樹邊身. 終有煙霞約, 天台作近隣."

135) 가도(賈島)의 「도상건(渡桑乾)」은 다음과 같다. "客舍幷州已十霜, 歸心日夜憶咸陽. 無端更渡桑乾水, 却望幷州是故鄕."

136) 가도(賈島)의 「삼월회일증유평사(三月晦日贈劉評事)」는 다음과 같다. "三月正當三十日, 風光別我苦吟身. 共君今夜不須睡, 未到曉鍾猶是春."

137) 가도(賈島)의 「억강상오처사(憶江上吳處士)」는 다음과 같다. "閩國揚帆去, 蟾蜍虧復圓. 秋風吹渭水, 明月滿長安. 此地聚會夕, 當時雷雨寒. 蘭橈殊未返, 消息海雲端."

4-53. 원화체

옛날 사람은 다음과 같이 말했다.

"당나라 헌종(憲宗) 원화(元和, 806~820) 이후에 문사들은 한유에게서 기이함을 배우고 번종사(樊宗師)에게 껄끄러움을 배웠다. 가행에 대해서는 장적(張籍)에게 방종함을 배웠다. 시구에 대해서는 맹교(孟郊)에게 교격(矯激)함을 배웠고 백거이(白居易)에게 천이(淺易)함을 배웠으며 원진(元稹)에게 음미(淫靡)함을 배웠으니, 이것을 모두 원화체(元和體)라고 부른다."

昔人有言, 元和以後, 文士, 學奇於韓愈, 學澁於樊宗師. 歌行則學放於張籍, 詩句則學矯激於孟郊, 學淺易於白居易, 學淫靡於元稹, 俱謂之元和體.

4-54. 당대(唐代)의 오언절구

절구는 이익(李益)이 뛰어나고 한굉(韓翃)이 그 다음이다. 권덕여(權德輿), 무원형(武元衡), 마대(馬戴), 유창(劉滄) 등의 오언시는 그 중 뛰어나다. 마대의 「초강회고(楚江懷古)」의 "원숭이는 동정호 숲에서 울고, 사람은 아리따운 배에 있네.[猿啼洞庭樹, 人在木蘭舟.]"[138]라는 구절은 참으로 오흥(吳興) 유운(柳惲)에 뒤지지 않는다. 이익의 '회락봉(回樂峰)'[139]

138) 마대(馬戴)의 「초강회고(楚江懷古)」 세 번째 수는 다음과 같다. "露氣寒光集, 微陽下楚邱. 猿啼洞庭樹, 人在木蘭舟. 廣澤生明月, 蒼茛來亂流. 雲中君不降, 竟夕自悲秋."

139) 이익(李益)의 「문적(聞笛)」은 다음과 같다. "回樂峰前沙似雪, 受降城外月如霜. 不知何處吹蘆管, 一夜征人盡望鄉."

도 좋으니 어찌 반드시 용표(龍標) 왕창령(王昌齡)이나 공봉(供奉) 이백(李白)만을 내세우랴.

絶句, 李益爲勝, 韓翃次之. 權德輿武元衡馬戴劉滄五言, 皆鐵中錚錚者. 猿啼洞庭樹, 人在木蘭舟. 眞不減柳吳興. 回樂峰一章, 何必王龍標李供奉.

4-55. 진도의 「농서행」과 왕한의 「양주사」

진도(陳陶)의 「농서행(隴西行)」의 "가련구나 무정하 가의 백골이여, 아직도 부인의 꿈속에선 살아 있으리.[可憐無定河邊骨, 猶是深閨夢裏人.]"[140] 라는 구절은 입의(立意)가 대단히 공교로우니 절창이라 이를 만하다. 다만 안타까운 것은, 앞 두 구에 얽매어 근골[맥락]이 모두 드러나 사람으로 하여금 염증을 느끼게 만든다는 점이다. 왕한(王翰) 「양주사(凉州詞)」의 "야광배의 포도주[葡萄美酒]"[141]는 흠 없는 보배 같은 작품으로, 평범하지 않는 성당의 경지가 이와 같다.

可憐無定河邊骨, 猶是深閨夢裏人. 用意工妙至此, 可謂絶唱矣. 惜爲前二句所累, 筋骨畢露, 令人厭憎. 葡萄美酒一絶, 便是無瑕之璧. 盛唐地位不凡乃爾.

---

140) 진도(陳陶)의 「농서행(隴西行)」 첫 번째 수는 다음과 같다. "誓掃匈奴不顧身, 五千貂錦喪胡塵. 可憐無定河邊骨, 猶是春閨夢裏人."

141) 왕한(王翰) 「양주사(凉州詞)」 첫 번째 수는 다음과 같다. "蒲萄美酒夜光杯, 欲飮琵琶馬上催. 醉臥沙場君莫笑, 古來征戰幾人回."

4-56. 유가의 「조행」과 소식

유가(劉駕)의 「조행(早行)」의 "말 위에서 못 다 꾼 꿈을 꾸네.[馬上續殘夢]"142)라는 말은 경계(境界)가 자못 아름답다. 그러나 다음 구절에서 "말이 울어 다시 깨네.[馬嘶而復驚]"라는 말 때문에 마침내 훌륭한 시구가 되지 못했다. 자첨(子瞻) 소식(蘇軾)이 유가의 첫 구절을 인용하고 다음 구절에서 "아침 해가 떠오르는지 모르네.[不知朝日升]"143)라 했는데, 이 또한 좋지 않았다. 그래서 다시 고쳐 "비루먹은 말이 못 다 꾼 꿈을 꾸네.[瘦馬兀殘夢]144)"라 했는데, 더욱 시가 나쁘게 되었다.

劉駕馬上續殘夢, 境頗佳. 下云馬嘶而復驚, 遂不成語矣. 蘇子瞻用其語, 下云不知朝日升, 亦未是. 至復改爲瘦馬兀殘夢, 愈墜惡道.

4-57. 두보 선집의 좋은 구절들

두보 시집의 선본(善本) 가운데 좋은 구절은 다음과 같다.

"그대 시를 잡고 읽어 보네.[把君詩過目]"는 "그대 시를 잡고 날을 보내네.[把君詩過日]"로 되어 있다.145) "찬 구름 아래 눈 덮인 산을 근심

142) 유가(劉駕)의 「조행(早行)」은 다음과 같다. "馬上續殘夢, 馬嘶時復驚. 心孤多所虞, 僮僕近我行. 棲禽未分散, 落月照古城. 莫羨閑居者, 溪邊人已行."

143) 소식(蘇軾)의 「태백산하조행(太白山下早行)」은 다음과 같다. "馬上續殘夢, 不知朝日昇. 亂山橫翠幛, 落月淡孤燈. 奔走煩郵吏, 安閒媿老僧. 再遊應眷眷, 聊亦記吾曾."

144) 소식(蘇軾)의 「제야대설유유주(除夜大雪留濰州)」는 다음과 같다. "除夜雪相留, 元日晴相送. 東風吹宿酒, 瘦馬兀殘夢. 葱曨曉光開, 旋轉餘花弄. 下馬成野酌, 佳哉誰與共. 須臾晚雲合, 亂灑無缺空. 鵝毛垂馬騣, 自怪騎白鳳. 三年東方旱, 逃戶連欹棟. 老農釋耒歎, 淚入饑腸痛. 春雪雖云晚, 春麥猶可種. 敢怨行役勞, 助爾歌飯甕."

145) 두보(杜甫)의 「증별정련부양양(贈別鄭鍊赴襄陽)」은 다음과 같다. "戎馬交馳際, 柴門老病身. 把君詩過日, 念此別驚神. 地闊峨眉晚, 天高峴首春. 爲於耆舊內, 試覓

스레 바라보네.[愁對寒雲雪滿山]"는 "찬 구름 아래 하얗게 덮인 산을 근심스레 바라보네.[愁對寒雲白滿山]"로 되어 있다.[146] "달은 관산도 똑같이 비추리니.[關山同一照]"는 "관산은 한 점 같구나.[關山同一點]"로 되어 있다.[147] "하늘하늘 나는 나비는 닫힌 장막을 지나네.[娟娟戲蝶過閑幔]"는 "하늘하늘 나는 나비는 열려 있는 장막을 지나네.[娟娟戲蝶過開幔]"로 되어 있다.[148] "일찍이 펄럭이는 붉은 깃발 궁궐에 한가롭네.[曾閃朱旗北斗閑]"는 "일찍이 펄럭이는 붉은 깃발 궁궐에 가득했네.[曾閃朱旗北斗殷]"로 되어 있다.[149] "가난과 질병을 사람들은 물리치려 하니.[祇緣貧病人須棄]"는 "가난과 질병이 무슨 일과 관련되랴.[不知貧病關何事]"로 되어 있다.[150] "부절 잡은 한나라 신하 돌아오니.[握節漢臣回]"는 "민둥민둥한 부절로 한나라 신하 돌아왔네.[禿節漢臣回]"로 되어 있다.[151] "새 밥에 노란 기장을 섞네.[新炊間黃粱]"는 "새로 밥 지으니 기

姓龐人."

146) 두보(杜甫)의 「지일견흥봉기북성구각노(至日遣興奉寄北省舊閣老)」 두 번째 수는 다음과 같다. "憶昨逍遙供奉班, 去年今日侍龍顏. 麒麟不動鑪烟上, 孔雀徐開扇影還. 玉几由來天北極, 朱衣只在殿中間. 孤城此日堪腸斷, 愁對寒雲雪滿山."

147) 두보(杜甫)의 「완월정한중왕(翫月呈漢中王)」은 다음과 같다. "夜深露氣淸, 江月滿江城. 浮客轉危坐, 歸舟應獨行. 關山同一點, 烏鵲自多驚. 欲得淮王術, 風吹暈已生."

148) 두보(杜甫)의 「소한식주중작(小寒食舟中作)」은 다음과 같다. "佳辰强飯食猶寒, 隱几蕭條帶鶡冠. 春水船如天上坐, 老年花似霧中看. 娟娟戲蝶過閑幔, 片片輕鷗下急湍. 雲白山靑萬餘里, 愁看直北是長安."

149) 두보(杜甫)의 「제장(諸將)」 첫 번째 수는 다음과 같다. "漢朝陵墓對南山, 胡虜千秋尙入關. 昨日玉魚蒙葬地, 早時金盌出人間. 見愁汗馬西戎逼, 曾閃朱旗北斗殷. 多少材官守涇渭, 將軍且莫破愁顏. 韓公本意築三城, 擬絶天驕拔漢旌. 豈謂盡煩回紇馬, 翻然遠救朔方兵. 胡來不覺潼關隘, 龍起猶聞晉水淸. 獨使至尊憂社稷, 諸君何以答昇平."

150) 두보(杜甫)의 「투간재주막부겸간위십랑관(投簡梓州幕府兼簡韋十郎官)」은 다음과 같다. "幕下郎官安穩無, 從來不奉一行書. 固知貧病人須棄, 能使韋郎跡也疎."

151) 두보(杜甫)의 「정부마지대희우정광문동음(鄭駙馬池臺喜遇鄭廣文同飮)」은 다음과 같다. "不爲生戎馬, 何知共酒盃. 燃臍郿塢敗, 握節漢臣回. 白髮千莖雪, 丹心一

장 냄새 나네.[新炊聞黃粱]"로 되어 있다.152) 또한 「여인행(麗人行)」의 "허리 옷자락 덮은 구슬이 몸과 어울리네.[珠壓腰衱稱稱身]"란 구 아래에, "발 아래 무엇을 신었나, 붉은 비단 버선에 은 신발 신었네.[足下何所著, 紅蕖羅襪穿鐙銀.]"로 되어 있다.153)

이 구절에는 모두 깊고 오묘한 흥취가 있다.

杜詩善本勝者, 如把君詩過目, 作把君詩過日, 愁對寒雲雪滿山, 作愁對寒雲白滿山, 關山同一照, 作關山同一點, 娟娟戲蝶過閑幔, 作娟娟戲蝶過開幔, 曾閃朱旗北斗閑, 作曾閃朱旗北斗殷, 祇緣貧病人須棄, 作不知貧病關何事, 握節漢臣回, 作禿節漢臣回, 新炊間黃粱, 作新炊聞黃粱, 又麗人行珠壓腰衱稱稱身下, 有足下何所著, 紅蕖羅襪穿鐙銀, 皆泓渟有妙趣.

4-58. 두보의 「유용문봉선사」

두보의 「유용문봉선사(遊龍門奉先寺)」의 "하늘을 바라보니 별자리 낮게 드리우고.[天闕象緯逼]"154)에서 '천궐(天闕)'은 마땅히 원래 글자 그

寸灰. 別離經此地, 披寫忽登臺. 重對秦簫發, 俱過阮巷來. 留連春夜舞, 淚落更徘徊."

152) 두보(杜甫)의 「증위팔처사(贈衛八處士)」는 다음과 같다. "人生不相見, 動如參與商. 今夕復何夕, 共此燈燭光. 少壯能幾時, 鬢髮各已蒼. 訪舊半爲鬼, 驚呼熱中腸. 焉知二十載, 重上君子堂. 昔別君未婚, 兒女忽成行. 怡然敬父執, 問我來何方. 問答未及已, 兒女羅酒漿. 夜雨剪春韭, 新炊間黃粱. 主稱會面難, 一擧累十觴. 十觴亦不醉, 感子故意長. 明日隔山嶽, 世事兩茫茫."

153) 현존하는 「여인행」에는 '족하(足下)'로 시작되는 부분이 없다. 양신은 『승암시화』에서 이 부분을 거론했는데, 전겸익(錢謙益)은 『전주두시(錢注杜詩)』에서 양신이 거짓으로 지어낸 구절이라고 했다.

대로 해야 한다. 이를 만약 '천규(天闚)'나 '천열(天閱)'로 바꾸면 모두 너무 천착한 데로 빠지게 된다.

天闕象緯逼, 當如舊字, 作天闚, 天閱, 咸失之穿鑿.

4-59. 절구로 만들면 좋을 작품들

왕발(王勃)의 "물 다리에서 서로 보내지 못하니, 강 나무는 먼 마음을 품은 듯.[河橋不相送, 江樹遠含情.]"[155]이란 내용이 있는 작품과 "은혜를 입은 것 용모 때문 아니니, 어떻게 꾸며야 할지 첩에서 알려주소.[承恩不在貌, 敎妾若爲容.]"란 구절이 있는 두순학(杜荀鶴)의 「춘궁원(春宮怨)」은[156] 모두 오언율시이다. 그런데 뒤의 네 구를 삭제하여 오언절구를 만들면 더욱 오묘한 작품이 된다.

천보(天寶) 연간 기녀(妓女)가 부른 "상자를 여니 눈물이 흐르네[開篋淚沾臆]"란 구절이 있는 고적(高適)의 「곡단보양구소부(哭單父梁九少府)」는[157] 본래 장편시였다. 그런데 4구 이후를 모두 빼버리고 기녀가 오언

---

154) 두보(杜甫)의 「유용문봉선사(遊龍門奉先寺)」는 다음과 같다. "已從招提遊, 更宿招提境. 陰壑生靈籟, 月林散淸影. 天闕象緯逼, 雲臥衣裳冷. 欲覺聞晨鐘, 令人發深省."

155) 이 작품은 왕발의 문집에는 실려 있지 않다. 『전당시(全唐詩)』에는 송지문(宋之問)의 「송별두시언(送別杜審言)」이란 제명으로 실려 있다. 전문은 다음과 같다. "臥病人事絶, 聞君萬里行. 河橋不相送, 江樹遠含情. 別路追孫楚, 維舟弔屈平. 可惜龍泉劍, 流落在豊城."

156) 두순학(杜荀鶴)의 「춘궁원(春宮怨)」은 다음과 같다. "早被嬋娟誤, 欲妝臨鏡慵. 承恩不在貌, 敎妾若爲容. 風暖鳥聲碎, 日高花影重. 年年越溪女, 相憶采芙蓉."

157) 고적(高適)의 「곡단보양구소부(哭單父梁九少府)」는 다음과 같다. "開篋淚沾臆, 見君前日書. 夜臺今寂寞, 猶是子雲居. 疇昔探靈奇, 登臨賦山水. 同舟南浦下, 望月西江裏. 契闊多別離, 綢繆到生死. 九原卽何處, 萬事皆如此. 晉山徒峨峨, 斯人已冥冥. 常時祿且薄, 歿後家復貧. 妻子在遠道, 弟兄無一人. 十上多苦辛, 一官常自哂.

절구로 불러 절창이 되었다. 백거이(白居易)의 "다리 위에서 이별할 때 그대에게 주었네.[曾與情人橋上別]"란 구절이 있는 「판교로(板橋路)」는[158] 본래 여섯 구의 작품이었는데, 또한 잘라서 칠언절구를 만드니 오묘한 작품이 되었다. 다만 소식(蘇軾)은 유종원(柳宗元)의 「어옹(漁翁)」란 작품에서[159] "멀리 하늘 끝 바라보니 배는 중류로 내려가고, 바위 위엔 무심한 구름이 서로 좇네.[遙看天際下中流, 巖上無心雲相逐.]"란 두 구절을 삭제하고자 했으며,[160] 주씨(朱氏)는 현휘(玄暉) 사조(謝朓)의 「신정저별범령릉운시(新亭渚別範零陵雲詩)」이란 작품에서[161] "광평에서 좋은 계책 들을 것이고, 무릉에서 천거될 것이네.[廣平聽方籍, 茂陵將見求.]"란 두 구절을 삭제하고자 했는데,[162] 나는 그 이유를 알지 못하겠다.

王勃, 河橋不相送, 江樹遠含情, 杜荀鶴, 承恩不在貌, 敎妾若爲容. 皆五言律也, 然去後四句作絶, 乃妙. 天寶妓女唱高達夫開篋淚沾臆, 本長篇也, 刪作絶唱. 白居易曾與情人橋上別一首, 乃六句詩也, 亦刪作絶, 俱妙. 獨蘇氏欲去柳宗元遙看天際, 朱氏欲去謝玄暉廣平聽方籍二語, 吾所未解耳.

靑雲將可致, 白日忽先盡. 惟有身後名, 空留無遠近."

158) 백거이(白居易)의 「판교로(板橋路)」는 다음과 같다. "淸江一曲柳千條, 二十年前舊板橋. 曾與情人橋上別, 更無消息到今朝."

159) 유종원(柳宗元)의 「어옹(漁翁)」은 다음과 같다. "漁翁夜傍西巖宿, 曉汲淸湘燃楚竹. 烟銷日出不見人, 欸乃一聲山水綠. 遙看天際下中流, 巖上無心雲相逐."

160) 소식이 유종원의 작품을 삭제하고자 했던 일화는 엄우(嚴羽)의 『창랑시화(滄浪詩話)』 「고증(考證)」에도 실려 있다.

161) 사조(謝朓)의 「신정저별범령릉운시(新亭渚別範零陵雲詩)」는 다음과 같다. "洞庭張樂地, 瀟湘帝子遊. 雲去蒼梧野, 水還江漢流. 停驂我悵望, 輟棹子夷猶. 廣平聽方籍, 茂陵將見求. 心事俱已矣, 江上徒離憂."

162) 사조의 작품을 삭제하고자 했던 일화는 엄우(嚴羽)의 『창랑시화(滄浪詩話)』 「고증(考證)」에도 실려 있다.

4-60. 왕유, 잠삼, 소식의 요체

마힐(摩詰) 왕유(王維)의 「작주여배적(酌酒與裴迪)」이란 작품은 다음과 같다.

酌酒與君君自寬　그대에게 술 따르니 편히 받으시게
人情翻覆似波瀾　세상 인정 뒤집히는 것 파도와 같다네.
白首相知猶按劍　늙도록 사귀어도 경계심은 여전하고
朱門先達笑彈冠　부자 된 자들은 가난한 자들을 비웃는다네.
草色全經細雨濕　풀빛은 가랑비만 내려도 모두 젖고
花枝欲動春風寒　꽃가지 움트려는데 봄바람은 차갑지.
世事浮雲何足問　세상일 뜬구름 같으니 물어 무엇 하랴
不如高臥且加餐　편히 누워 지내며 잘 먹는 것만 못하리.

가주(嘉州) 잠삼(岑參)의 「사군석야송엄하남부장수(使君席夜送嚴河南赴長水)」란 작품은 다음과 같다.

嬌歌急管雜青絲　고운 노래와 가락 속에 청사 섞여 있고
銀燭金尊映翠眉　은 촛대 금 술잔에 푸른 눈썹 비치노라.
使君地主能相送　사군은 잔치 열어 그대를 전송하니
河尹天明坐莫辭　하남 벼슬아치 새벽까지 자리 사양마소.
春城月出人皆醉　봄날 성에 달뜨자 사람들 모두 취했고
野戍花深馬去遲　들판 풀과 꽃 무성해 말도 더디 가네.
寄聲報爾山翁道　산옹이 했던 말을 그대에게 전하노니
今日河南異昔時　오늘의 하남은 예전과는 다르다 하네.

자첨(子瞻) 소식(蘇軾)의 「출영구초견회산(出潁口初見淮山)」이란 작품은 다음과 같다.

我行日夜見江海　밤낮없이 길을 가며 강해 보니
楓葉蘆花秋興長　단풍잎 갈대꽃이 가을 흥취 자아내네.
平淮忽迷天遠近　잔잔한 회수에서 하늘은 가까웠다 멀어지고
青山久與船低昂　푸른 산은 오랫동안 배와 함께 일렁이네.
壽州已見白石塔　수주에서 이미 흰 돌탑을 보았기에
短棹又轉黃茅岡　노 저어 다시 누런 갈대 언덕으로 돌아드네.
波平風軟望不到　물 잔잔하고 바람 부드러워 아직 못 갔는데
故人久立天蒼茫　옛 벗은 벌써 저 멀리 푸른 하늘가에 서 있네.

왕유와 잠삼 그리고 소식의 이 작품은 8구가 모두 요체(拗體)이다. 그러나 왕유와 잠삼의 시는 당시(唐詩)이고 소식의 시는 송시(宋詩)로 절로 구별되니, 이 작품을 읽는 사람은 이를 분별해야 할 것이다.

王摩詰, 酌酒與君君自寬, 人情翻覆似波瀾. 白首相知猶按劍, 朱門先達笑彈冠. 草色全經細雨濕, 花枝欲動春風寒. 世事浮雲何足問, 不如高臥且加餐. 岑嘉州, 嬌歌急管雜青絲, 銀燭金尊映翠眉. 使君地主能相送, 河尹天明坐莫辭. 春城月出人皆醉, 野戍花深馬去遲. 寄聲報爾山翁道, 今日河南異昔時. 蘇子瞻, 我行日夜見江海, 楓葉蘆花秋興長. 平淮忽迷天遠近, 青山久與船低昂. 壽州已見白石塔, 短棹又轉黃茅岡. 波平風軟望不到, 故人久立天蒼茫. 八句皆拗體也, 然自有唐宋之辨, 讀者當自得之.

4-61. 잠삼과 이익의 시작품

잠삼(岑參)과 이익(李益)[163]의 시어는 많지 않지만 시를 마무리하는 방법이나 의경(意境)을 펼치는 방식이 거의 절반 이상의 작품에서 동일하다. 그래서 소릉 두보가 회음(淮陰) 한신(韓信)의 다다익선(多多益善)처럼[164] 작품이 길면 길수록 더 많은 심열을 기울였다는 것을 알게 되었다.

岑參李益詩語不多, 而結法撰意雷同者幾半, 始信少陵如韓淮陰, 多多益辦耳.

4-62. 사진과 육기의 시작품

무진(茂秦) 사진(謝榛)[165]은 자신의 『사명시화(四溟詩話)』에서 "허혼(許渾)[166]의 「제최처사산거(題崔處士山居)」에[167] 보이는 '가시나무에는 꽃이 있어 형제들 즐거워하네.[荊樹有花兄弟樂]'란 구절이 사형(士衡) 육

---

163) 이익(李益, 748~827) : 자가 군우(君虞)이며, 시어사와 예부상서를 지냈다. 이익은 대력(大曆)의 시인이라고는 하지만 성당의 시풍에 크게 벗어나지 않으며, 율시에 뛰어났다. 이하(李賀)와 어깨를 나란히 했다.

164) 한 고조(漢高祖)가 한신(韓信)에게 얼마의 군사를 거느릴 능력이 있느냐고 묻자, 많으면 많을수록 좋다[多多益辦]고 대답한 고사에서 유래한 것이다. 다다익선(多多益善)이라고도 한다. 『사기(史記)』「회음후열전(淮陰侯列傳)」에 보인다.

165) 사진(謝榛, 1495~1575) : 명대(明代) 포의시인(布衣詩人)으로, 자는 무진(茂秦), 호는 사명산인(四溟山人)이다.

166) 허혼(許渾, 791~854?) : 자는 용회(用晦) 또는 중회(仲晦)다. 율시(律詩)에 뛰어난 만당(晩唐) 시대의 명사였다.

167) 허혼의 「제최처사산거(題崔處士山居)」는 다음과 같다. "坐窮今古掩書堂, 一頃湖田一半荒. 荊樹有花兄弟樂, 橘林無實子孫忙. 龍歸曉洞雲猶濕, 麝過春山草自香. 向夜欲歸心萬里, 故園松月更蒼蒼."

기(陸機)[168]의 「예장행(豫章行)」에[169] 보이는 '세 가지[170]는 한 그루에서 뻗어나 기뻐하네.[三荊歡同株]'란 구절보다 낫다."라 평했는데, 이 말은 너무도 안목이 없는 평가이다. 육기의 작품은 소명태자(昭明太子)의 『문선(文選)』에 선집된 작품 중에서는 평평한 수준이지만 허혼은 근체시 중에서도 어린 아이의 말 정도의 수준이니, 어찌 한 자리에서 평가할 수 있겠는가.

謝茂秦謂許渾荊樹有花兄弟樂勝陸士衡三荊歡同株, 此語大瞶大瞶. 陸是選體中常人語, 許是近體中小兒語, 豈可同日.

4-63. 당시(唐詩) 작가에 대한 변증

송지문의 『연청집(延淸集)』에 실린 「영은사(靈隱寺)」란 작품은[171] 낙

---

168) 육기(陸機, 261~303) : 자는 사형(士衡)으로, 의고적인 서정시를 많이 남겼지만 그보다는 시와 산문이 뒤섞인 복잡한 형식으로 이루어진 부(賦)의 작가로 더 잘 알려져 있다. 『문부(文賦)』란 문학비평서를 남겼다.

169) 육기의 「예장행(豫章行)」은 다음과 같다. "泛舟淸川渚, 遙望高山陰. 川陸殊途軌, 懿親將遠尋. 三荊歡同株, 四鳥悲異林. 樂會良自古, 悼別豈獨今. 寄世將幾何, 日昃無停陰. 前路旣已多, 後途隨年侵. 促促薄暮景, 亹亹鮮克禁. 曷爲複以玆, 曾是懷苦心. 遠節嬰物淺, 近情能不深. 行矣保嘉福, 景絶繼以音."

170) 세 가지 : '삼형(三荊)'은 한 그루에 세 개의 가지가 뻗은 가시나무이다. 『예문유취(藝文類聚)』 권89에 "옛날 같이 살던 어떤 형제가 갑자기 분가하고 싶었는데 문밖에 나갔다가 세 가지가 한 그루에서 뻗어 잎사귀가 접하여 그늘을 이룬 것을 보고 감탄하며 말하기를 '나무도 모여서 사는 것을 좋아하는데, 더구나 내가 저 나무보다 못해서야 되겠는가.'라고 하고 돌아와 화목하게 살았다."라고 했다. 그 뒤 시문 중에 형제 동포를 비유하는 말로 사용된다.

171) 송지문의 「영은사(靈隱寺)」는 다음과 같다. "**鷲嶺鬱岧嶢, 龍宮鎖寂寥. 樓觀滄海日, 門對浙江潮.** 桂子月中落, 天香雲外飄. 捫蘿登塔遠, 刳木取泉遙. 霜薄花更發, 凍輕葉未凋. 夙齡尙遐異, 搜對滌煩囂. 待入天臺路, 看余渡石橋."

빈왕(駱賓王)[172]의 문집에도 보인다. 또 송지문의 '낙화(落花)'라는 시어가 있는 「대비백두음(代悲白頭吟)」이란 작품은[173] 유희이(劉希夷)의 문집에도 보인다. 작품을 읊은 노승(老僧)[174]이나 송지문이 유희이를 죽인 일화[175]에 대해서는 내가 이미 변증한 것이 있다. 만일 이 작품의 사기(詞氣)와 격조(格調)를 꼼꼼히 살핀다면 「영은사(靈隱寺)」는 절로 송지문의 작품이 되어야 하고 「대비백두음(代悲白頭吟)」은 유희이의 것이 되어야 한다.

---

172) 낙빈왕(駱賓王, 634?~684?) : 당나라 초기의 시인이다. 육조(六朝)의 시풍을 계승하면서도 격조가 청려(淸麗)했고, 노조린과 함께 칠언가행(七言歌行)에 뛰어났다.

173) 송지문의 「대비백두음(代悲白頭吟)」은 다음과 같다. "洛陽城東桃李花, 飛來飛去落誰家. 幽閨兒女惜顔色, 坐見落花長歎息. 今年花落顔色改, 明年花開復誰在. 已見松柏催爲薪, 更聞桑田變成海. 古人無復洛城東, 今人還對落花風. 年年歲歲花相似, 歲歲年年人不同. 寄言全盛紅顔子, 須憐半死白頭翁. 此翁白頭眞可憐, 伊昔紅顔美少年. 公子王孫芳樹下, 淸歌妙舞落花前. 光祿池臺文錦繡, 將軍樓閣畵神仙. 一朝臥病無相識, 三春行樂在誰邊. 婉轉蛾眉能幾時, 須臾鶴髮亂如絲. 但看古來歌舞地, 惟有黃昏鳥雀飛."

174) 낙빈왕(駱賓王)은 서경업(徐敬業)과 함께 양주(揚州)에서 군대를 일으켰다가 크게 패하여 도망가다가 죽었다는 기록과 맹계(孟棨)의 『본사시(本事詩)』에서는 중이 되어 숨어 살았다는 2가지 일화가 전해진다. 송지문이 관직에서 좌천되어 항주에 있을 때, 영은사에 들른 일이 있다. 밤에 시를 구상하고 있었는데, 늙은 중이 나타나, "밤이 깊었는데 아직도 자지 않고 뭘 열심히 읊고 있나?"라고 물었다. 송지문은 "오언시를 구상하고 있는데 '울창하고 높은 취령과 고요하고 적막한 용궁[鷲嶺鬱岧嶢, 龍宮鎖寂寥.]'이라는 구절만 떠오르고 다른 것은 생각이 나지 않는다."라 대답했다. 그러자 늙은 중은 망설임 없이 바로, "누각에 올라 푸른 바다 해돋이 바라보고, 창문을 열어 밀려오는 절강의 조수를 마주한다[樓觀滄海日, 門對浙江潮.]"란 구절을 읊조렸다. 송지문은 크게 놀랐는데, 늙은 중은 바로 자리를 떠났다. 다음날 탐문을 거쳐서야 송지문은 그가 바로 당시 유명했던 시인 낙빈왕이라는 사실을 알게 되었다고 한다.

175) 『전당시화(全唐詩話)』 권1 「유희이(劉希夷)」에 자세히 실려 있다. 173번 각주에서 밑줄 친 송지문의 구절은 원래 유희이가 지은 것인데, 송지문이 유희이를 죽이고 이 구절을 자신의 것으로 삼았다고 한다.

宋延清集中靈隱寺一律, 見駱賓王集. 落花一歌, 見劉希夷集. 所載老僧及害劉事, 余已有辯矣. 若究其詞氣格調, 則靈隱自當屬宋, 落花故應歸劉.

4-64. 노조린과 낙빈왕의 시

노조린(盧照鄰)의 「송유주진참군(送幽州陳參軍)」의 "쇠한 머리는 가을 하늘 같고.[衰鬢似秋天]"[176]라는 시구와 낙빈왕(駱賓王)의 「변성낙일(邊城落日)」의 "달을 기다리며 항상 활을 팽팽히 당기고,[177] 근원 찾으러 자주 하류를 깊이 파네.[178][候月恒持滿, 尋源屢鑿空.]"[179]라는 구절은 노성한 두보와 대단히 비슷하다.

盧照鄰語如衰鬢似秋天, 駱賓王語如候月恒持滿, 尋源屢鑿空, 絶似老杜.

---

176) 노조린(盧照鄰)의 「송유주진참군(送幽州陳參軍)」은 다음과 같다. "薊北三千里, 關西二十年. 馮唐猶在漢, 樂毅不歸燕. 人同黃鶴遠, 鄉共白雲連. 郭隗池臺處, 昭王尊酒前. 故人當已老, 舊壂幾成田. 紅顔如昨日, 衰鬢似秋天. 西蜀橋應毀, 東周石尙全. 灞池水猶綠, 榆關月早圓. 塞雲初上雁, 庭樹欲銷蟬. 送君之舊國, 揮淚獨潸然."

177) 세류영(細柳營)을 지킨 주아부(周亞夫)의 고사를 인용했다.

178) 황하의 근원을 찾으려 했던 장건(張騫)의 고사를 인용했다.

179) 낙빈왕(駱賓王)의 「변성낙일(邊城落日)」은 다음과 같다. "紫塞流沙北, 黃圖灞水東. 一朝辭俎豆, 萬里逐沙蓬. 候月恒持滿, 尋源屢鑿空. 野昏邊氣合, 烽迥戍烟通. 膂力風塵倦, 疆埸歲月窮. 河流控積石, 山路遠崆峒. 壯志凌蒼兕, 精誠貫白虹. 君恩如可報, 龍劍有雌雄."

4-65. 교연의 『시식』

승려 교연(皎然)이 『시식(詩式)』을 저술했는데, 그 가운데 일탕(跌宕)의 풍격으로 분류된 것은 두 종류로 하나는 월속(越俗)이며 하나는 해속(駭俗)이다. 해속에서 왕범지(王梵志)의 시를 인용했는데, 다음과 같다.

天公强生我　　조물주가 억지로 나를 낳으시니
生我復何爲　　나를 무엇 하러 낳았단 말인가.
還倆天公我　　조물주는 나를 되돌려 놓으시길
還我未生時　　아직 태어나기 전으로 돌려놓으시길.

이런 속된 말은 말할 가치도 없는데 무슨 이유로 해속의 범주에 놓았는가.

僧皎然著詩式, 跌宕格二品, 一曰越俗, 一曰駭俗. 內駭俗引王梵志詩, 天公强生我, 生我復何爲. 還倆天公我, 還我未生時. 此俗語所不肯道者, 何以駭爲.

4-66. 두목의 시

자미(紫微) 두목(杜牧)은 원진(元稹)과 백거이(白居易)의 세상을 풍자하는 시를 배격했다. 그런데 두목의 「두추낭(杜秋娘)」에서 원진과 백거이의 시풍을 그대로 본받았는데, 그 이유는 무엇인가. 두목의 「조안(早雁)」이란 작품의 "선인장[180] 위 밝은 달이 외론 그림자 비추며 지나고, 장문

180) 한 무제(漢武帝)가 감로(甘露)를 받으려고 세웠던 두 선인장(仙人掌) 기둥을 말한다. 하늘에서 내리는 이슬을 받아먹으면 오래 산다는 방사(方士)의 말을 믿은

궁의 등불 어두운데 두어 소리 들려오네.[仙掌月明孤影過, 長門燈暗數聲來.]"[181] 라는 구절은 사물을 노래한 것으로 읊조릴 만하다.

杜紫微掊擊元白不減霜臺之筆, 至賦杜秋詩, 乃全法其遺響, 何也. 其詠物, 如仙掌月明孤影過, 長門燈暗數聲來, 亦可觀.

4-67. 당 정원 연간의 문풍

당(唐) 정원(貞元) 연간(785~805) 이후로 번진(藩鎭)의 절도사 세력이 강성하여 사람들을 불러들여 마음대로 벼슬을 내릴 수 있었기에 매우 뛰어난 인물들을 자기 막하(幕下)에 둘 수 있었다. 당시의 떠돌이 문사들이 이따금 자신의 장점을 가지고 어떤 이는 행권(行卷)으로 절도사와 통하고 어떤 이는 글을 올려 송축하면서, 크게는 그에게 발탁되기를 원했고 작게는 그의 도움을 바랐다. 많은 부하를 거느린 관찰사들은 그들의 우열을 가릴 능력을 가지지 못하여 마음 내키는 대로 그들을 후원했다. 그래서 문사들은 거침없이 표절하며 끝도 없이 아첨했으며 짧은 시간 안에 문장을 지어 내는 것을 뛰어난 작품이라고 여기고 진부한 말을 늘여 놓은 것을 공교롭다고 여겼다. 과거 시험은 본래 사장(詞場)으로 불리었는데 세속의 격식에 얽매이고 유행에 붙따라갔다. 높은 점수로 합격한 이는 대부분 장상(將相)들의 아랫사람이거나 시험관의 친한 벗이었다. 심지어는 과거를 개인적인 독점물로 여기거

무제가 이슬을 받을 반[承露盤]을 높이 27길이나 되게 만들었다. 거기서 받은 이슬에 옥가루를 타서 마셨다고 한다.

181) 두목(杜牧)의 「조안(早雁)」은 다음과 같다. "金河秋半虜弦開, 雲際驚飛四散哀. 仙掌月明孤影過, 長門燈暗數聲來. 須知胡騎紛紛在, 豈逐秋風一一回. 莫厭瀟湘少人處, 水多菰米岸莓苔."

나 스스로를 광대에 비유하며, 총애 받는 자리로 올라가는 과정으로 여기거나 합격 후에 군사 관련 관리가 되기도 했다. 한편 과거에 떨어진 뒤에도 미련을 접지 못하고 시험관에게 불쌍하게 보여 다음 시험에 합격시켜 주기를 바란다. 이것은 성정의 참된 경계를 표현하는 문학을 명리(名利)를 구하는 도구로 삼은 것이니, 시도(詩道)가 날로 비루해진 이유가 아니겠는가.

唐自貞元以後, 藩歲富强, 兼所辟召, 能致通顯. 一時遊客詞人, 往往挾其所能, 或行卷贄通, 或上章陳公布, 大者以希拔用, 小者以冀濡沫. 而幹旌之吏, 多不能分別黑白, 隨意支應. 故剽竊雲擾, 諂諛泉湧, 敢辦俄頃以爲捷, 使事飳飣以爲工. 至於貢擧, 本號詞場, 而牽壓俗格, 阿趨時好. 上第巍峨, 多是將相私人, 座主密舊. 甚乃津私禁臠, 自比優伶, 關節幸璫, 身爲軍吏, 下第之後, 尙爾乞憐主司, 冀其復進. 是以性情之眞境, 爲名利之鉤途, 詩道日卑, 寧非其故.

4-68. 당나라 시문에 대한 논의

사람들이 당(唐)나라는 시로 선비를 뽑았기에 시만 공교해졌다고 여기는데, 그렇지 않다. 일반적으로 성시(省試)의 시는 대부분 아름답지 않다. 전기(錢起)의 「상령고슬(湘靈鼓瑟)」[182]은 십만에 하나 정도이며 이굉(李肱)의 「예상우의곡(霓裳羽衣曲)」[183]은 만에 하나 정도이다.

---

182) 전기(錢起)의 「상령고슬(湘靈鼓瑟)」은 다음과 같다. "善鼓雲和瑟, 常聞帝子靈. 馮夷空自舞, 楚客不堪聽. 苦調凄金石, 淸音入杳冥. 蒼梧來怨慕, 白芷動芳馨. 流水傳湘浦, 悲風過洞庭. 曲終人不見, 江上數峰靑."

183) 이굉(李肱)의 「예상우의곡(霓裳羽衣曲)」은 다음과 같다. "開元太平時, 萬國賀豊歲. 梨園獻舊曲, 玉座流新製. 鳳管遞參差, 霞衣競搖曳. 醮罷水殿空, 輦餘春草細.

율부(律賦)의 경우에는 그 정도가 더욱 심했다. 낙천(樂天) 백거이가 지은 「구현주부(求玄珠賦)」와 「참백사부(斬白蛇賦)」, 그리고 한유와 유종원의 문집에 실린 작품들은 시골의 책상물림이 지은 것보다 훨씬 못하다. 두목(杜牧)의 「아방궁부(阿房宮賦)」는 비록 대단히 우아하지 않지만, 그 부(賦)의 문체 중에서는 문단에 우뚝 솟아 있다. 안타깝구나, 그 작품 가운데 끝부분의 두어 마디 말이여. 의논이 더욱 공교로울수록 작품의 진면목은 더욱 비루해진다.

人謂唐以詩取士, 故詩獨工, 非也. 凡省試詩, 類鮮佳者. 如錢起湘靈之詩, 億不得一, 李肱霓裳之制, 萬不得一. 律賦尤爲可厭. 白樂天所載玄珠斬蛇, 竝韓柳集中存者, 不啻村學究語. 杜牧阿房, 雖乖大雅, 就厥體中, 要自崢嶸擅場, 惜哉其亂數語, 議論益工, 面目益遠.

4-69. 악부의 사(事)와 정(情)

악부에서 중요한 것은 사(事)와 정(情)이다. 장적(張籍)은 정을 잘 말했고 왕건(王建)은 일을 잘 표현했다. 그러나 경계는 둘 다 아름답지 못하다.

樂府之所貴者, 事與情而已. 張籍善言情, 王建善徵事, 而境皆不佳.

蓬壺事已久, 仙樂功無替. 詎肯聽遺音, 聖明知善繼."

4-70. 장적의 「절부음」

장적(張籍) 「절부음(節婦吟)」의 "그대에게 눈물 흘리며 명주를 돌려주노니, 아! 처녀 때 당신을 만났더라면 얼마나 좋았을까요.[還君明珠雙淚垂, 恨不相逢未嫁時.]"[184]라는 시어는 원망을 잘 표현했다고 할 수 있다. 그러나 송(宋)나라 수계(須溪) 유진옹(劉辰翁)이 "쌍(雙)"과 "나유(羅襦)"라는 말이 있다고 그 작품을 좋게 평가하지 않았다. 만약 그렇다면 『시경』「야유사균(野有死麕)」의 "서둘지 말고 천천히 하세요, 내 수건을 건드리면 싫어요, 우리 개를 짖게 해서도 안 되고.[舒而脫脫兮, 無感我帨兮, 無使尨也吠.]"라는 시어는 범하기 어려운 절개라고 이를 수 있겠는가.[185]

還君明珠雙淚垂, 恨不相逢未嫁時, 可謂能怨矣. 宋人乃以系雙羅襦少之. 若爾, 則所謂舒而悅悅兮, 毋使尨也吠, 可稱難犯之節乎哉.

4-71. 이상은과 서곤체

의산(義山) 이상은(李商隱)[186]은 글재주가 그리 뛰어나지 않았지만

184) 장적(張籍)의 「절부음(節婦吟)」은 다음과 같다. "君知妾有夫, 贈妾雙明珠. 感君纏綿意, 繫在紅羅襦. 妾家高樓連苑起, 良人執戟明光殿. 知君用心如日月, 事夫誓擬同生死. 還君明珠雙淚垂, 恨不相逢未嫁時." 장적이 어떤 이의 막부에 있을 때 이사고(李師古)가 그를 불렀는데, 장적이 이 시를 지어 거절했다.

185) 주희의 해석은 절개를 지킨 것으로 보았는데, 왕세정은 달리 해석했다.

186) 이상은(李商隱, 812~858) : 자는 의산(義山), 호는 옥계생(玉谿生)이다. 처음 우승유가 주도한 우당(牛黨)의 영호초(令狐楚)에게서 변려문(騈儷文)을 배우고 그의 막료가 되었으나, 후에 반대당인 이덕유의 주도한 이당(李黨)의 왕무원(王茂元)의 서기가 되어 그의 딸을 아내로 맞았기 때문에 불우한 생애를 보냈다. 그의 유미주의적 경향은 이 소외감에서 비롯된 바가 크다. 그는 변려문의 명수이긴

결국 훌륭한 대구(對句)의 작품을 짓게 되었다. 이에 송나라 사람들이 이상은을 사모하여 서곤(西昆)이라 불렀다. 양억(楊億)[187]과 유균(劉筠) 등이 서곤체에 온 힘을 쏟았지만 겨우 그 울타리를 엿보았을 뿐이다. 허혼(許渾)[188]과 정곡(鄭谷)[189]이 지겹도록 이상은이 있는 저승에까지 따라가서 배우고자 하는 열의가 있었다. 허혼은 비교적 생각하고 지은 시구가 있기에 정곡보다는 허혼이 낫다.

義山浪子, 薄有才藻, 遂工儷對. 宋人慕之, 號爲西昆. 楊劉輩竭力馳騁, 僅爾窺藩. 許渾鄭谷厭厭有就泉下意, 渾差有思句, 故勝之.

4-72. 부(賦) 작품의 흐름

요즘 운자를 써서 부(賦)를 짓는데 두목(杜牧)의 「아방궁부(阿房宮賦)」와 소식(蘇軾)의 「적벽부(赤壁賦)」에 얽매여 있으니 고루하다 하겠다. 유장경(劉長卿)의 「자허부(子虛賦)」는 너무 중언부언 했으니 『초사(楚辭)』의 「복거(卜居)」와 「어부(漁父)」가 진실로 그 실마리를 열어놓은 것이다. 또 억지로 대구를 맞추려 했던 잘못은 사령운(謝靈運)과 사혜련(謝惠連)

했으나 그의 시는 한위 육조의 정수를 계승했고, 당시에서는 두보(杜甫)를 배웠으며, 이하(李賀)의 상징적 기법을 사랑했다. 또한 전고(典故)를 자주 인용, 풍려(豊麗)한 자구를 구사하여 당대 수사주의문학의 극치를 보여주었다.

187) 양억(楊億, 974~1020) : 자가 대년(大年)이다. 북송의 문학가로, 서곤체(西昆體)의 주요 작가이다. 11살 때 태종이 그의 이름을 듣고 궁궐로 불러 시와 부를 시험한 다음 비서랑정자를 하사했다. 한림학사와 공부시랑을 역임했다.

188) 허혼(許渾, 791~854) : 자는 중회(仲晦)·용회(用晦)이다. 비분강개하는 정열을 회고의 시로 표현했다.

189) 정곡(鄭谷, 851~910) : 자는 수우(守愚)이다. 「자고시(鷓鴣詩)」로 이름을 얻었기 때문에 사람들이 '정자고(鄭鷓鴣)'라고도 한다.

및 사조(謝朓) 세 사람에게서 비롯된 것으로, 식견이 있는 사람들은 억지스러운 대구가 평원(平原) 육기(陸機)에서 비롯되었다고 생각한다. 그러나 『시경』「백주(柏舟)」에도 "수모를 당한 것이 이미 많거늘 모욕을 받은 것도 적지 않노라.[覯閔既多, 受侮不少.]"란 구절이 있다.

今人以賦作有韻之文, 爲阿房赤壁累, 固耳. 然長卿子虛已輕衍, 卜居漁父實開其端. 又以俳偶之罪歸之三謝, 識者謂起自陸平原, 然毛詩已有之, 曰覯閔旣多, 受侮不少.

4-73. 칠언가행

칠언으로 된 가행(歌行) 장편(長篇)은 노조린(盧照鄰)이나 낙빈왕(駱賓王)이 뛰어나다. 괴이한 풍속을 읊은 것으로는 노동(盧仝)의 「월식(月蝕)」이 정점에 이르렀고 침울함을 읊조린 것으로는 정우(鄭嵎)[190]의 「진양문(津陽門)」이 정점에 이르렀지만, 모두 본받을 만한 작품은 아니다.

七言歌行長篇, 須讓盧駱, 怪俗極於月蝕, 卑冗極於津陽, 俱不足法也.

4-74. 설능과 채경의 시작품

서주(徐州) 설능(薛能)[191]의 시는 옹주(邕州) 채경(蔡京)의 작품보다 조

---

190) 정우(鄭嵎, ?~?) : 자는 빈광(賓光)이다. 당(唐) 선종(宣宗) 대중(大中) 말기의 인물로 대중(大中) 5년(514)에 진사에 급제했다.

191) 설능(薛能, ?~?) : 자는 대졸(大拙)이다. 무종(武宗) 6년(846)에 진사가 되었다. 의종(懿宗) 함통(咸通) 연간에 가주자사(嘉州刺史)와 경조윤(京兆尹), 공부상서(工部尙書) 등을 역임했으며, 서주절도사(徐州節度使)를 끝으로 관직에서 은퇴했

금 낫지만 둘 다 수준이 낮아 보잘것없다. 채경이 사호(四皓)[192]를 기롱한 「책상산사호(責商山四皓)」에서, “어찌하여 머리가 서릿발이 되어서도 다시 깊은 산에서 나와 시비를 정했나.[如何鬢發霜相似, 更出深山定是非.]”란 구절과[193] 설능이 공명(孔明)을 기롱한 「유가주후계(遊嘉州後溪)」에서 “당시에 제갈량이 무슨 일 했던가, 죽도록 와룡으로 지냈으면 좋았을 텐데.[當時諸葛成何事, 只合終身作臥龍.]”란 구절이 있지만,[194] 두 사람 모두 명성을 이루지 못한 것도 또한 서로 비슷하다. 사호와 공명을 기롱한 업보를 채경과 설능이 받은 것 같다.

薛徐州詩差勝蔡邕州, 其佻矜相類. 蔡之譏四皓曰, 如何鬢發霜相似, 更出深山定是非. 薛之譏孔明曰, 當時諸葛成何事, 只合終身作臥龍. 二子功名不終, 亦略相等, 當是口業報.

4-75. 만당의 ‘누(樓)’자 운의 작품

만당(晩唐)의 시에서 ‘누(樓)’자를 압운으로 한 작품으로는 허혼(許渾)의 「함양성동루(咸陽城東樓)」의 “산에 비 오려 하자 누대엔 바람 가득하네.[山雨欲來風滿樓]”란 구절과[195] 조하(趙嘏)[196]의 「장안만추(長安晩

다. 시를 잘 지었는데, 날마다 부(賦) 한 편씩을 지었다.

192) 사호(四皓) : 진(秦)나라 말기에 네 명의 백발노인 즉, 동원공(東園公)·기리계(綺里季)·하황공(夏黃公)·녹리선생(甪里先生)을 말한다. 난리를 피해 상산에 들어가 은거하여 영지(靈芝)를 캐먹고 지냈다. 『고사전(高士傳)』「사호(四皓)」에 보인다.

193) 채경(蔡京)의 「책상산사호(責商山四皓)」는 다음과 같다. “秦末家家思逐鹿, 商山四皓獨忘機. 如何鬢髮霜相似, 更出深山定是非.”

194) 설능(薛能)의 「유가주후계(遊嘉州後溪)」는 다음과 같다. “山屐經過滿逕蹤, 隔溪遙見夕陽舂. 當時諸葛成何事, 只合終身作臥龍.”

秋)」의 "긴 피리 한 소리에 사람이 누에 기댔네.[長笛一聲人倚樓]"란 구절이 있는데,[197] 둘 다 좋은 작품이다. 또 허혼의 「능효대(凌歊臺)」란 작품의 "상강 못의 구름 걷히자 저녁연기 오르고, 파촉에 구름 사라지자 봄물이 밀려오네.[湘潭雲盡暮煙出, 巴蜀雪消春水來.]"란 구절도 대단히 오묘한 경지에 이르렀다.[198] 그러나 이 작품을 읽어보면 유장경(劉長卿) 이전의 시어가 아님을 곧바로 알게 된다.

晩唐詩押二樓字, 如山雨欲來風滿樓, 長笛一聲人倚樓, 皆佳. 又湘潭雲盡暮煙出, 巴蜀雪消春水來, 大是妙境. 然讀之, 便知非長慶以前語.

4-76. 이상은의 「금슬」에 대한 논의

의산 이상은의 「금슬(錦瑟)」이란 작품 중 두 연(聯)은 좋은 시어인데,[199] "장자는 새벽 꿈에 나비에게 빠져들었네.[莊生曉夢迷蝴蝶]"란 구

---

195) 허혼(許渾)의 「함양성동루(咸陽城東樓)」는 다음과 같다. "一上高城萬里愁, 蒹葭楊柳似汀洲. 溪雲初起日沈閣, 山雨欲來風滿樓. 鳥下綠蕪秦苑夕, 蟬鳴黃葉漢宮秋. 行人莫問當年事, 故國東來渭水流."

196) 조하(趙嘏, 806~852) : 자는 승우(承佑)이다. 약 200수 이상의 시가 전해지는데 그중 7언율시와 7언절구가 가장 많고 또 뛰어나다.

197) 조하(趙嘏)의 「장안만추(長安晩秋)」는 다음과 같다. "雲物凄涼拂曙流, 漢家宮闕動高秋. 殘星幾點鴈橫塞, 長笛一聲人倚樓. 紫艶半開籬菊靜, 紅衣落盡渚蓮愁. 鱸魚正美不歸去, 空戴南冠學楚囚."

198) 허혼(許渾)의 「능효대(凌歊臺)」는 다음과 같다. "宋祖凌歊樂未回, 三千歌舞宿層臺. 湘潭雲盡暮煙出, 巴蜀雪消春水來. 行殿有基荒薺合, 寢園無主野棠開. 百年便作萬年計, 岩畔古碑空綠苔."

199) 이상은(李商隱)의 「금슬(錦瑟)」은 다음과 같다. "錦瑟無端五十絃, 一絃一柱思華年. 莊生曉夢迷蝴蝶, 望帝春心託杜鵑. 滄海月明珠有淚, 藍田日暖玉生煙. 此情可待成追憶, 只是當時已惘然."

절은 '적실[適]'하고 "망제는 봄마음을 두견에 의탁했네.[望帝春心託杜鵑]"란 구절은 '원망[怨]'이며, "푸른 바다 달 밝아 진주는 눈물 흘린다.[滄海月明珠有淚]"란 구절은 '청아[淸]'하고 "남전에 날 따뜻해 옥에 이내 이네.[藍田日暖玉生煙]"란 구절은 '평온[和]'하다고 풀이한다면, 그 의미가 통한다고 하겠다. 그래서 '적(適)'·'원(怨)'·'청(淸)'·'화(和)'로 풀지 않는다면 무엇을 말하는지 모르게 되고, '적(適)'·'원(怨)'·'청(淸)'·'화(和)'로 풀이한다면 그 구절의 의미를 다 이해할 수 있다. 그래서 시를 제대로 이해하기가 어렵다는 것이다.

李義山錦瑟中二聯是麗語, 作適怨淸和解, 甚通. 然不解則涉無謂, 旣解則意味都盡. 以此知詩之難也.

4-77. 모범이 되는 오언절구

명(明) 무진(茂秦) 사진(謝榛)이 『사명시화(四溟詩話)』에서 시를 논하면서, 오언절구는 두보의 「절구육수(絕句六首)」에 보이는 "해는 울타리 동쪽 물가에서 떠오른다.[日出籬東水]"란 구절을 본보기로 삼아야 한다고 했다.[200] 또 송나라 사람들은 두보의 「절구이수(絕句二首)」에 보이는 "나른한 날 강산은 아름답네.[遲日江山麗]"란 구절을 본보기로 삼았는데,[201] 이러한 평가는 모두 책상머리에서 공부만 한 사람이 아이들을 가르치는 웅얼대는 소리라 하겠다. 만일, 김창서(金昌緖)의 「춘원

---

200) 두보(杜甫)의 「절구육수(絶句六首)」 첫 번째 작품은 다음과 같다. "日出籬東水, 雲生舍北泥. 竹高鳴翡翠, 沙僻舞鵾雞."

201) 두보(杜甫)의 「절구이수(絶句二首)」 첫 번째 작품은 다음과 같다. "遲日江山麗, 春風花草香. 泥融飛燕子, 沙暖睡鴛鴦."

(春怨)」의 "누런 꾀꼬리 쳐 도망가게 해, 가지 위에서 울게 하지 마소서. 몇 번이나 첩의 꿈이 놀라 깨어, 임 계신 요서에 가지 못했나니.[打却黃鶯兒, 莫教枝上啼. 幾回驚妾夢, 不得到遼西.]"란 작품과 도홍경(陶弘景) 「조문산중하소유부시이답(詔問山中何所有賦詩以答)」의 "산 중에 무엇이 있는가, 산마루에 떠도는 구름. 다만 스스로 즐길 뿐, 그대에게 보내줄 수 없네.[山中何所有, 嶺上多白雲. 只可自怡悅, 不堪持贈君.]"란 작품을 본보기로 삼는다면, 말의 뜻이 고원하고 오묘해질 뿐만 아니라 작품의 구성방식도 원만하고 긴밀하게 된다. 그러니 이 작품 가운데 한 글자도 더 할 수 없고 다른 의미를 조금도 덧붙일 수 없다. 기구(起句)와 결구(結句)가 아주 동떨어져 있지만 중간에서 부드럽게 열거했으니, 빠트린 시법(詩法)은 없고 여운(餘韻)은 유장하다.

謝茂秦論詩, 五言絶以少陵日出籬東水作詩法. 又宋人以遲日江山麗爲法. 此皆學究教小兒號嗄者. 若打起黃鶯兒, 莫敎枝上啼. 啼時驚妾夢, 不得到遼西, 與山中何所有, 嶺上多白雲. 只可自怡悅, 不堪持贈君一法, 不惟語意之高妙而已, 其篇法圓緊, 中間增一字不得, 著一意不得, 起結極斬絶, 然中自紆緩, 無餘法而有餘味.

4-78. 왕창령의 「중별이평사」

소백(少伯) 왕창령(王昌齡)은 「중별이평사(重別李評事)」에서 "오의 무희 느린 춤사위에 그대 붙들고 취하리니, 내 마음 따라 푸른 단풍엔 흰 이슬이 차구나.[吳姬緩舞留君醉, 隨意青楓白露寒.]"[202]라 했는데, '완

202) 왕창령(王昌齡)의 「중별이평사(重別李評事)」는 다음과 같다. "莫道秋江離別難, 舟船明日是長安. 吳姬緩舞留君醉, 隨意青楓白露寒."

(緩)'은 '수의(隨意)'와 조응한다. 이것이 시안(詩眼)으로 매우 아름답다.

王少伯吳姬緩舞留君醉, 隨意青楓白露寒, 緩字與隨意照應, 是句眼, 甚佳.

4-79. 시법의 구사 방식

자안(子安) 왕발(王勃)의 「촉중구일(蜀中九日)」의 "구월 구일 고향 바라보는 누대, 다른 자리 다른 고을에서 손님 보내는 술잔.[九月九日望鄉臺, 他席他鄉送客杯.]"[203]과 우린 이반룡의 「조하(早夏)」의 "꾀꼬리 한 번 울 때 술 한 잔.[黃鳥一聲酒一杯]"[204]은 모두 같은 시법을 사용했는데 각각 나름의 운치를 지녔다. 최민동(崔敏童)의 「연성동장(宴城東庄)」의 "한 해 또 지나면 한 해의 봄인데, 백세 지나도 백세 사람은 없네.[一年又過一年春, 百歲曾無百歲人.]"[205]라는 구절도 이와 같은 시법을 구사했는데, 가락은 조금 비루하나 감정은 더욱 농밀하다. 최민동의 앞 시에서 "꽃 앞에서 몇 번이나 취했던가, 가난하다 핑계대지 말고 만 번이라도 술 사오시게.[能向花前幾回醉, 十千沽酒莫辭貧.]"라는 말과 왕한(王翰)의 「양주사(涼州詞)」의 "취하여 백사장에 쓰러졌다고 그대는 비웃지 마시게, 예부터 전장터로 떠난 이 몇이나 돌아왔나.[醉臥沙場君莫笑, 古來征戰幾人回.]"[206]라는 말은 모두 슬픔을 일으킨다. 왕한의 시어는 경

203) 왕발(王勃)의 「촉중구일(蜀中九日)」은 다음과 같다. "九月九日望鄉臺, 他席他鄉送客杯. 人今已厭南中苦, 鴻鴈那從北地來."

204) 이반룡(李攀龍)의 「조하(早夏)」는 다음과 같다. "長夏園林黃鳥來, 百花春酒復新開. 人生把酒聽黃鳥, 黃鳥一聲酒一杯."

205) 최민동(崔敏童)의 「연성동장(宴城東庄)」은 다음과 같다. "一年過又一年春, 百歲曾無百歲人. 能向花中幾回醉, 十千沽酒莫辭貧."

쾌하고 최민동의 시어는 완만하니, 시법을 구사함이 서로 반대된다.

王子安九月九日望鄕臺, 他席他鄕送客杯, 與于鱗黃鳥一聲酒一杯, 皆一法, 而各自有風致. 崔敏童一年又過一年春, 百歲曾無百歲人, 亦此法也, 調稍卑, 情稍濃. 敏童能向花前幾回醉, 十千沽酒莫辭貧, 與王翰醉臥沙場君莫笑, 古來征戰幾人回, 同一可憐意也. 翰語爽, 敏童語緩, 其喚法亦兩反.

4-80. 가도의 「삼월회일」과 고황의 「산중」

가도(賈島)의 「삼월회일(三月晦日)」의 "삼월의 마지막 삼십 일을 당하여.[三月正當三十日]"[207]라는 구와 고황(顧況)의 「산중(山中)」의 "들사람은 산중에서 자는 것을 좋아하네.[野人自愛山中宿]"[208]라는 구는 같은 시법을 구사했다. 졸렬함으로 시를 시작하여 공교로운 의미를 드러낸 것이며 결어도 모두 읊조릴 만하다.

賈島三月正當三十日, 與顧況野人自愛山中宿同一法, 以拙起, 喚出巧意, 結語俱堪諷詠.

---

206) 왕한(王翰)의 「양주사(涼州詞)」는 다음과 같다. "蒲桃美酒夜光杯, 欲飮琵琶馬上催. 醉臥沙場君莫笑, 古來征戰幾人廻."

207) 가도(賈島)의 「삼월회일(三月晦日)」은 다음과 같다. "三月正當三十日, 風光別我苦吟身. 共君今夜不須睡, 未到曉鍾猶是春."

208) 고황(顧況)의 「산중(山中)」은 다음과 같다. "野人自愛山中宿, 況是葛洪丹井西. 庭前有箇長松樹, 夜半子規來上啼."

4-81. 난세의 시인들

당(唐) 현종(顯宗)이 영무(靈武)로 파천(播遷)을 떠났다가 장안(長安)으로 돌아온 것은 이광필(李光弼)과 곽자의(郭子儀)의 공이 크다. 소종(昭宗)이 초전(椒殿)에서 주전충(朱全忠)의 반란군에게 죽임을 당했는데, 그 재앙은 간신 전령자(田令孜)와 최윤(崔胤)에게서 비롯되었다. 이것은 그렇다고 치자. 희종(僖宗)과 소종(昭宗)이 촉(蜀)의 봉상(鳳翔)에서 곤란을 겪을 때 온정균·이상은·허혼(許渾)·정곡(鄭谷) 등은 두보나 이백처럼 시사(時事)를 근심하는 시를 지은 적이 있는가. 치세(治世)의 소리가 있고 난세(亂世)의 소리가 있으며 망국(亡國)의 소리가 있다. 그러므로 성음(聲音)의 도(道)는 정치의 도와 통한다고 한다. 큰 능력을 갖춘 이는 그 때문에 무너진 세운(世運)을 되돌릴 수 있고, 일의 기미를 깊이 살피는 자는 그것을 알아 세상에서 멀리 숨어 버린다.

靈武回天, 功推李郭, 椒香犯蹕, 禍始田崔. 是則然矣. 不知僖昭困蜀鳳時, 溫李許鄭輩得少陵太白一語否. 有治世音, 有亂世音, 有亡國者, 故曰聲音之道與政通也, 大力者爲之, 故足挽廻頹運, 沉幾者知之, 亦堪高蹈遠引.

4-82. 매화를 읊은 시들

송시(宋詩) 가운데 화정(和靖) 임포(林逋)의 「매화」[209]는 당대에 널리 외워졌다. 그 가운데 ‘암향(暗香)’과 ‘소영(疎影)’은 경물을 비록 아름답

209) 임포(林逋)의 「매화(梅花)」는 다음과 같다. “衆芳搖落獨暄姸, 占盡風情向小園. 疎影橫斜水淸淺, 暗香浮動月黃昏. 霜禽欲下先偸眼, 粉蝶如知合斷魂. 幸有微吟可相狎, 不須檀板共金尊.”

게 묘사했으나 작품 전체는 이미 성당(盛唐)과 다른 경계로 떨어졌다. 임포의 작품은 만당(晩唐)에 활약했던 허혼(許渾)의 지극한 시어와 비슷하나 개원(開元)과 대력(大歷) 연간의 성당 시인의 작품은 아니다. '상금(霜禽)'과 '분접(粉蝶)' 같은 시어는 다만 어린 아이의 수준에 불과하다. 두보는 「화배적조매(和裴迪早梅)」에서 "다행하게도 세모에 상심할까 매화 꺾어 보내지 않으니, 만약 보냈다면 고향 생각에 심란하였을 텐데.[幸不折來傷歲暮, 若爲看去亂鄕愁.]"[210]라 했는데, 시어의 풍골이 고색창연하다. 그 다음은 이군옥(李君玉)이 「인일매화(人日梅花)」에서 "옥비늘 꽃이 한가롭게 달을 빗겨 날고, 가녀린 줄기는 꼿꼿하게 석양을 마주하네.[玉鱗寂寂飛斜月, 素手亭亭對夕陽.]"[211]라 했는데 대단히 신채(神采)로우니 매화를 위하여 기운을 토해 낸 것이다.

宋詩如林和靖梅花詩, 一時傳誦. 暗香疏影, 景態雖佳, 已落異境, 是許渾至語, 非開元大曆人語. 至霜禽粉蝶, 直五尺童耳. 老杜云幸不折來傷歲暮, 若爲看去亂鄕愁. 風骨蒼然. 其次則李君玉云, 玉鱗寂寂飛斜月, 素手亭亭對夕陽. 大有神采, 足爲梅花吐氣.

---

210) 두보(杜甫)의 「화배적조매(和裴迪早梅)」는 다음과 같다. "東閣官梅動詩興, 還如何遜在揚州. 此時對雪遙相憶, 送客逢春可自由. 幸不折來傷歲暮, 若爲看去亂鄕愁. 江邊一樹垂垂發, 朝夕催人自白頭."

211) 이군옥(李君玉)의 「인일매화(人日梅花)」는 다음과 같다. "去年今日湘西寺, 獨把寒梅愁斷腸. 今年此日江邊宅, 臥見瓊枝低壓墻. 半落半開臨野岸, 團情團思醉韶光. 玉鱗寂寂飛斜月, 素手亭亭對夕陽. 已被兒童苦攀折, 更遭風雪損馨香. 洛陽桃李漸撩亂, 回首行宮春景長."

4-83. 소식과 황정견

시격(詩格)이 소식(蘇軾)과 황정견(黃庭堅)으로부터 변했다고 한 논의는 옳다. 황정견의 뜻은 소식이 불만스러워 곧바로 능가하려 했는데도 소식보다 못하다. 어째서인가? 교묘하게 하려고 하면 할수록 졸렬해지고 새롭게 하려고 하면 할수록 진부해지며 가까워지려고 하면 할수록 멀어지기 때문이다.

詩格變自蘇黃, 固也. 黃意不滿蘇, 直欲凌其上, 然故不如蘇也. 何者. 愈巧愈拙, 愈新愈陳, 愈近愈遠.

4-84. 구양수에 대한 논의(1)

구양수(歐陽脩)가 스스로 말하길, "내가 지은 「여산고증동년유응지귀남강(廬山高贈同年劉凝之歸南康)」과 「명비곡화왕개보작(明妃曲和王介甫作)」은 이백이나 두보라도 능히 짓지 못했을 것이다."라 했다. 그러나 나는 구양수의 언급이 적절하지 않다고 생각했는데, 과연 구양수는 자신의 능력도 몰랐던 사람이구나.[212] 구양수의 「여산고증동년유응지귀남강」은 옥천(玉川) 노동(盧仝)의 작품처럼 천근하니 다른 작품은 거론할 필요도 없다. 또 이백의 「몽유천모산별동노제공(夢遊天姥山別東魯諸公)」이란 작품 중, "산허리에서 바다 해 뜨는 것을 보고, 하늘에서 하늘 닭 울음소리 들려오네.[半壁見海日, 空中聞天雞.]"란 구절은 이백이 즉흥적으로 읊조

212) 야랑왕(夜郎王) : 자신의 능력과 분수도 모른 채 자존망대(自尊妄大)하며 설쳐대는 사람을 말한다. 한(漢)나라 때 남쪽 야만족인 자그마한 야랑국(夜郎國)의 왕이 한나라 황제와 자신을 견주면서 뻐겼던 고사에서 유래한 것이다. 『사기(史記)』 「서남이열전(西南夷列傳)」에 보인다.

린 것인데, 구양수도 이러한 말을 할 수 있는가.

앞서 언급한 구양수의 두 작품의 잘된 구절에 대해 말하자면, 「명비곡화왕개보작」에 보이는 "남보다 예쁜 얼굴은 박명함 많노니, 봄바람 원망 말고 자신을 탄식하소.[紅顔勝人多薄命, 莫怨春風强自嗟.]"란 구절은 일반적인 규방의 원망을 읊은 작품과 같아 명비(明妃)를 표현하기에 부족한 점이 있다. 또 「명기곡화왕개보작」에 보이는 "이목이 미치는 것도 오히려 이와 같은데, 만 리 밖의 오랑캐를 어떻게 제어하려나.[耳目所及尙如此, 萬里安能制夷狄.]"란 구절은 제왕의 법도[繩尺]를 배우라고 말한 것이지만, 구양수는 어디에서 누가 버린 것을 주워온 것인가.

歐陽公自言廬山高明妃曲, 李杜所不能作. 余謂此非公言也, 果爾, 公是一夜郎王耳. 廬山高僅玉川之淺近者, 無論其他. 只半壁見海日, 空中聞天雞, 太白率爾語, 公能道否耶. 二歌警句, 如紅顔勝人多薄命莫怨春風强自嗟, 尋常閨閤, 不足形容明妃也. 耳目所及尙如此, 萬里安能制夷狄, 論學繩尺, 公從何處削去之乎拾來.

4-85. 구양수에 대한 논의(2)

영숙(永叔) 구양수는 불법(佛法)에 대해 알지도 못하면서 불교를 배척했고[213] 글씨에 대해 알지도 못하면서 억지로 글씨에 대해 논했으며[214] 시를 알지도 못하면서 스스로 대단히 시를 잘 안다고 자부했다. 자첨 소식이 비록 다시 더 낮은 수준으로 떨어져도 저 구양수의

---

213) 구양수가 불교를 배척한 논의는 그의 「본론상(本論上)」이란 작품에 보인다.

214) 구양수가 서(書)에 대해 논의한 것으로 「필설(筆說)」, 「시필(試筆)」, 「집고록발미(集古錄跋尾)」 등의 작품이 있다.

작품과 견준다면 또한 한 시대의 영웅호걸이 될 것이다.

永叔不識佛理, 强闢佛. 不識書, 强評書. 不識詩, 自標譽能詩. 子瞻雖復墮落, 就彼趣中, 亦自一時雄快.

4-86. 송대 시인

노식(魯直) 황정견(黃庭堅)은 소승(小乘)[215]이 되기에는 부족하고 다만 외도(外道)[216]일 따름이며 이미 방생(傍生)[217] 가운데 빠져 있었다. 남송(南宋)[218] 이후에는 무관(務觀) 육유(陸游)가 자못 소식의 시풍에 가까웠지만 조잡했으며, 양만리(楊萬里)와 유개지(劉改之)는 둘 다 육유만도 못했다. 고우(皐羽) 사고(謝翶)[219]에게는 훌륭한 작품[220]이 거의 보이지 않는다. 다만 사고의 「홍문행(鴻門行)」은 당시(唐詩)의 흥취가 흠뻑 묻어난다.

魯直不足小乘, 直是外道耳, 已墮傍生趣中. 南渡以後, 陸務觀頗近蘇氏而粗, 楊萬里劉改之俱弗如也. 謝皐羽微見翹楚, 鴻門行諸篇, 大有

215) 소승 : 불교(佛教)의 두 가지 큰 교파 중 하나이다. 대승(大乘)의 교리가 고상하고 심원한 데에 비하면 소승의 교리는 비근하여 이해하기가 쉽다고 한다.

216) 외도 : 불교에서는 불교 이외의 종교나 사상을 외도(外道)라고 한다.

217) 방생 : 불교에서는 축생(畜生)을 의미하는 말이다.

218) 남송 : 송(宋) 고종(高宗)이 장강(長江)을 건너 남쪽에 도읍했기에 남도(南渡)라 한다.

219) 사고(謝翶, 1249~1295) : 남송의 애국시인으로, 자는 고우(皐羽), 호는 송루(宋累)이다.

220) 훌륭한 작품 : '교초(翹楚)'는 본래 높게 우거져 있는 가시나무를 말한다. 후에 훌륭한 인물을 비유하는 말로 쓰였다.

唐人之致.

4-87. 소식

소식의 글을 읽어보면 그 재주를 알 수 있는데 독서는 거의 하지 않은 것처럼 보인다. 소식의 시를 읽어보면 그의 학문을 알 수 있는데 거의 재주가 없는 것 같다. 그러나 나른해 잠이 밀려올 때 소식의 소품(小品)과 소사(小詞)를 읊조리면 또한 잠이 번쩍 깬다.

讀子瞻文, 見才矣, 然似不讀書者. 讀子瞻詩, 見學矣, 然似絕無才者. 懶倦欲睡時, 誦子瞻小文及小詞, 亦覺神王.

4-88. 표절하거나 모방한 작품(1)

표절하거나 모방하는 것은 시에 있어서 큰 병이다. 그러나 신(神)이 경(境)을 만나 감발되어 뛰어난 시인의 마음만 이를 수 있는 경지에 도달하면 고어(古語)와 합치된다. 이러한 경우로 예를 들자면, 「고시십구수(古詩十九首)」의 "객이 먼 곳에서 오니[客從遠方來]"221)와 "백양에 슬픈 바람이 우네.[白楊多悲風]"222)와 두보 「한식주중작(寒食舟中作)」의 "봄물에 뜬 배 하늘 위에 앉은 듯하고[春水船如天上坐]"223) 등의 구절은

---

221) 「고시십구수」의 17번째와 18번째 작품에 같이 보이는 구이다.

222) 「고시십구수」의 13번째와 14번째 작품에 같이 보이는 구이다.

223) 두보(杜甫)의 「한식주중작(寒食舟中作)」은 다음과 같다. "佳辰强飯食猶寒, 隱几蕭條戴鶡冠. 春水船如天上坐, 老年花似霧中看. 娟娟戲蝶過閒幔, 片片輕鷗下急湍. 雲白山青萬餘里, 愁看直北是長安." 채몽필(蔡夢弼)의 『두공부초당시화(杜工部草堂詩話)』에 다음과 같은 기록이 보인다. "'하늘 위에 앉은 듯 배에 앉으니 사람이

따다 썼어도 아름다운 구절이 되니 참으로 훔쳤다고 할 수 없다.

그 다음은 읽은 것이 많고 기봉(機鋒)이 원숙하여 고어(古語)가 자신도 깨닫지 못하는 사이에 입에서 절로 나온 경우이다. 예를 들면, 포조(鮑照)의 "나그네엔 고락이 있는데, 다만 어디로 가는지 묻네.[客行有苦樂, 但問客何行.]"[224]라는 말은 왕찬(王粲)의 "종군엔 고락이 있는데, 다만 누굴 따라 가느냐고 묻네.[從軍有苦樂, 但問所從誰.]"[225]라는 말과 비슷하다. 도잠(陶潛)의 "뽕나무 꼭대기에서 닭이 울고, 마을 안에서 개가 짖네.[雞鳴桑樹顚, 狗吠深巷中.]"[226]라는 말은 『고악부(古樂府)』의 "높은 나무 꼭대기에서 닭이 울고, 깊은 궁궐 안에서 개가 짖네.[雞鳴高樹顚, 狗吠深宮中.]"[227]라는 말과 비슷하다. 왕유의 "백로(白鷺)"와 "황려(黃鸝)"[228]는 근래 헌길 이몽양과 용수 양신이 거론하지 않았지만

거울 속을 지나는 듯하네.[船如天上坐, 人似鏡中行.]'와 '하늘 위에 앉은 듯 배에 앉으니 물고기는 거울에 걸린 듯하네.[船如天上坐, 魚似鏡中懸.]'이라는 구절은 심전기의 시구이다. 심전기가 이를 득의의 구절이라 했기에 자주 사용했다. 두보가 '봄물에 뜬 배 하늘 위에 앉은 듯하고[春水船如天上坐]'라 한 것은 심전기의 시어를 조술(祖述)한 것이다."

224) 포조(鮑照)의 「종임해왕상창초발신저(從臨海王上荊初發新渚)」는 다음과 같다. "**客行有苦樂, 但問客何行**. 扳龍不待翼, 附驥絶塵冥. 梁珪分楚牧, 羽鷁指金荊. 雲艫掩江汜, 千里被連旌. 戾戾旦風遒, 嘈嘈晨鼓鳴. 收纜辭帝郊, 揚棹發皇京. 狐兎懷窟志, 犬馬戀主情. 撫襟同太息, 相顧俱涕零. 奉役塗未啓, 思歸思已盈."

225) 왕찬(王粲)의 「종군행(從軍行)」은 다음과 같다. "**從軍有苦樂, 但問所從誰.** 所從神且武, 焉得久勞師. 相公征關右, 赫怒震天威. 一擧滅獯虜, 再擧服羌夷. 西收邊地賊, 忽若俯拾遺.……"

226) 도잠(陶潛)의 「귀전원(歸田園)」 첫 번째 수는 다음과 같다. "少無適俗韻, 性本愛丘山. 誤落塵網中, 一去三十年. 羈鳥戀舊林, 池魚思故淵. 開荒南野際, 守拙歸園田. 方宅十餘畝, 草屋八九間. 楡柳蔭後園, 桃李羅堂前. 曖曖遠人村, 依依墟里煙. **狗吠深巷中, 鷄鳴桑樹顚.** 戶庭無塵雜, 虛室有餘閒. 久在樊籠裡, 復得返自然."

227) 『고악부(古樂府)』 「계명(鷄鳴)」은 다음과 같다. "**雞鳴高樹巔, 狗吠深宮中.** 蕩子何所之, 天下方太平. 刑法非有貸, 柔協正亂名. 黃金爲君門, 碧玉爲軒堂.……"

228) 왕유(王維)의 「적우망천장(積雨輞川莊)」은 다음과 같다. "積雨空林烟火遲, 蒸藜

그러나 한번 논의할 만하다.

다음으로 옛 문장을 그대로 인용하여 조금 윤색한 것이 있다. 예를 들면, 황정견(黃庭堅)의 「의주(宜州)」는 낙천 백거이의 절구(絕句)를 사용했으며,[229] 왕안석(王安石) 「춘청(春晴)」의 "산 속에 열흘이나 비가 내리더니, 비 개자 문이 비로소 열리네. 앉아서 보니 푸른 이끼 빛깔이 사람의 옷에 오르려 하네.[山中十日雨, 雨晴門始開. 坐看蒼苔色, 欲上人衣來.]"라는 시의 3~4구는 왕유의 시어를 그대로 따다 썼는데,[230] 이미 하류에 속한다. 그러나 오히려 자신의 생각을 기반으로 출발해서 남의 구절을 따다 썼기에 그렇게까지 염증을 일으키지는 않는다.

다음으로 고어(古語)를 표절했는데 그 인용이 너무 천박하여 흔적이

炊黍餉東菑. 漠漠水田飛白鷺, 陰陰夏木囀黃鸝. 山中習靜觀朝槿, 松下淸齋折露葵. 野老與人爭席罷, 海鷗何事更相疑."

229) 황정견(黃庭堅)의 「의주(宜州)」란 작품은 「적거검남십수(謫居黔南十首)」를 가리킨다. 열 수는 다음과 같다. "相望六千里, 天地隔江山, 十書九不到, 何用一開顏." "霜降水反壑, 風落木歸山. 冉冉歲華晚, 昆蟲皆閉關." "泠淡病心情, 暄和好時節. 故園音信斷, 遠郡親賓絕." "山郭燈火稀, 峽天星漢少. 年光東流水, 生計南枝鳥." "冥懷齊遠近, 委順隨南北. 歸去誠可憐, 天涯住亦得." "老色日上面, 歡悰日去心. 今既不如昔, 後當不如今." "嘖嘖雀引雛, 梢梢笋成竹. 時物感人情, 憶我故鄉曲." "苦雨初入梅, 瘴雲稍含毒. 泥秧水畦稻, 灰種畬田粟." "輕紗一幅巾, 小簟六尺牀. 無客盡日靜, 有風終夜凉." "病人多夢醫, 囚人多夢赦. 如何春來夢, 合眼在鄉社."

황정견의 이 작품은 백거이의 「화하대주(花下對酒)」, 「위천구거(渭川舊居)」, 「동성심춘(東城尋春)」, 「서루(西樓)」, 「위순(委順)」, 「죽창(竹窓)」 등의 작품의 구절을 인용했다고 『운어양추(韻語陽秋)』에서 언급한 바 있다. 그 실례를 들어보면 다음과 같다. 백거이의 「기행간(寄行簡)」"鬱鬱眉多斂, 默默口寡言. 豈是願如此, 擧目誰與歡. 去春爾西征, 從事巴蜀間. 今春我南謫, 抱疾江海壖. 相去六千里, 地絶天邈然. 十書九不達, 何以開憂顏. 渴人多夢飮, 飢人多夢餐. 春來夢何處, 合眼到東川." 「세만(歲晚)」"霜降水返壑, 風落木歸山. 冉冉歲將晏, 物皆復本源. 何此南遷客, 五年猶未還. 命迍分已定, 日久心彌安. 亦嘗心與口, 靜念私自言. 去國固非樂, 歸鄉未必歡. 何須自生苦, 捨易求其難."

230) 왕유(王維)의 「서사(書事)」는 다음과 같다. "輕陰閣小雨, 深院晝慵開. 坐看蒼苔色, 欲上人衣來."

완연하게 드러난 경우이다. 예를 들면, 혜숭(惠崇)은 "황하는 산의 형세를 가르고 흐르며, 봄은 불 탄 흔적에 들어와 푸르네.[河分岡勢斷, 春入燒痕青.]"[231]라 했는데,[232] 이 시는 대단히 보기 좋지 않다.

남의 작품을 모의(模擬)하여 뛰어난 작품이 되기 위해서는, 내용이 서로 엇갈리는 곳에 힘을 쏟고 형세와 모양을 핍진하게 그려 모의한 대상에서 빌려온 흔적뿐만 아니라 작품 자체 내에서도 언어의 흔적이 없어야 바야흐로 성취할 수 있다. 예를 들어, 육기(陸機)의 「변망론(辨亡論)」[233]과 부현(傅玄)의 「추호행(秋胡行)」[234], 그리고 헌길 이몽양의 "북을 치고 징을 울리니 어느 배인가.[打鼓鳴鑼何處船]"[235]라는 작품은 사람으로 하여금 한 번 보면 안 보는 곳에서 비웃게 만들고 두 번 보면 구역질을 하게 만드니, 모두 도척(盜蹠)이나 우맹(優孟)처럼 헐뜯는 것을 면치 못한다.[236]

---

231) 혜숭(惠崇)의 「방운경회상별서(訪雲卿淮上別墅)」는 다음과 같다. "地近得頻到, 相携向野亭. 河分岡勢斷, 春入燒痕青. 望久人收釣, 吟餘鶴振翎. 不愁歸路晩, 明月上前汀."

232) 사마광(司馬光)의 『온공시화(溫公詩話)』에 이와 관련해 다음과 같은 기록이 보인다. "혜숭은 시로써 스스로 자부했는데, 그가 지은 작품 중에 '河分岡勢斷, 春入燒痕青.'이란 구절이 있다. 어떤 사람이 옛 작품의 '河分岡勢司空曙, 春入燒痕劉長卿.'이라는 구절을 표절한 것이라고 기롱하면서, 사형이 옛 시구를 모방한 것입니까? 아니면 옛 시구가 사형을 모방한 것입니까?"

233) 『문심조룡(文心雕龍)』 「논설(論說)」에서, "육기의 「변망」은 「과진론(過秦論)」을 본받았으나 그 수준에 미치지 못했다."라고 했다.

234) 부현(傅玄)의 「추호행(秋胡行)」은 두 수로 되었는데, 앞 수는 사언시이며 뒤 수는 오언시이다. 이 작품들은 추호(秋胡)의 일을 읊었는데, 모두 「맥상행(陌上行)」의 흔적이 역력하다.

235) 이몽양(李夢陽)의 「하발등망(河發登望)」은 다음과 같다. "七月七日河水發, 康王城邊秋可憐. 買魚沽酒此村口, 打鼓鳴鑼何處船. 白晝蛟龍時一鬪, 中流日月晩雙懸. 紛紛估客休回首, 漁子淸歌會渺然."

236) 『장자(莊子)』에 보이는 도척(盜蹠)은 유하혜(柳下惠)의 아우로 나오는데, 공자를 무왕과 주공을 본받기는 하나 껍데기만을 본받았다고 비난했다. 우맹(優孟)의

剽竊模擬, 詩之大病. 亦有神與境觸, 師心獨造, 偶合古語者. 如客從遠方來, 白楊多悲風, 春水船如天上坐, 不妨俱美, 定非竊也. 其次裒覽旣富, 機鋒亦圓, 古語口吻間, 若不自覺. 如鮑明遠客行有苦樂, 但問客何行之於王仲宣從軍有苦樂, 但問所從誰, 陶淵明雞鳴桑樹顚, 狗吠深巷中之於古樂府雞鳴高樹顚, 狗吠深宮中, 王摩詰白鷺黃鸝, 近世獻吉用脩亦時失之, 然尚可言. 又有全取古文, 小加裁剪, 如黃魯直宜州用白樂天諸絶句, 王半山山中十日雨, 雨晴門始開. 坐看蒼苔色, 欲上人衣來, 後二語全用輞川, 已是下乘, 然猶彼我趣合, 未致足厭. 乃至割綴古語, 用文已漏, 痕跡宛然, 如河分岡勢春入燒痕之類, 斯醜方極. 模擬妙者, 分歧逞力, 窮勢盡態, 不唯敵手, 兼之無跡, 方爲得耳. 若陸機辨亡傅玄秋胡, 近日獻吉打鼓鳴鑼何處船語, 令人一見匿笑, 再見嘔噦, 皆不免爲盜蹠優孟所訾.

4-89. 표절하거나 모방한 작품(2)

당(唐) 조영(祖詠)은 「강남여정(江南旅情)」에서 “바다는 맑아 내리는 비가 보이고, 강엔 밤에 파도소리 들리네.[海色晴看雨, 鍾聲夜聽潮.]”[237] 라 했는데, 명(明)의 이언(以言) 주시(周詩)의 「등금산(登金山)」에서 “바다는 맑아 가까이 보이고, 종소리는 밤에 멀리까지 들리네.[海色晴看近, 鍾聲夜聽長.]”[238]라 했다. 당(唐) 승려인 영철(靈澈)의 「부용원신사시(芙

고사는 겉모습만 본받아 예술성이 전혀 없는 것을 비유하고 있다.

237) 조영(祖詠)의 「강남여정(江南旅情)」은 다음과 같다. “楚山不可極, 歸客但蕭條. 海色晴看雨, 江聲夜聽潮. 劍流南斗近, 書寄北風遙. 爲報空潭橘, 無媒贈洛橋.”

238) 주시(周詩)는 「등금산(登金山)」은 다음과 같다. “絶島中流出, 蓮宮匝杳茫. 谷雲通北固, 津樹隔維揚. 海色朝看近, 江聲夜聽長. 獨憐臨眺者, 千古逝湯湯.”

蓉園新寺詩)」의 "불경은 백마사[239]로 옮겨왔고, 스님은 적오년[240]에 이르렀네.[經來白馬寺, 僧到赤烏年.]"라 했는데, 자순(子循) 황보방(皇甫汸)은 「보은사부도(報恩寺浮圖)」에서 "이곳은 적오년 가르침을 연 뒤로, 스님은 백마사에 불경을 하사할 때.[地是赤烏分敎後, 僧同白馬賜經時.]"라 했다.[241] 비록 시어를 표절하여 명성을 얻었으나, 오히려 작품은 크게 어긋난 곳을 볼 수 없다. 다만 태백 이백은 「추등북루(秋登北樓)」에서 "민가 연기에 귤은 차갑고, 가을 기상에 오동은 늙는구나.[人煙寒橘柚, 秋色老梧桐.]"[242]라 했는데, 노직(魯直) 황정견(黃庭堅)은 "민가는 귤밭을 에워싸고, 가을 기상에 오동은 늙는구나.[人家圍橘柚, 秋色老梧桐.]"라고 바꾸었다. 그런데 조무구(晁無咎)가 대단히 칭송했으니,[243] 그 이유는 무엇인가. 중간에 다만 두 개의 글자를 고쳐 추한 모습이 모두 드러났으니 참으로 금을 가지고 쇠를 만드는 재주라고 나는 생각한다.

唐人詩云, 海色晴看雨, 鍾[244]聲夜聽潮. 至周以言, 則云, 海色晴看近, 鍾聲夜聽長. 唐僧詩云, 經來白馬寺, 僧到赤烏年. 至皇甫子循, 則

---

239) 백마사 : 동한(東漢)의 명제(明帝) 때에 천축(天竺)의 스님이 백마에 불경을 싣고 처음 낙양에 이르러 세운 최초의 절을 말한다.

240) 적오년 : 삼국시대(三國時代) 오(吳)나라 손오(孫吳)의 세 번째 연호로, 238년 8월에서 251년 4월까지 13년 9개월 동안 이 연호를 사용했다. 이 시기에 월지국(月支國)의 승이 오나라에 오자, 손권(孫權)이 그를 박사로 삼았다.

241) 영철(靈澈)과 황보방(皇甫汸)의 시는 여기에 소개된 구절만 전해진다.

242) 이백(李白)의 「추등북루(秋登北樓)」는 다음과 같다. "江城如畫裡, 山曉望晴空. 兩水夾明鏡, 雙橋落彩虹. <u>人烟寒橘柚, 秋色老梧桐</u>. 誰念北樓上, 臨風懷謝公."

243) 『석림시화(石林詩話)』에서 "황정견이 '민가는 귤밭을 에워싸고, 가을 기상에 오동은 늙는구나.[人家圍橘柚, 秋色老梧桐.]'라 한 것을 조무구(晁無咎)는 자신은 미칠 수 없는 경지라고 여겼다."라고 했다.

244) 『문원영화(文苑英華)』, 『당음(唐音)』, 『당시품휘(唐詩品彙)』 등에서 '鐘'은 '江'으로 되어 있다. 이에 따라 해석한다.

云, 地是赤烏分[245]敎後, 僧同白馬賜經時. 雖以剽語得名, 然猶未見大決撒. 獨李太白有人煙寒橘柚, 秋色老梧桐句, 而黃魯直更之曰, 人家圍橘柚, 秋色老梧桐. 晁無咎極稱之, 何也. 余謂中只改兩字, 而醜態畢具, 眞點金作鐵手耳.

4-90. 두보를 모방한 진사도

또 금을 가지고 쇠를 만든 시인이 있다. 두보는 「봉제역중송엄공(奉濟驛重送嚴公)」에서 "어젯밤 달빛 아래 함께 걸었지.[昨夜月同行]"[246]라 했는데, 무기(無己) 진사도(陳師道)는 「동선(東禪)」에서 "부지런히 달빛 아래 함께 돌아가네.[勤勤有月與同歸]"[247]라 했다. 두보는 「권야(倦夜)」에서 "어둠속 나는 반딧불이 자신을 비추고.[暗飛螢自照]"[248]라 했는데, 진사도는 「십오야월(十五夜月)」에서 "나는 반딧불이 처음으로 빛을 잃고.[飛螢元失照]"[249]라 했다. 두보는 「우제(偶題)」에서 "문장은 천고의 일이오.[文章千古事]"[250]라 했는데, 진사도는 「독좌(獨坐)」에서 "문

245) 황보방(皇甫汸)의 문집은 『황보사훈집(皇甫司勛集)』에는 '分'이 '開'로 되어 있다.

246) 두보(杜甫)의 「봉제역중송엄공(奉濟驛重送嚴公)」은 다음과 같다. "遠送從此別, 青山空復情. 幾時杯重把, 昨夜月同行. 列郡謳歌惜, 三朝出入榮. 江村獨歸處, 寂寞養殘生."

247) 진사도(陳師道)의 「동선(東禪)」은 다음과 같다. "東阡急雨不成泥, 度密穿青取逕微. 邂逅無人成獨往, 慇懃有月與同歸."

248) 두보(杜甫)의 「권야(倦夜)」는 다음과 같다. "竹涼侵臥內, 野月滿庭隅. 重露成涓滴, 稀星乍有無. 暗飛螢自照, 水宿鳥相呼. 萬事干戈裏, 空悲淸夜徂."

249) 진사도(陳師道)의 「십오야월(十五夜月)」은 다음과 같다. "向老逢淸節, 歸懷托素暉. 飛螢元失照, 重露已霑衣. 稍稍孤光動, 沉沉萬籟微. 不應明白髮, 似欲勸人歸."

250) 두보(杜甫)의 「우제(偶題)」는 다음과 같다. "文章千古事, 得失寸心知. 作者皆殊列, 名聲豈浪垂. 騷人嗟不見, 漢道盛於斯. 前輩飛騰入, 餘波綺麗爲. 後賢兼舊制, 歷代各淸規."

장은 평소의 일이오.[文章平日事]"[251]라 했다. 두보는 「강한(江漢)」에서 "천지간의 썩은 한 선비.[乾坤一腐儒]"[252]라 했는데, 진사도는 「독좌」에서 "천지간에 섞은 선비 사는구나.[乾坤著腐儒]"라 했다. 두보는 「박유(薄游)」에서 "차가운 꽃은 다만 잠시 향기롭네.[寒花只暫香]"[253]라 했는데, 진사도는 「서호(西湖)」에서 "차가운 꽃은 다만 절로 향기롭네.[寒花只自香]"[254]라 했다. 진사도의 못난 재주를 한 눈에 볼 수 있다.

又有點金成鐵者, 少陵有句云, 昨夜月同行. 陳無己則云, 勤勤有月與同歸. 少陵云, 暗飛螢自照. 陳則曰, 飛螢元失照. 少陵云, 文章千古事. 陳則云, 文章平日事. 少陵云, 乾坤一腐儒. 陳則云, 乾坤著腐儒. 少陵云, 寒花只暫香. 陳則云, 寒花只自香. 一覽可見.

4-91. 송시의 훌륭한 단구

송시(宋詩) 중에도 단구(單句)로만 전하며 한 편의 작품을 이루지 못한 것들이 있다. 예를 들면, 개보(介甫) 왕안석(王安石)의 "청산에서 이 잡으며 앉았고 꾀꼬리 울 제 책 베고 자네.[青山捫虱坐, 黃鳥挾書眠.]"란 구절과[255] 노직(魯直) 황정견(黃庭堅)의 "어울려 노니 바로 바람 달이

---

251) 진사도(陳師道)의 「독좌(獨坐)」는 다음과 같다. "文章平日事, 風竹暮年須. 衰疾懸知此, 霜毛不更除. 一丘吾欲往, 百畝有如無. 魑魅須游子, 乾坤著腐儒. ……"

252) 두보(杜甫)의 「강한(江漢)」은 다음과 같다. "江漢思歸客, 乾坤一腐儒. 片雲天共遠, 永夜月同孤. 落日心猶壯, 秋風病欲蘇. 古來存老馬, 不必取長途."

253) 두보(杜甫)의 「박유(薄游)」는 다음과 같다. "淅淅風生砌, 團團日隱牆. 遙空秋雁滅, 半嶺暮雲長. 病葉多先墜, 寒花只暫香. 巴城添淚眼, 今夕復秋光."

254) 진사도(陳師道)의 「서호(西湖)」는 다음과 같다. "小徑才容足, 寒花只自香. 官池下鳧雁, 荒塚上牛羊. 有子吾甘老, 無家去未量. 三年哦五字, 草木借輝光."

255) 송나라 섭몽득(葉夢得)의 『석림시화(石林詩話)』에 의하면, 왕안석이 두보(杜甫)

요, 하늘이 연 그림책은 강산이라네.[人得交游是風月, 天開圖畫卽江山.]"란 구절 및 빈노(邠老) 반대림(潘大林)의 "성 가득한 비바람에 중양절 가까워라.[滿城風雨近重陽]"란 구절은 비록 정경을 읊조린 것이 뛰어난 것은 아니지만, 그래도 좋은 대목이라고 할 수 있다. 읽는 사람들이 스스로 체득해야 한다.

宋詩亦有單句不成詩者, 如王介甫, 青山捫虱坐, 黃鳥挾書眠. 又黃魯直, 人得交游是風月, 天開圖畫卽江山. 潘邠老, 滿城風雨近重陽. 雖境涉小佳, 大有可議, 覽者當自得之.

4-92. 최도의 작품

옛 사람들이 최도(崔塗)의 「세제야유회(歲除夜有懷)」란 작품 중의 "점점 골육과 멀어지고, 오히려 노복과 친하네.[漸與骨肉遠, 轉於僮僕親.]"라는 구절이[256] 왕유의 「숙정주(宿鄭州)」란 작품의 "외로운 객은 종과 친하네.[孤客親僮僕]"란 구절에[257] 전혀 미치지 못한다고 말들 하는데,

---

의 "주렴을 걷으니 자던 백로가 일어나고, 환약을 지으니 꾀꼬리 소리 아름답네.[鉤簾宿鷺起, 丸藥流鶯囀.]"라는 연구(聯句)를 매양 일컬으면서, "용의(用意)가 고상하고 묘하여 오언시(五言詩)의 모범이 될 만하다."라고 했다. 뒤에 왕안석이 "푸른 산에 이를 문지르며 앉았고, 꾀꼬리 울 제 책 끼고 잠을 자네.[青山捫虱坐, 黃鳥挾書眠.]"라는 시구를 짓고는, 스스로 두보의 시보다 못하지 않다며 만족하게 여겼다.

256) 최도(崔塗)의 「세제야유회(歲除夜有懷)」는 다음과 같다. "迢遞三巴路, 羈危萬里身. 亂山殘雪夜, 孤燭異鄉人. 漸與骨肉遠, 轉於僮僕親. 那堪正飄泊, 來日歲華新."

257) 왕유(王維)의 「숙정주(宿鄭州)」는 다음과 같다. "朝與周人辭, 暮投鄭人宿. 他鄉絕儔侶, 孤客親僮僕. 宛洛望不見, 秋霖晦平陸. 田父草際歸, 村童雨中牧. 主人東皐上, 時稼遶茅屋. 蟲思機杼悲, 雀喧禾黍熟. 明當渡京水, 昨晚猶金谷. 此去欲何言, 窮邊徇微祿."

그 평가가 옳다. 그러나 왕유의 시어가 간략하면서도 절실함이 있지만 이반룡의 『고금시산(古今詩刪)』에 들어가기에는 부족하다. 최도의 시어는 비록 평범한 말 같지만 근체시에 뽑힐 만하니, 중요한 것은 시어가 스스로 체득한 상태에서 나온 것인가라는 문제이다.

昔人謂崔塗漸與骨肉遠, 轉於僮僕親, 遠不及王維孤客親僮僕, 固然. 然王語雖極簡切, 入選尚未, 崔語雖覺支離, 近體差可, 要在自得之.

4-93. 광형과 육지의 문장

이치를 논하는 문장을 짓되 질박하지만 싫증나지 않는 사람은 광형(匡衡)이요, 일을 논하는 문장을 짓되 대우를 많이 사용했는데도 싫증나지 않는 사람은 육지(陸贄)이다. 자첨 소식은 육지의 경지를 사모했지만 식견이 육지에 미치지는 못했다.

談理而文, 質而不厭者, 匡衡. 談事而文, 俳而不厭者, 陸贄. 子瞻蓋慕贄而識未逮者.

4-94. 구양수와 소식이 남긴 문장의 폐단

문장은 수(隋)와 당(唐)에 이르러 화려함이 절정에 달했으나 한유와 유종원이 이를 배격하여 화려함을 거두고 내실 있게 했다. 오대(五代)에 이르러서는 쓸데없는 말들이 극에 달하여, 구양수와 소식이 이를 배격하여 진부한 것을 변화시켜 새롭게 했다. 그러나 구양수나 소식에게도 조금의 단점이 있었으니 그들이 남긴 폐단은 사람들로 하여금 어려운 것을 두려워하고 쉬운 것만을 좋아하게 했다는 것이다.

文至於隋唐而靡極矣, 韓柳振之, 曰斂華而實也. 至於五代而冗極矣, 歐蘇振之, 曰化腐而新也. 然歐蘇則有間焉, 其流也使人畏難而好易.

4-95. 송대의 문장

양억(楊億)과 유균(劉筠)의 문장은 화려하지만 속되고 원지(元之) 왕우칭(王禹稱)의 문장은 주지는 명확하지만 약하다. 영숙(永叔) 구양수의 문장은 우아하면서도 모범적이고 명윤(明允) 소순(蘇洵)의 문장은 자연스러우면서도 굳세다. 소식의 문장은 시원하면서도 빼어나고 자고(子固) 증공(曾鞏)의 문장은 기름지면서도 가득 차 있다. 개보(介甫) 왕안석의 문장은 준엄하면서고 깨끗하고 자유(子由) 소철(蘇轍)의 문장은 유창하면서도 평이하다.

우린 이반룡이 "수사(修辭)를 기피하면 이치[理]가 도드라져 상응하게 된다."라 했으니, 그 말이 맞구나. 이치를 논한 것도 또한 우열이 있으니, 무숙(茂叔) 주돈이(周敦頤)는 간결하면서도 뛰어났고 자후(子厚) 장재(張載)는 드넓고 깊었으며, 정호(程顥)와 정이(程頤)는 분명하고도 합당했고 자양(紫陽) 주희(朱熹)는 조금은 불필요한 부분이 있었지만 훈고의 측면에서는 더 보탤 것이 없을 정도이다.

楊劉之文靡而俗, 元之之文旨而弱, 永叔之文雅而則, 明允之文渾而勁, 子瞻之文爽而俊, 子固之文腴而滿, 介甫之文峭而潔, 子由之文暢而平. 于鱗云, 憚於修辭, 理勝相掩. 誠然哉. 談理亦有優劣焉, 茂叔之簡俊, 子厚之沉深, 二程之明當, 紫陽其稍冗矣, 訓詁則無加焉.

4-96. 주희의 「재거감흥」

어떤 이는 자양(紫陽) 주희의 「재거감흥(齋居感興)」 20수는 습유(拾遺) 진자앙(陳子昻)의 「감우(感遇)」 30수보다 훨씬 뛰어나고 생각한다. 그러나 용수(用脩) 양신(楊愼)은 "주희의 「재거감흥」과 진자앙의 「감우」를 비교하면, 푸른 치마에 흰머리의 절부(節婦)가 화려한 나들이옷으로 정장한 궁녀와 서로 아름다움과 어여쁨을 다투려 하는 것이다."라 했으니,[258] 적절한 평가이다.

或謂紫陽齋居大勝拾遺感遇. 善乎用脩言之也, 曰, 青裙白髮之節婦, 乃與靚妝袨服之冶女角色澤哉.

4-97. 시의 광대교화주(廣大教化主)

시에는 정종(正宗) 이외에 옛사람이 일컬었던 '광대교화주(廣大教化主)'와 같은 사람도 있다. 장경(長慶) 연간에 한 사람을 찾을 수 있으니, 그가 낙천 백거이이고, 원풍(元豊) 연간에 한 사람을 찾을 수 있으니 그가 자첨 소식이며, 송 왕조가 남쪽으로 건너온 뒤에 한 사람을 찾을 수 있으니 그가 무관 육유이다. 이는 그들의 작품이 서정(抒情)과 서사(敘事) 및 경물(景物)의 묘사를 모두 갖추고 있기 때문이다. 그러나 소식은 백거이에 비해 수준이 현저하게 떨어지고, 육유는 소식에 비해 수준이 현저하게 떨어진다.[259]

---

258) 양신(楊愼)의 『승암시화(升庵詩話)』에 보인다.

259) 진겁(塵劫) : 진세겁난(塵世劫難)의 준말이다. 불교(佛教)에서는 일세(一世)가 일겁(一劫)이 되고 무량무변(無量無邊劫)이 진겁(塵劫)으로, 영원(永遠)한 시간을 의미한다. 여기에서는 소식, 백거이, 육유의 수준이 현격하다는 의미이다.

詩自正宗之外, 如昔人所稱廣大敎化主者, 于長慶得一人, 曰白樂天. 于元豊得一人焉, 曰蘇子瞻. 於南渡後得一人, 曰陸務觀. 爲其情事景物之悉備也. 然蘇之與白, 塵矣. 陸之與蘇, 亦劫也.

4-98. 이청조의 「영사」

이안(易安) 이청조(李淸照)[260]는 「영사(詠史)」에서 "혜강의 고집은 죽을 때까지 은과 주를 경시했네.[所以嵇中散, 至死薄殷周.]"라 했는데, 이 말이 비록 의논에 가깝지만 아름다운 경계를 이루었으니 송(宋)나라 시인 가운데 뛰어나다. 용수 양신이 『승암시화(升庵詩話)』에서 일부러 엄격하게 그녀의 작품을 배격했지만, 그것은 지나치게 잘못을 바로잡으려다 실수를 범한 것이다.

所以嵇中散, 至死薄殷周. 易安此語, 雖涉議論, 是佳境, 出宋人表. 用脩故峻其掊擊, 不無矯枉之過.

4-99. 두보의 영향을 받은 송시

자첨(子瞻) 소식(蘇軾)은 사실을 많이 인용했는데 두보의 오언 고시와 오언 배율 중에서 본받은 것이다. 노직(魯直) 황정견(黃庭堅)은 생경(生硬)한 기법을 구사했는데 어떤 경우는 졸렬하고 어떤 경우는 공교로우니, 두보의 가행체를 본받았다. 개보(介甫) 왕안석(王安石)은 칠언

---

260) 이청조(李淸照, 1084~1155) : 호는 이안(易安)이다. 남송시기 제남 사람이며, 유명한 여류 사인(詞人)이다. 문장의 재주로 일찍 이름을 날렸고, 18살에 시집갔으나 남편이 일찍 죽었고, 1132년에 재가했으나 얼마 지나지 않아 갈라섰다.

절구와 칠언 율시의 함련에서 힘 있는 글자를 사용했는데, 이 또한 두보의 율시에서 본받은 것이다. 다만 처음에는 조금의 차이였지만 끝에서는 서로 대단히 어긋났다. 작품의 골격이 어디에서 시작되었는지 알게 된다면 송시(宋詩) 또한 보기에 불편하지 않다.

子瞻多用事實, 從老杜五言古排律中來. 魯直用生拗句法, 或拙或巧, 從老杜歌行中來. 介甫用生重字力於七言絶句及頷聯內, 亦從老杜律中來. 但所謂差之毫釐, 謬以千裏耳. 骨格旣定, 宋詩亦不妨看.

4-100. 엄우의 시에 대한 논의

창랑(嚴滄) 엄우(嚴羽)가 시를 논하면서, 나타태자(那吒太子)가 뼈를 깎아 아버지에게 돌려주고 살을 베어 어머니에게 돌려준 뒤에 (본래의 몸을 나타내어 신령한 힘을 발휘하여 부모를 위해 설법한 것처럼) 하고 싶었다고 했는데[261] 스스로 시를 지을 때는 겨우 읊조릴 만한 소리를 갖추고 전혀 재능이 나타나지 않았으니, 어째서인가. 그의 칠언율시 한 연을 들어보면, "맑은 강가 나뭇잎 지고 때로 비가 내릴 듯, 어두운 포구에 바람 거세 물결을 일렁이게 만드네.[晴江木落時疑雨, 暗浦風多欲上潮.]"[262]라 했는데, 이런 풍격은 허혼(許渾)의 경계와 비슷하다. 또한 '청(晴)', '암(暗)' 두 글자는 너무 공교롭게 하려다 도리어 유치해졌으

261) 엄우(嚴羽)는 『창랑시화(滄浪詩話)』 부(附) 「답출계숙오경선(答出繼叔吳景仙)」에서 『오등회원(五燈會元)』에 보이는 나타태자(那吒太子)의 이야기를 인용하면서 시를 논한 바 있다.

262) 엄우(嚴羽)의 「화상관위장무성만조(和上官偉長蕪城晚眺)」는 다음과 같다. "平蕪古堞暮蕭條, 歸思憑高黯未消. 京口寒烟鴉外滅, 歷陽秋色雁邊遙. 淸江水落長疑雨, 暗浦風多欲上潮. 惆悵此時頻極目, 江南江北路迢迢."

니, 별본(別本)에 '공강(空江)', '별포(別浦)'라 한 것이 더 낫다.

嚴滄浪論詩, 至欲如那吒太子析骨還父, 析肉還母, 及其自運, 僅具聲響, 全乏才情, 何也. 七言律得一聯云, 晴江木落時疑雨, 暗浦風多欲上潮. 然是許渾境界. 又晴暗二字太巧稚, 不如別本作空江別浦差穩.

4-101. 시제(詩題)에 얽매인 작품

엄우(嚴羽)는 또한 "시는 제목과 너무 딱 들어맞아서는 안 된다."고 했는데,263) 나는 처음에 이 말을 의심했다. 그런데 동파(東坡) 소식(蘇軾)은 「장자야년팔십오상문매첩술고령작시(張子野年八十五尚聞買妾述古令作詩)」에서 "시인은 늙었지만 앵앵은 남아 있고[詩人老去鶯鶯在]"264)라고 한 것과 「태수서군유통수맹형지개불음주이시희지운(太守徐君猷通守孟亨之皆不飮酒以詩戲之云)」에서 "맹가가 술을 즐기니 환온이 웃었네.[孟嘉嗜酒桓溫笑]"265)라는 두 시의 연(聯)에서 바야흐로 엄우의 말이 온당한 것을 알게 되었다. 또한 근래에 한 늙은 선비가 호(號)가 일학(一鶴)이라는

---

263) 『창랑시화(滄浪詩話)』「시법(時法)」에서, "시제와 너무 들어맞을 필요가 없고, 전고를 많이 쓸 필요도 없다.[不必太着題, 不必多使事.]"라고 했다.

264) 소식(蘇軾)의 「장자야년팔십오상문매첩술고령작시(張子野年八十五尚聞買妾述古令作詩)」는 다음과 같다. "錦里先生自笑狂, 莫欺九尺鬢眉蒼. 詩人老去鶯鶯在, 公子歸來燕燕忙. 柱下相君猶有齒, 江南刺史已無腸. 平生謬作安昌客, 略遣彭宣到後堂."

265) 소식(蘇軾)의 「태수서군유통수맹형지개불음주이시희지운(太守徐君猷通守孟亨之皆不飮酒以詩戲之云)」. "孟嘉嗜酒桓溫笑, 徐邈狂言孟德疑. 公獨未知其趣爾, 臣今時復一中之. 風流自有高人識, 通介寧隨薄俗移. 二子有靈應撫掌, 吾孫還有獨醒時." 『진서(晉書)』에 다음과 같은 이야기가 있다. "맹가가 술을 좋아하여 많이 마셔도 흐트러지지 않았다. 환온이 맹가에게 '술에 무슨 좋은 것이 있기에 그대는 즐기는가?'라 묻자, 맹가가 '공은 아직 술 속의 운치를 모릅니다.'라 대답했다."

도사에 대해 읊으면서 "적벽강을 가로 건너고, 청성산에서 화살 맞고 돌아오네.[赤壁橫江過, 靑城被箭歸.]"266)라 했으니, 대상(對象)을 절실하게 읊조렸지만 맛은 마치 밀랍을 씹는 것 같다.

嚴又云, 詩不必太切. 予初疑此言, 及讀子瞻詩, 如詩人老去, 孟嘉醉酒各二聯, 方知嚴語之當. 又近一老儒嘗詠道士號一鶴者云, 赤壁橫江過, 靑城被箭歸. 使事非不極親切, 而味之殆如嚼蠟耳.

4-102. 금나라 작품에 대한 논의

유지(裕之) 원호문(元好問)은 『중주집(中州集)』을 찬집했는데, 모두 금(金)나라 사람들의 시이다. 예를 들면, 태학 우문허중(宇文虛中), 승상 채송년(蔡松年), 태상 채규(蔡珪), 승지 당회영(黨懷英), 상산 주앙(周昂), 상서 조병문(趙秉文), 내한 왕정균(王庭筠) 등인데 전체적인 시의 풍격은 소식과 황정견의 풍격에서 벗어나지 않는다. 요컨대, 송시풍을 곧바로 받아 천근하고 원시풍에 바탕을 두어 정(情)이 적다.

元裕之好問有中州集, 皆金人詩也. 如宇文太學虛中蔡丞相松年蔡太常珪黨承旨懷英周常山昂趙尙書秉文王內翰庭筠, 其大旨不出蘇黃之外. 要之, 直於宋而傷淺, 質於元而少情.

266) 소식의 「적벽부(赤壁賦)」에 학이 나오고, 청성산(靑城山)은 도가(道家)의 본거지로 학과 연관이 있다.

4-103. 원나라 시인들에 대한 논의

원(元)의 시인을 들어보면, 우승 원호문(元好問), 승지 조맹조(趙孟頫), 학사 요수(姚燧), 학사 유인(劉因), 중승 마조상(馬祖常), 응봉 덕기(德機) 범팽(範梈), 원외랑 중홍(仲弘) 양재(楊載), 학사 우집(虞集), 응봉 게혜사(揭傒斯), 구곡 장우(張雨), 제학 염부(廉夫) 양유정(楊維禎) 등이 전부이다. 조맹조는 청려하나 천근하며, 우집은 자못 굳세고 날카로우며, 유인은 비속한 말이 많고 의논에 치우쳤다는 평을 많은 사람들이 인정한다. 양유정은 본래 장길 이하(李賀)를 스승 삼았으나 재주가 걸맞지 않았는데, 시에 평가하는 말을 뒤섞어놓았으니 마침내 이하와 너무나도 동떨어지게 되었다.

元詩人, 元右丞好問趙承旨孟頫姚學士燧劉學士因馬中丞祖常范應奉德機楊員外仲弘虞學士集揭應奉傒斯張句曲雨楊提擧廉夫而已. 趙稍清麗, 而傷於淺. 虞頗健利. 劉多傖語, 而涉議論, 爲時所歸. 廉夫本師長吉, 而才不稱, 以斷案雜之, 遂成千裏.

4-104. 원나라 문인들에 대한 논의

원나라의 문인은 몇 사람뿐으로, 승지 요추(姚樞), 좨주 허형(許衡), 학사 오징(吳澄), 시강 황진(黃溍), 국사 유관(柳貫), 산장 오래(吳萊), 학사 위소(危素) 등이 전부이다. 그러니 요컨대 문장이 없다고 말해도 과언이 아니다.

元文人, 自數子外, 則有姚承旨樞許祭酒衡吳學士澄黃侍講溍柳國史貫吳山長洡危學士素, 然要而言之曰無文, 可也.

인명색인

ㅇ

왕세정 王世貞, 1526~1590

중국 명대의 문학가이자 역사학자로, 자는 원미(元美), 호는 봉주(鳳洲)・엄주산인(弇州山人)이다. 복고파인 '후칠자(後七子)'의 주요인물로, 이반룡(李攀龍)이 죽자 20년간 문단을 이끌었다. 문장은 반드시 진(秦)・한(漢)을 본받고 시는 반드시 성당(盛唐)을 모범으로 삼을 것을 주장하면서, 문학복고운동에 힘을 기울였다.

박종훈 朴鍾勳

한양대 국어국문학과(학사・석사・박사)를 졸업했으며, 태동고전연구소(지곡서당)에서 한학을 수학했다. 현재 태동고전연구소 연구원이며, 조선대・홍익대에서 강의 중이다. 역서로는 『한객건연집』, 『만하몽유록』(공역), 『19세기 조선 지식인의 생각창고』(공역), 『정유각집 상·중·하』(공역), 『옥오재집 1・2・3・4』(공역), 『전당시화 하』 등이 있다.

예원치언 上

2016년 4월 29일 초판 1쇄 펴냄

지은이 왕세정
옮긴이 박종훈
펴낸이 김흥국
펴낸곳 보고사

책임편집 이경민
표지디자인 손정자

등록 1990년 12월 13일 제6-0429호
주소 경기도 파주시 회동길 337-15 보고사 2층
전화 031-955-9797(대표)
02-922-5120~1(편집), 02-922-2246(영업)
팩스 02-922-6990
메일 kanapub3@naver.com / bogosabooks@naver.com
http://www.bogosabooks.co.kr

ISBN 979-11-5516-540-9 94820
979-11-5516-539-3 (세트)

정가 26,000원

이 도서의 국립중앙도서관 출판예정도서목록(CIP)은 서지정보유통지원시스템 홈페이지(http://seoji.nl.go.kr)와 국가자료공동목록시스템(http://www.nl.go.kr/kolisnet)에서 이용하실 수 있습니다.(CIP제어번호: CIP2016009080)